KB122527

파괴자들의 밤

파괴자들의 밤

서미애

송시우

정해연

홍선주

이은영

죽일 생각은 없었어
서미애

어릴 때 몇 년을 청주에 있는 할머니 댁에서 보냈다.

방학 때만 갔던 게 아니라, 말 그대로 몇 년을 할머니와 함께 시골집에서 살았다. 맞벌이로 바쁘게 살던 엄마와 아버지에게 나는 짐 같은 존재였다. 아버지의 사업이 어려워져 함께 살 형편이 아니었다지만 그건 변명일 뿐이다.

몇 년 뒤 다시 부모님과 살게 되었지만 나는 이미 부모에 대한 기대도, 애정도 없었다. 당신들은 떨어질 수 없는 가족이지만, 나는 언제든 상황이 안 좋으면 누군가에게 맡겨지는 존재라는 걸 알았으니까. 정말로 가족이라면 어려운 일이 있을 때도 함께하고 서로 보듬고 기대고 살아야 하는 것 아닌가?

한집에 살게 된 뒤 나의 냉랭한 태도를 느낀 엄마는 몇 번이나 어쩔 수 없는 상황이었다며 나를 달랬다. 그럴수록 나는 화가 났다. 다시 어려운 상황이 되면 나는 또 짐짝처럼 어딘가로 던져질 거라는 생각을 지울 수가 없었다. 그때 할머니도 없다면 나를 어디에 버리려나? 본질적으로 엄마는 내가 왜 그렇게 냉담해졌는지 이해하지 못했다.

엄마는 곧 나를 어르는 일을 그만두었다. 어린아이의 투정이라고 생각했겠지. 몇 번 다정한 말로 다독였으니 됐다고, 시간이 지나면 잊을 거라고 대수롭지 않게 여겼겠지. 아무래도 상관없었다. 기대하지 않으면 실망도 없는 법이니까. 엄마 이야기를 하려던 건 아니니 그 얘긴 이쯤에서 그만하자.

할머니와 살았던 때가 나빴던 건 아니다. 오히려 썩 재미있게 지낸 편이었다.

학교에서 돌아오면 나는 할머니를 찾아 집 뒤 텃밭이나 산 밑에 있는 밭으로 내달렸다. 아플 때를 빼고 할머니는 집에 있는 법이 없었다. 덕분에 나는 할머니가 갈 만한 곳을 찾아 온 동네를 뛰어다녔고 곧 할머니의 행동반경을 파악했다. 집 뒤 텃밭이나 산 밑의 밭, 이웃집 할머니 과수원에서 일을 하는 경우가 대부분이었고 들판에서 찾기 힘들 때는 마을회관으로 달려갔다.

그중 할머니가 가장 많은 시간을 보내는 건 산 밑에 있는 밭이었다. 할머니는 그곳에 감자나 고추, 호박, 오이, 옥수수 등을 심었다. 여기에서 자란 농산물은 매끼 우리의 양식이 되었고, 남은 수확물은 동네 이장에게 부탁해 장에 내다 팔았다.

계절마다 어떻게 싹이 나고 잎사귀가 자라고 열매가 커 가는지 지켜보는 건 신기한 경험이었다. 하지만 그것보다 나의 관심을 끈 건 산에서 자라는 식물들이었다.

밭일을 마친 할머니는 나를 데리고 산에 올랐다. 마을 안쪽에 있어서인지 이 산길을 오르는 사람은 거의 없었다. 덕분에 한적하게 할머니와 시간을 보냈고 계절마다 많은 것을 캐고 주웠다.

봄에는 두릅이나 잎이 막 올라오는 연한 나물, 고사리를 따서 삶아 먹거나 말렸다. 여름에는 산딸기와 머루, 다래, 개복숭아 같은 열매를 따 먹었다. 가을에는 도토리와 밤을 주웠다. 버섯 같은 것은 늘 있었다. 내 눈에는 보이지 않았지만, 할머니는 한 번만 쓰윽 주변을 둘러보기만 해도 그것들이 눈에 띄는 모양이었다.

"이거 봐라 세상에, 크기가 어른 손바닥만 하구나."

방금 내가 지나쳐 온 곳인데 할머니는 또 무언가를 발견했다. 고개를 돌려 보면 할머니가 나무 허리에서 무언가 떼어 내고 있었다.

"뭐야, 할머니?"

"영지버섯이란다."

할머니 말대로 영지버섯은 어른 손바닥만 했다. 짙은 갈색에 딱딱한 나무껍질 같은 감촉이었다. 이렇게 딱딱한 걸 먹는다고? 버섯은 다 부드러운 줄 알던 나는 할머니 손에 들린 영지버섯을 손가락으로 톡톡 건드려 보았다.

"이것도 먹을 수 있어?"

"이건 잘 말려서 작게 잘라 차를 끓여 먹는 거지. 마루에 널어 둔 거 못 봤어?"

나는 그제야 툇마루 한편에 널어 말리던 것들을 떠올렸다. 산에서 캔 칡이나 둥굴레 뿌리, 고사리, 이름도 모르는 나물이 신문지 위에서 말라 가고 있었다. 도대체 저런 것을 왜 주워 오나 싶었지만, 할머니는 그걸로 반찬도 해 주고 차도 끓여 주었다. 밭에서 나는 것과는 또 달랐다. 봄에 막 돋아난 연한 두릅을 데쳐 먹었고 고사리, 취나물의 맛도 그때 알았다. 둥굴레를 넣고 끓인 차는 특히 좋아했다.

나는 할머니 손에 들린 영지버섯을 건네받아 바구니에 담았다. 바구니를 들고 다니는 건 내 몫이었다. 할머니가 산에서 따는 나물이나 열매는 다 먹는 거라서, 건네주는 것들을 늘 조금씩 떼어 맛을 보았다. 하지만 어떤 나물은 손도 못 대게 하고 할머니가 직접 챙겼다.

"그건 뭔데?"

"이건 놋젓가락나물이야. 잘못 먹으면 죽어."

의아했다. 나물인데 왜 죽지? 무슨 말인지 모르겠다는 표정으로 쳐다보면 할머니가 내 눈을 빤히 쳐다보며 말했다.

"버섯도 독버섯이 있지? 그것처럼 나물도 먹으면 죽는 독 나물이 있단다."

"그런데 왜 가져가?"

"다 쓸모가 있으니까 그렇지."

할머니는 독이 든 버섯이나, 독성이 강한 나물은 따로 준비해 간 비닐봉지에 잘 싸서 일바지 주머니에 조심스럽게 넣었다. 먹으면 죽는다면서, 저렇게 손으로 만지고 주머니에 넣으면 괜찮을까 불안했다. 그런 내 마음을 아는지 모르는지 할머니는 또 다른 것들을 찾아 걸음을 옮겼다.

산에서 내려오면 할머니는 나에게 바구니에 든 것을 마루에 내려놓으라고 이르고 집 뒤 보일러실에 붙어 있는 창고로 들어갔다. 할머니는 일바지 주머니에 넣어 챙겨 온 것들을 꺼내 그곳에 따로 보관했다. 잎사귀는 말리고 뿌리는 손질해 두었다가 술을 담갔다.

나는 어느새 쪼르르 달려가 창고 문에 매달려 할머니가 나물이나 뿌리를 손질하고 선반에 올려 두는 모습을 지켜보았다.

할머니가 미소를 지으며 '만져 볼래?' 하고 물어도 그때마다 고개를 흔들었다. 죽는 게 뭔지도 잘 몰랐지만 사람을 죽일 수도 있다는 '독'에 가까이 다가가고 싶지 않았다. 창고 안으로 들어가지 않고 문에 매달려 있던 것도 그래서였다. 그래도 호기심은 있었다.

"할머니, 먹지도 못하는데 왜 술을 담가요?"

"먹기에 따라서 약도 되고 독도 되니까. 벌침 알지? 그것도 잘못 찔리면 상처가 붓고 아프잖니? 하지만 아픈 곳에 벌침을 놓으면 병이 낫는단다."

약이라는 말이 조금은 이해되었지만 그래도 이렇게 많은 독초를 따로 보관하는 건 이상하다는 생각이 들었다. 산에서 따 온 나물이나 뿌리만이 아니었다. 할머니가 진짜 아끼는 독은 따로 있었다.

집 뒤 텃밭에서 조금 떨어진 곳에는 할머니가 만들어 놓은 비닐하우스가 있었다. 비닐하우스 옆에는 협죽도라는 이름의 붉은 꽃이 피는 나무가 있었고 비닐하우스 안에는 천사의 나팔, 디기탈리스, 란타나꽃 같은 꽃과 화분들이 있었다. 란타나꽃은 꽃 색깔이 일곱 번이나 변한다는 말이 있을 정도로 볼 때마다 색을 바꿨다.

할머니는 꽃이 이뻐서 키운다고 했지만 학교 도서관에서 식물도감을 찾아본 뒤로는 그 말을 믿지 않았다. 할머니의 비닐하우스에 있는 꽃과 화분들은 한결같이 독초였다. 하우스 안에 있는 식물만이 아니었다. 밖에서 자라고 있는 협죽도도 독성이 강하다고 알려진 나무였다.

나는 학교에서 빌려 온 식물도감 책을 할머니에게 읽어 주었다.

"란타나. 국명 란타나 카마라. 원산지는 미국 남동부 열대 지역으로 전 세계 열대 및 아열대 지역에 널리 퍼져 있다. 우리나라에서는 관상용으로 재배한다. 꽃은 연중 피고 지며, 전체적인 지름은 3~4cm 정도이고 색깔은 다양하다. 음, 잎은 마주나며 털이 있고… 잎과 줄기에는 독성이 있기에 주의를 요하며 열매는 녹색이나 청동색인데 역시 독성이 있어서 조심해야 한다."

너무 긴 내용은 대충 건너뛰고 할머니에게 말하고 싶은 부분을 찾아서 읽었다. 디기탈리스나 천사의 나팔, 협죽도에 대해서도 읽어 주었다.

"협죽도. 쌍떡잎식물속 용담목 협죽도과에 속하며 우리나라에서는 제주도에 자생한다. 장미나 복숭아꽃을 닮은 꽃이 피어 가로수로 심어지기도 했지만, 지금은 독성 때문에 철거되었다. 화분에 심어 실내 관상수로 두기도 하지만 올레안드린은 강한 강심 작용을 해서 다량 섭취할 경우 대상자는 심장이 수축된 채 회복되지 않아 사망한다. 꽃말은 위험, 방심은 금물."

나는 할머니에게 읽어 주기 위해 접어 둔 부분을 다 읽고 난 뒤 현장검증에서 결정적 증거라도 잡은 듯한 눈초리로 할머니를 쳐다보았다. 꽃말이 '위험, 방심은 금물'이라니, 학교에서 읽을 때도 그랬지만 할머니 앞에서 다시 읽어 내려가면서 또 팔에 소름이 돋았다.

할머니는 놀라지 않았다. 할머니는 고개를 끄덕이며 협죽도의 붉은 꽃을 손으로 건드렸다.

"…그랬지. 독성이 있다고 했어. 그래서 협죽도를 심은 거란다."

"…?"

독성이 있어서 심었다고요? 초등학교 4학년인 나의 머리로는 이해가 되지 않았다. 위험물은 해골 표시를 해서 어디 보이지 않는 곳에 보관하거나, 불태워 없애거나, 묻어야 하는 것 아닌가요?

할머니는 나의 의아한 표정을 읽었는지 미소를 지으며 답을 해 주었다.

"독성이 있어서 방충 효과가 있단다. 벌레가 무서워서 이 근처에는 오지 않지. 독버섯이 왜 화려한 색인지 알아? 나 건드리지 마시오, 라는 뜻이야. 눈에 띄어서 조심하라고 경고를 하는 거지."

할머니는 화초에게 시선을 돌렸다.

"저 나무며 꽃은 자신을 보호하기 위해 독을 품었을 뿐이야. 누구나 다 세상을 살아가는 자기만의 방식이 있는 거란다."

"그래도 독이 있는데, …무섭지 않아요?"

할머니가 내 머리를 쓰다듬으며 말했다.

"독성이 있다는 걸 알면, 조심하면 될 일이지."

여전히 왜 그렇게 많은 독초를 키우는지 의심스러웠지만 더는 묻지 않았다. 어린 나이였지만 나는 그게 할머니가 세상을 살아가는 방식이라고 짐작했다.

1.

"내가 이럴 줄 알았어. 이 시간에 밀릴 이유가 없다니까."

또다시 들려온 택시 기사의 목소리에 눈을 떴다. 차 지붕을 때리는 빗소리를 들으며 설핏 잠이 들었나 보다. 주희는 정신을 차리고 자세를 고쳐 앉았다.

창밖을 살피며 여기가 어딘지 가늠하려 했으나 늦은 밤 비가 쏟아지는 도로는 온통 붉게 번쩍이는 자동차의 후미등으로 가득했다. 가다가 서기를 반복하는 도로의 정체는 도무지 풀릴 기미가 보이지 않았다.

주희는 휴대폰을 꺼내 지도 앱을 켰다. 지도에서 위치를 확인해 보니 막 능곡을 지나 장항을 향해 가고 있다. 시간을 확인했다. 12시 1분 전. 합정동에서 택시를 탄 지 30분이 지나 있었다. 평소라면 일산 집에 이미 도착했을 시각이다. 지금 도로 사정으로는 한참 더 길 위에서 시간을 보내야 할 것 같았다.

오후 내내 이어진 PT 일정에, 생각지도 않았던 일을 처리하느라 지쳐서 버스 정류장까지 걸어가는 것도, 버스를 기다리는 것도 귀찮아 택시를 탔다. 강변북로를 탄 택시는 행주대교 앞에서부터 밀리기 시작했다. 세차게 내리는 비 때문에 다들 속도를 줄여 그런가 보다 생각했다. 때가 되면 도착하겠지 하며 잠시 졸았는데, 그사이 자동차는 거북이보다 느리게 움직였다. 앞으로도 한참을 좁은 차 안에 갇혀 있어야 한다고 생각하니 가슴이 답답했다.

'이럴 줄 알았으면 버스를 탈걸.'

버스라고 막힌 도로를 뚫고 갈 방법이 있진 않겠지만, 적어도 버스 운전기사는 승객에게 말을 걸지 않는다.

택시 운전기사는 주희가 뒷좌석에 타자마자 말을 걸었다.

"운동하고 오는 길인가 봐요."

'오늘도 짐'이라는 글자와 운동으로 다져진 탄탄한 남녀의 실루엣이 새겨진 가방을 봤는지 택시 기사가 고개를 돌려 주희를 힐끗거렸다. 그때부터 식도에 가시가 걸린 듯 불편했다. 아, 말 많은 인간 딱 질색인데. 목적지를 이야기하고 창밖으로 고개를 돌렸는데도 기사는 예상대로 말을 걸었다.

"그…, 너무 꽉 끼어서 안 불편해요?"

뭔 얘긴가 싶었다. 뭐가 꽉 끼었다고?

"나는 처음에 스타킹만 입은 줄 알았다니까요?"

레깅스를 입은 게 문제였군. 주희는 그가 다시 입을 열기도 전에 짜증이 밀려왔다. 말만 많은 게 아니라 오지랖도 넓었다. 쓸데없는 말을 얼마나 해 댈지 한눈에 그려진다.

"레깅스? 아니 그게 스타킹이랑 뭐가 달라? 요즘 그거만 입고 다니는 사람이 얼마나 많은지, 눈을 어디 둬야 할지를 모르겠어. 아, 손님에게 하는 얘기는 아닙니다."

레깅스를 입은 승객에게 잔소리를 하면서 당신에게 하는 이야기는 아니라니, 주희는 그의 입을 막아 버리고 싶었다.

택시 기사들은 남자 승객에겐 절대 말을 걸지 않는다는 얘기를 들었다. 도대체 왜 여자 승객만 타면 말을 걸까? 같잖은 정치 비평과 라떼는 어쩌고 하는 꼰대질, 무례하게 던지는 사적인 질문에 피곤했던 게 한두 번이 아니다. 뉴스를 보니 어느 미용실은 대화를 원하지 않는 손님을 위해 침묵 모드를 선택해 예약할 수 있다던데 택시에도 도입이 시급하다. 오늘같이 피곤한 날은 더 절실하다.

"요즘 등산 가 보면 아주 가관이에요, 레깅스 입은 아줌마들이 아주 그냥 바글바글, 몸매가 좋으면 말이나 안 해, 그건 테러지 테러. 눈 버린다니까."

테러는 너다. 주희는 그의 말을 더 듣고 싶지 않았다. 주희는 짧고 단호하게 말했다.

"조용히 가죠."

"…."

힐끗 룸미러로 뒷좌석을 보는 택시 기사의 얼굴이 보였다. 30대 후반이나 40대 초반으로 보이는 얼굴. 빤히 쳐다보는 그의 눈길이 느껴졌다. 주희는 일부러 고개를 빼고 계기판 위에 부착된 택시 운전 자격증을 확인했다. 주희의 눈길을 느꼈는지 기사는 결국 시선을 거두고 입을 다물었다.

이제 좀 조용히 가나 싶었는데 몇 분 지나지 않아 기사가 라디오를 켰다. 조용한 것을 못 견디는 성격인 모양이다. 말을 거는 것보다는 낫다 싶어 내버려 두었다.

'…검찰은 20년 형을 구형했습니다. 피의자 김 씨는 헤어지자는 여자 친구를 잔혹하게 살해하고 시신을 유기한 혐의로 지난 5월 기소되었습니다. 검찰은 피의자 김 씨의 범행이 잔혹하고 반성의 기미가 보이지 않는 점을 들어 이와 같이….'

뉴스를 듣던 택시 기사는 그새를 못 참고 또 입을 열었다. 혼잣말이라고 하는 모양이지만 주희에게 들릴 정도로 목소리가 컸다.

"아이고 미친 새끼. 헤어지자면 그냥 헤어지지, 왜 자기 인생까지 망쳐, 세상에 널린 게 여잔데. 그 인생도 끝났네 끝났어."

"…."

"요즘 뉴스 듣기가 겁난다니까, 왜 이렇게 미친놈이 많은지 원. 하긴 미친놈만 많은가, 미친년도 많지. 아, 내가 재미있는 얘기 하나 해 줄까요?"

이럴 줄 알았다. 주희가 뭐라고 대답도 하기 전에 택시 기사는 다시 말을 걸었다.

"재미있는 이야기가 아니라, 오싹한 이야기인가? 아무튼, 택시를 몰다 보면 별 손님이 다 있거든요. 그때도 이렇게 비가 내리는 밤이었는데 여자가 뒷좌석도 아니고 조수석에 타는 거라, 목적지도 말을 안 하고 일단 어디든 바람을 좀 쐬고 싶다고 하길래 자유로 쪽으로 향했죠. 가끔 그런 손님이 있어요. 뭔 답답한 일이 있나 보다 했지. 그런데 자꾸 내 얼굴을 힐끗힐끗 보더니 갑자기 내 손을 쓱 만지더라고요. 어디 조용한 곳으로 가자고 하는데 아이고 확 느낌이 오더라고. 대놓고 택시 기사에게 이런 수작을 부리는 여자가 많아요. 내가 정색을 하고 나 그런 사람 아니라고, 목적지나 말하라고 하니까 갑자기 차 문을 확 여는 거야, 아이고 진짜. 자유로에서 뭐 하는 짓인지. 그거 막느라고 사고 날 뻔."

주희는 더 듣고 싶지 않아 휴대폰을 꺼내 전화를 거는 척했다.

"어, 늦었지? 차가 밀리네. 모르겠어. 이따가 도착하면 전화할게. 응."

혼자 신나서 떠들던 기사도 주희의 통화 소리에 입을 닫았다. 주희는 잠시 더 휴대폰 문자를 하는 척하다가 휴대폰을 닫고 창밖으로 시선을 돌렸다. 주희는 다시 택시 기사의 수다가 이어질까 싶어 눈을 감았다. 그렇게 자는 척을 한다는 게 자기도 모르게 잠이 든 거였다.

"아이고, 사고가 크게 났네."

사고 현장이 보이자 택시 기사는 고개를 빼고 전방을 주시했다. 바로 앞에 사고로 부서진 몇 대의 자동차가 보였다.

차체 앞부분이 완전히 구겨진 자동차도 있었고 한쪽에는 전복된 차도 보였다. 가벼운 추돌 사고가 아닌 모양이다. 경찰차와 견인차, 구급차가 경광등을 번쩍이며 현장을 수습 중이었다. 북새통을 지나는 자동차들은 한 개의 차로만 간신히 이용할 수 있었다. 이러니 차가 막히지.

사고 현장을 지나던 기사는 창문까지 열어 고개를 빼고 이리저리 주위를 살폈다. 빗소리와 함께 차갑고 습한 공기가 밀려 들어왔다. 차가운 공기 덕에 잠기운이 완전히 사라졌다. 주희는 뒷좌석의 창문도 열어 숨을 크게 들이마셨다. 빗방울이 얼굴을 때렸다. 기분이 한결 나아졌다. 갑자기 창문이 닫혔다. 주희는 기사를 쳐다보았다. 겨우 숨통이 트이나 했는데 다시 속이 답답해졌다.

기사는 전방을 주시한 채 말했다.

"시트 젖어요."

주희는 가만히 기사를 쏘아보다 창밖으로 고개를 돌렸다.

도로 위에는 깨진 유리창과 불빛들, 빗줄기까지 모든 것이 부서지고 있었다. 구급대원이 구겨진 자동차의 문을 열고 축 늘어진 사람을 꺼내는 모습이 보였다. 그의 머리는 붉은 피로 젖어 있었다.

주희는 들것에 실리는 운전자의 모습을 유심히 바라보았다. 몸이 축 늘어진 걸 보니 상태가 심각한 것 같았다. 이미 죽음이 가까운 듯 보였다.

그는 오늘이 자신의 마지막 날이라는 것을 알았을까? 아마도 다른 자동차와 충돌해 의식을 잃어 가는 순간에도 그는 자신이 죽는다는 건 생각도 하지 않았을 것이다. 대부분의 사람들이 그렇다. 오늘 자신이 죽는다고 해도 그것을 받아들이지 못한다.

주희는 택시 기사의 옆얼굴을 물끄러미 보다가 불쑥 말을 걸었다.

"…만약 오늘이 마지막 날이라면 뭘 하고 싶어요?"

택시 기사는 주희의 질문이 당혹스러운지 슬쩍 고개를 돌리고 쳐다보았다.

"…갑자기 무슨, 아… 그러네요. 저 사람도 오늘이 마지막이 될지는 몰랐겠네. 가만있자, 오늘이 마지막이라… 갑자기 물으니까 떠오르는 게 없네."

생각 없이 살면 이렇게 된다. 자신이 뭘 하고 싶은지조차 모르며 살아간다. 그저 내일 아니, 더 많은 시간이 아직도 자기에게 남아 있다고 믿으며 어영부영 살아가는 것이다. 오늘이 마지막이라고 해도 마지막 순간에 뭘 하고 싶은지 머릿속에 떠오르는 게 없다니. 떠들기 좋아하는 것 같아 말할 기회를 주었더니 이런 질문에는 말문이 막히는 모양이다. 택시 안이 조용해졌다. 주희는 자기도 모르게 웃음이 났다.

꽉 막힌 구간을 지나온 자동차들은 그동안의 시간을 보상이라도 받으려는 듯 속력을 내며 경쟁하듯 달려 나갔다. 택시 옆으로 빠르게 자동차들이 지나갔다. 택시도 지지 않고 속력을 높였다. 누군가 옆에서 경적을 울렸다. 갑자기 기사의 입에서 욕이 튀어나왔다.

"저게 죽으려고 환장을 했나?"

기사는 차선을 바꾸며 스치듯 앞서간 흰색 자동차의 뒤를 쫓더니 상향등을 쏘아 댔다. 주희는 인상을 찡그리며 기사의 뒤통수를 노려보았다. 다시 불쾌감이 밀려들었다. 처음부터 마음에 들지 않았지, 이 인간. 방금 사고 난 거 못 봤어?

"속도 좀 줄이시죠?"

"저런 건 가만두면 안 된다니까요. 저런 놈 때문에 사고가 난다고."

"…."

"서로 저 잘나서 먼저 가겠다고 머리를 디밀고. 아주 다른 사람 생각은 1도 안 해. 내가 가겠다는데 누가 막아, 길 비켜, 이거야."

그렇게 말하는 택시 기사 역시 자신의 진로가 침범당하자 손님을 태우고 가면서도 위험하게 차를 몰고 있다. 그러게, 가만두면 안 된다니까. 그렇게 얘기를 해도 못 알아듣지.

주희는 택시 기사의 뒤통수를 빤히 쳐다보며 한 시간 전의 일을 떠올렸다.

'살려 주세요. 다시는 안 그럴게요.'

2.

"수고하셨습니다."

드디어 헬스장에 남아 있던 마지막 회원이 샤워를 마치고 나와 인사를 하며 헬스클럽을 나가자 주희는 기다렸다는 듯 음악부터 꼈다. 하루 종일 음악 소리가 신경에 거슬렸다. 아니, 음악 때문이 아니다. 사람들의 목소리, 운동화 끄는 소리, 실내를 떠도는 땀 냄새, 제멋대로 놓고 간 운동기구들. 모든 게 주희의 신경을 건드렸다. 사소한 자극에도 촉각이 곤두섰다.

주희는 음악을 끄고 조명을 최소한으로 한 뒤 러닝머신 위에 올라섰다. 이렇게 예민한 날에는 땀을 쫙 빼고 뜨거운 물로 샤워를 해 줘야 한다. 몇 분 동안 예열을 한 뒤 속도를 올리고 본격적으로 달리기 시작했다. 음악이 꺼진 실내에서 주희는 고르게 숨을 들이마시고 내쉬며 자신의 호흡에 집중했다. 날카롭던 신경들이 차츰 가라앉았다.

사람을 상대하는 일은 피곤하다. 오늘처럼 알 수 없는 이유로 몸이 무겁고 신경이 날카로운 날은 더하다. 그래도 이곳은 나은 편이다. 회원 등록을 한 지 얼마 되지 않은 신입 회원들이 이따금 운동기구의 사용법을 물어보는 정도일 뿐, 대부분의 회원들은 운동에 집중하느라 트레이너를 부르는 일이 거의 없다.

"다들 오기 전에 유튜브로 공부하고 온다니까. 어떤 부위를 어떻게 뺄지, 근육은 어디를 늘릴지, 어떤 동작을 몇 세트 할지 계획이 다 있다고. 유튜버에게 고마워해야 할지…."

이제는 헬스장이 장소와 운동기구를 빌려주는 곳이 되었다며 박 관장은 웃었다. 이곳으로 옮긴 뒤 주희의 일상은 다시 평온하고 조용해졌다.

'여성 전용 헬스장으로 옮기길 잘했어.'

전에 있던 곳은 이렇지 않았다. 주희가 처음 갔을 때만 해도 사람이 아주 북적거리는 시간은 아니었다. 하지만 어느새 클럽 안은 남자 회원들로 북적거렸다. 단순히 운동을 하러 오는 사람이 많은 게 아니었다. 어떤 회원은 운동보다 주희 주변을 어슬렁거리는 것으로 시간을 보냈다.

그들은 먹이를 노리는 하이에나처럼 주희의 주변을 어슬렁거리며 기회가 있을 때마다 말을 걸었다. 누구 하나가 주희에게 PT를 받겠다며 등록을 하자, 경쟁이라도 하듯 서로 PT를 신청했다. 주희는 그마저도 달갑지 않았다. 그들의 속셈이 무엇인지 뻔히 보였고 예상은 빗나가지 않았다.

차라리 진심으로 주희와 운동을 할 마음이라면 괜찮겠지만 그들은 트레이너로 주희를 인정하는 게 아니라 주희의 얼굴과 몸매에 집중했다. 돈을 주고 주희와 함께하는 시간을 보장받은 그들은 웨이트 동작을 하는 틈틈이 농담을 걸고 엉뚱한 동작으로 주희의 손길을 기다렸고 사적인 호기심을 드러냈다. 늦은 저녁에 퇴근하는 주희를 밖에서 기다리는 남자도 있었다. 같이 술 한잔하기 위해 기다렸다는 말에 주희는 짜증과 분노가 치밀었다.

오전으로 근무 시간을 바꿔 달라고 부탁했지만 관장은 고개를 저었다. 오전 시간을 맡고 있는 트레이너가 저녁 알바를 해서 시간 변경이 어렵다고 했다. 자신도 오전에 맡고 있는 주부 프로그램을 책임져야 한다고 했다. 주희는 대충 무슨 얘긴지 알아챘다.

오전 시간 트레이너가 귀띔해 주던 게 생각났다. 오전 특별 프로그램에 참가하는 주부와 관장이 내연 관계라는 소문이었다. 주부는 오후에 시간을 내기가 어렵겠지. 관장이 누구와 눈이 맞든 자신이 알 바 아니었다. 관장에게도 근무 시간을 오후로 바꿀 수 없는 절대적 이유가 있는 셈이었다.

관장은 남자 회원들의 호의를 좋게 생각하라며 이번 기회에 괜찮은 사람을 찾아보라는 참견까지 했다.

"이제 슬슬 결혼도 해야 하는 나이 아니야? 잘 한번 찾아봐요."

주희의 불편함이 무엇인지 전혀 인식하지 못하는 것 같았다. 미친, 나는 돈을 벌기 위해 직장을 다니는 거지, 결혼 상대를 찾거나 당신들 눈요기가 되려고 온 게 아니야.

한두 명이라면 적당히 처리하고 끝내겠지만 잘 알아듣게 정리했다 싶으면 또 다른 놈이 찝쩍거렸다. 끝없이 이어지는 악몽 같았다. 근무 시간은 물론이고 운동 시간까지 방해받는 일이 계속되자 이대로는 안 되겠다는 생각이 들었다.

신경이 날카로워질 대로 날카로워졌을 즈음 끈덕지게 주희의 곁을 맴돌며 기회가 있을 때마다 주희를 톡톡 건드리는 한 회원 때문에 스트레스가 점점 심해졌다. 따끔하게 뭐라 한마디 하려고 하면 주희가 오해하고 있다는 식으로 말을 돌렸다. 퇴근하면 뒤를 따라왔다. 하루 종일 놈의 기척이 느껴졌다. 아예 스토커가 되기로 작정한 듯했다. 그냥 놔둘 수가 없었다. 인내력도 바닥이 났다.

결국 직장을 옮기기 위해 수소문을 하던 중, 몇 년 전 함께 일했던 박은영 트레이너가 여성 전용 헬스장을 오픈했다는 소식을 듣고 연락을 했다. 오랜만의 연락이었지만 박 트레이너는 반갑게 전화를 받아 주었고 마침 새 직원이 필요하던 참이라며 주희를 반겼다.

직장을 옮긴 탓에 출퇴근 시간은 길어졌지만 그래도 집까지 한 번에 가는 버스가 있어 불편한 점은 없었다. 무엇보다 짜증을 유발하는 남자들이 사라진 것이 개운했다.

달리기에 집중하던 주희는 갑자기 정지 버튼을 누르고 러닝머신에서 내려왔다. 어디선가 인기척이 느껴졌다. 아직 안에 남아 있는 사람이 있나? 다시 신경이 날카로워졌다. 주위를 둘러보고 탈의실을 확인하려는 순간 누군가 조심스럽게 현관문을 두드렸다.

주희는 얼른 아령을 집어 들고 발소리를 줄이고 현관문으로 걸어갔다.

"누구세요?"

"아, 저예요. 최은서예요."

최은서? 아, 마지막으로 나간 회원이었다. 주희는 아령을 내려놓고 문을 열었다. 은서가 서둘러 안으로 들어오더니 문을 잠그려 했다. 어둠 속에서도 최은서가 잔뜩 겁을 먹고 있는 게 느껴졌다.

"왜 그래요? 무슨 일 있어요?"

"죄송해요. 저 잠깐만 여기 있다 가면 안 될까요?"

물건을 놓고 간 건 아닌 모양이다. 나간 지 꽤 시간이 된 것 같은데… 이미 영업을 끝내고 불까지 끈 헬스장에 들어와서 문까지 잠그는 것도 모자라 잠깐 있다 가겠다니, 뭔가 사연이 있어 보였다. 주희는 일단 은서를 안으로 데리고 들어오며 헬스장 불을 켰다.

은서는 잔뜩 움츠러든 어깨를 두 손으로 감싸며 불안한 표정으로 실내를 서성거렸다. 무엇 때문인지 안절부절못하고 있었다.

"무슨 일이에요?"

주희의 질문에 입술을 깨물며 망설이던 은서가 조심스럽게 입을 열었다.

“저기, 건물 앞에 그 사람이 서 있어요. 제가 나오기를 기다리고 있어요.”

“그 사람?”

“…몇 달 전에 헤어진 남자 친구예요. 계속 이렇게 아무 때나 불쑥 찾아와요.”

최은서는 등록한 지 한 달이 채 안 된 회원이다. 아직 이름도 제대로 각인되지 않은. 그러니 개인사도 잘 알지 못했다.

“정말 미치겠어요. 여긴 또 어떻게 알았는지….”

주희는 불안해하는 은서의 얼굴에서 공포를 보았다. 여성 전용 헬스클럽에 오니 이런 일도 있구나. 전에는 한 번도 고민해 보지 않았던 문제였다. 피곤과 짜증이 밀려들었다. 하지만 겁먹은 회원에게 그런 내색을 할 수는 없었다.

주희는 은서의 곁으로 다가가 등을 쓰다듬었다.

“…자세히 얘기해 봐요.”

“안 만나면 죽여 버리겠다고, 그래서 이사도 하고 전화번호도 바꿨는데….”

남자에게서 벗어나려고 노력은 한 것 같았다. 남자는 이럴 때 더 집요해진다.

주희는 눈물을 글썽이며 어쩔 줄 몰라 하는 은서를 보다가 인상을 찡그렸다. 주희는 고개를 좌우로 꺾었다. 겨우 풀리던 근육들이 다시 뻐근해져 오는 게 영 기분이 안 좋았다. 주희는 어깨와 목덜미를 주무르며 은서에게 물었다.

“직장은요?”

“그것도 옮겼어요. 다시 직장 구하느라 얼마나 힘들었는데….”

"혹시 SNS 해요? 인스타나 페북 같은 거."

"그거야… 하지만 계정도 바꿨는데요."

"친구 타고 들어오면 못 찾을 건 없죠."

은서는 놀란 듯 손을 입으로 가져갔다. 주희는 한마디 해 주려다 입을 다물었다. 남자에게 완전히 모습을 감춰야 한다면서 도대체 인스타그램 같은 건 왜 못 버리는지, 그렇게 조심성이 없으면서 안 들키길 바라다니. 하지만 은서의 잘못은 아니다. 문제는 여자의 거절을 받아들이지 못하는 놈에게 있다. 어디에나 있는 미성숙한 찌질이들.

주희는 은서를 안심시키기 위해 일단 물을 한 잔 따라 주었다. 은서가 물을 마시는 모습을 지켜보던 주희는 실내의 불을 껐다.

"아, 죄송해요. 퇴근하셔야 하는데…."

은서는 주희의 행동을 오해하고 가방을 챙겨 들었다.

"가려고요? 그 남자 밖에 있다며?"

"네, 하지만 여기 문도 닫아야 하니까…."

주희는 은서의 어깨를 토닥이고 창가로 걸어가 건물 앞 거리를 내려다보았다.

"인상착의가 어떻게 돼요?"

주희가 무엇을 하려는지 눈치챈 은서가 조심스럽게 주희의 등 뒤로 다가와 창밖을 바라보았다.

"저기… 저 후드티 입은 남자예요."

주희는 은서가 가리키는 남자를 쳐다보았다. 위에서 내려다보는 거라 정확히 가늠이 되지는 않았지만 큰 덩치는 아니었다. 회색 후드티를 입은 남자는 주위를 두리번거리다 이따금 고개를 들어 건물을 올려다보았다. 이대로 물러날 기세가 아니었다.

은서는 남자가 고개를 들자 움찔하며 뒤로 물러났다. 주희는 겁에 질린 여자의 얼굴을 힐끗 보다가 물었다.

"어떻게 할 생각이에요?"

"네?"

"이렇게 계속 있을 수는 없잖아요?"

"…죄송합니다."

은서는 난감한 표정으로 어쩔 줄 몰라 했다. 주희의 질문을 오해한 것 같았다.

주희는 여자를 빤히 쳐다보다 물었다.

"그게 아니라, 저 남자 어떻게 할 거냐고요?"

"네? …어떻게 할… 저도 잘 모르겠어요."

"계속 이렇게 숨고, 도망 다니고… 이런다고 끝날 거 같아요?"

"그럼 어떡하죠? 경찰에도 신고해 봤어요. 하지만 그때뿐이에요. 경찰도 뭘 해 줄 수 있는 게 없다고 해요."

경찰은 사건이 일어나기 전까지는 구경꾼에 불과하다. 그들이 할 수 있는 건 없다. 겁에 질려 울먹거리는 은서를 보고 있자니 답답한 마음과 안쓰러운 마음이 교차했다. 아직 20대 초반으로 보이는 앳된 얼굴이다. 사귀기 전까진 남자가 이런 놈인 줄 몰랐을 것이다. 어쩌면 그래서 놈의 겁박이 더 무섭게 느껴지겠지. 그럴수록 놈은 최은서를 더 몰아세우고 끈질기게 들러붙을 것이다. 해 주고 싶은 말이 많았지만 주희는 그 말을 꿀꺽 삼켰다. 모든 여자가 주희처럼 깔끔하게 해결하지는 못한다.

보통은 사랑했던 사람이라는 관계 때문에, 그동안 쌓인 여러 감정들이 정리되지 않아 주저하고 망설이다 틈을 보인다. 그 틈을 본 남자는 자기 기분에 따라 여자를 괴롭히기도 하고 위협도 하면서 손아귀에서 놓아주지 않는다. 남자가 스스로 물러나기 전까지 가슴 조이며 숨죽이고 사는 여자들이 얼마나 많은지.

이 여자도 놈을 물리치기에는 아직 결심이 서지 않았다. 이렇게 뒷걸음질 치고 숨는 순간 남자는 더 치고 들어와 자신의 자리를 넓힌다. 남자의 의지를 꺾어 놔야 한다. 두 번 다시 찾아오지 못하게 완전한 방법을 찾아야 한다.

주희는 굳이 자신의 해결 방법을 얘기해 줄 마음은 없었다. 완전한 이별은 사람마다 다르다. 각자의 성향과 관계의 밀도에 따라, 남자의 반응에 따라 적절한 방법을 찾아야 한다. 그 방법은 은서 스스로 찾아야 한다. 그래도 이대로 내버려 둘 수는 없다. 우선 내 눈에 거슬리는 건 봐줄 수가 없지.

주희는 창밖을 쳐다보며 은서에게 물었다.

"저 남자 이름이 뭐예요?"

"네? 남서준이요."

주희는 은서의 손을 잡고 코가 닿을 듯 얼굴을 가까이 들이댔다.

"잘 들어요. 저놈이랑 진짜 끝내고 싶으면 저놈 눈을 똑바로 노려보며 말해야 해요. 두 번 다시 내 눈에 띄지 말라고."

"그렇게 말한 적도 있어요. 들은 척도 안 해요."

"겁먹지 말고, 애원하지 말고 당당하게 말해요. 정색을 하고 눈동자 너머의 놈에게 말해요. 한 번만 내 눈에 띄면 그땐…."

'죽여 버릴 거야.'

그 말은 목 안으로 삼켰다. 은서의 내면에서 서서히 끓어오르는 분노로 만들어진 말이 아니면 소용없다. 누군가 시켜서 할 수 있는 말이 아니다. 온 마음으로, 세포 하나하나까지 진심으로 분노를 뿜어내지 않으면 효과가 없다.

'놈에게 두려움을 심어 주라고, 사냥감이 되지 말고. 이제부턴 내가 널 사냥할 거니까. 겁을 먹을 사람은 바로 너라고 얘기를 하라고.'

주희는 계속 은서의 눈을 바라보며 자신이 하고 싶은 말들을 떠올렸다. 그렇게 마음으로 건네면 은서가 알아듣기라도 할 것처럼.

"내 눈에 띄면 그땐… 뭐라고 해요?"

은서의 눈에는 걱정과 망설임, 겁을 집어먹은 초식동물의 연약한 눈물이 가득했다. 주희는 은서를 안아 주고 싶었다. 겁먹지 마 제발 겁먹지 말고 싸워.

주희는 말 대신 가방을 챙겼다. 나갈 준비를 끝낸 주희는 은서의 팔을 잡고 말했다.

"어떤 말을 할지는 회원님이 잘 생각해 봐요. 여기 있다가 10분 뒤에 나와서 택시 타고 집으로 가요. 남자는 내가 따돌릴 테니까."

"네? 어떻게 하시려고요?"

"그런 건 나한테 맡기고. 알았죠? 10분 뒤에 집으로 돌아가요. 아, 문은 따로 잠그지 않아도 돼요."

주희는 은서를 남겨 두고 헬스클럽을 나왔다.

건물 현관문을 밀고 나오자 남자가 몸을 내밀어 다가서려다 주희의 얼굴을 확인하고 걸음을 멈췄다. 남자는 이내 시선을 돌리고 건물을 올려다보았다. 키는 주희와 비슷했다. 남자의 입에서 나온 욕설이 주희의 귀에 들렸다.

"뭐라고요?"

주희가 돌아보자 잠시 당황한 표정이던 남자는 이내 인상을 쓰며 말했다.

"…그쪽한테 한 얘기 아니에요."

"최은서 기다려요?"

남자의 눈이 커졌다. 주희는 남자를 쳐다보다가 몸을 돌렸다.

"지금 만나러 갈 건데, 볼일 있으면 따라와요."

주희가 걸음을 옮기자 머뭇거리던 남자는 이내 주희의 뒤를 따라왔다.

"은서 어디 있어요?"

주희는 주위를 둘러보며 근처 골목으로 향했다.

'이곳엔 CCTV가 너무 많아.'

그러나 생각보다 사각지대를 찾는 것은 어렵지 않다. 아무리 번화한 도시라고 해도 건물과 건물 사이, 두 사람 정도 들어갈 조용하고 은밀한 공간은 충분히 있었다.

주희를 따라오던 남자는 어느새 주희의 앞을 가로막았다.

"은서 어디 있냐고? 당신 누구야?"

"저기, 저 건물 사이로 들어가면 뒤쪽 지하에 주차장이 있어. 은서는 내 차에서 기다리고 있어."

놈은 더 들어 보지도 않고 건물 사이로 뛰어갔다. 건물 뒤편 지하는 막다른 벽이 있을 뿐이다. 출구가 없다는 사실을 깨달은 남자는 몸을 돌렸다. 바로 뒤까지 따라간 주희는 틈을 놓치지 않고 남자의 목에 전기충격기를 들이댔다.

남자가 몸을 떨며 바닥에 쓰러졌다. 주희는 다시 한번

전기충격을 주었다.

남자가 몸을 비틀며 신음 소리를 냈지만 주희는 아랑곳하지 않고 주머니를 뒤졌다. 바지 주머니에 있는 휴대폰을 꺼내 화면을 켰다. 갤러리 앱부터 확인했다.

'이런 놈들의 특징은 너무 잘 알지.'

아니나 다를까 여러 사진 중에 은서의 사진도 있었다. 그때는 추억이었으나 지금은 협박용으로 쓰기에 충분한 사진과 동영상들. 주희는 갤러리에 있는 사진을 몽땅 지웠다. 갤러리가 깔끔하게 지워진 것을 확인한 주희는 남자의 얼굴에 휴대폰을 대고 사진을 찍었다. 충격으로 정신을 못 차리는 와중에도 남자는 얼굴을 가리려고 손을 들었다. 주희는 자신의 휴대폰을 꺼내 다시 남자의 얼굴을 찍었다. 남자가 고함을 질렀다.

"뭐 하는 거야?!"

주희가 누워 있는 남자의 배를 발로 걷어찼다. 이럴 때를 위해 운동을 꾸준히 해 왔지. 주희는 남자의 머리카락을 움켜쥐고 일으켜 가까이 얼굴을 들이댔다.

"너야말로 뭐 하는 거야? 할 짓이 그렇게 없어?"

"…."

남자는 대답 대신 팔을 뻗어 주희의 손을 저지하려 했다. 하지만 운동으로 다져진 주희의 완력을 당해 낼 수는 없었다. 주희는 남자의 팔을 비틀어 꺾었다. 남자의 입에서는 이제 신음 소리가 아니라 비명이 들렸다.

"너 엄마한테 안 배웠니? 친구가 너랑 놀기 싫다고 하면 그냥 얌전히 집으로 돌아가는 거야. 생떼를 쓰며 징징댈 나이는 지났잖아?"

"네가 뭔데 참견이야?"

곧 죽어도 으르렁거리겠다 이거지? 주희는 남자의 등 뒤로 꺾은 팔을 더 위로 올렸다. 남자가 고통에 못 이겨 몸을 비틀었다. 주희는 남자를 벽으로 밀어붙여 다시 한번 팔을 힘껏 꺾어 올렸다. 두둑, 뼈가 빠지는 소리가 들렸다.

"으악—"

빠진 팔이 아래로 축 늘어졌다. 주희는 다시 남자의 사타구니를 걷어찼다. 남자는 무릎을 꺾고 주저앉았다. 주희는 놈의 등을 무릎으로 짓누르고 놈의 휴대폰에 저장된 연락처를 확인했다. 주희는 자신의 휴대폰을 꺼내 남자의 휴대폰 화면을 찍었다. 화면을 넘기며 사진을 몇 장 더 찍은 뒤 남자의 눈앞에 휴대폰을 내밀었다.

"네 폰에 있는 연락처, 카톡, 인스타, 페북 다 찍었어. 네 그 찌질한 얼굴도 찍었고. 한 번만 더 은서 앞에 나타나면 너를 알고 있는 사람들 모두 길바닥에 쓰러져 있는 네 얼굴을 보게 될 거고 네가 한 짓도 알게 할 거야. 사회적으로 매장된다는 게 뭔지 아니?"

"아 씨발, 이년이 미쳤나 내가 누군 줄 알고…."

바닥에 쓰러져 입에서는 침이 흘러내리는데도 남자는 호기롭게 주희의 신경을 건드렸다. 주희는 남자의 머리카락을 움켜잡고 있는 힘껏 바닥에 내려쳤다. 몇 번이고 놈의 머리를 잡아 같은 동작을 반복했다. 버둥거리던 남자의 몸에서 힘이 빠졌다. 손을 놓자 머리가 힘없이 툭 떨어졌다. 바닥으로 붉은 액체가 조금씩 번져가는 게 보였다. 주희의 머릿속에서 빨간 경고등이 번쩍거렸다.

주희는 그제야 여기서 멈춰야 한다는 것을 깨달았다.

이렇게까지 할 생각은 없었다. 남자가 욕을 하는 순간 머릿속이 하얗게 비워졌다. 간신히 정신을 차리고 멈춘 것은 은서 때문이다. 만약 이놈이 죽는다면 은서가 증인이 될 것이다.

주희는 잠시 귀를 기울였다. 놈의 숨소리가 들렸다. 주희는 옷에 묻은 먼지를 털며 자리에서 일어났다. 주희의 무게에서 풀려난 놈은 바닥에 벌렁 누웠다. 조금 전까지 욕을 내뱉던 입은 거친 숨을 몰아쉴 뿐 아무 말도 하지 않았다. 다행히 죽을 것 같지는 않다. 내가 이 자식에게 이름을 말했던가? 그런 기억은 없다. 놈이 두려운 건 아니다. 다만 귀찮은 일이 생기는 게 싫을 뿐이다.

주희는 바닥에 떨어진 전기충격기를 주웠다. 남자의 몸이 파르르 떨렸다. 주희는 전기충격기를 가방에 넣었다.

"다시는 이 근처에 얼씬거리지도 마. 알았어?"

"…."

"대답 안 해?"

주희가 가방에서 다시 전기충격기를 꺼내자 남자는 미친 듯이 고개를 끄덕였다. 뭐라고 중얼거렸지만 잘 들리지 않았다. 주희는 놈을 내버려 두고 걸음을 옮겼다. 뒤에서 기척이 들리더니 사진 찍는 소리가 들렸다. 돌아보니 놈이 휴대폰으로 주희를 찍고 있었다.

주희는 주머니에서 잭나이프를 꺼냈다. 남자의 표정이 금세 바뀌었다. 이제야 사태가 심각하다는 것을 깨달은 모양이었다. 주희는 남자의 목에 칼날을 들이댔다. 놈은 숨도 제대로 못 쉬고 헐떡거렸다.

"사, 살려 주세요. 다시는 안 그럴게요."

"남서준. 너 어디 사는지도 알아. 뭐 하는 놈인지도 알고. 앞으로 네가 뭘 하고 살지 나는 하나도 관심 없어. 근데 네가 다시 내 눈에 보이면 넌 이 세상에 없을 거야."

주희는 남자의 귀밑에 칼날을 들이댔다. 살갗을 파고드는 칼의 흔적이 턱에 그려졌다. 남자의 숨이 가빠졌다.

"이건 오늘을 잊지 말라고 새겨 주는 거. 다음에 내 눈에 보이면 이 흔적을 따라 고랑을 깊게 팔 거야. 알았어?"

"아, 알았어요. 다신 안 그럴게요."

남자는 저항할 생각도 접은 듯했다. 눈에 띄게 남자의 몸에서 힘이 빠져나가는 게 느껴졌다.

주희는 칼을 거두고 남자의 손에서 휴대폰을 빼앗아 힘껏 담벼락에 집어 던졌다. 어둠 속에서 액정 깨지는 소리가 들렸다. 주희는 잭나이프로 휴대폰을 몇 번이나 내리찍었다. 주희의 모습에 질린 듯 남자가 몸을 질질 끌면서 뒤로 물러났다.

주희는 휴대폰이 완전히 분해되어 조각이 되고서야 비로소 칼을 거두고 자리에서 일어났다. 더 있어 봤자 피곤할 뿐이다. 어서 집으로 돌아가 뜨거운 물에 몸을 씻고 싶었다.

지상으로 올라오자 기다렸다는 듯이 비가 쏟아졌다. 주희는 근처 건물의 현관에 잠시 서서 비를 피하며 가방을 열었다. 스포츠타월을 꺼내 칼과 손에 묻은 피를 닦았다. 주희는 타월을 가방에 넣고 우산을 펼쳐 쓰고 걸음을 옮겼다. 찌뿌둥하던 몸은 어느새 풀려 있었다. 가볍게 목을 돌려 보았다. 근육도 부드럽게 이완되어 있었다. 적당한 아드레날린이 몸을 가볍게 만든 모양이다. 오늘 밤은 푹 잘 수 있을 것 같았다.

골목을 걸어 나오며 주희는 놈을 협박하며 했던

말들을 떠올렸다. 그게 얼마나 효과가 있을지 몰라도 한동안은 은서 주변에 나타날 엄두를 내지 못할 것이다. 내일 은서를 만나면 만약을 위해 자신을 지킬 수 있는 방법을 몇 가지 알려 줘야겠다고 생각했다.

도로 쪽으로 나온 주희는 버스 정류장으로 가는 대신 빈 차 표시등을 켜고 정차해 있던 택시를 향해 걸음을 옮겼다.

3.

택시는 자유로를 벗어나 일산으로 들어섰다.

"일산 어디예요?"

택시 기사가 자세한 목적지를 물었다.

"글쎄요, 어디로 가면 좋을까요?"

택시 기사가 뭔 소리냐는 듯 뜨악한 표정으로 주희를 보았다. 주희는 룸미러로 자신을 보는 남자에게 미소를 지었다. 예상치 못한 상황인지 그의 눈동자가 흔들리는 게 느껴졌다. 주희는 이대로 그를 돌려보내고 싶지 않았다. 택시를 탔을 때는 미처 깨닫지 못했다.

"아, 아니 그게 무슨 소리…."

남자는 말을 제대로 잇지 못했다. 괜히 헛기침을 했다. 그가 해 주던 이야기가 생각났다. '손님 중에는 그런 사람 많아요.' 과연 그게 진짜였을까? 하필이면 왜 그런 이야기를 꺼낸 걸까?

주희는 자연스럽게 기사의 한쪽 어깨에 살포시 손을 얹고 물었다.

"비도 오고… 이대로 집에 들어가기가 싫네요. 어디 조용한 곳 알아요?"

"아니 지금 12시도 넘었고…."

"차에서 빗소리 들으며… 해 봤어요?"

계속 말이 많던 남자는 주희의 질문에 입을 닫았다. 지금 그의 머릿속이 얼마나 바쁘게 돌아갈지 생각하니 웃음이 나왔다. 잠시 머뭇거리던 남자는 곧 어딘가 생각이 났는지 주희를 힐끗 보더니 조심스럽게 물었다.

"이 근방에서 조용한 곳이라면 한 군데 있기는 한데…."

"어디든 좋아요. 가요."

주희의 말에 남자는 자동차의 속도를 줄였다. 자동차는 킨텍스 뒤편의 수변공원으로 향했다. 주희도 그가 어디를 가는지 대충 감을 잡았다. 그곳이라면 가 본 적이 있었다.

주변은 허허벌판이고 간간이 농장의 비닐하우스들이 늘어서 있을 뿐이다. 당연히 가로등 같은 것도 없다. 더구나 이렇게 비가 오는 밤이라면 누구의 눈에도 띄지 않을 것이다. 잠시 차를 대고 은밀한 시간을 보낼 곳은 얼마든지 있다.

남자는 룸미러로 주희의 표정을 살폈다. 주희는 짐짓 모른 척 창밖으로 시선을 돌렸다.

자동차는 고요하기만 한 시골길에 멈춰 섰다. 남자는 잠깐 꼼짝도 하지 않다가 결심한 듯 뒤를 돌아보았다. 주희는 느긋하게 뒷좌석에 등을 기대며 그에게 미소를 지어 보였다. 남자는 침을 꼴깍 삼키더니 서둘러 안전벨트를 풀고 차에서 내린 뒤 뒷좌석 문을 열고 서둘러 주희의 곁으로 다가앉았다. 그는 크게 숨을 들이마시더니 주희의 다리에 손을 올렸다. 이미 상체는 주희의 몸을 짓누르고 있었다. 그의 거친 숨결이 주희의 목에 닿았다.

"레깅스를 봤을 때부터 찢고 싶었—"

남자는 채 말이 끝나기도 전에 부르르 몸을 떨었다. 주희는 그의 몸을 밀어내고 다시 한번 남자의 목에 전기충격기를 들이댔다. 저항 한번 못 하고 남자의 몸이 다시 출렁거렸다. 주희는 가방에서 운동화 끈을 꺼내 남자의 손목을 뒤로 묶었다. 의식을 잃었는지 아무런 반응이 없었다.

주희는 차에서 내려 운전석 쪽으로 걸어갔다. 차가운 빗방울이 거칠게 몸을 때렸다. 잠깐 동안 온몸이 젖어 버렸다. 주희는 잠시 고개를 들어 하늘을 쳐다보았다. 얼굴과 몸이 빗물에 흠뻑 젖어 가자 언젠가 숲에서 이렇게 비를 맞던 날이 생각났다.

그래, 비가 내리는 순간 참을 수가 없었던 거지. 주희는 곧 자신이 어디로 가야 할지 깨달았다. 운전석에 올라탄 주희는 조용히 차를 몰아 자신만의 숲으로 향했다.

주희는 숲으로 가는 동안 할머니를 떠올렸다.

누구에게나 세상을 살아가는 자기만의 방식이 있다고 했던가?

주희의 짐작대로 할머니의 독초는 꽤 유용하게 쓰였다.

주희는 할머니와 살면서 어른들 역시 아이들과 다르지 않다는 것을 알았다. 싸우기도 하고 삐지기도 하고 편먹고 누구를 따돌리기도 했다. 농사일이 끝나는 겨울이면 동네 할머니들은 마을회관에 모여 심심풀이 화투를 치기도 하고 가마솥을 걸어 놓고 동네잔치를 하듯 푸짐하게 음식을 해서 나눠 먹기도 했다.

동짓날이라고 팥죽을 끓여 나눠 먹던 날이었다. 주희는 마을회관에 있는 할머니의 연락을 받고 남은 팥죽을 받으러 회관에 들렀다. 할머니는 더 놀다가 가겠다며 주희를 먼저 올려 보냈다. 마을회관에서 노는 날이면 할머니는 저녁때나 되어야 집에 돌아왔다. 하지만 그날은 어쩐 일인지 30분도 안 되어 돌아왔다. 할머니 표정이 안 좋았다.

"할머니 무슨 일 있었어?"

"응? 아니다. 그냥 머리가 아파서 왔어."

정말 머리가 아팠는지 할머니는 베개를 가져다 자리를 잡고 누웠다. 주방에서 얻어 온 팥죽을 먹던 주희는 방 안에 누워 있는 할머니의 혼잣말을 들었다.

"망할 년, 누구한테 막말이야? 할 말이 있고, 못 할 말이 있지. 그것도 구분 못 해?"

그제야 할머니가 누군가와 싸우고 왔다는 것을 눈치챘다. 화투를 치다가 셈을 자꾸 속이거나 줘야 할 돈을 안 주고 억지를 부리는 할머니들이 있다는 얘기를 들은 적이 있어서 또 그런 일이 있었나 보다 생각했다. 그럴 때면 할머니는 며칠 동안 마을회관으로 가는 발길을 끊었다가 누군가 와서 몇 마디 말을 붙이고서야 기분을 풀고 마실을 가곤 했다.

며칠이 지나 동네 친구들과 놀고 있는데 마을 입구로 들어오는 구급차가 보였다. 할머니, 할아버지가 많다 보니 이따금 마을로 구급차가 들어오는 일이 있다. 누구의 집에 차가 멈추면 며칠 뒤 그 집 어른이 돌아가셨다는 얘기를 들었다. 주희는 할머니 생각이 나서 아이들과 함께 구급차의 뒤를 따라 뛰었다. 다행히 구급차는 마을회관 옆 파란 지붕 집 앞에 멈췄다.

파란 지붕 집을 기웃거리던 주희는 그 집 할머니가 들것에 실려 나오는 것을 보고 집으로 뛰었다. 집에 들어가자마자 할머니를 찾았다. 할머니는 칡뿌리를 잘게 자르고 있었다.

"할머니도 저 소리 들었지? 구급차가 왔어요."

"누가 갈 때가 된 모양이지."

할머니는 별일 아니라는 듯 태연히 잘게 자른 칡뿌리를 신문지 위에 널었다. 이미 누가 병원에 실려 갔는지 다 아는 것 같았다. 주희는 동짓날 할머니가 누구와 싸웠는지 알고 있었다. 할머니를 달래려고 왔던 진주네 할머니와 나누던 이야기를 우연히 들었다.

"알잖어, 그 여편네 생각 없이 아무 얘기나 지껄이는 거. 임자가 그러려니 하고 넘어가."

"지금 나랑 싸우자고 왔어? 뭘 그러려니 하고 넘어가? 그렇게 넘어가면 자기가 뭘 잘못했는지도 모르고 또 속을 뒤집어 놓지. 이런 일이 한두 번이야?"

"그럼 뭐, 경찰에 신고라도 할까? 살다 보면 이웃끼리 싸우기도 하고 다시 화해도 하고 그러는 거지."

진주네 할머니의 말 때문이었는지 다시 안 볼 것처럼 차갑게 말하던 할머니가 어제는 나물 반찬을 만들어서 주희를 앞세워 마을회관으로 향했다. 회관에 있는 사람들에게도 먹으라고 건네주고 파란 지붕 집 할머니에게도 한 그릇 나눠 주었다.

"살아 있을 때 잘해야지. 목숨도 다 자기 하기 나름이야." 집에 돌아오는 길에 할머니는 알 듯 모를 듯한 소리를 했다. 무슨 말인지 물어보고 싶었지만 왠지 물어볼 수가 없었다.

파란 지붕 집 할머니는 급성신부전으로 병원에 며칠 입원해 있다가 돌아가셨다. 할머니들끼리 모여 평소 지병이 있었다는 얘기를 했지만 주희는 왠지 그 때문만은 아니라는 생각이 들었다.

주희는 알고 있었다. 나물 반찬을 만들어 여러 통에 담았지만 파란 지붕 집 할머니에게 건네준 나물 반찬은 할머니가 따로 만든 것이었다.

주희는 며칠 동안 경찰이 찾아올까 봐 조마조마했다.

엄마와 아버지를 따라 다시 서울로 오기 전까지 그런 일이 몇 번 더 있었다. 그때마다 주희는 집 뒤 창고에서 나물을 들고 오는 할머니를 유심히 지켜봤다.

뭐든 알뜰히 모아 두면 다 쓸모가 있는 법이다.

4.

정신이 든 남자는 자신이 좁은 공간에 갇혀 있다는 것을 깨달았다. 갇힌 곳은 자동차 트렁크였다.

달리는 자동차의 트렁크 안은 좁고 어두웠다. 손은 뒤로 묶여 있고 구겨진 몸을 제대로 움직일 수도 없었다. 자신이 흔들리는 자동차 트렁크에 누워 있으리라고는 짐작도 하지 못했다.

도대체 무슨 일이 벌어진 거지? 얼마나 시간이 지난 거지? 누가 운전을 하고 있는지, 어디로 가고 있는지 궁금한 것투성이였다. 남자는 어떻게든 이 상황을 납득해 보려고 머리를 굴렸다.

뒷좌석으로 간 것까지는 기억이 난다. 여자에게 몸을 밀착하는 순간 온몸에 경련이 일었다. 몸을 가눌 사이도 없이 그대로 의식을 잃었다. 그런데 다음 전개가 트렁크 안이라니, 지금 상태로 보아 이 모든 건 그 여자의 짓이 틀림없다. 여자의 정체가 뭔지 궁금해졌다.

비포장을 달리는지 한참을 덜컹거리던 자동차의 속도가 줄어들더니 어딘가에 정차하는 게 느껴졌다. 차체를 두드리는 빗소리가 들리지 않는 걸 보면 비는 멈춘 듯했다. 신경을 곤두세우고 들어 보니 누군가 운전석에서 내려 뒤로 걸어오는 소리가 들렸다.

트렁크가 열리고 여자의 얼굴이 보였다. 여전히 어두운 걸 보면 시간이 많이 지난 것 같지는 않았다. 남자는 자신을 향해 씨익 웃는 여자를 보고 소름이 돋았다. 여자의 눈은 아까와 달리 차갑게 변해 있었다. 순간 깨달았다. 이년, 미친년이다. 잘못 걸렸다.

여자는 익숙한 듯 거침없이 남자를 트렁크에서 끌어 내렸다. 비에 젖은 풀이 가득한 곳에 떨어져 그렇게 아프지는 않았다. 남자는 바닥에 누운 채 이곳이 어딘가 하고 주위를 두리번거렸다. 비를 뿌린 구름이 지나고 환하게 뜬 달 덕분에 주변 풍경이 차츰 눈에 들어왔다. 나무가 빽빽한 곳이었다. 어느 숲속에 들어온 것 같았다.

"어디야 여기?"

"지금 그게 궁금해?"

여자는 한편에 쌓아 둔 나뭇더미 뒤로 가더니 안에서 뭔가를 찾아 꺼냈다. 툭툭 하나둘 밖으로 떨어지는 연장들이 서로 부딪치며 소리를 냈다. 저게 뭐지? 하는데 삽을 든 여자가 주위를 두리번거리더니 걸음을 옮겼다.

"야, 너 당장 이거 안 풀어? 뭐 하는 거야 지금?"

남자는 누군가 들을지도 모른다는 생각에 있는 힘껏 소리를 질렀지만 태연한 여자의 태도를 보자 절망감이 밀려들었다. 남자는 손목에 힘을 주며 어떻게든 끈을 풀어 보려 했지만 소용이 없었다. 자기를 내버려 두고 익숙하게 땅을 파고 있는 여자를 보자 등골이 서늘해졌다.

남자는 여자의 관심을 끌기 위해 다시 소리를 질렀다. 어떻게 해서든 말을 시키면서 이곳을 빠져나갈 방법을 찾아야 한다. 그러자면 여자가 왜 이러는지 알아야 한다.

"이러지 말고, 말로 해 말로. 진짜 왜 이러는 거야?"

여자가 삽을 집어 던지더니 주변에서 다른 연장을 집어 들고 남자에게 걸어왔다. 여자가 손에 든 연장은 도끼였다. 뭐, 뭐야? 거침없이 다가오는 여자의 모습에 바짝 겁먹은 남자가 목소리를 줄였다.

"내가 지금 뭐 하는 것 같아?"

"따, 땅을 파고 있잖아?"

"땅을 왜 파고 있을까?"

남자도 궁금했다. 여자의 무표정한 얼굴에서는 아무 감정도 읽을 수가 없었다.

"내가 물었지? 오늘이 마지막 날이라면 뭘 하고 싶냐고. 떠오르는 게 아무것도 없다고 했지?"

남자는 여자가 무슨 말을 하는지 갈피를 못 잡았다. 잠시 생각을 더듬다 택시 안에서 여자가 했던 말을 떠올렸다. 그게 이런 의미로 한 말이라고? 남자는 어이가 없었다. 꿈을 꾸는 듯 모든 게 비현실적으로 느껴졌다.

남자의 앞에 다가온 여자는 그대로 도끼를 내려쳤다. 남자는 간신히 몸을 돌려 도끼날을 피했다. 여자는 다시 머리 위로 도끼를 들어 올렸다.

"자, 잠깐만 잠깐만!"

남자는 다급하게 여자를 불렀다.

"하고 싶은 게 있으면 살려 줄 거야?"

남자의 질문에 흥미를 느꼈는지 여자의 팔이 스르르 내려갔다. 남자는 여자의 손에 들린 도끼를 노려보며 어떻게 해서든 시간을 벌어 보려고 했다.

"이제 생각났어? 하고 싶은 게 뭔데?"

여자의 눈이 반짝거렸다. 남자는 어쩌면, 기회가 있을지도 모른다고 생각했다.

"얘기하면 살려 주는 거야? 보내 주는 거지?"

"뭐, 대답이 마음에 들면. 어서 얘기해 봐. 뭘 하고 싶은데?"

"…집에 돌아가서 뜨거운 물로 샤워를 하고 침대에 누워 자고 싶어."

머릿속에 떠오르는 대로 말했지만 지금 정말 간절하게 원하는 일이었다. 이 미친년의 손아귀에서 벗어나기만 하면 얼른 집으로 돌아가 침대에 누워 이 악몽을 지워 내고 싶었다.

여자는 남자의 답을 생각하는 듯 고개를 끄덕이며 몸을 돌려 주변을 걸었다. 남자는 여자가 한눈을 파는 사이 어떻게든 끈을 풀어 보려고 손목에 힘을 주었다. 갑자기 툭 끈이 끊어졌다. 남자는 재빨리 여자의 표정을 살폈다. 아직은 아무 눈치도 채지 못한 듯했다. 여자가 다가올 때를 노려 남자가 반격을 하려는 순간 어느새 다가온 여자가 있는 힘껏 도끼를 휘둘렀다.

"으아악—"

여자가 내려친 도끼가 남자의 발목을 찍었다. 아까와는 또 다른 고통이 밀려들었다. 아니 몸이 느끼는 고통은 아무것도 아니었다. 여자의 거침없는 행동은 그야말로 공포였다. 여자의 동작은 간결하고 능숙했다. 한두 번 해 본 솜씨가 아닌 것 같았다.

남자는 자신이 꿈을 꾸고 있는 건가 싶었다. 아니다. 이렇게 끔찍한 아픔을 느끼는데 이게 꿈일 수는 없지. 이년 뭐야? 나한테 왜 이러는 거야?

남자는 비명을 지르며 울먹이는 목소리로 애원했다.

"제발, 제발 살려 주세요. 나한테 왜 이래요?"

여자는 남자에게 조금도 신경 쓰지 않는다는 듯 주위를 두리번거리며 중얼거렸다.

"…죽이기 전에 땅을 팔까? 아니면 널 죽인 다음에 땅을 팔까?"

"나, 날 죽일 생각이야?"

"그러게, 택시에 탈 때만 해도 죽일 생각은 없었는데 말이지."

죽일 생각은 없었다고? 그러면 지금 죽일 생각이라는 건 진심이라는 얘긴데. 아니야, 이렇게 아무도 없는 곳에서 미친년에게 개죽음을 당할 수는 없다.

"도대체 왜 날 죽이려는 건데?"

"그러니까 죽일 생각은 없었다니까. 그냥… 그래, 자동차 사고처럼, 하필이면 그때 내 눈에 네 택시가 보였던 거고, 넌 계속 내 신경을 건드렸고, 좀 조용히 하라고 할 때 말을 듣지 그랬어?"

여자는 가방에서 휴대폰을 꺼내더니 손전등을 켜서 주위를 살핀다. 전보다 주변이 훨씬 잘 보였다. 휴대폰 불빛 너머로 돌을 쌓아 둔 곳이 몇 군데 보인다. 자연적으로 쌓인 것 같지는 않고 무언가를 표시해 놓은 것 같다.

주위를 살피던 여자가 갑자기 웃음을 터뜨렸다. 이 상황에서 웃는다고? 남자는 고통도 잊은 채 여자를 쳐다보았다.

"그래, 내가 전에 파 둔 곳이 있었다니까."

여자는 즐거운 듯 혼잣말을 하더니 걸음을 옮겨 미리 파 둔 구덩이 안으로 들어갔다. 몇 번 더 삽질을 하더니 만족스러운 듯 구덩이에서 나왔다.

남자는 그제야 눈치챘다. 나를 묻으려고 하는 거구나. 달아나야 돼. 한쪽 다리를 질질 끌면서 이곳을 벗어날 수 있을까? 미친년이 아니라 살인마에게 걸렸어. 저 작은 돌탑들은 말 그대로 돌무덤이야. 자기가 죽인 사람을 묻어 둔 곳을 표시한 거라고. 하나, 둘, 셋, 도대체 몇 명이나 죽인 거야?

남자는 정신을 바짝 차리려고 애썼다. 어떻게 해서든 여자의 손에서 벗어날 기회를 찾아야 한다. 정신 바짝 차려! 발목에서 흘러나온 피가 신발을 흥건하게 적셨다. 정신이 몽롱해졌다. 겨우 몸을 일으켜 한쪽 다리를 끌면서 걸음을 떼었다. 뼈가 보일 정도로 발목이 찍혔지만 걸을 수는 있었다. 위기 상황이 닥치면 인간은 초인적인 힘을 발휘하게 되어 있다. 택시에 올라타기만 하면 이곳에서 벗어날 수 있다. 다시 걸음을 옮기는데 등 뒤에서 휙 공기를 가르는 소리가 들렸다. 고개를 돌려 보니 언제 왔는지 눈앞에서 여자가 도끼를 휘두르고 있었다.

본능적으로 손을 내밀어 얼굴을 막아 보았지만 도끼는 그대로 남자의 오른팔을 찍었다. 너무 고통스러우면 비명도 나오지 않는가 보다. 남자는 헉하고 숨을 토하며 그대로 주저앉았다. 눈물이 찔끔 나왔다. 도끼에 찍힌 팔뚝에서 피가 쏟아졌다. 남자는 왼손으로 팔을 붙잡았다. 흘러내리는 피를 막아 보려 했지만 고통으로 정신이 아득해졌다. 이런 몸으로는 아무것도 할 수 없다. 인정하고 싶지 않지만 도망칠 수 없다는 것을 받아들여야 한다. 하지만 이유는 알고 싶었다.

"…도대체 왜 이러는 거야?"

"그러게, 나도 알고 싶네. 내가 왜 이러는지."

도끼를 휘두르던 여자의 손에 어느새 잭나이프가 들려 있었다. 남자는 도망칠 의지를 상실한 채 숨을 헐떡이며 여자를 쳐다보았다.

"…자, 잘못했어요, 살려 주세요"

남자의 말을 들은 여자가 키득거렸다.

"아까까지 반말하던 새끼가 왜 갑자기 존댓말이야?"

"잘못했어요. 진짜 잘못했어요. 한 번만 살려 주세요."

"내가 땅까지 팠는데 널 살려 줄까?"

남자는 다시 한번 돌무덤들을 바라보았다. 여자가 뿌듯한 표정으로 돌무덤들을 가리키며 말했다.

"다들 잘못했다고, 살려 달라고 하더라. 그러게, 하지 말라고 할 때 말을 듣지 그랬어?"

남자는 여자의 말이 잘 이해되지 않았다. 여자가 무슨 말을 했지? 내가 무슨 말을 안 들었다는 거지? 죽일 생각은 없었다면서 구덩이는 왜 파 놓은 거냐고.

여자는 남자의 몸을 잡아끌고 거침없이 구덩이로 향했다. 여자는 70kg이 넘는 남자의 무게를 전혀 힘들어하지 않았다.

구덩이 옆으로 남자를 끌고 간 여자는 이내 남자를 구덩이 안으로 차 넣었다. 물이 고여 있던 구덩이에 얼굴이 박히자 남자는 숨이 막혔다. 다급해진 남자가 몸부림치며 간신히 얼굴을 들어 소리쳤다.

"이유나 좀 알자. 나한테 왜 이러는 건지."

여자가 가만히 남자를 쳐다보더니 고개를 갸웃거렸다.

"그냥 재수가 더럽게 없는 날이구나 생각해."

여자가 삽으로 흙을 퍼서 남자의 머리 위로 뿌렸다.

"자 잠깐, 잠깐만요."

남자는 몸 위로 떨어지는 흙의 무게를 느끼자 이제는 거의 흐느끼기 시작했다. 이대로 죽을 수는 없다는 생각이 들었다. 남자는 아직 실낱같은 희망이 있다고 믿고 싶었다. 생각나는 대로 아무 말이나 하기 시작했다.

"죽일 생각은 없었다고 했지, 그런데 지금은 왜 나를 죽이려는 건데…?"

여자는 고개를 숙여 남자를 쳐다보았다.

"나도 오늘은 참아 보려고 했거든. 근데 도저히 안 되네. 그냥 이게 나야."

말을 마친 여자는 흙을 퍼서 웅덩이에 던져 넣었다.

"제발, 제발… 이렇게 죽기 싫어."

남자는 자신의 얼굴을 덮는 흙덩이에 몸을 떨었다. 정말 이렇게 죽는다고? 남자는 자신이 왜 이런 일을 겪어야 하는지 억울했다. 조용한 곳으로 가자고 할 때 못 들은 척할걸, 이상한 낌새가 보일 때 바로 내려 주고 집에 가서 라면에 소주나 한잔할걸.

남자는 구덩이를 벗어나기 위해 발버둥을 쳐 보았지만 도끼에 찢긴 다리와 반쯤 절단된 팔의 고통만 커질 뿐이었다. 여자가 던지는 흙덩이가 얼굴을 때리고 가슴을 덮쳤다. 입 안으로 흙이 들어왔다. 이대로 죽는다는 게 실감이 나지 않았다. 남자는 입으로 들어온 흙의 맛을 느끼며 흐느껴 울기 시작했다.

*

주희는 구덩이에 흙을 다 채워 넣고 발로 꾹꾹 밟은 뒤 다시 흙을 덮었다. 몇 번이고 땅을 고르는 작업을 하고 나자 서서히 주변이 밝아지는 게 느껴졌다. 주희는 근처에 있는 돌을 주워서 새로 다진 땅 위에 하나씩 쌓았다. 이렇게 수고로운 일을 하는 이유는 하나였다. 그래야 같은 곳을 다시 파는 일은 없을 테니까. 적당히 돌을 쌓은 주희는 신발에 묻은 흙을 털어 내며 자동차가 있는 곳으로 걸어갔다.

문득 남자가 끊임없이 외치던 말이 생각났다.

나한테 왜 이러는데, 왜?

주희가 했던 말은 모두 진심이었다. 굳이 그가 아니라도 상관없었다. 이유가 있다면 하필 그가 그 거리에 차를 정차하고 있었고, 주희가 건네는 유혹에 넘어갔던 것뿐이다. 아니다. 만약 주희가 서준이라는 놈을 죽였다면 그는 살았을지도 모른다. 미처 풀어내지 못한 욕구가 주희를 택시로 이끈 것이다.

주희는 돌무덤 주변에 있던 도끼를 집어 들었다. 도끼를 휘두르던 순간의 짜릿한 전율이 다시 손으로 전해졌다. 언제부터 이런 순간을 즐기게 되었지? 그런 생각을 하자 바로 강 선생의 얼굴이 떠올랐다.

그래, 강 선생이 처음이었지. 기억 저 깊은 곳에 가라앉아 있던 첫 살인의 순간이 하나씩 눈앞에 펼쳐졌다. 아직도 그를 생각하면 그날의 흥분이 생생하게 피어오른다.

강 선생은 아이들에게 인기가 많은 영어 선생이었다. 고3이 되면서 주희는 스트레스로 머리가 지끈거렸다. 강 선생이 아무 학생에게나 친한 척 다가가 긴장을 풀어 준다며 어깨를 주무르고, 힘내라고 하면서 친구들의 등을 슬쩍슬쩍 만지는 것도 신경에 거슬렸다. 보고만 있어도 짜증이 올라왔다.

수능 시험을 준비하면서 극도로 신경이 날카로워진 주희는 무언가 돌파구가 필요했다. 어느 날 늦게까지 학교에 남은 주희의 눈에 강 선생이 보였다. 무슨 일 때문인지 그도 학교에 남아 일을 하고 있었다. 주희는 화단에 있던 돌을 집어 들고 조용히 그의 뒤를 따랐다.

교정에는 아무도 없었다. 가까이 다가가서야 인기척을 느꼈는지 강 선생이 뒤를 돌아보았다. 그때 이미 주희의 손에 들린 돌멩이는 강 선생의 머리를 향해 날아가고 있었다. 강 선생은 그대로 주저앉았다. 주희는 강 선생의 머리에서 나는 소리에 귀를 기울였다. 뼈가 부서지는 소리. 손에 느껴지는 끈적한 피의 감촉, 죽어 가는 인간의 몸에서 풍겨 나오는 체취. 주희의 머릿속에서 무언가 툭 끊어졌다. 머릿속이 하얗게 변했다. 몇 번이나 팔을 휘두르고 겨우 정신을 차렸을 때는 이미 강 선생의 얼굴이 끔찍하게 망가져 있었다. 참았던 숨을 내쉬자 온몸을 휘감던 전율이 차츰 가라앉는 것이 느껴졌다.

주희는 서둘러 교실로 돌아가 체육복으로 갈아입었다. 교복을 가방에 넣고 나오려는 순간 경비의 고함 소리가 들렸다. 주희는 그대로 뒷산을 향해 내달렸다. 심장은 거칠게 뛰고 턱까지 숨이 차올랐지만 이상하게 피식피식 웃음이 새어 나왔다. 머릿속에서 붉고 푸른 불꽃들이 터지는 기분이었다. 주희는 학교를 벗어나며 이제는 완전히 다른 날들이 자신을 기다릴 것이라는 걸 느꼈다. 다음 날 경찰이 학교에 찾아왔지만 주희는 다른 학생들과 함께 수업을 듣고 있었다.

죽일 생각은 아니었다. 그저 그의 뒷모습을 보는 순간 본능적으로 돌멩이를 집어 들었을 뿐이다. 며칠 동안 그날 밤의 일이 전혀 실감이 나지 않았다. 뒤늦게 자신이 사람을 죽였다는 것을 받아들인 주희는 가장 먼저 할머니를 떠올렸다.

할머니는 산에 올라 나물을 캐고 버섯을 따고, 독이 든 뿌리를 캤다. 주희는 할머니처럼 조용하고 차분하게 준비하는 건 자기 취향이 아니라는 것을 알았다. 온몸에 피가 돌고 아드레날린이 머릿속에서 폭발하고 손에 땀이 맺히는 짜릿함이 더 좋았다. 가끔 필요할 때는 할머니의 방식을 사용하기도 했지만 그럴 때면 늘 미진한 아쉬움이 남았다. 전에 다니던 헬스클럽에서 그 스토커를 죽였을 때가 그랬다.

마지막 출근 날 주희는 할머니의 창고에서 가져온 독초 가루를 놈의 단백질 파우더 통에 넣고 잘 섞었다. 그는 헬스클럽에 와서 열심히 운동을 하고 단백질 파우더를 챙겨 먹다가 심장마비로 죽을 것이다. 지난주에 그곳 관장에게 놈이 죽었다는 얘기를 전해 들었지만 아무런 감흥이 없었다. 통쾌함도 짜릿함도 없었다. 주희는 누가 뭐래도 거친 숨소리를 느끼며 팽팽해지는 근육의 긴장감을 즐겼다. 땀 냄새를 뿜어내고 피가 튀는 모습을 직접 보는 게 너무 좋았다.

택시에 올라탄 주희는 잠시 이 차의 주인이 묻혀 있는 곳을 바라보았다.

'죽일 생각은 없었어.'

진심이었다. 택시에 탔을 때만 해도 그와 이렇게 엮이게 될 거라고는 생각하지 않았다. 조용히 가자고 할 때 말을 들었더라면 이런 일은 없었을 텐데. 그는 너무 말이 많았다.

주희는 차를 어떻게 처분할지 생각했다.

그래. 멀지 않은 곳에 큰 저수지가 있지. 이런 자동차 하나쯤은 아무렇지 않게 집어삼킬 수 있는 깊고 넓은 저수지.

주희는 얼마 전 읽었던 인터넷 뉴스가 생각났다. 미국이었던가? 50년 만에 극심한 가뭄이 들어서 처음으로 바닥을 드러낸 호수에서 몇 대의 자동차와 시체가 발견되었다는 기사였다.

사람 사는 곳은 어디나 비슷한 모양이다. 거기도 묻힐 만한 이유가 있었겠지.

한국에는 여름마다 엄청난 비가 오니 저수지가 마를 걱정은 없다. 뭐 50년쯤 뒤에 큰 가뭄이 들면 뉴스에 나올 수도 있겠지. 그때 나는 세상에 있지도 않겠지만.

주희는 시동을 걸고 천천히 택시를 몰았다.

숲에서는 이른 잠에서 깨어난 새들이 지저귀기 시작했다.

알렉산드리아의 겨울

송시우

1.

용의자의 이름은 김윤주, 18살이었다. 이규영 형사는 아찔한 기분을 침과 함께 삼켜 넘기고 진술 녹화실 문을 열었다. 등 뒤로 응원하는 동료들의 기운이 느껴졌다. 용의자가 10대 여성 청소년이라는 이유로 논의하고 말 것도 없이 이규영이 피의자신문을 맡기로 결정됐다. 지금 온 국민의 눈과 귀를 집중시키고 있는 사건이 젊은 형사 이규영에게 달려 있었다. 긴장감과 부담감, 사건이 가진 무게에 등이 뻐근하게 당겨 왔다.

책상에 한 팔을 길게 뻗고 엎드려 있던 김윤주가 몸을 일으켰다. 둔하게 게으른 몸집에 게으른 눈빛이었다. 젖살이 통통하게 찐 얼굴이 하얗다. 생긴 거 상관없이 앳된 피부만으로도 충분히 예뻐 보이는 나이였다. 그러나 오로지 본인만 그걸 모르는 나이.

이규영은 김윤주의 맞은편에 앉아 재킷을 벗어 의자 등받이에 걸쳤다. 진술 녹화실의 불이 들어왔다.

"안녕. 우리 처음 보는 거지? 나는 경기청 형사과 이규영 형사라고 해. 이제부터 나랑 좀 오래 얘기를 해야 할 것 같은데."

일부러 처음부터 말을 놓았다. 언니같이 친근하게 다가가 볼 셈이었다. 지루함을 느낄 만치 혼자 오래 둔 탓인지 김윤주는 반응을 보였다.

"안…녕하세요."

"피곤하니?"

"저… 기억이 안 나요."

김윤주가 흐리멍덩한 눈을 끔뻑였다.

"그래? 왜 기억이 안 나는지 같이 얘기해 볼까?"

이규영은 입술 끝으로 살짝 미소를 지어 보이고 들고 온 파일의 덮개를 열었다.

"저요. 형사님. 저… 꿈을 꾸는 것 같아요. 머리에 막, 구름이 껴 있는 것 같아요. 제가 어제 뭐 하고 다녔는지 하나도 기억이 안 나요."

"뭐 피곤하면 그럴 수 있지."

이규영은 대수롭지 않다는 듯 말하고 본격적인 신문에 앞서 피의자 권리를 고지했다. 김윤주는 남의 일인 듯 뚱한 표정이었다. 이규영은 파일 첫 장에 있던 사진을 빼서 김윤주 앞으로 밀었다.

"이거, 너지?"

사진 속에는 커다란 첼로 케이스를 멘 여자가 아파트 현관을 빠져나가는 모습이 담겨 있었다. 여자는 블랙 진에 검은색 바람막이 점퍼를 입고 검은색 야구 모자를 눌러썼다. 김윤주가 사는 아파트 현관을 비추는 CCTV 화면을 캡처한 것이었다.

김윤주는 무성의한 표정으로 사진을 물끄러미 바라보았다.

어제 오후 3시 20분경 경기도 고양시 한 지구대에 8살 남자아이의 실종 신고가 들어왔다. 남자아이의 이름은 서정우. 초등학교 1학년이었다. 그날 데리러 오기로 한 정우의 삼촌이 사정이 생겨 약속 시간보다 늦게 학교에 도착했을 때 정우는 어디에서도 보이지 않았다. 하교 후 학교 운동장에서 같이 놀던 친구들 말로는 정우가 처음 보는 아줌마를 따라갔다고 했다.

초등학교 앞 방범용 CCTV에 정우를 데리고 가는 여자의 모습이 찍혔다. 여자는 단발머리에 연분홍색 치마 정장을 입었고 목에는 울긋불긋한 스카프를 둘렀으며 하얀 마스크를 썼다. 정우는 별다른 경계심 없이 여자를 따라가는 것으로 보였다. 반면 마스크로 얼굴을 가린 여자의 행동은 수상했다. 경찰은 주변 CCTV를 뒤져 여자와 정우가 마을버스를 잡아타는 것까지 찾아냈다. 정우의 엄마, 삼촌, 할머니는 CCTV 속 여자를 처음 본다고 했다.

"너 맞잖아? 그렇지?"

이규영은 사진을 톡톡 두드렸다. 이미 김윤주의 집을 압수수색하여 이날 김윤주가 범행에 입었던 옷가지들을 모두 확보해 놓은 상태였다. 집에 있던 첼로 케이스가 없어진 사실도 확인했다.

김윤주는 고개를 끄덕였다.

이규영은 파일에서 다른 사진을 꺼내 김윤주의 눈앞에 세워 들었다.

"얘가 바로 정우야. 서정우."

이규영은 목소리에 감정을 담았다. 희생된 아이가 사물이 아니라 고유한 정체성이 있는 사람이었다는 것, 누군가의 사랑받는 아들, 사랑받는 손자, 사랑받는 친구였다는 걸 일깨우려는 의도였다. 사진 속 꼬마는 나비넥타이를 맨 턱시도 차림으로 웃고 있었다. 1학기 장기자랑 때 바이올린 연주를 하며 찍은 기념사진이었다. 죽지 않았다면 아이는 이런 행복한 순간을 앞으로 얼마든지 맞을 수 있었을 테고, 자라서 바이올리니스트가 됐을지도 몰랐다.

"정우는 어떻게 알았지?"

김윤주는 고개를 저었다.

"몰랐다고?"

"제가 걔를 어떻게 알아요?"

김윤주가 입을 비죽 내밀며 반문했다.

경찰은 마을버스가 하차하는 역의 CCTV를 모두 뒤졌다. 납치범과 정우는 20여 분간 마을버스를 타고 가다가 내렸다. 새 아파트가 지어지고 있는, 아직은 허허벌판이나 다름없는 역이었다. 아직 방범용 CCTV도 설치되지 않았고 주변엔 상가 하나 없었다. 경찰은 납치범이 내린 역에서 반경 1km 사이에 순찰을 집중했다. 납치범이 아이를 데리고 먼 곳을 이동하진 못했을 거라고 추측한 것이다.

순찰 지역에서 탐문하고 있는 제복 경찰에게 그곳 주민인 듯한 노년의 남자가 쭈뼛거리며 다가왔다. 남자는 이게 말할 만한 일인지 모르겠다고 하며 낮에 이상한 걸 봤다고 했다. 오후 3시경 아파트 뒷산을 산책하다가 잠시 한숨 돌리며 아래쪽 풍경을 내려다보는 차에 어떤 여자가 커다란 기타 케이스 같은 것을 등산로 바깥 절벽으로 던지는 걸 봤다는 것이었다. 여자는 발로 낙엽 더미를 밀어 떨어뜨려 케이스 표면을 덮으려고 애썼다고 했다. 멀리서 본 거지만 케이스가 그다지 헌 것 같지도 않은데 저런 식으로 쓰레기 무단 투기를 해서 쓰겠는가, 생각하고 지나갔는데 주변에 경찰이 깔려 돌아다니는 걸 보니 어쩐지 마음에 걸린다고 노인은 말했다.

“너, 정우 이름 부르며 말 걸었다며?”

김윤주가 귀찮은 듯 책상에 엎드렸다.

“일어나.”

이규영이 나직한 목소리로 명령했다. 김윤주는 숙면하는 곰처럼 등을 내보이고 책상에 머리를 박았다. 지난 학기에 학교 부적응으로 자퇴하고 검정고시 학원에 등록했으나 나가는 둥 마는 둥 했다고 하는데, 경찰 신문도 그렇게 피할 수 있다고 생각하는지도 몰랐다.

학교가 끝나고 운동장에서 정우와 공을 차고 놀았던 친구들은 납치범이 정우에게 다가가는 것을 보았다. 정우가 놓친 공을 주우러 달려가 친구들과 멀어졌을 때였다. 납치범이 정우에게 다가가며 ‘네가 정우니?’라고 말하는 걸 한 친구가 들었다. 정우가 공을 옆구리에 끼워 들고 그렇다고 대답했다. 납치범이 정우 앞에 무릎을 모으고 앉아 눈을 맞춘 다음 쓰고 있던 마스크를 내리고 정우에게만 들리는 말로 속삭였다. 잠시 뒤 정우가 고개를 크게 끄덕이더니 친구를 향해 공을 던지며 이만 집에 가겠다고 외쳤다.

“김윤주. 일어나라고.”

“쌍! 가방 보고 알았죠! 가방에 이름 적혀 있잖아요? 씨발 그것도 모르나? 형사가?”

김윤주가 벌떡 몸을 일으키고 도전적으로 턱을 치켜들었다. 눈빛과 말투가 변했다. 이규영은 속으로 움찔했지만 내색하지 않을 수는 있었다.

"아우 씨. 뭘 꼬치꼬치 처묻고 지랄? 이깟 애새끼 하나 뒤졌다고 뭐 큰일이라도 남? 이런 애새끼 따위. 세상에 많잖아? 또 낳든 지랄을 하든 하면 되잖아. 아쉬우면 또 낳으라고 하세요. 개네 부모한테. 네?"

김윤주가 소리쳤다. 분노와 멸시가 가득 찬 표정. 표독한 눈빛. 아까와는 다른 사람이 된 것 같았다.

"왜 네가 화를 내지?"

"흥! 미성년자를 부모도 없이 취조하면 법에 걸리는 거 아닌가?"

김윤주가 분노가 형형한 눈빛을 하고 비웃었다.

"너는 그렇게 생각하니?"

이규영은 조용하지만 엄격한 말투로 김윤주의 도발을 눌렀다. 분노 조절 장애가 있는 피의자를 상대해 온 경험이 도움이 되었다.

"똑바로 들어. 어디서 들은 건 있나 본데 넌 피해자가 아니야. 범죄 피해자라면, 더구나 피해자가 미성년자라면 물론 신뢰 관계인을 동석해야지. 하지만 넌 유아 납치 살인 피의자고 지금 체포된 상태야. 네 부모는 신문에 참여하지 않겠다고 했고."

김윤주의 홉뜬 눈에서 뭔가가 빠져나가는 것 같았다.

"이제 이해가 가니?"

김윤주의 부모는 자기가 키운 딸이 살인범이라는 걸 받아들이기에도 벅찼는지 변호사 선임도 서두르지 않았다.

다시 무기력한 모습으로 변한 김윤주는 자기가 있는 곳이 어딘지 모르겠다는 듯 진술 녹화실 안을 둘러보았다.

이규영은 세 번째 사진을 김윤주 앞으로 던졌다.

경찰이 첼로 케이스를 찾아 뚜껑을 연 모습을 찍은 사진이었다.

그나마 덜 끔찍해 보이는 걸 골랐지만 8살 아이가 눈을 뜨고 죽어 있는 모습은 보기 힘들었다. 정우는 옆으로 누운 자세로 첼로 케이스 안에 구겨 넣어져 있었다. 사진을 본 김윤주가 뒤로 흠칫 물러났다.

"네 나이가 몇 살이든 이런 범죄를 저지른 범인에게 말이야. 미성년자인데 경찰이 혼자 신문했다고 뭐라 할 사람은 이 세상에 없어."

"…봤죠? 형사님?"

"뭘?"

"아까 봤잖아요?"

이규영은 고개를 갸웃했다. 김윤주는 손바닥으로 제 가슴을 쳤다. 다급한 표정이었다.

"치치요."

"치치?"

"방금 나왔잖아요. 치치. 나와서 형사님에게 욕하고 그랬잖아요. 치치가 한 거예요. 제가 한 게 아니라. 지금 저는… 라라예요. 저는 대부분 라라예요. 형사님."

김윤주는 보기 괴롭다는 듯 손바닥으로 시신 사진을 가리고 울부짖었다.

"저는 어제 하루 종일 치치에게 잡혀 있었어요! 보셨잖아요! 아까 걔, 치치가 한 거라고요! 다 걔가 한 짓이에요! 치치가 이 아이를 죽인 거예요! 제가 아니라!"

공포에 질린 목소리였다.

교활하고 악독한 범죄자들의 다양한 핑계를 들어 왔지만, 이런 경우는 또 처음이었다. 이규영은 어안이 벙벙했다.

2.

서정우의 삼촌 서민수가 경찰서에 왔다. 정우의 엄마는 어제 정우의 시신이 발견됐다는 소식을 듣자마자 졸도하여 병원에 입원 중이었다. 서민수도 금방이라도 쓰러질 듯 얼굴이 파리했다. 서민수와 곧 결혼을 앞두고 있다는 여자도 같이 왔다. 서민수의 안색을 보니 동행이 있는 게 다행스러웠다.

약혼녀는 서민수와 나이 차이가 제법 나는지 20대 중반으로밖에 안 보였다. 그녀는 서민수의 손을 잡고 가까이 붙어 앉아 서민수에게 걱정 어린 시선을 떼지 않았다.

"우리 정우가… 그렇게 된 거… 정말 맞습니까? 진짜 일어난 일입니까? 이게?"

서민수는 알이 두꺼운 안경 너머로 눈물을 뚝뚝 흘렸다. 동글동글한 얼굴에 아래로 처진 눈꼬리. 순박한 인상이었다. IT 업계에서 전산 프로그램 개발자로 일한다고 했다. 평소 다정한 삼촌이었을 것 같았다.

이규영은 아무 대꾸도 할 수 없었다.

"제가… 제시간에 정우를 데리러만 갔어도… 흑흑."

서민수가 얼굴을 싸쥐고 소리 내 울었다.

"오빠…."

약혼녀가 눈물을 글썽이며 서민수의 어깨를 감싸 안았다. 피해자 가족의 고통이 생생히 전해져 이규영도 눈시울을 붉혔다. 서민수 님 잘못이 아니에요, 라고 이규영은 말했지만 위로가 될 것 같지는 않았다.

정우는 싱글맘인 엄마가 혼자 키우는 아이였다. 직장에 다니는 엄마를 대신하여 할머니가 학교 끝날 시간에 맞춰 정우를 데리러 왔고 엄마가 퇴근하고 찾으러 올 때까지 돌봐 주는 생활을 했다. 그런 할머니가 지난 금요일부터 3박 4일간 중국 여행을 갔다. 월요일인 어제는 정우가 다니는 바이올린 학원도 인테리어 공사로 휴원을 했다. 정우의 엄마는 가족이 아닌 사람에게 정우의 픽업을 맡기는 게 내키지 않았다. 그래서 삼촌인 서민수가 조퇴하고 정우를 찾아와 할머니 집에서 같이 있기로 했던 것이었다.

서민수의 말대로 제때 정우를 찾으러 갔다면 범행은 벌어지지 않았을 수도 있었다. 정우의 할머니는 노인 특유의 조바심으로 학교가 끝나기 30분 전부터 학교 앞에 가서 정우가 나오기를 기다리는 성격이었다. 평소 같으면 범인에겐 기회가 없었다. 현재까지 밝혀진 정황으로는 김윤주가 서정우를 점찍어 놓고 범행을 저지른 것 같지는 않다는 것이 수사팀 다수의 생각이었다.

"정우 엄마는 좀 어떠세요?"

서민수와 약혼녀에게 티슈 갑을 내밀며 이규영이 물었다.

"수경 씨는 아직 병원이에요."

약혼녀가 정우 엄마의 이름을 언급하며 대신 답했다. 약혼녀는 수수하게나마 화장을 했고, 허리까지 오는 긴 머리를 가지런히 하나로 묶었다. 눈, 코, 입이 올망졸망하고 속눈썹이 짙고 길었다. 예쁜 여자였다.

"깨어날 때마다 정우를 찾으며 울다 과호흡이 와서… 계속 진정제 맞고 있다나 봐요. 수경 씨가 평소에도 정우에게 얼마나 집착하다시피 하는지… 지금 수경 씨는 아무것도 생각할 수 없는 상태예요."

왜 아니겠는가. 이규영은 서민수를 보고 물었다.

"학교엔 한 시간쯤 늦으셨다고요."

"네… 정우에겐 교육상 안 좋다며 아직 휴대폰을 사 주지 않아서… 정우 짝에게 연락했습니다. 준혁이라고 있는데…."

어제 정우와 같이 학교 운동장에서 공을 찼던 친구였다. 준혁은 김윤주가 정우의 이름을 부르며 다가오는 걸 들었다. 이후의 대화는 듣지 못했지만 준혁은 김윤주가 정우에게 휴대전화 화면을 보여 주며 뭐라 말하는 것 같았다고 했다.

"삼촌이 좀 늦을 것 같다고 했더니, 친구들과 운동장에서 축구하고 있겠다고 했습니다. 준혁이도 같이요."

"그런데… 늦으신 이유는?"

서민수는 괴로운 듯 눈을 질끈 감았다.

"오빠. 이러지 마. 오빠라도 정신 차려야지. 응?"

약혼녀가 서민수의 손을 꽉 잡고, 고개를 깊게 숙여 서민수와 눈을 맞췄다. 연인의 감정에 대한 집중과 사랑이 느껴졌다. 이 불행을 딛고 둘은 결혼할 수 있을까? 이규영은 잠시 딴생각을 했다. 느닷없이 삶에 닥친 범죄가 가장 가까운 사람과의 관계를 망쳐 놓는 걸 이규영은 자주 보았다.

"제가… 바보같이… 시간을 잘못 생각하고 있다가…."

정우가 다니는 학교는 1학년의 경우 월수금은 4교시, 화목은 5교시까지 운영했다. 4교시까지 하는 날은 12시 50분, 5교시까지 하는 날은 오후 1시 40분에 끝났다. 정우는 방과 후 돌봄교실에는 참여하지 않았다.

서민수는 월요일도 5교시까지 하는 걸로 착각하고 1시 40분까지 정우를 찾으러 가면 된다고 생각했다고 했다. 마포에 있는 서민수의 직장에서 정우의 학교까지는 차로 40분쯤 걸렸다. 서민수는 12시 반쯤에야 자신의 착각을 깨닫고 헐레벌떡 자리에서 나와 차에 시동을 걸며 준혁에게 전화를 걸었다.

"마음이 바쁜데… 앞에서 사고가 났는지 길도 막히고…."

1시 50분경 서민수가 학교에 도착했을 때, 운동장에는 1학년 학생들이 남아 있지 않았다. 김윤주는 1시 20분경 정우를 납치했다. 1시 50분이면 김윤주가 정우를 집으로 데리고 들어갔을 시각이었다.

서민수는 정말로, 너무 늦었다.

이규영은 피의자의 사진을 서민수에게 건네며 김윤주의 이름과 나이, 주소, 부모의 이름과 직업을 말해 주었다. 서민수는 믿어지지 않는다는 표정으로 교복을 입은 평범한 소녀의 사진을 바라보았다.

"이 아이라고요? 우리 정우에게 끔찍한 짓을 한 인간이?"

소녀의 얼굴에서 악마의 흔적을 찾지 못한 서민수가 혼란스러운 듯 물었다.

"아는 얼굴인가요? 본 적 있으세요?"

"몰라요. 저는 전혀…."

서민수의 약혼녀도 사진을 건네받아 들여다보더니 고개를 저었다.

"정우 엄마랑 혹시 접점이 될 만한 게 있을까요?"

이규영은 김윤주에 대한 정보를 다시 늘어놓았다. 자퇴한 고등학교명, 등록해 두고 잘 나가지는 않는 검정고시 학원, 부모가 나온 대학과 부모의 직장 주소와 고향까지. 10대 청소년이 일면식도 없는 아이를 납치하여 살해했다는 사실을 이규영은 쉽게 믿기 어려웠다. 정우의 책가방에 정우의 노란 명찰이 달려 있는 건 맞았다. 사건 당일 정우와 친구들은 운동장 한쪽에 가방을 모아 놓고 축구를 했다. 가방에 달린 명찰을 보고 김윤주가 정우의 이름을 짐작하고 다가온 게 아니겠냐는 의견이 수사팀 내에 돌았다.

"어떻게 되나요? 얘는?"

서민수의 약혼녀가 김윤주의 사진을 노려보며 물었다.

"사형시키나요?"

이규영은 한숨을 쉬었다.

"아직 미성년자라서요. 사형이나 무기징역에는 처할 수 없습니다."

"허!"

서민수가 탄식했다.

"우리 정우는… 우리 정우는 그렇게 됐는데도요? 우리 정우는 겨우 8살이었는데… 우리 정우는 죽고 또… 그것도 모자라서 애를…."

서민수의 말끝에 또 울음이 섞였다.

"됐어. 오빠. Stop it!"

갑자기 유창한 영어 발음을 곁들인 약혼녀의 말투는 싸늘했다.

"이게 한국의 한계야. 필요 없어. 이 나라 judicial system에 justice는 없어. 우리 미국 가자 오빠. States는 최소한 이렇진 않아. 우리 정리하고 떠나."

이규영은 미국도 미성년 범죄자에 대한 사형 선고가 금지된 지

오래됐다는 사실을 떠올렸지만 말하지는 않았다. 범죄 피해자의 심정을 이해 못 할 건 아니었다. 이규영도 가족이 피해를 봤다면 같은 마음이었을 것이다. 서민수의 약혼녀는 피해자 가족은 아니었지만, 곧 가족이 될 사이라고 하니까. 그나저나 둘은 진짜 가족이 될 수 있을까.

"…왜 그랬답니까?"

서민수가 물었다. 용의자가 체포됐다는 소식을 들었을 때부터 아마도 가장 궁금했을 질문이었다.

이규영도 궁금했다. 피의자의 자백을 받아야 하는 임무를 맡은 이규영이야말로 진심으로 궁금했다.

"김윤주는 아직 제대로 답을 하지 않고 있습니다. 죄송합니다. 어떻게든 알아내겠습니다."

"도대체 왜 그랬답니까?"

서민수의 물음에 단호함이 깃들었다.

"아직은… 피의자가 심신상실을 주장하고 있어서요."

"심신상실?"

약혼녀가 캐묻는 말투로 말끝을 올렸다.

어디까지 말해 줘야 할지 이규영은 속으로 갈등했다. 지금 김윤주는 자기 안에 '치치'와 '라라'라는 두 개의 인격이 있고, 범행은 잔혹하고 대담한 성격의 '치치'가 저질렀으며, '라라'라는 본 인격에게는 책임이 없다고 주장한다는 말을 차마 해 줄 수는 없었다.

1차 피의자신문 이후 수사팀은 김윤주의 정신 병력 조회에 들어갔다. 김윤주가 중2 때부터 우울증이나 적응장애, 공황장애 같은 문제로 정신과 치료를 계속 받았다는 부모의 진술이 있었다.

조현병 의증 소견도 받은 적 있다고 했다. 다중인격을 뜻하는 해리성 정체감 장애 진단을 받은 적이 있느냐는 경찰의 질문에 부모는 고개를 저으며 자신 없는 표정을 지었다.

어쨌거나 김윤주에게 정신질환이 있는 건 사실인 듯했다. 중학생 때부터 자해 행동이 보고되어 문제가 됐다는 학교 측 기록도 있었다. 그 부분은 경찰서 유치장 입감을 위한 신체검사에서도 드러났다. 김윤주의 신체검사를 실시한 여경이 수사팀에 별도 보고를 넣었다. 손목과 허벅지에 가해진 자해 흔적이 상상 이상이었다. 특히 오른쪽 허벅지의 상처는 끔찍했다. 최근에 무려 부엌칼로 심각한 자해를 해서 병원에 입원하기까지 했다는 기록이 드러났다. 자해 부위에 염증이 퍼져 5일간 입원 치료를 받았고 범행 2주 전에 퇴원했다.

"자기주장일 뿐입니다. 진술을 회피하려고 술수 부리는 것 같습니다. 심신상실로 어영부영 빠져나가지는 못합니다. 그 점은 염려 마세요."

범죄의 증거를 찾기 위한 광범위한 수사가 진행 중이었다. 김윤주는 학교에서나 학원에서 딱히 친구가 없었다. 자퇴한 뒤로는 종일 집에서 게임을 하거나 웹소설을 읽으며 시간을 보낸 모양이었다. 수사팀은 김윤주의 휴대전화와 태블릿 PC와 노트북과 데스크톱 같은 통신기기란 기기는 죄다 압수하여 디지털 포렌식에 들어갔다. 김윤주가 사이버상에 범행 계획이나 동기에 대해서 뭔가를 남겨 놓았을 수 있었다. 설령 끝까지 다중인격을 내세워 자백을 회피한다고 해도 경찰은 가능한 한 모든 수단을 동원하여 증거를 찾아 범행을 재구성해 낼 것이다.

하지만 자백을 받지 못하면 곤란한 부분이 하나 있었다.

"형사님. 우리… 정우 손목은 어떻게 했답니까?"

서민수가 가기 전 마지막으로 물었다.

정우는 첼로 케이스 바닥에 몸의 오른쪽을 대고 옆으로 누워 있었다. 정우의 몸을 케이스에서 끄집어냈을 때에야 경찰은 알아챘다.

정우의 오른쪽 손목이 없었다. 절단면은 깨끗했다. 손목은 사망 후 잘린 것으로 판명됐다. 경찰은 김윤주의 방에서 절단에 사용한 칼을 찾아냈다. 그러나 집에서도 시신이 버려진 곳 인근에서도 잘린 손목은 찾지 못했다.

"그래. 너는 지금 라라라는 거지?"

첫 피의자신문 당시 이규영은 마음을 가다듬고 물었다.

"네. 저는 본래 라라예요. 치치는 중2 때 처음 생겼어요."

김윤주는 시무룩하게 말했다.

"치치라는 인격이 있다는 건 어떻게 알았지?"

"치치가 오면서, 제 본래 인격에게 이름을 지어 준 거죠. 자신을 구분하려고요."

"그게 중학교 2학년 때고?"

"네."

"그 뒤로 치치가 계속 찾아왔니? 계속 네 안에 있었어?"

"네. 점점 강해졌어요. 갈수록 강해져서 치치는 점점 나를 지배했어요. 어제 같으면, 저는 치치에게 거의 몸을 뺏겼다고 봐야죠. 어제 저는 그냥 치치였어요."

자기 말을 들어준다고 생각했는지 김윤주는 적극적으로

답했다.

"라라와 치치는 서로를 알고 있구나."

외계인과 대화를 나누려면 외계인의 세계관에 들어가면 된다. 외계인이 플라나리아를 먹고 산다면 플라나리아의 맛이 어떤지 관심을 보이면 된다고 이규영은 자신에게 주문을 걸었다.

"네. 맞아요. 우리는 서로의 존재를 인식해요. 다만…."

"다만?"

"서로의 행동을 말릴 수는 없어요."

"치치가 찾아오면 라라는 치치가 하는 짓을 지켜볼 수밖에 없다는 거니?"

이규영은 김윤주의 퇴로를 최대한 차단하기 위한 대화를 이어 갔다. 김윤주가 치치라는 존재에게 모든 책임을 덮어씌우고 라라는 치치가 무슨 일을 저지르는지 알지도 못했다는 변명을 하지 못하게 할 셈이었다.

"맞아요."

"어쨌든 치치가 하는 짓을 라라는 알고 있고, 기억할 수도 있다는 말이지? 아까 치치가 잠깐 찾아와서 내게 욕하는 걸 네가 방금 기억해 냈듯이."

"그…런 거죠. 그런데 뭐랄까. 조금 아득해요. 다는 기억이 안 나요. 치치가 몸을 지배할 때 아무래도 라라를 못 나오게 억누르니까. 라라가 깨어나서 방해하면 안 되니까, 치치는. 다는 몰라요 치치가 하는 일을… 그러니까 라라는요."

설명하기 어렵다는 듯 김윤주는 중언부언했다.

"그래서 어제 치치가 한 일은… 기억이 안 나요. 형사님.

진짜예요. 치치가 저를, 라라를 엄청 억눌렀으니까요. 완전 엄청."

"좋아."

이규영은 탁자에 올려 둔 물을 마셨다. 피로가 몰려왔다.

"그럼 다 됐고. 이거 하나만 기억해 보자. 네가 지금 라라든 치치든."

김윤주는 뽀얗고 살진 얼굴을 들어 이규영을 바라보았다.

"정우 손목은 어디 있니? 오른쪽 손목."

김윤주는 전혀 모르는 일이라는 표정으로 고개를 갸웃거렸다. 이규영은 그 얼굴을 한 대 후려치고 싶은 마음과 속으로 격렬하게 싸웠다.

서민수와 약혼자가 돌아간 뒤 이규영은 조사실에 혼자 앉아 곰곰이 생각에 잠겼다. 김윤주는 시신을 버리고 작은 백팩을 메고 외출했다. 그때가 약 오후 3시 30분. 첼로 케이스에 든 정우의 시신은 저녁 8시경 발견됐고 첼로 케이스를 멘 여자에 대한 CCTV 경로 추적 결과 김윤주가 용의자로 특정됐다. 김윤주는 어딘가를 쏘다니다 밤 10시 20분경 귀갓길에 집 근처 지하철역 입구에서 체포됐다. 체포 당시 김윤주가 메고 있던 백팩은 비어 있었다. 약 일곱 시간 사이에 손목을 어디에 감춘 걸까. 애당초 아이의 손목을 자른 이유는 뭘까.

기분 나쁜 상상을 한 탓인지 아랫배가 조여 왔다. 10대 여자아이에게 시신 페티시즘, 그것도 특정 신체 부위에 대한 성적인 갈망이 있다고는 믿고 싶지 않았지만 다른 동기는 떠오르지 않았다.

선배 형사가 들어와 어깨를 잡고 흔드는 바람에 이규영은 현실로 돌아왔다.

"아, 왜요. 선배?"

"너야말로 왜 멍때리고 있어? 와서 사이버수사팀 보고 좀 들어봐. 아주 식겁하다, 야."

3.

얼굴을 보자마자 꾸벅 인사하는 김윤주에게 이규영이 말을 툭 던졌다.

"트위터 많이 하니?"

2차 피의자신문이 시작됐다.

"네. 하죠. 게임도 하고. 심심하잖아요? 사는 게."

이규영은 쪽지에 글자를 적어 내밀었다.

@juNa-2-JunA

김윤주는 쪽지를 보고 머리를 득득 긁었다.

"네 트위터 계정 맞지? 닉은 쥬나."

김윤주가 경찰에 체포되기 직전, 계정은 삭제됐다. 비슷한 시각 김윤주는 텔레그램 계정도 삭제했다. 해외 기업이 운영하며 해외에 서버를 두고 있는 트위터나 텔레그램은 계정이 삭제되면 모든 활동 기록이 지워진다. 복구는 거의 불가능했다. 범죄 수사관에게 이 시대 사회 관계망 서비스는 양날의 검과 같았다.

김윤주는 불편한 표정으로 어깨를 으쓱했다.

"트위터는 왜요?"

"트위터를 한 건 라라니? 치치니?"

"뭐, 라라도 하고…."

김윤주의 눈이 이규영의 얼굴을 빠르게 훑었다.

"가끔 치치도 했죠."

"꾀부리지 마."

이규영이 싸늘하게 쏘아붙였다.

"네?"

"네 정신과 기록 다 뒤져 봤어. 넌 해리성 정체감 장애 진단을 받은 적이 없어. 넌 네 기분과 필요에 따라 다른 인격이 되는 흉내를 냈을 뿐이야. 스릴러 영화나 웹소설에서 많이 봤겠지. 어릴 적 상상의 친구가 아직 떠나지 않았거나."

잠시 침묵이 흘렀다.

"씨팔. 좆같네. 네년이 어떻게 알아?"

김윤주가 한쪽 입술을 비틀어 올리며 뇌까렸다.

"치치가 온 거니? 지금?"

"바보 같은 년. 짭새 쫄따구 주제에."

"퍼시픽킬이라는 친구 기억하니? 디엠 자주 주고받았던데."

김윤주는 잡아먹을 듯한 눈으로 이규영을 쏘아보았다.

사이버수사팀은 'B시 초등생 살인 사건'에 대해 언급하는 인터넷 글을 저인망식으로 뒤졌다. 소속 연예인 악플러를 고발하기 위해 증거를 찾는 연예기획사 직원 못지않게 수사팀은 열성으로 찾았다.

—들었어? B시 초등생 살인 사건. 범인이 쥬나 님이래.

—진짜? 알렉산드리아 쥬나 님?

—대박 소름! 과몰입 뒤진다.

소문은 트위터 공간에 가장 파다하게 퍼져 있었다. 쥬나는 트위터를 기반으로 하는 자기 캐릭터 커뮤니티에서 주로 활동한 소위 네임드였다. 쏟아지는 정보 가운데 검토할 가치가 있는 걸 찾아 갈무리하고 계정주 인터뷰까지 마친 참고인 중에 'Pacific Kill'이 있었다. 퍼시픽킬은 쥬나가 '자캐와 오너가 일치'되어 '현실과 현피를 떴다'고 평했다.

"그나저나 자캐 커뮤가 뭔지 좀 설명해 줄래? 이해하기 어려워서 말이야."

김윤주는 입꼬리를 피식 끌어 올리며 멸시하는 웃음을 지었다.

이규영은 사이버수사팀 팀원에게 이미 설명을 들었다. 특정한 세계관에 따라 개설된 커뮤니티에 각자 자기를 대변하는 아바타라 할 수 있는 '자기 캐릭터'들이 참여하면서 자캐 커뮤는 시작된다. 커뮤니티의 세계관과 규칙에 따라 자기 캐릭터들이 서로 소통하며 역할극을 즐긴다. 자기 캐릭터를 줄여 자캐라고 하고 자캐를 만든 본체인 사람은 오너라고 부른다. 오너는 참여하고 싶은 커뮤니티의 세계관에 걸맞은 자캐를 만드는 데 혼신의 힘을 다한다. 오너는 그럴듯한 서사를 부여하여 그림으로 자캐를 구현한다. 김윤주는 그림을 썩 잘 그렸다. 중학교 때 애니메이션 학원과 제빵 학원을 제법 열성으로 다녔다고 했다. 애니메이션 학원에서 배운 그림 실력으로 훼손된 신체를 미화한 모습의 자캐를 종종 그렸다. 뇌가 반쯤 파손되었거나 한쪽 눈이 없거나 한쪽 팔이 없는 미소년.

"좋아. 치치."

이규영은 치치의 이름을 불러 주었다.

"좆까."

"하나만 묻자. 10대 여고생들이 커뮤에서 살인이니 사체 해부니 인육이니… 도대체 이런 대화를 하는 이유가 뭐니?"

이규영은 진심으로 궁금했다.

퍼시픽킬은 쥬나가 하드고어 커뮤 마니아라고 했다. 자캐 커뮤는 세계관에 따라 장르가 구별되는데 로맨스나 판타지 시대물이 주류였다. 비주류지만 열혈 마니아들이 모이는 장르인 하드고어는 시리어스라고도 하는데, 아무리 잔인하고 비윤리적인 표현이라도 제한 없이 허용하며 살인, 신체 훼손, 고문, 인육, 패륜 같은 고어하고 자극적인 소재를 다루는 커뮤니티다. 퍼시픽킬은 수사관에게 자신이 지금 활동하고 있는 하드고어 커뮤를 살짝 보여 줬다. 보통 사람은 옆에서 들여다본 것만으로도 기분이 나빠지는 대화를 커뮤러들이 서로 수위를 높여 가며 경쟁적으로 나누고 있었다고 퍼시픽킬의 진술을 받은 수사관은 전했다.

"흥! 쎄 보이니까요."

김윤주가 말했다.

"쎄 보여? 그런 게?"

"관종이니까."

김윤주가 빼기는 웃음을 지으며 말을 이었다.

"다른 사람에게는 존나 금지된 게 나에겐 아니라는 기분을 느끼고 싶었던 거지. 간지 나잖아. 보통 사람들은 듣기만 해도 지랄,

펄쩍 놀라면서 하지 말라고 하는 걸 나는 아무렇지도 않게 한다 이거지."

이규영은 공감할 수는 없었지만 그게 어떤 심리인 건지 알 만은 했다.

"똑같네."

이규영은 혀를 끌끌 찼다.

"뭐가요?"

"범죄자들이랑 똑같다고. 사람 죽이고 패고, 속이고 빼앗고. 하지 말라는 나쁜 짓만 골라서 하다가 잡혀서 여기 끌려오는 범죄자들. 물어보면 다들 쎄 보이고 싶어서 그랬다더라. 사람들이 자길 무시해서. 자길 우습게 봐서 그랬다고."

자존감은 낮고 자기애는 높은 에고들.

김윤주는 이규영의 말뜻을 이해해 보려고 골똘하다가 별안간 웃음을 터트렸다.

"파하핫! 그렇죠 뭐. 씨발 존나 웃겨. 그래서 내가 여기 있나 보네! 관종들이 다 그래요. 나 포함 다 병신들이야."

"너를 올가 근위대장으로 기억하는 커뮤러들이 많던데."

이규영은 화제를 돌렸다.

"흥! 퍼시픽킬이 알렉산드리아 얘기를 했나 보죠? 가장 최근에 뛴 커뮤인데. 맞나? 하여튼 재밌었어요. 개장 기간 10일 동안 존나 잠도 못 자고 열심히 뛰었죠. 개장 기간에는 못 자요. 썰 푸느라."

김윤주의 말투와 태도가 조금은 협조적으로 가라앉았다. 다시 라라가 된 건가? 라라와 치치는 이런 식으로 서로 경험을 공유하며 자캐 커뮤 활동을 이어 간 것일까? 가상 세계의 동업자? 아니, 역시 이건 다 김윤주의 연기인 거겠지. 다중인격 연기가 몸에 배어 필요할 때마다 자동으로 인격이 바뀌는 거겠지. 어쩌면 정말 자신이 다중인격이라고 믿고 있는 걸 수도. 많은 생각이 머리를 스쳤지만 이규영은 김윤주가 관심을 잃지 않고 계속 말을 이어 가도록 유도하는 데 집중했다.

"정식 이름은 '알렉산드리아의 겨울'이었다고 들었어. 합격제 커뮤였다며?"

김윤주가 미소 지었다. 합격제 커뮤라는 말이 만족감을 준 것 같았다. 그건 참가하고 싶다고 다 참가할 수 있는 것이 아니라 운영진에게 합격 판정을 받아야 참가할 수 있는 특별한 공간이었다는 뜻이다. 운영진이 가개장 기간에 커뮤에 대한 홍보를 띄우면 참가하고 싶은 사람이 자캐와 프로필을 가지고 신청서를 내고 그것을 운영진이 심사해서 합격 여부를 결정한다.

퍼시픽킬은 자신도 알렉산드리아의 겨울에 참가 신청을 해서 합격했고 재무대신의 역할을 맡았다고 했다. 알렉산드리아는 고대의 절대 황정 국가로 여자가 지배하는 세계였다. 오너나 자캐 모두 여성이어야 참가할 수 있었다. 알렉산드리아의 겨울은 6대 황제 세실리아가 집권을 시작한 시점에서 개장됐다. 세실리아 황제는 황태녀였던 언니와 조카를 죽이고 등극한 피의 황제로 역대 가장 잔혹하고 무자비한 군주로 평가된다. 언니와 황권을 두고 전쟁을 치르다가 한쪽 눈을 잃었는데, 화살에 뽑혀 나온 자기 안구를 씹다가 인육의 맛에 눈을 뜨게 된 캐릭터였다. 세실리아 황제는 신하에게 인육을 구해 오라고 명령하고 약속한 날까지 인육을 구해 오지 못한 신하의 캐릭터는 고문하고 심지어 죽여 버리기도 했다.

쥬나는 알렉산드리아의 겨울에서 세실리아 황제의 측근인 올가 근위대장 역할을 맡았다. 올가 근위대장은 황제를 만족시키기 위해 자기 부하를 죽여 인육을 갖다 바친다는 썰을 풀었고 커뮤러들은 열광했다. 퍼시픽킬도 하마터면 올가 근위대장에게 죽임을 당할 뻔했다고 했다. 커뮤 활동 중에 자캐가 죽는 건 커뮤러에게는 자기 자신이 죽는 것과 같은 치욕적이고 고통스러운 사건이라는 말도 덧붙였다.

"올가 근위대장은 부하를 죽이고 손목을 잘랐지? 알렉산드리아에서."

이규영은 실제로 본 적 없는 가상 세계에서 벌어진 사건을 현실처럼 이야기했다.

"그랬던가? 근데 왜 자꾸 자캐 커뮤 얘기를 하는 거예요? 제가 자캐 커뮤를 뛴 거랑 지금 이 사건이랑 무슨 상관이에요?"

김윤주는 뒤가 찜찜한 표정을 지었다. 흘러가는 이야기가 김윤주의 불안감을 자극한 것 같았다.

이규영은 계속했다.

"아끼는 부하의 캐릭터를 죽여 손목을 자르고도, 한동안 황제에게 바치지 않고 갖고 있었다며?"

서정우의 손목이 절단됐다는 사실은 언론에 보도되지 않았다. 이규영은 퍼시픽킬의 진술을 읽다가 이 부분을 발견했을 때 이거구나 싶었다.

"그랬나…."

"왜지?"

"글쎄요? 기억 안 나요."

"네 캐릭터가 죽을 수도 있었을 텐데, 왜 손목을 바로 황제에게 바치지 않고 가지고 있는 걸로 썰을 푼 거지? 가상 세계에서라도 사람의 손목을 가지고 있다고 상상하니까, 좋았니?"

"아 씨… 뭔 소리래."

이규영은 딴청을 부리려는 김윤주의 시선을 따라가며 놓아주지 않았다.

"정우 손목은 어딨지? 왜 잘랐어? 그걸로 뭘 했어?"

"기억 안 난다고 했잖아요!"

"피하지 말고 말해! 정우는 고작 8살이었어. 정우의 가족들은 지금도 잠도 못 자고 밥도 못 먹고 처절하게 울며 고통에 시달리고 있어! 내가 지금 장난하는 것 같아? 지금 여기가 장난하는 덴 줄 알아? 떼 부리지 마!"

"아 씨!"

김윤주는 버럭 소리치고는 테이블에 등을 말고 엎드렸다.

이규영도 자신의 추론을 믿고 싶지 않았다. 가상 세계에서 자신의 야릇한 성적 욕구를 충족시키다 어린아이를 상대로 한 끔찍한 범죄의 형태로 상상을 현실로 옮겨 버린 소녀가 눈앞에 존재한다는 게 믿어지지 않았다. 원래 도덕관념이 희박한 애라고 치자. 현실에서 살인과 사체유기라는 범죄의 대가가 얼마나 크고 무거운지 몰랐을 리 없는데 어떻게 이런 일을 저지를 수 있었을까.

퍼시픽킬은 그 이유를 알 것 같다고 했다.

쥬나 님은 자기가 잡혀도 금방 나갈 수 있을 거라고 생각했을 거예요, 퍼시픽킬은 말했다. 쥬나 님은 웹소설도 썼어요. 저에게 시놉을 하나 보여 줬는데 제목이 '미녀 대통령, 흑화하여 살인마

된 이야기'인가 뭐 그랬을 거예요. 그거 보면 여주가 고등학생 때 친구를 칼로 막 찢어서 죽여 버리는데 소년원 잠깐 들어갔다가 나와서 나중에 대통령이 돼요. 엄청 예쁘고 똑똑하고 천재라서 대통령은 됐는데 사람 죽이고 싶은 욕구를 못 참아서 훈남 경호원이 쫓아다니면서 사람 죽이면 다 막아 주고 하는 이야기예요. 제가 아무리 웹소설이라도 고딩 때 사람 죽였는데 그렇게 금방 나오는 게 말이 되냐고 했더니 쥬나 님이 그랬어요. 미성년자는 무슨 짓을 해도 최고가 소년원이라고. 그것도 정신에 문제 있다고 하면 안 갈 수도 있다고요. 기록에도 안 남고. 근데 그거 맞아요?

김윤주는 촉법소년 연령을 잘못 알고 있었다. 어떤 범죄를 저질러도 형사처벌을 할 수 없고 보호처분에만 처할 수 있는 촉법소년의 한계는 만 14세인데 김윤주는 미성년자가 곧 촉법소년인 줄로 알았던 것이다.

그래서 상상을 현실로 옮길 수 있었다.

죽여도 처벌받지 않을 테니까.

"치치가 그런 거예요! 형사님!"

김윤주가 엎드린 채로 소리쳤다.

"치치가 사람의 손목을 갖고 싶다고 했어요! 가짜로 썰 푸는 거 말고, 언젠가 진짜로 가져 볼 거라고 했어요! 저는 말릴 수가 없었어요! 치치는 점점 커졌다고요!"

김윤주의 목소리는 뭉개져 울렸다.

"서정우 손목 어디에 뒀어! 너, 그날 낮에 정우 시신을 버리고 어디 갔던 거야!"

이규영이 목소리를 높이며 추궁했다.

김윤주가 책상에 머리를 박은 채 흐느꼈다.

"김윤주. 네가 치치니 라라니 하며 정신병 흉내를 내고 무슨 짓을 해도 너는 이미 틀렸어. 네가 정우를 유괴해서 죽이고 손목을 잘라 유기했다는 증거는 차고 넘쳐. 넌 미성년자면 사람을 죽여도 감옥에 안 가는 줄 알았나 본데 아니야. 아마 이제는 알았겠지. 그러니까 철없는 소리 그만하고 현실을 깨달아. 어쩌면 이게 조금이라도 정상참작을 받을 수 있는 마지막 기회야. 정우 손목을 어디에 뒀는지 말해. 당장!"

"저는 모른다고요!"

김윤주가 몸을 일으켜 눈물범벅된 얼굴로 소리쳤다.

"그날 낮에 어디를 돌아다닌 거야?"

"몰라요!"

"그날 누군가를 만났지? 누구야!"

"기억 안 난다니까요…."

"집에 오기 전 텔레그램 메시지와 트위터 멘션, 디엠 다 삭제하고 계정도 다 삭제한 이유가 뭐야? 뭘 감추려는 거지?"

"치치가 그런 거예요…."

누군가가 있다.

이규영은 직감했다. 그날 낮에 김윤주는 누군가를 만났고 정우의 손목을 처분했다. 이 일을 조력하거나 방관한 누군가가 한 명 이상 있다. 텔레그램 메시지와 트위터 멘션, 디엠을 삭제한 것은 그 누군가와 나눈 대화를 감추려는 것이다. 아무렴 이런 범죄를 오로지 10대 소녀 혼자 계획하고 혼자 실행하고 혼자만 알고 있을 리 없다.

안타깝게도 삭제된 텔레그램 메시지와 트위터 멘션, 디엠을 복구하는 건 불가능하다는 판정이 났다. 딱 하나만 빼고.

김윤주는 트위터 계정을 3개 가지고 있었다. 주로 사용했던 건 공식 계정 1개와 비공식 계정 1개였고 다른 비공식 계정 1개는 개설만 하고 거의 사용하지 않았다. 김윤주는 거의 사용한 적이 없는 이 비공식 계정으로 사건 당일 누군가에게 멘션 한 건을 보냈다.

"바다거북 먹을래?"

이규영의 말에 김윤주는 흐느끼며 들썩이던 몸짓을 멈췄다.

멘션을 받은 상대 계정 역시 삭제된 상태였다. 그런데 제3의 트위터 이용자가 김윤주의 멘션에 답글로 '그거 뭐임? 맛있음?'이라는 게시글을 남겼다. 멘션이 다른 계정에 의해 언급되는 바람에 디지털 공간에 흔적을 남겼고 그것이 복구된 것이었다. 사이버수사팀은 계속하여 통신사를 상대로 멘션을 받은 상대 계정 소유주를 추적하는 중이었다.

"이거 무슨 뜻이니? 바다거북 먹을래, 라는 말?"

"…네?"

김윤주가 눈물 젖은 얼굴을 들었다.

"그날 오후 2시 12분에 보냈네. 트위터 멘션."

김윤주의 눈동자가 불안감에 흔들렸다.

"오후 2시 12분이면…."

이규영은 일부러 말을 한 차례 끊었다가 다시 이었다.

"정우를 죽이기 전이니, 죽인 이후니?"

4.

서정우의 엄마는 퇴원해서 자기 엄마, 정우의 외할머니 집에 있다고 했다. 이규영은 강력팀장 조재완과 함께 정우의 외할머니 집을 찾아갔다. B시에서 부촌으로 알려진 곳의 단독 빌라였다.

10여 년 전에 죽은 정우의 외할아버지가 자산가였던 덕에 가족에게 많은 재산을 남겼다고 들었다. 때문에 정우의 실종 신고가 접수됐을 때 경찰은 금품을 노린 유괴 사건일 수도 있다고 생각했다. 다만 그렇다면 유괴범은 정우의 집안 사정을 잘 아는 사람이어야 했다. 상속 재산은 모두 정우의 외할머니가 관리했고 정우의 엄마나 삼촌은 겉보기에 평범한 생활을 했으며 딱히 물려받은 재산이 있다는 티를 내지 않았다. 더구나 정우의 엄마 서수경은 미혼모였다. 20살에 정우를 낳았고 결혼은 하지 않았다. 엄마의 도움을 받아 가며 지금껏 남편 없이 홀로 정우를 키워 왔다. 유괴범이 노릴 만한 조건은 아니었다.

어쨌거나 돈이 목적이 아니었다는 건 밝혀졌다.

서수경은 초췌한 얼굴로 거실 소파에 앉아 경찰들을 맞았다. 서수경의 모가 차를 내온 뒤 한구석에 조용히 앉았다. 조재완 팀장이 의례적인 위로의 말을 던졌다. 서수경은 말없이 경찰들이 건넨 사진을 바라보았다.

"모르는 애예요."

서수경은 단언했다.

"이 악마 같은 년의 아빠도, 엄마도 몰라요. 이년이 사는 그 동네엔 아는 사람도 없고 가 본 적도 없어요."

이규영은 조재완 팀장과 조용히 눈짓을 주고받았다. 그 점은 그만 물어봐도 될 것 같았다.

"아빠 없이 키운 아이지만… 그래서 남의 집 애보다 두 배 이상 사랑하며 키우려고 노력했어요. 우리 정우 티 없이, 구김 없이 컸어요. 누구보다 착하게, 예쁘게 자란 애예요. 왜… 왜 우리 정우에게 이런 일이 일어나야 하는 거예요… 우리가… 우리가 그년에게 무슨 잘못을 했기에? 네? 그 악마 같은 년이. 인간 같지도 않은 년. 왜 하필! 왜 하필 우리 아이였냐고요?"

서수경의 얼굴이 붉게 상기됐다. 서수경의 모가 다가와 자신도 한쪽 손으로 눈물을 훔치며 딸의 어깨를 도닥였다.

서수경의 자식 사랑은 유별났었다고 주변 사람들은 말했다. 혼자 키우는 정우를 끔찍이 사랑하고 집착했다고들 했다. 그런 아들을 범죄로 잃은 지금.

지금 수경 씨는 아무것도 생각할 수 없는 상태예요, 서민수의 약혼녀는 말했었다.

"저기, 정우 어머님… 여쭤볼 게 있는데요."

이규영이 말을 걸었다. 안타깝지만 감상에 빠질 시간이 없었다. 하루속히 진실을 밝히는 것이 이규영의 임무였다.

서수경이 괴로운 한숨을 토하며 이규영을 바라보았다.

"네. 물어보세요."

"낯선 사람에 대한 경계심이 없는 편이었을까요? 정우가?"

"네?"

"그날 정우가요. 왜 처음 보는 김윤주를 따라갔을까요?"

서정우와 김윤주가 그날 처음 만난 사이라고 한다면 가장 크게 의문이 생기는 부분이었다. 정우는 삼촌이 데리러 오기로 되어 있었는데도 처음 보는 여자가 말을 걸자 순순히 따라나섰을 뿐 아니라 여자와 마을버스를 타고 낯선 동네로 가서 여자가 사는 집까지 따라 들어갔다가 변을 당했다.

김윤주는 2차 피의자신문 때부터 태도를 바꿔 구체적인 범행을 자백했지만 어떻게 정우를 유인했는지에 대한 진술은 회피했다.

"저도 아무리 생각해도 우리 애가 왜 그랬는지 모르겠어요."

한구석에 물러나 앉아 있던 서수경의 모가 말했다.

"학교 들어갈 때부터 처음 보는 사람이 말 걸며 뭐 줄게 따라오라 해도 절대 따라가면 안 된다고, 저부터 애에게 단단히 주의를 시켰는데요. 험한 세상이잖아요. 정말 뭐에 씌었을까. 우리 아이가 왜 그랬을까. 아이고, 아가…."

서수경의 모가 비통한 목소리로 말하며 제 무릎을 쳤다.

그 모습을 멍하니 보던 서수경이 천천히 고개를 저었다.

"모르겠어요…."

서수경의 퀭한 눈에 눈물이 고였다. 그날 그 장면을 상상한 모양이었다. 직장에 다니는 언니와 엄마의 옷을 훔쳐 입고 나이 든 어른 여자인 양 꾸미고 나와 정우에게 말을 거는 김윤주. 무릎을 세우고 앉아 정우에게 눈을 맞추고 무슨 말인가 속삭이는 김윤주. 악마의 꼬임에 넘어간 듯 선뜻 김윤주를 따라가는 정우의 모습. 이제와 상상 속에서 아무리 손을 뻗어도 말릴 수 없고 되돌릴 수 없는 그날의 그 순간.

"조금만 기다렸으면 제 삼촌이 올 거였는데… 아이고 아가! 아니다. 아니야. 할머니가 베이징이고 뭐고 가는 게 아니었는데,

우리 아가를 지켰어야 했는데… 아이고 우리 아가….”

서수경의 모가 넋두리를 하며 손수건으로 눈물을 찍었다.

“엄마, 들어가! 듣기 싫어!”

서수경이 신경질적으로 쏘아붙였다.

“그럼 가지 말지 그랬어! 가지 말지 왜 갔다 와서 난리야! 지금 와서 그런 소리 다 무슨 소용이냐고!”

딸의 공격에 설움이 복받친 듯 노인이 서럽게 울었다. 아마도 사건이 일어나고 모녀 사이에 비슷한 설전이 몇 번 벌어진 듯했다. 느닷없이 일어난 크나큰 비극을 마주하고 남은 가족끼리 서로에 대한 원망과 죄책감이 뒤섞여 격돌하는 현장이었다.

분위기가 급격히 무거워졌다. 이규영도 서수경의 모에게 방에 들어가 쉴 것을 권했다. 서수경의 모가 울며 방에 들어갔고 서수경도 잠시 화장실에 다녀오겠다며 자리를 떴다.

“팀장님.”

팔짱을 끼고 앉아 난처한 상황을 견디고 있는 조재완 팀장이 할 말이 있으면 해 보라는 표정으로 이규영을 보았다.

“우연일까요. 이게?”

“뭐가?”

“평소 같으면 정우의 할머니가 하교하기 30분 전부터 학교에 와서 정우를 기다렸다가 데리고 갔어요. 사건이 벌어진 날은 극히 드물게 정우가 일상의 패턴에서 벗어난 날이었다고요. 하필 그날 정우에게 일이 생긴 게 정말 우연이었을까요?”

김윤주는 진짜로 서정우를 몰랐을까. 이규영은 사건을 접했을 때부터 일관적으로 가졌던 의심을 다시 꺼내 들었다. 김윤주는 그날 정우의 상황을 알고 정우를 노려 일을 저지른 것 아닐까.

"운이 없으니까 얄궂게 그렇게 된 거지. 계획한 거라고? 너 또 그 말이냐? 김윤주가 정우를 알고 있었고 그날 정우 할머니가 여행 가고 없다는 것도 알았다 치자. 그날 정우 삼촌이 늦을지는 어떻게 알고?"

조재완 팀장은 옷자락을 툭툭 털며 무심한 말투로 말했다.

서수경이 화장실에서 나와 자리로 돌아왔다. 얼굴을 씻은 듯 앞머리가 물에 젖어 있었다.

"죄송해요."

"아, 아닙니다. 지금 마음이 얼마나 힘드시겠습니까.
이해합니다."

조재완 팀장이 달랬다.

"이제 와 원망해 봤자 무슨 소용이겠어요. 엄마도 오빠도…
전 원망 안 해요. 엄마가 정우에게 그런 무서운 일이 일어날
줄 알고 여행을 가셨겠어요? 정우 생긴 뒤로는 돈 갖고 있어도
어디 한번 맘 편히 여행 간 적 없는 분인데… 오빠도… 오빠도
그날 늦고 싶어 늦었겠어요? 길이 그렇게, 한 시간 넘게 막힐 줄
오빠가 알았겠냐고요."

서수경이 눈을 질끈 감았다. 스스로 맘을 다스리려는 말로 들렸다.

"모든 것은 범인 탓이에요."

이규영이 입을 뗐다.

"오빠분도 본인을 탓하며 괴로워하셨어요. 부디 그러지 않으셨으면 좋겠어요. 어머님도, 할머님도, 오빠분도요. 잘못한 건 김윤주, 그 아이입니다. 할머님이 모처럼 중국 여행을 가신 것도,

오빠분이 정우 수업 끝나는 시간을 착각해서 늦게 나온 것도, 가는 길에 길이 막혔던 것도… 결코 할머님이나 오빠분의 잘못이 아니에요."

이규영은 열심히 말을 늘어놓았다. 범죄 피해자 가족들이 범죄의 상처를 극복하지 못하고 서로를 원망하다 관계의 파탄을 맞는 상황을 진심으로 막고 싶었다. 어떤 말이 더 확실한 위로가 될 수 있을까 골몰하던 이규영은 문득 입을 닫았다.

서수경이 의아한 눈으로 이규영을 보고 있었다.

"저… 왜 그러시죠?"

조재완 팀장이 긴장하며 두 사람 사이를 살폈다.

"오빠가… 정우 수업 끝나는 시간을 착각했다고요? 누가 그래요?"

당면한 궁금증 앞에 서수경은 분노도 슬픔도 잠시 잊은 듯했다.

"아, 서민수 씨가 경찰서 오셨을 때… 월요일에도 정우 학교가 5교시까지 하는 걸로 착각하고 계셨다가 늦게 출발했다고…."

이규영의 말에 서수경은 눈살을 찌푸렸다.

"무슨 소리예요? 제가 그날 오전에 오빠에게 문자를 몇 번이나 보내서 일렀는데요. 오빠가 12시 조금 전에 이제 출발한다고 전화도 했었는데? 사고가 나서 대로가 엄청 막히고 우회로로 간다고 했다가 길을 잘못 들고 그래서 늦은 거라고. 저에겐 그렇게 말했는데. 형사님이 오빠에게 직접 들은 말이에요?"

"네. 일전에 결혼하실 분이랑 같이 경찰서에 오셔서 제게…."

"뭐라고요?"

서수경이 발끈하며 자리에서 일어섰다.

"그 여자가 왔어요? 윤다해 그 여자가 오빠랑 같이 왔다고요?"

"아, 네… 그게…."

"그 여자가 뭐라고! 그 여자가 어디라고 오빠랑 같이, 네? 그것도 결혼할 사이라며 나타나요?"

나 참 어이가 없어서. 지가 뭐라고. 새빨간 거짓말쟁이 주제에. 입에 거품을 물고 소리치는 서수경을 올려다보며 이규영은 생각했다.

약혼녀 이름이 윤다해인가 보구나.

생각해 보니 이규영은 서민수와 불쑥 동행하여 나타난 약혼녀의 이름을 묻지도 않았었다.

5.

"그냥 커뮤 뛰다 알게 된 캐인데, 바다거북 수프 게임 하며 놀던 사이예요. 아, 이 사건이랑은 아무 상관 없고요. 말씀 안 하셨으면 보낸 줄도 몰랐을 거예요. 진짜 1도 기억 못 하고 있었어요. 치치가 보냈나 봐요. 그 와중에. 놀자고."

김윤주가 말했다.

"바다거북 수프 게임?"

"모르세요?"

상대가 모르는 걸 설명해야 하는 상황이 기쁜 듯 김윤주는 술술 말을 이어 갔다.

먼저 문제를 내는 사람이 수수께끼 같은 이야기를 던져 줘요.

그럼 문제를 푸는 사람이 그것과 관련한 질문을 마구 하는데, 어떤 질문이든 괜찮아요. 문제 내는 사람은 꼭 답을 해야 하고요. 그런 식으로 질문과 답변을 통해 진실이 뭔지 추리하는 게임이에요. 대표적인 게 바다거북 수프 문제라서 바다거북 수프 게임이라고 불러요.

바다거북 수프 문제는 이거예요. 어떤 남자가 레스토랑에 들어가서 바다거북 수프를 주문했어요. 수프가 나왔죠. 남자는 수프 맛을 보더니 셰프를 불러서 내가 먹은 게 바다거북 수프가 맞냐고 물어봐요. 셰프는 맞는다고 하고요. 그런데요. 그날 남자는 집으로 돌아가서 목을 매 자살해 버려요. 이 남자는 왜 자살을 했을까요?

답은 이거예요. 남자는 예전에 조난을 당한 적이 있어요. 여러 날을 굶자 같이 조난당한 사람들이 하나둘 죽었죠. 남자도 거의 죽기 직전이었는데 누군가가 바다거북을 잡아 수프를 끓였다며 남자에게 줬어요. 남자는 수프를 먹고 살았고 구조됐어요. 그런데요. 한참 세월이 지나 남자가 레스토랑에서 맛본 바다거북 수프는 조난당했을 때 먹은 그 맛이 아니었던 거죠. 남자는 예전에 자기가 먹은 게 먼저 죽은 사람의 인육으로 만든 수프라는 걸 알게 되었고, 죄책감이 들어서 자살했다는 게 이 문제의 정답이에요. 어때요. 형사님은 맞힐 수 있겠어요?

말을 마친 김윤주가 미소 지었다.

"그러면서 논다고?"

이규영이 말했다. 사람을 죽일 때도, 라는 말은 생략했다.

"네. 멘션 보낸 그 사람. 예전에 마피아 커뮤 뛸 때 만났던가 그랬을 텐데. 아닌가? 어쨌든요. 어쩌다 1 대 1 역극하다가 바다거북 수프 게임 시작했는데, 잘 맞았어요. 아, 역극은 역할극 말하는 거예요. 그때부터 그 말이 신호였어요. 바다거북 먹을래?"

이규영은 빈 종이에 볼펜으로 의미 없는 선을 그리며 잠시 생각에 잠겼다.

"한번 해 보실래요? 저랑?"

김윤주가 발랄한 목소리로 말했다.

"뭘?"

"바다거북 수프 게임이요."

이규영은 의자에 등을 기대며 천천히 고개를 끄덕였다. 눈앞의 대상을 조금 이해할 수 있는 계기가 될지도 모른다는 기대와 약간 쉬어 가고 싶은 마음이 뒤섞인 수락이었다.

"좋아요. 들어 보세요. 어떤 여자가요. 외출하고 돌아와 보니 집에 도둑이 든 걸 알게 됐어요."

김윤주는 이규영을 향해 몸을 기울이며 자못 진지하게 말을 이었다.

"여자가 평생을 벌어서 산 보석이며 집에 있던 돈이며 가구며 도둑이 싹 다 털어 간 거예요. 집이 완전 텅텅 비어가지고. 여자는 방방마다 다니며 미친 듯이 울었어요. 그런데요. 갑자기 타는 냄새가 진동을 하더니 밖에서 누군가 '불이야! 불이야!' 외치는 거예요. 여자는 급히 집을 빠져나갔죠. 나와서 뒤돌아보니 집이 불에 활활 타고 있었어요. 여자는 불타는 집을 보면서, 이번에는 미친 듯이 웃었어요. 여자는 왜 웃었게요?"

이규영은 눈 사이를 찡그렸다.

"그게 문제야?"

"네. 여자는 왜 웃었을까요? 맞히려면 질문을 해 보세요. 저에게."

"글쎄… 비싼 화재보험에 가입했다든가, 뭐 그런 거 아닐까? 여자가 집에 보험을 들었니?"

"아니에요."

김윤주는 힘차게 고개를 저었다.

"그럼 뭐, 너무 슬프면 웃음이 나는 그런 병이 있었나? 여자에게 특이한 정신질환이 있었어?"

"아니요."

김윤주는 고개를 저으며 손가락 하나를 세워 들었다.

"틀렸지만 접근은 좋았어요. 형사님."

10대 살인 용의자와 게임을 하며 칭찬을 듣다니 내가 지금 뭐 하는 건가 싶었지만 이규영은 조금만 더 받아 주기로 했다.

"좋아. 정답. 마침 도둑맞지 않았으면 불에 다 타 버렸을 건데 도둑만 잡으면 재산을 찾을 수도 있으니까, 그 생각을 하니 안도해서 웃었다."

"아닌데요. 근데 그 말도 약간 그럴듯하네요."

"음… 혹시 도둑이 아직 집 안에 있었니?"

"아뇨. 왜요? 도둑이 불에 타 죽으니까 좋아서 웃었다고요?"

김윤주는 재밌다는 듯 입을 활짝 벌려 웃었다.

이규영은 여기까지 하기로 했다.

"그것도 아니면 모르겠다 나는. 뭔데? 정답이?"

김윤주는 거만한 표정으로 여유를 부리더니 말했다.

"불타고 있었던 건 여자의 옆집이었어요. 여자는 옆집이 불에 활활 타는 걸 보면서 기뻐서 웃었어요."

"… 왜?"

"이제 나보다 옆집 사람이 더 불행해졌구나, 하고요."

김윤주가 입꼬리를 씩 들어 올리며 웃었다. 상대의 고통은 아랑곳하지 않는 잔인함이 번뜩이는 미소였다.

이규영은 눈앞의 용의자가 잔혹한 유아 살인범이라는 사실을 잠시 잊고 있었다.

"그거 알아요, 형사님? 아무리 해도 행복해지지 않으면, 정말 별짓을 다 해도 행복해지지 않으면 어떻게 해야 하는지?"

"글쎄. 어떻게 해야 하는데?"

"내 주변에 있는 사람을 불행하게 만들면 돼요."

음산한 목소리였다.

"그럼 내가 좀 행복해진 것 같은 기분이 들잖아요."

"그래서 정우를 죽였니?"

오싹한 기분에 이규영은 화도 나지 않았다.

김윤주는 어깨를 떨구며 한숨을 쉬었다. 놀랍도록 빠르게 슬픈 표정이 되어 시무룩하게 말했다.

"정말 미안한데요. 그 아이는 이미 죽었잖아요. 진짜 미안한 일이지만 그렇게 돼 버렸잖아요. 지금 살아 있는 사람이 더 중요하지 않을까요?"

그러니까 자신을 그만 좀 괴롭히라는 말이었다.

이규영은 팔짱을 낀 자세로 김윤주를 노려보며 침묵으로 대답을 대신했다.

김윤주는 머리를 벅벅 긁고, 통통한 제 볼살을 꼬집어 보기도 하더니 뭔가 결심한 듯 입맛을 쩍 다셨다.

"정확히 기억은 안 나지만… 한강에 버렸어요."

"뭘?"

"손목…이요."

이규영은 정신이 번쩍 났다. 김윤주가 스스로 정우의 손목에 관해 언급한 것은 처음이었다.

"2호선을 탔다가, 4호선도 탔다가… 강이 보여서 내렸어요. 뭔지는 모르지만 다리를 건너다가 가방에서 그걸 꺼내 가지고… 던져 버렸어요. 겁나서요. 가지고 있다가 들킬 것 같아서. 그거 들키면 빼도 박도 못하잖아요."

김윤주는 더 이상 인격이 바뀌는 시늉은 하지 않았지만 정우의 손목을 찾을 수 있을 만한 구체적인 진술도 하지 않았다. 다만 그날 다른 사람을 만나거나 연락했느냐는 질문에는 극구 부인했다. 모든 것은 다 자기가 했다. 진짜 사람의 손목을 가지고 싶었다. 가상 세계의 역할극에 빠져 있다 보니 현실과 상상의 경계가 어느 순간 희미해졌다. 그날의 일도 가상 세계에서 벌어진 것 같고 아직까지 현실이라는 실감이 안 난다며 어떤 부분은 자세하게 어떤 부분은 모호하게 선택적으로 자백했다.

어떤 말로 정우를 집까지 따라오게 만들었냐는 부분도 모호하게 얼버무리는 지점이었다.

"가방에 달린 이름표 보고, 저 아이가 서정우인 것 같아서 이름 부르면서 다가가니까요. 그냥 애가 대번 마음을 놓았던 것 같은데… 자기 이름을 알고 있으니까요. 왜 집에 안 가고 있냐고 물으니까 삼촌이 데리러 오기로 해서 기다리는 거라고… 한 것 같아요. 그래서… 누나가 삼촌 아는 사람인데 삼촌이 급한 일 생겨서 누나가 대신 데리러 왔다고… 누나 집에 가자고….”

“그러니까 정우가 따라갔다고? 마을버스 타고 네 집까지?”

납득이 안 되는 설명에 다그쳐도 김윤주는 그냥 일이 그렇게 풀렸다고만 할 뿐이었다. 가족 모두 직장에 가서 비어 있는 집에 정우를 데리고 들어가 탄산음료를 권한 뒤 뒤에서 덮쳐 노끈으로 정우의 목을 조른 과정이나, 숨이 끊어진 걸 확인하고 부엌칼로 손목을 자른 과정은 상세히 얘기했다. 별다른 죄책감이나 후회는 느껴지지 않는 말투였다. 사이버 캐릭터가 무용담을 늘어놓는 것 같았다.

“네가 휴대전화로 정우에게 뭔가 보여 주면서 말을 했다던데. 뭐였지?”

김윤주와 정우의 만남을 가장 끝까지 지켜본 정우의 친구 준혁의 목격담이었다. 김윤주는 고개를 갸웃했다.

“제가요?”

준혁은 정우가 그 아줌마와 그 아줌마 휴대전화 화면을 보며 얘기를 나누더니 친구들에게 이만 집에 가겠다고 외쳤다고 했다.

“그런 적 없는데요?”

6.

정우의 삼촌 서민수는 12시에 조퇴계를 냈고, 실제로는 11시 50분경 회사를 나간 것으로 밝혀졌다. 서민수는 11시 52분에 동생인 서수경에게 전화를 걸어 짧은 통화를 했다. 정우를 데리러 이제 출발한다는 내용이었다. 서민수의 차는 11시 53분경 회사 주차장을 나왔다.

그리고 11시 57분경 서민수의 휴대전화로 전화가 걸려 왔다.

"용건이 뭐였죠?"

이규영은 통화 기록 조회서를 펼쳐 놓고 마주 앉은 참고인에게 물었다. 참고인은 오늘 아침 수사관의 임의동행 요구에 응해 경찰서로 왔다.

"그거요. 집에 혼자 있는데 갑자기 panic attack이 왔어요."

윤다해가 입을 열었다.

"panic attack? 공황발작 말인가요?"

이규영은 윤다해의 영어 발음을 흉내 내며 되물었다.

"네. 한 3년 전부터 work pressure 때문에… 죽을 것같이 무섭고 이러다 진짜 죽겠구나 싶었어요. 정말 다급하게 오빠에게 전화를 한 거죠."

윤다해는 서민수에 대한 경찰 조사가 앞서 이루어진 걸 알고 있다. 이것에 관해 또 거짓말을 할 수는 없을 것이다. 애당초 쉽게 들통날 거짓말이었다. 수가 높진 않다.

그 여자 입에서 나오는 건 숨 쉬는 것 빼고 다 거짓말이라고요.

이규영은 서수경이 분노에 떨며 말하던 걸 떠올렸다. 경찰들이 집에 찾아갔던 날, 그런 여자와 오빠가 결혼하는 건 절대 있을 수 없는 일이라며 서수경은 슬픔도 잊고 소리쳤다.

"오빠가 놀라서 당장 가겠다고 조금만 참고 기다리라고 했어요. 제 오피스텔이 오빠 회사에서 가까운 신촌에 있거든요. 10분 정도 지났을까 오빠가 왔어요. 팔다리 주물러 주고 약 챙겨 주고…

저 혼자서는 약도 못 찾겠더라니까요? 그러니까 서서히 진정이 되더라고요. 오빠가 정우를 데리러 가는 중이었다는 건 생각도 못 했어요. 정말…."

윤다해는 말끝을 떨며 몹시 후회한다는 표정을 지었다. 살인 과정을 자백할 때조차 아무런 죄책감을 느끼지 않는 김윤주와는 달랐다. 감정이 담긴 반응이었다. 이것이 연기라면 아주 잘하는 거라는 생각이 들었다.

"그런데 왜 지난번 서민수 씨와 왔을 때는 거짓말을 했죠?"

"오빠가 너무 죄책감을 느끼니까요!"

윤다해의 눈꼬리에 눈물이 맺히더니 톡 떨어졌다.

"저도요… 결과적으로 저 때문에 정우가 그런 끔찍한 일을 당했다고 생각하니까… 제가 하필 그때 panic이 오지 않았다면… 왔어도 오빠를 부르지 않았다면… 정우가 그렇게 되지 않았을 수도 있다고 생각하니까… 무서웠어요. 사실대로 말하는 게 너무… 그래서 우리끼리 그냥…."

"정우 학교 끝나는 시간을 착각해서 늦은 거라고 말하기로, 두 분이 그렇게 짰다는 거죠?"

"죄송합니다… 수경 씨에게도 너무 미안해서…."

윤다해는 고개를 떨구며 흐느꼈다.

오빠가 결혼할 여자라고 소개시켜 주는데 첫 만남부터 그 여자, 저는 이상했어요. 느낌이 안 좋더라고요.

이규영의 머릿속에서 서수경의 흥분된 목소리가 되살아났다.

겉보기엔 이쁘고 애교도 많고 남자가 반할 만하게 생겼어요. 오빠보다 나이도 훨씬 어리고요. 그런데 이 여자가 자기에 대해

하는 말을 들어 보면, 들으면 들을수록 현실이 아닌 것 같고, 뭐랄까 드라마에 나오는 이야기들을 오려 놓은 것 같은 거예요. 이전에 허언증이 있는 사람을 겪어 봐서 알았죠. 아, 얘도 허언증이구나.

예를 들면 자기가 Y대 정외과에 수석 입학을 했는데 한국의 대학 교육에 환멸을 느껴 자퇴하고, 훌쩍 미국에 건너가 SAT를 봤는데 콜롬비아 대학에 덜컥 합격을 했고, 거기서 세계적 석학으로 불리는 교수의 눈에 띄어 연구를 돕고 후원을 받아 가며 공부하다가, 대학 졸업반 때 엄청난 경쟁률을 뚫고 유엔 산하 정치연구소에 연구원으로 들어갔다는 식이라고 서수경은 말했다. 그러다 유엔이라는 조직이 가진 위선과 부조리에 또 환멸을 느껴 휴직을 하고 한국에 건너와서 서민수를 만났다는 스토리였다고 했다.

그러면서 말끝마다 자기가 뭔가 대단한 문제의식이 있는 엘리트인 척 영어를 섞어 말하고 세상 모든 것을 비판하는데 갈수록 구체적인 부분에서 뭔가 앞뒤가 안 맞는 거예요. 특히 학력 부분에서 굉장히 미심쩍었어요. Y대 교학과에서 일하는 선배가 있거든요. 좀 알아봤죠.

그래서 제가 몇 번 거짓말 아니냐고 지적했는데 그러면 또 아무렇지도 않은 척 둘러대고 넘어가요. 그리고 그 여자, 따져 보면 정작 지금 하는 일은 없어요. 그냥 백수예요. 명품 좋아하는 백수. 그러다 알게 됐죠. 그 여자가 오빠 돈을 쪽쪽 빨아먹고 있다는 걸. 지금 사는 오피스텔도 오빠가 얻어 준 거고 시시때때로 가는 해외여행 비용도 오빠가 대 준 거고요. 그것도 모자라서 오빠는 그 여자가 꾀는 대로 돌아가신 아빠가 남겨 준 자기 몫의 재산을 직접 관리하겠다고 엄마에게 조르고 있다는 걸.

그런데 타고나길 순한 성격에 거의 인생 처음 하는 연애에 푹 빠져 있는 서민수는 아무리 옆에서 뭐라고 해도 윤다해라는 여자를 바로 볼 생각을 하지 않았다고 했다. 서수경의 모도 별다를 게 없었다. 윤다해라는 여자의 애교와 말솜씨에 어느새 넘어갔는지 서수경의 반응을, 오빠를 다른 여자에게 빼앗긴 여동생의 유난스러운 질투 정도로 취급했다.

서수경은 오빠가 윤다해와 결혼하는 걸 보고만 있지 않겠다고 말했다. 둘의 결혼을 깨기 위해서 앞으로도 자신이 할 수 있는 모든 것을 하겠다고 했다. 진심이었다.

"김윤주, 알았죠?"

이규영의 물음에 윤다해는 흐느낌을 멈추고 고개를 들었다.

눈물 젖은 얼굴에 긴장감이 서렸다. 어떻게 대답하는 게 좋을지 저울질하는 속내가 느껴졌다.

"김윤주 아는 애잖아요? 알면서 모르는 척 거짓말했죠. 자, 지금부터 거짓말은 더 하지 않는 게 좋을 거예요. 8살짜리 애가 죽은 사건이에요."

윤다해는 입을 꾹 닫았다. 경찰이 어디까지 알고 있는지 모르니 함부로 인정할 수도 부인할 수도 없는 것이다.

"바다거북 먹을래?"

이규영이 말했다.

1초, 2초, 3초. 시간이 흘렀다.

윤다해가 미간을 찡그렸다.

"…얼굴은 몰랐어요. 본명도요."

"알았다는 말로 듣겠습니다. 언제부터 알았죠? 트위터 쥬나를?"

윤다해가 자리에서 벌떡 일어나 옆 의자에 놓아둔 핸드백을 챙겨 들었다.

"이만 가야겠어요. 약속이 있어서. 갑자기 찾아와서 막무가내로 경찰서로 가자고 하니까 오긴 왔는데. 이건 아닌 것 같아요. 나중에 또…."

"앉으세요."

이규영은 재킷 속주머니에서 영장을 꺼내 펼쳐 보였다.

"윤다해 씨. 피해자 서정우에 대한 사체유기죄… 일단은 사체유기죄로 체포합니다. 지금부터 윤다해 씨는 피의자 신분으로 전환됩니다. 지금부터 윤다해 씨가 하는 말은 윤다해 씨에게 불리하게 작용할 수 있습니다. 윤다해 씨에게는 변호인을 선임할 권리가 있고, 진술을 거부할 권리가 있습니다."

윤다해는 하얗게 질린 얼굴로 이규영이 손에 든 영장을 바라보았다. 이런 일이 일어날 리가 없다는 표정이었다. 윤다해는 이제 자유롭게 나가지 못하게 된 조사실 문을 힐끔 보았다.

이규영은 조금은 과장된 몸짓으로 맞은편 의자를 가리켰다.

"앉으세요. 세실리아 황제 폐하."

윤다해는 당황한 와중에도 분노로 얼굴을 움찔거렸다.

이규영은 결전의 마음을 다졌다. 이규영의 생각이 옳았다. 김윤주의 뒤에는 누군가 있었고 이규영은 그 사람을 찾았다. 진실게임의 대상이 이제 두 명으로 늘었다.

죄수의 딜레마.

게임에서 이기기 위한 이규영의 전략이었다.

7.

CCTV는 엘리베이터 문과 우측 벽에 붙은 우편함을 비췄다. 검은색 바람막이 점퍼의 후드를 머리에 쓰고 작은 백팩을 둘러멘 사람이 화면에 나타났다. 카메라 각도상 얼굴은 확인할 수 없었지만 젊은 여자로 보였다.

여자는 주변을 조심스레 둘러보며 우편함으로 다가갔다. 오가는 사람이 없는 걸 확인하고 여자는 백팩에서 입구 부분을 반으로 접은 쇼핑백을 꺼냈다. 여자는 우편함 한 곳에 쇼핑백을 집어넣고 다시 한번 주변을 살폈다. 오피스텔 주민인 것 같은 남자 한 명이 현관 쪽에서 나타났다. 남자는 바지 주머니에 손을 넣은 채 터덜터덜 걸어와 엘리베이터 버튼을 눌렀다. 후드를 쓴 여자는 휴대전화를 보며 우편함 근처에서 서성였다.

주민 남자가 엘리베이터를 타고 올라가자 여자는 재빨리 쇼핑백을 넣어 둔 우편함을 열고 휴대전화로 사진을 찍었다. 여자는 찍은 사진을 확인하는 듯하더니 계속 휴대전화를 조작하며 화면 밖으로 사라졌다.

"윤다해에게 메시지 보낸 거니?"

이규영은 노트북을 자기 쪽으로 돌리며 물었다.

"그렇죠, 뭐."

김윤주가 답했다.

"뭐라고 보냈어?"

"바다거북, 우편함에 넣어 뒀다고요."

김윤주는 윤다해와의 사이에서 '바다거북'이 인육을 뜻하는 암호라고 했다. 바다거북 수프 게임의 소재에서 착안한 거였다.

"윤다해가 거기 넣어 두라고 했구나."

"아, 아니라니까요."

김윤주는 살짝 짜증까지 내며 부인했다.

"다 제가 한 거라고 여태까지 말씀드렸잖아요. 제가 그냥 세실리아 님에게 선물하고 싶었다니까요."

"윤다해 집은 어떻게 알았어?"

"몇 번 만났을 때 집까지 바래다 드렸으니까요. 선물 드리고 싶으면 우편함에 넣어 두곤 했어요."

"선물? 그 전엔 무슨 선물을 줬는데?"

"빵이요."

김윤주는 피곤한 듯 눈을 비볐다.

"빵?"

이규영은 김윤주의 집에 전문가용 오븐을 비롯해서 제빵을 할 수 있는 각종 장비가 갖춰져 있던 걸 기억했다. 태블릿으로 그림을 그리고 사이버 세상에서 노는 것 외에 김윤주에게는 빵을 만드는 취미가 있었다. 중학교 졸업반 때는 제과제빵 고등학교 진학도 생각해 본 적이 있다고 했다.

"네. 제가 만든 빵이요. 컵케이크나 쿠키 같은 거. 맛있다고 좋아하셨어요. 가장 최근에는 고기파이도 만들어서 선물한 적 있었죠. 그걸 가장 좋아하셨다고요."

그래서 인간 아이의 손목도 넣어 두면 좋아할 거라고 생각했다는 건가. 이규영은 머리가 지끈 아팠다. 윤다해와의 관계가 탄로 난 뒤로 김윤주는 시종일관 이런 식의 자백을 이어 갔다.

김윤주는 알렉산드리아의 겨울 커뮤 활동이 끝나고도 윤다해와 개인적인 만남을 이어 갔다고 했다. 윤다해에게 호감을 느낀 김윤주가 먼저 연락했다. 둘은 세실리아 황제와 올가 근위대장이라는 서로의 역할에 심취해 있었다. 김윤주에게 윤다해는 여전히 두려움과 숭배의 대상이었다. 어떤 가학적인 명령이 떨어져도 절대적으로 복종해야 하는 절대군주였다. 둘은 일상적인 대화를 하다가도 언제든 커뮤 세계관으로 돌아가 역할극을 하며 놀았다. 나중에는 어떤 것이 일상적인 대화이고 어떤 것이 역할극 대화인지 구분할 수 없는 지경이 되었다. 절대 황권을 가진 알렉산드리아의 군주, 탐욕스러운 세실리아 황제는 계속하여 인육을 원했다. 김윤주에게 언제까지 인육을 구해 오지 못하면 벌을 내리겠다고 했다. 명령의 강도는 점점 강해졌으며 김윤주는 압박을 느꼈다. 말미가 연기될수록 황제의 꾸지람은 혹독해졌다. 황제는 이달 말일이 최종적인 말미이고 더 이상의 기회는 없을 거라고 했다. 김윤주는 인육을 바치지 못하면 세실리아 황제가 자신을 떠날 것 같아 초조해졌다. 세상을 지배하고 다스리는 자, 나의 주인, 나의 모든 것. 세실리아 황제가 나를 떠난다면 이 세상도 자기 자신도 모두 끝나 버릴 것만 같았다고 김윤주는 진심으로 고통스러운 표정으로 말했다. 라라가 고통스러워하자 치치가 자신이 그 일을 하겠다고 나섰다고 했다. 라라는 말릴 수 없었다. 고통이 강해질수록, 현실과 가상 세계와의 경계가 희미해질수록 잔혹하고 냉정한 치치의 힘은 커져만 갔다.

형사님이 믿든 안 믿든 치치는 제 안에 있어요, 김윤주는 확신을 담아 말했다.

"그런데 왜 하필 서정우였지?"

이규영은 목소리를 높였다.

"윤다해와 상관없이 너 혼자 저지른 일이라며. 그런데 왜 윤다해와 관련이 있는 아이를 죽인 거지?"

김윤주는 꿈꾸는 듯한 눈으로 어깨를 으쓱했다. 다른 생각에 빠진 것 같았다.

"…그런데요, 형사님."

"뭐야."

"제 사건, 유명해요? 엄청 난리 났어요?"

김윤주의 눈이 뭔지 모를 만족감으로 빛났다.

"누가 그래?"

"어제 변호사님이요. 저 때문에 막 나라가 발칵 뒤집혔다던데. 그 정도예요?"

김윤주의 부모는 뒤늦게 변호사를 선임했다. 변호사는 어제 김윤주와 첫 접견을 했다. 변호사에게 사건에 대한 언론과 대중의 반응을 들은 모양이었다.

"그건 나중에 얘기하고, 왜 서정우였냐고?"

이규영의 차가운 말투에 김윤주는 입술을 한번 씰룩이더니 답했다.

"세실리아 님이 남자 친구랑 함께 개 학예회에 간 적 있었는데요, 걔 손이 이쁘다고 했어요. 조그만 손으로 바이올린 켜는 게."

"정우 손이 예쁘다고 했다고?"

"네. 갖고 싶은 손이라고… 먹고 싶다고… 아주 탐난다고 하셨어요."

이규영은 울컥 욕지기가 올라오는 걸 참았다.

"그래서?"

"그래서 뭐요. 이왕 선물 드릴 거 개를 드리면 좋을 것 같아서 제가…."

이어지는 추궁에도 김윤주는 윤다해의 공모를 꾸준히 부인했다. 하굣길에 매일 정우를 데리러 오던 정우의 할머니가 하필 그날 여행을 간 사실, 그래서 그날은 정우의 삼촌이 정우를 데리러 오기로 했던 사실, 그런데 윤다해가 공황발작을 호소하는 바람에 삼촌이 늦게 왔고 그사이 김윤주가 범행을 저지를 수 있었던 사실 모두 우연이라고 했다.

일찍이 이규영은 김윤주가 자백을 시작한 시점에 주목했다. 미심쩍은 정신병을 핑계 대며 대답을 회피하던 김윤주는 범행 당시 윤다해에게 보낸 트위터 멘션이 들통난 때에 태도를 바꿨다. 그 전까지는 베일에 싸여 있던 윤다해의 정체가 드러날 위기에 처하자 돌연 모든 것이 자신의 독자적인 범행이라고 주장한 것이었다. 그 순간 이규영은 김윤주의 트위터 멘션 상대가 공범이라고 직감했다.

"윤다해, 세실리아 황제가 정말 사람의 손목을 원했어? 진짜 사람의 손을?"

"저는… 그렇다고 생각했어요."

"왜? 쎄 보이고 싶어서?"

"치. 형사님은 이해 못 하실 거예요. 우리 세계관을… 우리끼리 통하는 그런 게 있어요. 미안하지만 그건… 선이니 악이니 하는 것과는 관계없는… 그걸 초월한 거예요."

김윤주가 마음이 상했는지 입술을 앙다물었다.

이규영은 자리에서 일어나 진술 녹화실 안을 몇 걸음 서성였다.

"그런데 어쩌지?"

이규영은 진술 녹화실 벽에 등을 기대고 섰다.

"윤다해는 네 선물이 정말 거추장스러웠대. 인터넷에서 만난 정신 나간 10대가 말이야. 자기가 하는 말이 진짠지 가짠지도 모르고 자길 엄청 곤란하게 했다고 화를 펄펄 내던데? 그래, 윤다해도 다 네가 꾸민 짓이라고 하긴 하더라. 진짜 사람 손을 갖다주면 어떡하냐고. 아주 제대로 미친 애를 만나서 인생을 망쳤다고. 화내고 울던데?"

잠시 침묵이 흘렀다.

"…거추장스러웠다고요?"

김윤주는 일그러진 표정으로 이규영을 쏘아보았다.

"아까 바깥에서 네 사건, 유명하냐고 물었지?"

이규영은 다시 김윤주를 마주 보고 앉았다.

"그래 유명해. 아주 나라가 발칵 뒤집혔고 난리도 아니야. 어떻게 10대 여고 자퇴생이 어린아이를 상대로 이런 잔혹한 짓을 할 수 있냐고 말이지. 그런데 10대라서 사형이나 무기징역은 못 때려. 그게 말이 되냐고 법을 바꿔야 하는 거 아니냐고 아주 여론이 시끄러워."

이규영은 잠시 말 사이를 띄웠다. 김윤주의 표정이 좋지 않았다.

"미성년자에게 내릴 수 있는 법정 최고형이 20년이야. 이렇게 여론이 시끌시끌하니 내 예상에 넌 아마 징역 20년 받을걸. 그럼 형기 끝나면 38살이겠네. 어쩌지. 38살까지 교도소에 갇혀서 자캐 커뮤도 못 뛰고 너 좋아하는 빵도 못 만들 거야. 커뮤러들이 면회는 와 줄까?"

"군주는 원래 그렇게 말하는 거예요!"

김윤주가 버럭 소리를 질렀다.

"뭐라고?"

"군주는요. 신하에게 선물을 받아도 표 나게 기뻐하는 게 아니에요! 군주의 명령을 따르는 건 신하로서 당연한 거니까요!"

"아하, 그래?"

김윤주는 거친 숨을 씩씩거리며 내쉬었다. 이규영은 이때라는 생각이 들었다. 김윤주의 마음에 소용돌이치는 불안을 더 키워 줄 때였다.

"안타깝다. 너는 세실리아 황제에게 이렇게 충성을 다하고 있는데… 세실리아 황제에게 인육을 바치기 위해. 오직 그것을 위해 8살짜리 아이도 죽이고 이렇게 범죄자가 되었는데 말이야. 온 국민이 지탄하는 범죄자. 앞으로 20년간 감옥에서 청춘을 바치며 썩어 갈."

이규영은 몸을 숙여 김윤주에게 얼굴을 바짝 들이밀고 속삭였다.

"그런데 잘 생각해 봐. 세실리아 황제가 너에게 원한 건, 정말 인간의 손목이었을까? 너희들 사이에만 통한다는 그 세계관인가 뭔가 그것대로?"

"…네?"

"세실리아 황제는 사람의 신체 일부나 인육에 관심이 없어. 너와 달라. 그 망할 놈의 잔혹한 세계관 따위. 너희들이 보통 사람들과

다른 특별한 종족인 것처럼 느끼게 해 주는 그런 세계관 따위
너와 공유하고 있지 않아. 그 여자에게 너는 알렉산드리아의 올가
근위대장이 아니야. 그냥 시키면 살인까지 해 주고 혼자 뒤집어써
주는 호구일 뿐이지."

"뭐라고요?"

"그럼 네 꼴은 지금 어떻게 되는 걸까?"

이규영은 그 순간 김윤주의 내면에서 뭔가 폭삭 주저앉는
소리를 들은 것도 같았다.

8.

"한국에서 명문대 입학했으나 회의 느껴 자퇴하고, 미국
가서 콜롬비아대학 나왔고, 유엔 산하 정치연구소에 입사해서
현재는 휴직 중이라면서요? 미국 이름은… 그레이스 윤? 서민수 씨
가족에겐 그렇게 말하고 다녔다던데, 맞습니까?"

윤다해는 흥, 하고 콧방귀를 뀌었다. 참고인에서 피의자
신분으로 전환된 윤다해의 2차 피의자신문이었다.

"아니란 거 다 알잖아요. 그냥 해 본 말이에요."

"알아보니 수원에 있는 2년제 대학 나오셨네요. 보습학원에서
영어 강사 아르바이트 띄엄띄엄한 게 공식 경력의 전부고. 어렸을
때 가족 따라 몇 년 미국 이민 생활 하긴 하셨던데, 그때 영어 익힌 게
다죠? 생활 영어."

윤다해는 뭐 어쩌라고, 하는 표정으로 이규영을 쳐다보았다.

"허언증 있어요?"

"있어 보이려고 뻥 좀 쳤어요. 시집 좀 잘 가려고. 그게 죄예요?"

"거짓말은 죄가 아니지만 거짓을 지키려고 살인을 교사하면 죄가 되죠."

"살인 교사는 누가 살인 교사를 했다고 그래요! 여태까지 말한 거 뭘 들었어요!"

윤다해는 정색하며 소리쳤다.

하드고어 자캐 커뮤에서는 하루에도 수천수만 건의 잔혹한 살인과 고문, 사체유기, 학대, 능욕이 벌어진다. 그걸 김윤주가 현실로 옮길 거라고 자신이 어떻게 알 수 있었겠느냐며 윤다해는 무고함을 주장했다. 범행이 일어나던 날 김윤주가 평소 쓰지 않는 트위터 계정으로 '바다거북 먹을래?'라는 멘션을 보냈을 때도 그저 평소 하던 역할극을 하자는 건 줄 알았다. 김윤주가 곧 본래 쓰던 계정으로 다시 같은 내용의 디엠을 보내와 '좋지. 굽기는 미디엄. 가니시는 구운 아스파라거스로 부탁'이라고 대꾸해 줬다. 정우가 실종됐다는 서민수의 연락을 받았을 때도 설마 김윤주의 짓일 거라고는 상상도 하지 못했다. 그날 오후 늦게 오피스텔 우편함에 바다거북 고기를 넣어 뒀다는 김윤주의 연락을 받았을 때조차 또 빵 쪼가리나 넣어 뒀겠지 생각하고 넘겼다.

저녁에 정우의 시신이 발견되고 서민수와 함께 정신없이 시간을 보내다 밤에 집에 돌아와 김윤주의 '선물'을 확인했을 때 자신이 얼마나 놀란 줄 아냐며 윤다해는 오히려 동정을 호소했다. 처음에는 영화 촬영할 때 쓰는 소품인 줄 알았다. 꺼림칙한 마음에 '선물'을 쇼핑백째 들고 나가 한강에 던져 버릴 때까지 그걸 영화

소품으로 믿었다고 했다. 나중에야 서서히 김윤주가 저지른 짓을 현실로 받아들였고 두렵고 떨리는 마음에 김윤주와 연락을 주고받은 트위터 계정을 삭제한 거라고 윤다해는 달변으로 떠들었다. 휴대전화도 버리고 새 걸로 바꿨다고 했다. 무서워서.

"김윤주가 알아서 다 한 거라고? 이봐요. 그걸 지금 믿으라고 하는 소리예요!"

이규영은 손바닥으로 책상을 치며 언성을 높였다. 윤다해는 움찔하지도 않고 이규영의 시선을 맞받았다. 거짓말을 들켜도 당황하거나 부끄러워하지 않는 병적인 거짓말쟁이의 눈빛이었다. 이규영은 이런 눈빛을 한 범죄자를 몇 알고 있었다.

"내가 왜 정우를 해치겠어요? 내가 결혼할 사람 조카를."

"정우의 엄마, 서수경 씨가 당신의 거짓말을 꿰뚫어 봤으니까요."

"네?"

"김윤주가 재밌는 말을 하더군요."

이규영이 말을 돌렸다. 윤다해는 신경 쓰인다는 표정으로 이규영의 말이 이어지기를 기다렸다.

"아무리 해도 행복해지지 않으면, 주변 사람을 불행하게 만들면 된다고."

"무슨 뜻이에요?"

"당신의 실체를 알아채고 결혼을 적극적으로 방해하는 서수경을 제지하려면, 서수경을 불행하게 만들면 된다는 뜻이죠. 불행에 빠져 허우적대는 것 외에 다른 생각을 못 하게 하면 된다는 뜻."

서수경은 사건이 일어나기 얼마 전 심부름센터에 윤다해의 뒷조사를 의뢰했다고 했다. 특히 윤다해가 서민수를 꾀어 갈취한 돈의 향방을 알아봐 달라고 했다. 자신의 금융 상황에 대한 조사가 이루어지고 있다는 걸 윤다해는 눈치챘을 것이다. 조사를 의뢰한 사람이 누구인지도. 윤다해는 갖은 이유를 들어 서민수의 돈을 꽤나 많이 빼돌렸고 대출까지 받게 했다. 결혼 얘기가 오가면서부터는 상속 재산에도 눈독을 들였다. 사기 행각이 들통나고 순진한 부자 남자와의 결혼이 무산되기 일보 직전이었을 터다.

"지금 소설 써요? 그래서 내가 김윤주를 시켜 정우를 죽이게 한다고요?"

"죽이라고까지 했는지는 아직은 모르겠어요. 윤다해 씨가 사실대로 말하면 들어 보고 판단해 봐야겠죠. 하지만 최소한 정우를 납치하라고는 교사했어요. 그리고 김윤주가 정우를 죽이고 시신을 훼손할 수도 있을 것이라는, 살인과 사체유기의 미필적 고의는 있었다고 봅니다."

"말도 안 돼…."

"말이 되죠. 김윤주가 다 불었거든요."

윤다해의 눈에 불안이 찾아들었다.

"불다뇨. 뭘요?"

"다요."

이규영은 말을 멈추고 윤다해의 불안이 더욱 커지기를 기다렸다.

너무 가까이에 있었다.

윤다해 옆 너무 가까운 곳에 김윤주가 있었던 것이 이런 말도 안 되는 참극을 낳았다. 가상 세계의 역할극에 심취해서 자신의 말이라면 무엇이든 복종할 준비가 되어 있는 정신이 불안한 10대 소녀가 옆에 있었기 때문에 윤다해도 시도해 봤을 것이다. 되든 안 되든. 될지도 모르니까.

그렇다고 윤다해의 악의가 감경될 수 있는 건 아니었다. 윤다해가 이 범행에 계획적으로 깊게 관여했다는 걸 어떻게든 증명하고 말겠다고 이규영은 다짐했다.

9.

윤다해는 범행이 가능한 날을 콕 집어 알려 줬다. 학교가 끝나면 늘 정우를 데리러 가던 할머니가 해외여행을 갔고 마침 바이올린 학원도 휴원을 한 바람에 그날 정우의 삼촌이 조퇴를 하고 학교에 정우를 데리러 갈 예정이라고 했다. 좀처럼 없는 기회였다. 정우의 삼촌이 제때 가지 못하도록 자신이 손을 쓰겠다고 하면서 윤다해는 김윤주에게 영상 파일 하나를 보냈다.

서민수의 얼굴이 화면 가득히 나오는 영상이었다. 영상통화를 녹화한 거였는데 통화 상태가 좋지 않았는지 방긋 웃으며 말하는 서민수의 음성이 '지지직' 하는 소음에 묻혀 잘 들리지 않았다. 서민수는 귀에 손을 가져다 대고 화면 가까이 얼굴을 들이밀다가 안타까운 표정으로 통화 상대를 향해 손을 흔들었다.

"삼촌이 보내서 왔다고 하고, 이거 틀어 주면서 통화 연결된 척하라고 했어요. 삼촌이 뭐라고 말한다고 네가 대충 먼저 말해 버리면 애들은 그냥 믿는다고. 진짜 믿던데요? 삼촌이 이렇게 저렇게 말하는 거 들었지, 하니까 진짜 믿더라니까요."

김윤주가 말했다.

미스터리가 풀렸다. 정우가 처음 만난 김윤주를 집까지 의심 없이 따라간 이유. 정우는 김윤주와 함께 서민수와 영상통화를 했다고 믿었다.

정우야, 지금 그 누나 집에 가서 놀고 있어. 삼촌 친구야. 삼촌이 급한 일만 마치고 바로 데리러 갈게.

문제의 영상 파일은 남아 있지 않았다.

"윤다해가 정우를 죽이라고 했니?"

김윤주는 조금 생각해 보다가 고개를 저었다.

"아뇨. 딱 그렇게 말하진 않았는데…."

그럼 김윤주가 정확히 뭘 지시한 거냐고 이규영은 캐물었다.

"정우의 손을 갖고 싶다고 했다니까요."

"그러니까 정우를 납치해서, 어떻게 해서 정우의 손을 가져다 달라고 한 거야? 설마 산 채로 손을 자르라고 한 건 아닐 테고."

김윤주는 뒷머리를 벅벅 긁었다.

"…그런 거 말 안 했거든요. 그냥 제가 알아서 한 건데. 군주가 그런 거 일일이 다 말하고 그러는 거 아니니까. 신하가 알아서 해야죠."

이규영은 절로 얼굴을 찌푸렸다. 김윤주가 윤다해에게 등을 돌리고 사실을 자백하는 마당에 아직도 윤다해를 감싸는 진술을 한다고 보기는 어려웠다. 그러니까, 김윤주의 말이 진실이라는 게 문제였다.

"그냥 속 좀 썩게 하고 싶었어요. 서수경을요. 하도 하는 짓이 얄미워서."

지난 피의자신문에서 김윤주가 배신을 하고 사실을 말하기 시작한 걸 알고 윤다해는 또 상황에 맞춰 진술을 바꿨다. 정우를 납치하라고 교사한 건 맞지만 딱 거기까지라는 거였다. 머릿속에서 바로바로 계산기가 돌아가는 여자였다.

"한 반나절 애를 잃어버리고 찾아 헤매게 하고 싶었다고요. 그뿐이었는데, 저도 정말 쥬나 걔가 그럴 줄은 몰랐어요. 상식적으로 생각해 보세요. 자캐 커뮤 역할 안에서 한 말을 걔가 진짜 다큐로 받아들일지 제가 알았겠냐고요. 그렇게 따지면 벌써 살인이 백번 천번도 더 일어났게요? 걔나 나나 하루 종일 나누는 얘기가 다 그런 건데?"

물러서야 할 마지막 지점을 찾아 물러선 윤다해는 여유를 찾았다. 입에 기름을 칠한 듯 말이 술술 나왔고 그 이상은 물러서지 않았다. 경찰이 공범 둘 사이에 오간 연락에 대해서는 구체적인 증거를 갖고 있지 않다는 걸 알고 있는 것이었다.

그런데 김윤주조차 윤다해의 살인 교사를 인정하는 진술을 하지 않으니 답답할 노릇이었다.

이규영은 의자에 등을 기대며 탄식했다.

김윤주는 순진하게 눈을 끔뻑거리며 간식으로 넣어 준 초콜릿 음료에 빨대를 꽂아 빨았다. 그 모습을 보니 이규영은 헛웃음이 나왔다.

"너는 진짜…."

몇 날 며칠 얼굴을 마주 보고 있다 보니 일말의 연민 같은 게 생긴 건지 이규영은 살인 사건 수사를 떠나 김윤주에게 묻고 싶어졌다.

"정우의 손을 갖다주면 윤다해가 좋아할 거라고, 진심으로 그렇게 생각한 거니?"

"그때는 그랬죠."

"내 말은 세실리아 황제가 아니라, 윤다해가 말이야. 자캐 커뮤 속 세실리아 황제가 아니라 인간 윤다해가, 정말 사람의 손을 가지고 싶어 할 거라고 생각한 거냐고?"

"그랬으니까 제가 했겠죠?"

"어휴."

이규영은 한숨을 쉬며 손가락으로 눈 사이를 짚었다.

"윤다해는 네가 진짜 할 줄은 몰랐단다. 살인, 사체 해부, 인육… 이런 커뮤 세계관에서만 나누는 얘기들을 네가 진짜로 현실로 옮길 줄은 몰랐다고 하는데. 어떻게 설명할 거니 이거?"

김윤주는 초콜릿 음료를 바닥까지 소리 내어 빨아 먹고는 고개를 갸웃했다.

"아니에요. 세실리아 님은 제가 할 줄 알았을걸요?"

"그건 네 생각이고."

"아니에요. 제가 그 전에도 바다거북 고기를 바친 적이 있는데 뭔 소리예요."

이규영은 의자에서 등을 떼고 몸을 일으켰다.

"뭐?"

"제가 이번 일 있기 2주쯤 전에 왜 병원에 입원했는데요."

이규영은 범행 2주 전 김윤주가 허벅지에 큰 자해를 해서 감염이 되는 바람에 병원에 5일간 입원했었다는 사실을 떠올렸다. 김윤주의 허벅지 자해 흔적을 확인하고 놀란 유치장 입감 담당 여경의 보고서도 기억났다.

허벅지 자해. 바다거북 고기.

인육을 바치라는 군주의 명령.

"혹시…."

이규영은 차마 말을 맺지 못하고 입을 떡 벌렸다.

"네. 제가 제 인육을 바쳤죠. 고기파이 만들어서 오피스텔 우편함에 넣어 뒀다니까요. 그땐 잘했다고 맛있었다고 좋아해 놓고는…."

김윤주는 풀 죽은 얼굴로 말했다. 일이 이렇게 되고도 황제의 총애를 잃은 것이 못내 아쉬운 모양이었다.

이규영은 목 안으로 쓴 물이 올라오는 걸 겨우 삼켰다.

"윤주야. 김윤주."

알렉산드리아라는 세계의 역대 가장 잔혹한 군주의 오른팔, 올가 근위대장은 굼뜨고 게으른 눈빛으로 이규영을 보았다. 어떤 명령이 떨어지든 맹목적으로 따를 준비가 되어 있는, 어쩌면 그 세계에서 가장 잔인한 사람.

"너는 금방 잊힐 거야."

이규영은 맞은편 벽을 바라보며 슬프게 단언했다.

"앞으로 너보다 더 악한 아이가 나타나겠지."

믿기 싫지만 아마도 그럴 것이었다. 눈앞의 괴물은 생각보다 빠르게 잊힐 거고, 시간이 갈수록 악인의 명단에서 점차 낮은 순위로 내려올 것이다. 그가 숭배하는 세실리아 황제와 함께.

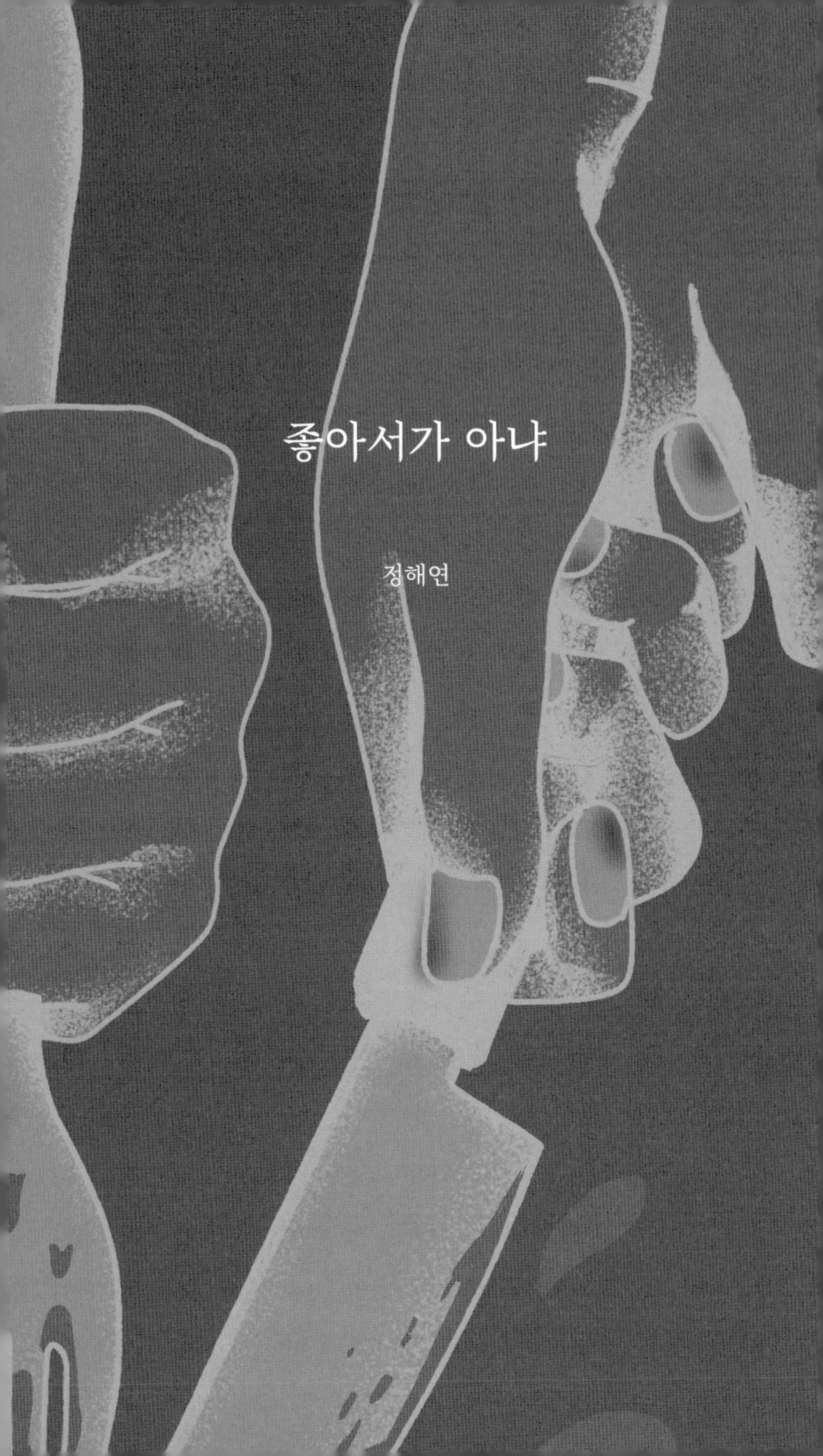
좋아서가 아냐
정해연

프롤로그

태현은 점점 초조해졌다. 출동한 경찰은 여전히 온 집 안을 확인하고 있었고, 몇 명은 긴 쇠막대기에 달린 기계로 사방의 벽과 물건들 사이를 훑고 있었다. 그럼에도 불구하고 도청 장치나 불법 카메라를 찾는 기계에서는 아무런 신호음도 들리지 않았고, 현관문 손잡이나 집 안 어디에서도 그 여자의 지문은 나오지 않았다. 이쯤 되니 태현은 자신이 그 여자가 집 안에 뭔가를 설치했기를 바라는 건지, 설치하지 않았길 바라는 건지 알 수가 없어졌다. 처음 집에 왔을 때 명함부터 건네던 김홍수 형사의 얼굴이 살짝 구겨져 있었다. 그는 고개를 갸웃하며 나직한 한숨을 내쉬고는 태현 쪽으로 몸을 돌렸다.

"아무것도 나오지 않는데요."

"그럴 리가 없어요. 분명히 집에 들어왔어요. 아침에 출근할 때 현관 틈에 꽂아 놓은 종이 쪼가리가 떨어져 있었다고요!"

태현은 도저히 참을 수가 없었다. 이상한 냄새를 맡은 것은 한두 번이 아니었다. 자신은 잘 쓰지 않는 향수의 냄새가 여봐란듯이 독한 향을 뿜었다.

경찰에 신고해 집 안을 조사하게 하려면 반드시 증거가 필요했다. 그건 그동안의 일로 태현이 누구보다 잘 알았다. 그래서 오늘 아침 출근길에 현관 틈에 종이 쪼가리를 꽂아 놓았다. 태현이 없을 때 누군가 문을 연다면 반드시 종이가 떨어질 것이다. 태현이 퇴근했을 때 종이 쪼가리는 신발장 앞에 떨어져 있었다. 순간 자신의 등을 타고 오르는 것이 소름인지 전율인지 알 수 없었지만, 태현은 곧장 경찰에 신고했다. 드디어 증거를 잡은 것이다.

처음엔 지구대에서 두 명의 경찰관이 찾아왔다. 그들에게 모든 것을, 지옥 같던 시간들을 설명했음에도 그다지 대수롭지 않아 하는 것 같았다. 초동수사 미흡이니 어쩌니 소리를 지르고 을러댄 뒤에야 형사와 감식반이 함께 출동했다.

감식반은 가장 먼저 비밀번호 키패드와 손잡이에서 지문을 감식했다. 지문은 한 사람의 것만 나왔다. 태현의 것이었다.

그래, 지문 정도야 장갑을 낀다면 남기지 않을 수 있었다. 태현이 생각하는 것은 따로 있었다. 분명 집 안에 도청 장치가 있었다. 그리고 어쩌면 현관문 밖에 몰래카메라를 설치했을지 몰랐다. 그렇지 않고서야 어젯밤에 바꾼 현관문 비밀번호를 누르고 들어올 수는 없는 일이다.

하지만 조사 결과는 형사의 표정이 말해 주는 대로 아무것도 나오지 않았다. 태현은 다시 집 안에 떨어져 있던 종이 쪼가리에 매달리는 수밖에 없었다. 그 이야기를 꺼내자 형사가 대답했다.

"가끔 그런 착각 하는 분들이 계세요. 보통 여자분들이 이런 일을 겪으시긴 하지만…. 본인은 분명 현관문 틈에 꽉 끼웠다고 생각하는데, 현관문과 벽 사이에 생각보다 넓은 공간이 있을 수 있어요. 그래서 그냥 안쪽으로 떨어지는 경우도 있고, 택배원이나 교회 홍보하는 사람들이 노크하는 바람에 안쪽으로 떨어지는 때도 있죠. 아, 그리고 본인이 무심결에 문을 열다가 떨어진 건데 착각하는 경우도 있고요."

형사의 목소리는 냉철해 보이는 얼굴과는 다르게 침착하고 부드러웠다. 마치 이해 못 하는 아이를 어르고 달래는 듯한 목소리였다. 그게 태현의 신경을 더욱 긁었다.

"착각이 아니에요! 아침에 현관문 틈에 꽉 끼어 있던 것도, 잘 빠지지 않는 것도 다 확인했어요!"

태현은 갑자기 생각난 듯, 형사를 밖으로 이끌었다. 그러고는 위층으로 올라가는 계단의 반 층을 향해 손가락을 폈다.

"저기쯤에서 몰래 보고 있으면 비밀번호를 볼 수 있지 않을까요?"

"그럴 수도 있겠지만…."

태현의 손가락을 따라 시선을 옮기는 형사의 표정에는 그다지 열의가 없었다. 태현은 답답함을 넘어서 가슴이 터질 것 같았다. 아무것도 통하지 않는 벽에 대고 말하는 것 같았다. 가슴을 씨근덕거리는데 계단에서 누군가 올라오다가 모여 있는 사람들을 보고 멈칫했다.

20대의 여성이었다. 구불거리는 긴 파마머리가 가슴께에서 흔들렸다. 장을 봐 온 것인지 손에는 장 가방이 들려 있었고,

바깥으로 대파 끄트머리가 보였다. 여자는 평소와 다른 집 앞의 상황에 당황한 듯 눈을 휘둥그렇게 뜨고 태현의 집 쪽을 호기심 가득한 얼굴로 보았다. 경찰이 돌아다니고 있으니 보통 일이 아니라고 생각하는 것이 분명했다. 답답해하는 태현의 얼굴을 본 형사가 큰 인심이나 써 주듯 여자에게로 갔다.

"실례합니다. 은파경찰서에서 나온 김홍수 형사라고 합니다. 잠깐 얘기 좀 나눌 수 있을까요?"

여자는 태현을 흘깃 보더니 이내 시선을 피했다. 태현은 범죄자라도 된 듯한 기분을 느꼈다.

여자가 우물쭈물 입을 열었다.

"무슨…."

"혹시 무슨 일을 하십니까?"

"육아 휴직 중이에요. 피아노 학원 강사고요."

"그럼 평소에는 집에 온종일 계시겠네요?"

"장 보러 나갈 때나 약속 있을 때만 빼면…."

"그럼 혹시 앞집에 이상한 사람이 기웃거린다든가, 비밀번호를 자꾸 틀리게 누르는 소리를 들었다든가 하신 적 없으십니까?"

여자는 잠시 생각하더니 큰 눈을 다시 흘깃, 태현에게로 보냈다. 그녀는 재빨리 시선을 낮췄다. 그 모습이 말하는 바는 명확했다. 태현의 앞에서 이야기하기가 곤란하다는 것이었다. 대체 뭘 들었기에? 태현은 너무나 궁금했지만, 형사가 자신을 향해 들어가 있으라고 고갯짓을 했다. 함께 듣고 싶었지만, 자칫 여자가 입을 다물어 버리면 곤란했다. 어차피 문제가 될 이야기라면 형사에게 전해 들을 수 있을 터였다.

태현이 집에 다시 들어갔을 때는 내부를 조사하던 대원들이 장비를 정리하는 중이었다.

"특별한 점은 발견되지 않았습니다."

태현은 고개를 끄덕였다. 아까였으면 화가 나거나 답답함을 토로했겠지만 지금은 온 신경이 바깥에 가 있었다. 집 안을 메우던 대원들이 다 나갔을 때, 텅 빈 집 안으로 형사가 들어왔다. 태현은 소파에 앉아 있다가 벌떡 일어났다.

"뭐라고 합니까?"

형사는 태현을 가만히 바라봤다. 묘한 얼굴로 그는 말을 잠시 머뭇거렸다. 태현은 조바심이 났다.

"앞집에서 오해는 하지 말라고 하면서…."

우물쭈물하던 형사가 말했다.

"하루가 멀다 하고 비밀번호 바꾸는 소리 때문에 애가 잠에서 깬다고 자중 좀 해 달랍니다."

"허!"

태현은 소파에 주저앉아 버렸다. 이쯤 되니 자신이 뭐에 홀린 것 같았다. 형사의 말처럼 사실 아무 일도 벌어지지 않았는데 괜히 예민해져 모든 것을 이상하다고 느끼고 있는 것만 같았다. 태현은 피곤한 듯 양손에 얼굴을 묻으며 말했다.

"형사님도 제 말을 안 믿으시죠?"

"그럴 리가요. 그렇지 않습니다."

그의 말에서 진실성은 그다지 느껴지지 않았다.

"팀장님, 빌라 입구 CCTV 확보했습니다."

"그래?"

그 말에 태현이 얼굴을 번쩍 들었다. 여기에 1년 넘게 살았으면서도 CCTV가 달려 있는 줄은 몰랐다. 그 여자가 오늘 여기에 왔다면 분명 CCTV에 찍혔을 것이다. 공동 현관 말고는 들어올 수 있는 곳이 없었다. 드디어 증명할 길이 열렸다.

"같이 내려가시겠습니까?"

김 형사의 말이 끝나기 무섭게 태현은 일어나 1층으로 내려갔다. 거기서 CCTV 확보 소식을 알렸던 형사를 따라 지하로 한 층 더 내려갔다. 작은 사무실이 있었는데, 빌라에 이런 장소가 있다는 걸 태현은 오늘 처음 알았다. 노크하고 들어가자 낡은 모니터 앞에 70대로 보이는 노인이 앉아 있었다.

"하도 연락을 해 대서 오긴 왔는데 무슨 일이요?"

얘기를 들어 보니 노인은 이 건물의 임대인이었다. 계약은 아들과 해서 실제로 집주인을 보는 건 처음이었다. 30도는 족히 기운 허리와 허름한 옷차림이 이만한 빌라를 가진 자산가로는 보이지 않았다.

"CCTV 확인이 급해서요. 지금 확인 가능합니까?"

"안 그래도 내려오자마자 켜 놨지."

태현의 출근 시간은 아침 7시 30분, 오늘 퇴근해 집 앞에 도착한 것은 8시였다. 약 열두 시간 분량의 CCTV를 확인해야 했다.

노인의 허락을 얻어 형사가 CCTV를 재생시켰다. 사람이 없을 때는 다이얼을 돌려 재생 속도를 8배속으로 올렸다가, 드나드는 사람이 있을 때마다 화면을 멈춰 태현에게 얼굴을 확인시켰다. 대략 한 시간 반가량이 지나는 동안 태현은 화면에서 그 여자를 발견하지 못했다.

영상 확인을 마치고 태현은 경찰들과 함께 빌라의 바깥으로 나왔다. 검은색 쏘렌토가 세워져 있었다. 형사는 차 앞에서 몸을 돌려 태현에게 말했다.

"차라리 현관문 앞에 CCTV를 달아 보시는 건 어떻습니까?"

얼굴과 목소리에 태현에 대한 불신이 가득 담겨 있었다. 태현은 힘없이 고개를 끄덕였다.

차가 출발하고 태현은 2층의 집으로 돌아왔다. 문은 잠겨 있었다. 패드를 누르자 번호 키가 활성화됐다. 태현은 잠시 숨이 막히는 기분이 들었다. 고개를 들어 위쪽 계단과 아래쪽 계단을 모두 확인했다. 보는 사람은 아무도 없었다.

비밀번호를 누르고 안으로 들어갔다. 지문을 찾느라 여기저기에 화학약품이 묻어 있었지만, 지금은 아무것도 하고 싶지 않았다. 태현은 힘 빠진 걸음으로 안방에 들어가 침대에 맥없이 걸터앉았다.

내가 너무 예민해서 생긴 착각일까? 그 여자가 집까지는 들어오지 않은 걸까? 이제 정말 안심해도 되는 걸까?

그렇다면 차라리 다행이다. 오늘 형사들의 묘한 시선에 불쾌했지만, 집 안에서라도 숨 쉬고 살 수 있다면 다행이었다. 태현은 손바닥으로 얼굴을 한번 쓸어내린 뒤 침대에 누웠다. 지금은 너무 피로했다. 청소 같은 것은 나중에 하면 될 일이었다.

모든 것이 싫어졌다. 태현은 쓰고 있던 안경을 벗어 협탁에 놓으려고 상체를 반쯤 일으켰다. 그리고 그대로 얼어붙었다. 전기 요금 고지서와 교회 전단 같은 우편물들이 협탁 위에 가지런히 올려져 있었다. 태현이 갖다 놓은 것이 아니었다. 누구 짓인지는 명확했다.

"하…."

기가 막혔다. 태현은 침대 위로 벌러덩 드러누웠다. 천장이 자신을 향해 가라앉는 것 같았다. 식은땀이 흘렀다. 숨을 쉴 수가 없었다. 입을 크게 벌리고 발작하듯 온몸을 뒤틀었다. 그러고는 이렇게라도 하지 않으면 죽을 것만 같다는 듯 비명이 섞인 고함을 질러 댔다.

"으아아아아악!"

1.

그 여자, 지영을 처음 만난 것은 대략 3개월 전이었다. 회사 인근에 있는 커피숍에서 미팅을 한 뒤, 뒤늦은 귀가에 피로를 느끼며 엘리베이터에 올라타 닫힘 버튼을 누르려던 순간이었다.

"잠시만요!"

여자의 목소리와 함께 구둣발 소리가 거칠게 덮쳐 왔다. 태현은 거의 반사적으로 열림 버튼을 눌렀다. 뛰어 들어온 여자는 20대 중반쯤으로 보였다. 그냥 엘리베이터를 놓치고 싶지 않아 그런 거겠지, 생각했던 태현은 그대로 굳어 버렸다. 달려 들어온 여자가 태현에게 몸을 밀착하며 팔짱을 꼈기 때문이었다.

"무슨…."

제대로 묻기도 전에 한 남자가 엘리베이터 앞에 나타났다. 인상이 험악한 남자였다. 한눈에 봐도 태현 정도는 맘껏 요리할 수 있을 것 같았다. 팔짱을 낀 두 사람을 본 남자는 눈을 매섭게 뜨고 씩씩거렸다. 무슨 상황인지는 바로 알 것 같았다. 누가 심장을 움켜쥔 듯 긴장이 되었지만, 반사적으로 목소리가 높게 나왔다. 태현은 팔짱을 낀 여자의 손을 잡아 깍지를 꼈다.

"당신 뭐야!"

"모르는 사람인데 자꾸 따라와, 자기!"

여자의 긴장한 목소리에 태현은 험상궂은 표정을 지으며 엘리베이터 밖으로 나갈 듯 한 발짝 앞으로 나섰다. 싸움에는 자신이 없지만 왠지 모르게 떨림은 점차 가라앉았다. 아마 자신을 의지하는 연약한 손에 마음이 흔들려 버린 거라고 태현은 생각했다.

"칫."

다행히 남자는 한 걸음 뒤로 물러났다. 여자가 재빨리 닫힘 버튼을 눌렀다.

엘리베이터의 문이 닫히고, 승강기 내부의 LED 판에 숫자 '2'가 찍힌 뒤에야 안도의 한숨이 나왔다. 여자가 얼른 깍지를 풀며 떨어졌다.

"정말 정말 죄송해요. 감사하고요. 덕분에 살았어요."

이쪽이 오히려 황송할 만큼 여자는 연신 허리를 굽혔다. 여자가 고개를 숙일 때마다 오프숄더 원피스가 살짝 아래로 처졌다. 여자가 손으로 가린 덕에 안이 보이지는 않았지만, 겉으로 드러난 하얀 어깨와 뾰족한 쇄골이 태현의 눈길을 끌었다.

"치한이에요?"

"카페에서부터 자꾸 전화번호를 물어서 남자 친구 있다고 했거든요. 지금 남자 친구 집에 가는 길이라고 했는데도 자꾸 거짓말하지 말라면서 쫓아온 거예요."

그렇게 말하는 동안 엘리베이터는 어느새 1층에 다다랐다.

여자는 아담한 키에 5cm는 넘어 보이는 힐을 신고 있었다. 하얗고 가는 발목이 매력적이었다. 단발머리는 드러난 어깨 위에서 탄력을 자랑하며 찰랑거렸고, 큰 눈과 살굿빛 입술, 화려하지 않은 화장이 여자를 단정하게 보이게 했다.

"저는 이만."

왠지 모를 아쉬운 마음이 가슴속에서 스멀거렸지만, 언제까지고 멍하니 서 있을 수는 없었다. 남몰래 입맛을 다시며 태현은 건물 밖으로 나왔다. 카페에서부터 집까지는 걸어서 갈 수 있는 길이었다. 그는 어둠이 내려앉은 도로를 걸으며 조금 전 여자를 생각했다. 전화번호를 물어봤다면 알려 줬을지도 모른다.

빌라 앞에 다다라 1층 공동 현관문을 열고 들어갔다. 그런데 문이 닫히기가 무섭게 다시 열리는 소리가 들렸다.

탁.

태현은 반사적으로 뒤를 돌아보았다. 여자가 서 있었다. 여자는 태현의 놀란 얼굴을 보며 생긋 웃었다.

"여기 사시는구나."

태현은 여자가 따라온 이유가 가장 궁금했다.

"이 빌라 사세요?"

물어는 보았지만 그럴 리가 없었다. 태현은 이 빌라에서 1년이 넘게 살았다. 주민들을 다 아는 것은 아니지만, 이런 얼굴을 스치듯이라도 봤다면 잊을 리 없었다.

"아뇨. 저는 여기서 두 블록 더 가서 있는 아파트 살아요."

자기도 모르게 심장이 뛰었다.

"그럼 왜…."

"절 도와주셨는데 감사의 의미로 식사 대접이라도 하고 싶어서요. 괜찮으시면 성함이랑 연락처 알려 주세요."

태현의 마음이 술렁, 뒤집혔다. 보통이라면 그냥 감사하다고 하고 가면 그만이다. 식사 대접까지 한다는 것은 여자가 자신을 마음에 들어 하는 것 아닌가. 갑자기 수연이 생각났다. 수연이 이 상황을 보고 있다면 얼마나 좋을까.

사실 요즘 태현은 실연의 아픔을 겪고 있었다. 수연의 마음을 돌리고 싶어 몇 시간을 기다리다가 허탕 치고 돌아오는 일도 다반사였다. 수연과는 6개월가량을 사귀었다. 처음 만난 순간부터 마음에 들어 먼저 대시했다. 사귀는 6개월 동안 정말 진심을 다했다. 기념일마다 깜짝 파티는 물론이고, 선물도 자주 했다. 경제적으로 부담이 없었던 것은 아니지만 하나도 아깝지 않을 만큼 수연을 사랑했다. 받는 것보다 주는 것의 행복을 처음 알았다. 그런데 어느 날부터 수연의 태도가 변했다. 데이트 약속도 자주 어겼다. 매번 회사 일을 핑계 댔지만 거짓말임을 알고 있었다. 같은 팀의 과장이라는 사람과 단둘이 식당에 들어가 다정하게 마주 보고 웃을 때는 피가 거꾸로 솟는 것 같았다. 태현이 따지자 수연은 변명도 하지 않고 이별을 고했다. 하지만 아무리 해도 수연을 잊을 수가 없었다. 잠깐의 바람 정도는 용서해 주겠다 생각하고 수연을 다시 만나려 했지만 그녀는 전화도, 문자도 무시했다.

태현은 여자를 보았다. 객관적으로 봐도 수연보다 열 배쯤 예뻤다. 수연이 동네 깍쟁이 느낌이라면 이쪽은 연예인에 가까웠다.

이 여자랑 만나면 수연은 어떻게 생각할까. 자신보다 예쁜 여자가 나의 새로운 연인이라는 것을 알면 질투로 머리에 열이 날지도 모른다.

"전 괜찮은데…."

기다렸다는 듯이 전화번호를 주는 것은 없어 보일 것 같아서 한번 슬쩍 빼 봤다. 역시나 여자는 고개를 저으며 자신의 휴대폰을 내밀었다.

"아뇨. 정말 꼭 감사 인사를 드리고 싶어요. 휴대폰 번호 찍어 주세요."

태현은 머뭇거리다가 어쩔 수 없다는 듯 휴대폰을 받았다.

"그럼."

여자의 휴대폰에 이름과 전화번호를 저장하고 돌려주었다. 휴대폰을 받은 여자는 통화 버튼을 눌렀다. 몇 초 지나지 않아 주머니에서 휴대폰이 울렸다. 태현은 휴대폰을 꺼내 액정 화면에 뜬 전화번호를 보고 여자를 응시했다. 여자가 홍조를 띠며 미소 지었다.

"제 이름은 장지영이에요. 저장해 두세요… 태현 씨."

마지막 말에 심장이 쿵, 하고 떨어지는 것 같았다. 태현은 티를 내지 않으려 애를 썼다.

"네."

"제가 연락드릴게요. 그럼 오늘 정말 감사했어요. 먼저 가 볼게요."

전화번호를 교환했지만 태현은 이렇게 헤어지는 게 아쉬웠다. 그러나 '어…' 하는 사이에 이미 지영이 몸을 돌렸다. 야속하게도 그녀는 공동 현관문을 열고 곧장 나갔다. 투명한 강화유리문 너머에서 지영은 고개를 돌려 살짝 묵례하고 앞을 향해 걸어갔다.

태현은 공동 현관문을 열어젖혔다. 따라 나온 그를 보며 지영이 놀란 눈을 했다.

"모셔다드릴게요."

"아니에요, 그렇게까지 폐를 끼칠 수는…."

"그놈이 안 가고 기다리고 있을지도 모르잖아요. 같이 가요."

태현이 단호하게 말하며 옆에 붙어 섰다. 지영은 얼굴이 약간 붉어진 채로 더 이상 거절하지 않았다.

지영을 처음 보았던 건물까지 함께 걸었지만 놈의 모습은 보이지 않았다. 휴대폰 번호를 받으러 따라오다가 남자 친구 있는 여자라는 걸 알게 되자 그냥 포기해 버린 것 같았다. 그래도 지영은 이제 들어가 보라고 말하지 않았다.

두 블록 위에 있다는 아파트는 걸어서 10분도 채 걸리지 않았다. 너무 아쉬운 거리였다. 아파트 단지에 들어서자 지영은 걸음을 멈추고 태현을 향해 돌아섰다.

"이제 괜찮아요. 조심히 가세요."

태현은 지영의 어깨 너머로 보이는 아파트를 보았다. 총 다섯 개의 동이 있는 단지에는 가로등이 많지 않아 상당히 어두웠다.

"집 앞까지 같이 가죠."

"아니, 그건…. 괜찮아요."

지영은 정말 괜찮다는 듯이 양손을 흔들었다. 꽤 단호한 모습이라 더 붙들 수는 없었다. 고개를 끄덕이자 지영이 말했다.

"내일 저녁 시간, 괜찮으세요?"

원래 내일은 수연의 회사에 가 볼 예정이었다. 수연에게 이제는 점점 화도 났다. 지금껏 자신이 해 준 게 얼마인데, 그 시간을 이렇게 무시한 채로 헤어진다는 것은 예의가 없는 일이었고 자신이 너무 무시당하는 기분이 들었다. 꼭 만나서 이야기를 들어 봐야 할 것 같았다. 하지만 이제 그러지 않아도 될 것 같다. 태현은 고개를 끄덕였다.

"편할 때 연락해요."

"네. 오늘 정말 감사했습니다."

지영은 다시 한번 허리를 깊이 숙이고는 단지 안으로 걸어 들어갔다. 걸을 때마다 긴 원피스 자락이 찰랑거렸다. 그 모습에서 시선을 떼기가 어려웠다. 그녀는 마치 어둠 속으로 빨려 들어가는 것만 같았다. 그러면 이 순간이 모두 꿈이 되어 버릴 것 같았다. 태현은 시야에서 지영이 완전히 사라지자, 그녀가 걸어간 길을 따라 천천히 걸었다. 맨 앞에 서 있는 1동과 2동 사이로 들어가자, 3동 입구로 들어가는 지영이 보였다. 지영이 안으로 완전히 들어간 것을 확인하고 3동 앞으로 향했다. 저층에 사는 걸까? 지영은 엘리베이터를 이용하지 않고 계단으로 올라갔다. 지영이 오를 때마다 천장의 센서 등이 차례로 불을 밝혔다. 3층에서, 지영은 걸음을 멈췄다. 순간 그녀가 창밖을 내다보는 것 같았다. 태현은 얼른 어둠 속으로 몸을 숨겼다. 여기까지 따라왔다는 걸 알면 부담스러워할 것 같았다. 지영은 보지 못한 것 같았다. 어둠에 숨은 채로 4층에 불이 켜진 뒤, 5층 불이 켜지지 않은 것을 확인한 후에야 태현은 왔던 길을 돌아갔다.

미소아파트 3동, 5~6라인 4층. 태현은 입으로 되뇌며 미소 지었다.

다음 날 아침 일찍 태현은 지영에게 문자를 보냈다. 잘 잤느냐는 문자에 지영은 기다리고 있었다는 듯 곧장 답을 해 왔다.

[조금 무서워서 못 잘 줄 알았는데 예상외로 잘 잤어요. 태현 씨 덕분이에요!]

태현은 가슴이 설렜다. 그 자리에서 곧장 저녁 식사 약속을 잡아 버렸다. 저녁 7시, 이탈리안 레스토랑 '제스'에서였다.

태현은 퇴근하기 무섭게 약속 장소로 향했다. 혹시 길이 막힐까 봐 지하철을 이용했다. 퇴근길에 오른 많은 사람 사이에서 이리저리 치였지만 하나도 피곤하지 않았다. 제스는 역에서 내려 2분도 채 되지 않는 거리에 있었다. 혹시 지영이 찾기 힘들까 봐 지하철역에서 바로 보이는 식당으로 정했다. 가격도 합리적이지만 무엇보다 고급스러운 인테리어 때문에 여자들의 취향에 맞겠다고 생각했다. 가게에 도착하니 문 근처에 서 있던 직원이 다가왔다. 유니폼인 듯 흰 블라우스에 검은색 조끼와 같은 색 바지를 입고 있었다.

"어서 오십시오. 예약하셨습니까?"

아주 깍듯한 어조라 대접받는 기분이 들었다. 이름을 대자 이미 일행이 와 기다리고 있다고 해서 태현은 놀랐다. 자신도 약속 시간보다 10분이나 일찍 왔기 때문이다. 직원을 따라 예약된 자리로 가면서 태현은 기분이 좋았다. 그녀 역시 오늘 약속을 기대하고 있었다는 뜻으로 받아들여졌기 때문이었다.

지영은 창가 자리에 앉아 있었다. 홀 분위기를 탐색하듯 눈으로 여기저기를 훑고 있었다. 메뉴판이 그녀의 앞에 놓여 있었다. 이미 한번 메뉴를 훑어본 모양이었다.

"지영 씨."

태현이 부르자 지영은 화들짝 놀라며 자리에서 일어났다. 자리를 안내해 준 직원은 인사를 한 뒤 돌아갔다. 그녀의 임무는 여기까지인 모양이었다. 태현은 지영을 너무 놀라게 한 것 같아 미안해하며 얼른 앉으라고 말했다.

"많이 기다렸어요?"

"아뇨. 저도 조금 전에 왔어요. 일이 일찍 끝나서."

거짓말이라는 것이 그녀의 얼굴에서 확연히 드러났다. 그게 오히려 귀여웠다.

"뭐 드실래요? 여기는 스테이크가 괜찮아요. 볼로네제도 잘하고요."

"아…. 네. 그럼 저는 태현 씨랑 같은 거 할게요."

태현은 스테이크와 샐러드를 주문했다. 식사가 나오기 전까지 태현은 열심히 지영에게 말을 걸었다. 지영을 어색하게 하고 싶지 않았다. 지영이 어떤 일을 하는지, 혼자 사는지, 보통 퇴근은 몇 시에 하는지 같은 일상적인 질문들이었다. 지영은 출판사에서 편집 일을 하고 있다고 했다. 문학을 좋아하지만 어쩌다 보니 경제·경영서의 편집을 맡았다고 한다. 편집 일을 하는 지영을 떠올리니 지적인 이미지와도 잘 어울리는 것 같았다.

하지만 대화는 그리 순탄치 않았다. 직업에 관한 이야기를 제외하면 모두 단답으로 해 버리는 바람에 대화가 잘 이루어지지 않았다. 음식이 나온 뒤로는 조용히 식사만 했다. 그나마도 절반 이상 남기고는 티슈로 입술을 닦았다.

"혹시 어디 불편하세요?"

지영은 고개를 저었다.

"그럼 제가 뭐 실수라도…."

지영은 고집스럽게 입을 다물었다. 고개를 젓지 않는 걸 보니 자신의 탓이 맞는 것 같았다. 태현이 어쩔 줄 모르고 있자 지영이 조심스럽게 말했다.

"이 식당, 자주 와 보신 것 같아서…. 사람들이 데이트 많이 하는 식당 같은데."

태현은 자기도 모르게 입을 벌렸다. 그러고는 곧 웃음을 터뜨렸다. 지영은 식당에서 너무 자연스럽게 행동하는 태현에게 마음이 상했던 것이다. 여자들과 와 본 거라고 생각하는 모양이었다. 왠지 기분이 좋았다.

"아뇨. 안 그래요. 여자들이 뭘 좋아하는지 몰라서 여직원들한테 물어봐서 예약했어요. 저도 처음 왔어요."

물론 그건 사실이 아니었다. 수연이 좋아하던 식당이었다. 굳이 그런 말을 할 필요는 없었다.

그 말에 얼굴이 화르르 달아오른 지영이 정말 미안하다며 몇 번이나 사과했다. 하지만 그건 지영을 더욱 귀여워 보이게 했다. 그날 태현은 지영에게 사귀어 보는 건 어떻겠느냐고 조심스럽게 말했다. 지영은 어렴풋한 미소를 지으며 작게 고개를 끄덕였다.

그날 두 사람은 새로운 만남을 기념하기 위해 와인을 주문했다. 건배하는 두 사람의 유리잔에서 청명한 소리가 났다.

2.

태현은 아침에 일어나자마자 지영에 대해 생각했다. 어렴풋한 미소로 고개를 작게 끄덕이던 그녀의 모습을 떠올리며 두 사람이 사귀기로 한 것을 새삼 실감했다. 시계를 보았다. 새벽 6시. 자신은 일찍 일어나는 편이지만 지영은 어떨까. 아직 일어나지 않았을까? 아니면 일어났을까? 밤새 자신의 생각을 했을까? 왠지 가슴이 떨리며 여러 생각이 들었다. 만약 일어나지 않았다면 아침에 눈을 떠 가장 먼저 자신의 문자를 봤으면 좋겠다는 생각에 침대 옆 협탁에서 휴대폰을 집어 들었다. 동시에 태현은 휴대폰 화면을 보자마자 놀라 굳어 버렸다.

이미 지영으로부터 문자메시지가 와 있었다. 그것도 다섯 통이나.

[태현 씨에게 고백받은 게 꿈만 같아요. 정말 저희 연인인 거죠?] 오전 2시 23분.

[태현 씨, 대답이 없네요.] 오전 2시 48분.

[미안해요. 잘 수도 있다는 생각을 못 했어요. 너무 떨려서 저는 잠이 안 와요.] 오전 3시 7분.

[근데 이상하네요. 메시지 수신음이 들릴 텐데 잠이 안 깬다고요? 태현 씨 지금 집 맞아요?] 오전 3시 18분.

[태현 씨, 집에 들어간 거 맞아요?] 오전 3시 19분.

그 이후로는 부재중 전화가 몇 통이나 와 있었다.

이렇게 전화와 메시지가 올 동안 잠이 깨지 않았다는 것은 자신도 놀라웠다. 어제 지영과 마신 와인 때문인지도 몰랐다. 술에

약한 편인 데다 기분이 좋아 깊이 잠이 든 것 같다.

태현은 다른 생각을 할 사이도 없이 얼른 지영에게 전화를 걸었다. 마치 기다리고 있었다는 듯 지영은 신호음이 두 번 울리기도 전에 전화를 받았다.

[태현 씨!]

목소리가 높았다.

"미안해요, 지영 씨! 문자를 지금 봤어요."

태현은 자기도 모르게 고개를 숙였다.

[문자를 다섯 번이나 보냈는데요. 전화도 일곱 번 걸었고요. 그동안 한 번도 안 깼다고요?]

지영의 목소리에 깊은 의문이 박혀 있었다.

"제가 원래 깊이 잠드는 편은 아닌데 어제는 술도 마신 데다가 기분이 너무 좋아서 푹 잠들었었나 봐요. 미안해요."

[전 너무 연락을 안 받으셔서 저랑 헤어지고 다른 데에 가신 줄 알았어요.]

"다른 데라뇨?"

[아니 뭐…. 다른 약속이 있다거나.]

"아니에요. 집으로 바로 왔어요. 걱정시켰다면 정말 미안해요."

[네. 사실 걱정 많이 했어요. 무슨 일 있나 싶고…. 집이 몇 호인지 알면 가 보기라도 할 텐데.]

"다음엔 이런 일 없을 거예요."

태현은 다시 한번 사과했다. 그런데 전화기 너머에서 돌아오는 것은 침묵뿐이었다. 아직 화가 났나? 그런 생각이 들자 좀 묘한 기분이 들었다. 사귀기로 한 첫날부터 이런 일로 화를 내는 건 조금

과한 것 같았다. 하지만 곧 그 생각을 지웠다. 좋아하는 사람이 연락이 안 되니 당연히 놀라고 화가 났을 것이다. 자신도 수연에게 그랬으니까. 이렇게까지 자신을 좋아해 준다는 것에 오히려 기분이 좋아야 할 것이었다.

계속 말이 없기에 태현이 지영을 다시 불렀다.

"지영 씨?"

[집이 몇 호인지, 왜 말 안 해요?]

"네?"

의외의 물음에 태현은 본능적으로 반문했다. 그리고 뒤늦게야 생각났다. 그녀가 '집이 몇 호인지 알면'이라고 말한 건 집을 알려 주길 원한다는 것이었다.

[혹시 저한테 알리고 싶지 않은 거예요?]

"아니에요, 그런 거."

태현은 마치 지영이 보고 있는 것처럼 손사래를 쳤다.

"201호예요. 은파동 서린빌라 201호. 제가 지영 씨한테 집을 안 알려 드릴 이유가 뭐 있겠어요."

[그렇죠? 우리는 사귀는 사이니까.]

그래, 사귀는 사이에 서로 집을 모르는 것도 이상하다. 태현은 그렇게 생각했다. 조금 빠른 감이 있지만 말이다.

"지영 씨는 어디 살아요?"

[은파동 미소아파트 3동 406호요. 적어 두세요.]

"그래요. 다시 한번 미안해요. 화 좀 풀렸어요?"

[별일 없다니까 화 풀어야죠. 대신 다음엔 연락 안 되면 안 돼요?]

"약속할게요."

[네. 그럼 출근 조심히 잘하세요.]

"오늘 저녁에 시간 돼요?"

[물론이죠.]

태현은 출근 후 일정을 정리한 뒤 지영과 약속을 잡기로 하고 전화를 끊었다. 휴대폰을 쥐고 있는 손에 미지근한 열감이 있어 확인하니 통화 시간이 10분이 넘어 있었다. 그는 휴대폰을 내려놓고 자신의 방을 돌아보았다.

이제는 수연의 사진을 떼야 할 것 같았다.

태현은 벽에 수연의 사진을 붙여 놓았다. 가끔 추억이 될 만한 사진을 붙이다 보니 어느새 방의 한쪽 면이 채워졌다. 수연이 돌아와 주길 바라며 사진을 떼지 않았었는데, 이제는 보내 줘야 할 것 같았다. 앞으로는 그 자리를 지영이 채워 줄 것이었다.

평일 저녁 시간대의 카페 안은 혼잡했다. 퇴근 후 친구를 만나는 사람, 아직 끝내지 못한 일 처리를 하는 사람, 공부하는 카공족으로 인해 빈자리는 거의 없었다. 태현이 들어갔을 때 그 혼잡함의 한가운데에서 지영은 조용히 앉아 있었다. 카페 안의 공기와 다른 공기가 지영의 주변을 감싸고 있었다. 지영은 다른 사람들처럼 책이나 휴대폰을 보고 있지 않았다. 그저 테이블 끄트머리의 어딘가를 조용히 내려다볼 뿐이었다. 태현은 지영이 앉아 있는 테이블로 가까이 다가갔다.

"지영 씨 제가 많이 늦었죠? 식사는 했어요?"

두 사람은 오늘 저녁을 함께하려고 했지만, 태현이 야근이 잡혀 그럴 수가 없었다. 약속을 취소하려 했더니 지영은 늦게라도 만나고 싶다고 했다. 태현 역시 그런 마음이 전혀 없던 건 아니었던지라 차라도 한잔하고 헤어지자며 약속을 잡았다.

식사는 했느냐는 태현의 물음에 지영은 말없이 눈을 내리깔았다. 그녀의 시선이 향하는 곳을 따라가다가 태현은 텅 비어 버린 커피 잔이 두 잔이나 놓여 있는 것을 발견했다.

"설마 저녁도 안 먹고 여기서 기다렸어요?"

지영은 또다시 입을 다물었다. 태현이 맞은편에 앉으며 지영의 표정을 살폈다. 지영의 눈썹은 팔(八)자를 그리고 있었고, 조금은 슬픈 듯한 미소를 짓고 있었다.

"태현 씨는 아닌데 나만 그런가 봐요."

"네? 그게 무슨…."

"나만 태현 씨를 너무 좋아하는 것 같아요. 전 태현 씨와 밥 먹고 싶어서 계속 기다렸는데…."

그 얼굴을 두고 차마 자신은 도시락을 먹었다고 말할 수가 없었다.

"그럴 리가요. 저도 지영 씨를 정말 좋아해요. 오늘은 급작스럽게 업무가 생겨서 그런 거예요."

"정말요? 정말 저를 좋아하세요?"

당황스러울 정도로 직설적인 질문이었다. 그리고 그 질문만큼이나 똑바로 지영은 태현을 응시하고 있었다.

"그, 그럼요."

그제야 지영의 얼굴이 환해졌다. 다시 태현이 호감을 느끼던 얼굴로 돌아왔다.

"그럼 지영 씨, 식사를…."

"태현 씨, 이거요."

태현의 말허리를 자르고 들어온 지영이 내민 것은 손바닥만 한 크기의 상자였다. 누가 봐도 귀금속이 들었다고 생각할 법하게 생긴 상자는 인조가죽으로 감싸여 있었다. 태현은 어리둥절한 얼굴로 지영을 보았다. 지영은 기대에 가득 찬 얼굴을 감추지 않았다.

"열어 봐요."

태현은 조금 머뭇거리다가 상자를 받아 열었다.

시계였다. 명품에 대해 잘 모르는 태현이 보기에도 굉장히 비쌀 듯한 시계가 상자 안을 채운 쿠션 사이에 끼워져 있었다. 은색 테두리의 시계 안쪽에 브랜드의 대표 무늬인 펜촉 모양이 금장으로 그려져 있었다. 태현이 아는 한 상당한 금액의 시계였다.

"지영 씨, 이건…."

"한번 차 보세요. 잘 어울릴 것 같아서 샀어요."

지영은 확신에 찬 얼굴로 눈을 반짝였다. 이렇게 비싼 선물을 받는 것은 부담스러운 일이지만 저런 얼굴 앞에서 태현은 시계를 차지 않을 수가 없었다. 시계의 차가운 금속이 피부에 닿는 순간 웬일인지 온몸에 소름이 돋았다.

"역시! 너무 잘 어울려요! 제가 보는 눈이 있죠?"

"그래도 이런 선물은 너무 부담스러워요."

태현은 시계를 풀기 위해 손목으로 다른 손을 가져갔다. 그 두 손 위에 지영의 손이 얹혔다.

"이제 우린 연인이잖아요. 이제 태현 씨의 시간은 모두 내 거예요."

지영의 목소리에는 열의가 가득했다. 순간 태현은 오늘 그녀와 같이 밤을 보내지 않을까 하고 생각했다.

하지만 그런 일은 벌어지지 않았다. 지영은 태현이 너무 피곤해 보인다며 카페에서 급히 일어섰다. 태현은 괜찮다고 말했지만, 지영은 단호했다. 택시를 타고 혼자 가려는 것을 가까스로 잡아 같은 택시에 올라탔다. 지영의 집까지 데려다주고 돌아올 생각이었다.

"고마워요. 나한테 이렇게 해 준 사람은 태현 씨뿐이에요."

택시 기사가 룸미러를 통해 잠깐 시선을 던졌지만 지영은 의식하지 않았다. 그녀는 태현의 손에 자신의 손을 깍지 끼웠다. 그러고는 어깨에 기댔다. 태현은 지영의 손을 더욱 꽉 쥐었다.

"나에게도 이렇게 대해 준 건 지영 씨뿐이에요."

택시는 어느덧 미소아파트 앞에 도착했다. 지영은 태현에게 그대로 택시를 타고 돌아가라고 했지만 태현은 고집스럽게 택시에서 내렸다. 인사를 하고 들어가려는 지영의 손을 태현이 붙잡았다.

"오늘 선물 고마워요. 나는 아무것도 못 해 줬는데."

"사랑하는 사이에는 주는 기쁨이 더 큰 법이에요."

"그래도요. 많이 고마워요."

태현이 그렇게 말하자 지영은 묘한 표정을 지으며 태현의 손에서 자신의 손을 뺐다. 태현이 그녀를 어리둥절하게 보았다.

"왜요?"

"태현 씨는 저를 사랑하지 않나 봐요."

순간 그녀의 말이 무슨 뜻인지 태현은 이해하지 못했다.

"생각해 보면 저만 태현 씨가 좋아 어쩔 줄 몰라 하는 것 같아요."

"그게 무슨 소리예요."

"내가 사랑하는 사이라고 말했는데 태현 씨는 고맙다는 말만 하고…."

태현은 조금 당황스러웠다. 그녀는 사랑한다는 말을 원하는 것 같았다. 그녀에게 호감이 없는 것은 아니다. 하지만 지금의 감정은 사랑을 열렬히 고백할 만큼은 아닌 것 같았다. 생각해 보면 다들 그렇다. 보통 호감으로 연인이 되지만 처음엔 알아 가는 단계다. 그 시기에 말하는 사랑은 조금 더 가까워지고 싶다는 말을 내포한 것이지 진실한 사랑은 아닌 것 같았다. 갑자기 태현은 수연을 떠올렸다. 목숨도 걸 수 있었던 사랑. 그것이 태현이 생각하는 사랑이었다.

하지만 모두가 사랑의 기준이 같진 않다. 게다가 사랑과 함께 시계를 받은 이상 자신의 생각을 말할 타이밍은 오늘이 아니었다. 태현은 말없이 지영을 당겨 끌어안았다.

"사랑해요, 지영 씨. 그러니 그런 생각 말아요."

"정말이죠? 절 정말 사랑하는 거 맞죠?"

"그럼요."

지영은 그제야 태현의 몸에서 떨어졌다. 그녀는 조금 붉어진 얼굴로 쑥스럽게 웃었다.

"애처럼 굴어서 미안해요."

"아니에요. 내가 마음을 잘 전달하지 못한 거죠."

지영은 진지한 표정으로 태현의 얼굴을 응시했다.

"저는 사랑에 서툴러요. 하지만 태현 씨를 정말 정말 사랑해요. 처음 봤을 때부터 그랬어요. 태현 씨는 이 시계가 부담스럽다고 했지만, 저한테 이런 건 아무것도 아니에요. 제 모든 것이 태현 씨

거예요. 태현 씨도 그랬으면 좋겠어요."

"알았어요."

"약속해요."

"약속할게요."

"고마워요."

쪽, 하고 지영이 태현의 얼굴에 입맞춤했다. 동시에 그녀의 얼굴이 화르르 달아올랐다. 그 모습이 너무 귀여워 태현은 그만 웃고 말았다.

"잘 자요."

"태현 씨도요. 내일 일찍 출근해야 한다고 했죠? 얼른 가요. 피곤한데 푹 자고요."

지영은 태현을 향해 손을 흔들었다. 태현도 그녀에게 손을 흔들어 인사한 다음 도로로 나왔다. 깊은 한숨이 자연스레 나왔다. 그는 무의식적으로 손목에 걸려 있는 시계를 보았다. 기분이 좋아야 하는데, 뭔가 가슴이 답답한 기분이 들었다. 그날 태현은 집 앞 편의점에서 맥주 두 캔을 샀다.

3.

태현은 중소기업인 대영C&C에 근무하고 있다. 지난번 회사에서 퇴사한 후 어렵사리 경력직으로 입사한 지 3개월째였다. 직함은 대리다. 이곳은 주로 대기업의 의뢰를 받아 참치나 햄의 통조림 캔을 제작 납품하고 있다. 영업부에서 근무하고 있는데 일이나 직원들과의 관계가 자신에게 잘 맞는지는 알 수 없다.

태현은 출퇴근 단말기에 사원증을 대어 입력한 다음 사무실 안으로 들어갔다. 영업과에는 태현을 포함해 총 12명이 근무하고 있는 터라 아침에는 상당히 소란스러운 편이었다. 전날 미팅한 회사에 전화를 걸어 다시 한번 계약을 성사시키려고들 하기 때문이었다. 그런데 오늘은 다른 날과는 뭔가 분위기가 달랐다. 다들 자신의 업무를 하긴 하지만 좀 더 목소리가 낮았다. 게다가 태현이 들어서자 흘깃거리는 시선들이 바로 느껴졌다. 태현은 어리둥절한 얼굴로 사무실을 둘러보았다.

몇몇은 자신의 자리에 앉아 전화를 받고 있었지만 대부분 사무실 가운데에 있는 테이블 쪽에 모여 있었다. 회의는 보통 회의실에서 하는 데다 태현이 알기로는 오늘 아침엔 회의가 없었다. 그런데도 사람이 모여 있는 이유가 있을 것이다. 게다가 앉아 있지 않고 하나같이 서 있는데 뭔가를 중심에 두고 둘러싼 느낌이었다. 그 사이에 있던 김 대리가 무심결에 고개를 돌리다 태현을 발견했다.

"어, 태현 씨 왔어?"

김 대리는 태현을 보고 반색하며 일어섰다. 그는 태현과 같은 대리를 달고 있지만 나이는 훨씬 어리다. 회식 자리에서 얼큰하게 취한 김 대리가 직함이 같으면 친구라고 어깨동무까지 한 뒤로, 다음 날 아침부터 어색한 사이를 유지하고 있었다. 김 대리는 평소보다 훨씬 더 어색한 얼굴로 태현을 향해 손을 들었다.

"아, 응."

태현은 머쓱하게 인사했다. 모여 있던 사람들이 김 대리와 같은 표정으로 자신을 보고 있는 것이 느껴졌다. 무슨 일일까 싶은 마음에 회의 테이블 앞까지 간 순간 그 이유를 바로 알 수 있었다.

회의 테이블에 지영이 앉아 있었다. 그리고 그녀의 앞에는 엄청난 크기의 찌개 냄비와 반찬들, 그리고 일회용 플라스틱 밥그릇이 놓여 있었다. 지영은 야유회라도 나온 것처럼 사람들에게 찌개와 밥을 덜어 주는 참이었다. 그러고 보니 사무실 안에 김치찌개 냄새가 가득했다. 자리에 앉아 있는 것은 지영과, 잔뜩 굳은 인상으로 간신히 웃고 있는 부장님뿐이었다.

이건 영업사원들에게 상당한 실례다. 바쁜 아침 시간을 빼앗는 것도 그렇지만 온몸에 김치찌개 냄새가 배고 만다. 다른 회사에 가서 미팅을 해야 하는 사람들은 곤욕일 것이다.

"지영 씨?"

태현의 목소리에 지영이 반색하며 고개를 들었다. 그녀는 해사하게 웃으며 태현을 반겼다. 태현은 그녀만큼 웃어 줄 수가 없었다.

"태현 씨 왔어요?"

"지금 여기서, 뭐 하는 거예요?"

화가 나거나 곤란한 듯한 목소리를 내지 않으려 나름대로 혼신의 힘을 다했다. 그런 것을 전혀 눈치채지 못했는지 지영이 저어하는 기색 없이 대답했다.

"다들 아침 식사 못 하고 나오실 것 같아서요. 간단히 식사 준비 좀 해 봤어요."

그 말에 지영의 뒤쪽에 서 있던 영업사원 중 누군가가 픽, 웃었다. 누가 김치찌개 백반 한 상을 간단한 식사라고 부르냐는 웃음이었다. 정 하고 싶으면 샌드위치나 싸 올 것이지, 그런 말이 목구멍까지 튀어나왔지만 참았다. 만약 그런 말을 했다가는 내일 아침에 또 올까 봐 겁이 났다.

"어…. 저, 지영 씨. 영업부 특성상 아침엔 다들 바쁘고 또…."

"어머! 그런 거예요? 그래서 아까부터 다들 안 앉으셨구나!"

지영은 생각도 못 했다는 듯 양손으로 입을 가렸다. 그러자 부장이 사람 좋은 미소를 띠며 기회는 이때다, 끼어들었다.

"괜찮습니다. 가져다주신 정성이 있죠. 이 음식들은 잘 두었다가 점심때 다 같이 감사히 먹겠습니다."

부장은 그렇게 말하면서 한 손으로 잽싸게 냄비 뚜껑을 덮었다. 그제야 직원들이 마뜩잖은 얼굴을 하고 각자 자신의 자리로 돌아갔다. 태현은 몸 둘 바를 모르며 지영의 손을 잡아 일으켰다.

"연락이라도 좀 하고 오죠."

"그럼 서프라이즈가 아니잖아요!"

그렇게 말하는 얼굴이 너무 해맑아서 태현은 할 말을 잃었다. 서프라이즈도 서프라이즈 나름이라고 쏴붙일 뻔하다가 겨우 숨을 삼키며 말을 아꼈다. 그는 화를 참듯 눈썹을 쓱 올리며 말했다.

"어서 가요. 제가 엘리베이터 앞까지 데려다줄게요."

태현의 그 말이 지영에게는 예상치도 못한 말이었던 모양이었다. 불에 덴 듯 놀란 표정으로 지영은 목소리를 높였다.

"저 이대로 가라고요?"

겨우 자신의 자리로 돌아가 업무를 시작하려던 직원들의 눈길이 일제히 이쪽으로 쏠렸다. 여직원들 몇몇은 찡그린 인상을 굳이 감추지 않았다.

"나 사실 중요하게 할 말이 있어서 온 거란 말이에요."

"그건 퇴근 후에…."

태현이 뭐라든 지영은 자기 생각을 굽힐 의지가 없어 보였다. 지영은 곧장 부장의 옆으로 바짝 다가섰다. 여차하면 팔짱을 끼고 애교라도 부릴 것처럼 어깨를 흔들며 부장에게 말했다.

"부장님, 저 태현 씨랑 밖에 나가서 딱 차만 한잔하면 안 될까요? 오래 자리 비우게 하지 않을게요. 사실 중요하게 할 말이 있어서 온 거거든요."

흠흠, 부장은 헛기침을 했다.

"그래요, 태현 씨. 바쁜 일 없으면 그렇게 해요."

부장은 한시라도 빨리 지영을 내보내고 싶은 마음이 가득한 것 같았다. 태현은 바쁜 일이 없다고 말하고 싶지 않았다. 영업사원에게 아침 시간에 바쁜 일이 없다는 것은 자격 미달을 의미했다. 하지만 지금 당장 지영을 사무실 밖으로 데리고 가지 않으면 이 회사에서 자리를 잃을 것만 같았다.

"죄송합니다."

태현은 고개를 살짝 숙이고는 지영을 잡아 데리고 나가려 했다. 하지만 지영은 그 손을 뿌리치고 테이블 위의 음식으로 손을 뻗었다.

"이거 꼭 점심으로 드셔야 해요? 찌개는 데우시고 반찬은 냉장고에 넣어 뒀다가…. 아, 냉장고 있으신가? 그릇은 설거지 안 하고 그냥 주셔도 되고요."

"빨리 나갑시다."

태현은 지영을 다시 잡아 끌었다. 지영은 마지막까지 손을 뻗어 밥은 꼭 전자레인지에 데워 드시라는 소리까지 잊지 않았다. 질리는 기분이었다. 지영이 이런 성격인지 처음 알았다. 사귀기로 한 날엔 전혀 상상 못 했던 모습이었다. 이렇게 주책없는 사람이었나.

태현은 지영을 이끌고 회사 앞에 있는 카페 '돌체'로 들어갔다. 아침이라 그런지 카페에는 손님이 없었다. 태현은 지영에게 물어보지도 않고 아메리카노 두 잔을 시키고는 자리를 잡았다. 어떤 식으로 얘기를 꺼내야 할까. 생각 같아서는 두 번 다시 이런 짓은 하지 말라고 하고 싶었다. 머리가 아파 왔다. 이마를 짚고 생각을 정리하고 있자니 지영이 눈치 없이 말했다.

"내 덕에 땡땡이치고 좋죠?"

태현은 참지 못하고 큰 한숨을 내쉬었다.

"지영 씨, 이러면 곤란해요."

"왜요?"

지영은 눈을 동그랗게 떴다. 태현이 왜 그러는지 전혀 모르는 얼굴이다. 저 얼굴에 대고 어디서부터 어디까지 설명해야 할까. 지금쯤 사무실에서는 직원들이 창문을 모두 열고 환기를 하며 자신을 씹어 대고 있을 것이었다.

"아침부터 사무실에 김치찌개를…. 영업사원들은 몸에 냄새 배는 걸 싫어한다고요. 차라리 샌드위치나, 아니, 샌드위치를 해 오라는 얘기가 아니에요. 절대."

순간 지영의 얼굴이 싸늘하게 변했다.

"내가 창피해요?"

"그런 얘기가 아니에요."

"지금 그런 표정이잖아요. 한숨 푹푹 쉬고. 내가 태현 씨 회사에 온 게 창피하다 이거예요? 아니면 나를 보여 주면 안 되는 사람이라도 있나요?"

"그게 무슨 말도 안 되는 소리예요?"

"거기 여직원들 많던데요?"

말문이 턱 막혔다. 기가 막힌다는 말은 이럴 때 쓰는 것 같았다. 태현은 자기도 모르게 입을 벌렸다. 순간, 의아한 생각이 들었다. 태현은 고개를 갸웃했다.

"그런데 회사는 어떻게 알았어요?"

그 말을 꺼낸 순간, 태현은 테이블에 올려져 있던 지영의 손가락이 움찔하는 것을 분명 보았다. 하지만 진동벨이 울리는 바람에 더 묻지 못하고 한숨을 내쉬며 일어섰다.

"잠시만요."

태현은 카운터로 가 진동벨을 건네주었다. 커피는 이미 쟁반 위에 준비되어 있었다. 쟁반을 들고 뒤로 돌아서자 지영의 얼굴이 보였다. 지영은 이미 태연한 표정을 되찾고 있었다. 태현은 테이블로 가 지영의 맞은편에 앉았다. 지영이 쟁반 위에 있던 커피 잔을 들어 태현의 앞에 먼저 놓아주고 나머지 한 잔을 자신의 앞에 놓았다.

"말해 봐요. 내가 여기 다니는 건 어떻게 알았어요?"

"처음 만났을 때 태현 씨가 말했어요."

이번엔 곧장 답변이 나왔다. 손가락을 떨지도 않고, 시선을 피하지도 않았다. 태현은 그 말이 분명 거짓말이라고 생각하면서도, 다시 한번 기억을 더듬어 보았다. 도와준 것에 감사하다며 태현의 전화번호를 물었을 뿐, 회사 이야기는 하지 않았다.

"그런 얘기는 안 했어요. 그리고 내가 무슨 일을 한다는 것만 말했지, 회사 이름은 말한 적 없어요."

지영은 하, 웃었다.

"그럼 내가 어떻게 알고 찾아가요? 첫날인지 그다음에 만났을 때인지 정확하진 않은데 분명 태현 씨가 말했다고요!"

태현은 마뜩잖은 얼굴로 고개를 저었다. 그런 적이 없다는 명백한 뜻을 담은 고갯짓이었다. 그걸 보자 지영이 버럭 소리를 질렀다.

"그럼 지금 내가 태현 씨 뒤라도 밟았다는 거예요, 뭐예요?"

커피 잔이 쨍, 하고 공명하는 소리를 낼 만큼 날카로운 소리였다. 카페 직원이 이쪽을 보며 인상을 썼다.

"그런 뜻이 아니라…."

"아니긴 뭐가 아니에요. 지금 그런 말이잖아요. 정말 기막히고 억울해서…. 난 오늘 태현 씨 기분 좋게 해 주려고, 다른 직원들 앞에서 태현 씨 기 살려 주려고 새벽부터 준비했다고요."

지영은 얼굴까지 빨갛게 달아오른 채로 분노를 참지 못했다. 그게 진심이라면 지영은 크게 틀렸다. 남자의 기를 살려 주려면 그런 행동은 하지 말았어야 했다. 하지만 지금 그게 중요한 건 아니었다. 지영의 항의는 계속되었다.

"그런데 날 의심해요, 지금? 그럼 어떻게 할까요? 내가 태현 씨한테 들은 게 맞다는 걸 어떻게 증명하라는 거예요? 속이라도 뒤집어요?"

지영의 과도한 분노가 태현은 너무 당황스러웠다. 이 순간 지영이 말없이 회사에 왔다는 것도, 회사에 어떻게 왔는지에 관한 것도 중요하지 않아졌다. 지영이 저러는 걸 보면 정말로 자신이 회사 이야기를 무심결에 했는지도 모른다는 생각이 들었다. 어쩌면 명함이라도 한 장 건네준 건지도 모른다. 이전에 만났던 수연이나 다른 여자들에게도 몇 번쯤 그랬으니까 말이다. 어쨌거나 지금은 지영의 화를 풀어야 했다.

"미안해요. 내가 오해했나 봐요. 진정해요. 내가 잘못했어요."

태현이 다급하게 사과하자 지영의 얼굴이 더욱 일그러졌다. 지영은 두 손에 얼굴을 묻었다. 울기라도 할 셈인가. 그건 정말 곤란했다. 태현은 곧장 지영의 옆자리로 옮겨 앉아 그녀의 어깨를 안았다.

"우리 지영 씨가 날 위해서 새벽부터 준비해 온 건데 내가 그러면 안 됐어요. 정말 미안해요. 그리고 날 위한 마음은 정말 고마워요. 고맙게 받았어요."

그제야 지영이 천천히 얼굴에서 손을 뗐다.

"정말요?"

다행히 울음을 터트리는 불상사까지는 막은 것 같았다. 등허리로 땀이 쭉 빠졌다.

"정말이죠."

지영은 애교스럽게 입을 비쭉 내밀었다. 아직 열이 오른 얼굴이 가라앉지 않았다.

"정말 서운할 뻔했어요."

"아참, 아까 중요하게 할 말 있다고 안 했어요?"

"칫, 말 돌리기는. 내가 이번 한 번만 봐주는 거예요? 너무 화나서 안 보여 주고 그냥 가려고 했는데, 이번만 봐줄게요."

"고마워요."

태현은 억지웃음을 지으며 맞은편 자리로 돌아갔다. 그동안 지영은 휴대폰을 들고 액정을 두드렸다. 할 말이 있다더니 휴대폰에 보여 줄 게 있나 보다 생각했다. 그때 테이블 위에 올려놓았던 태현의 휴대폰 액정이 불을 밝히며 진동했다. 태현은 고개를 갸웃하며 지영을 보았다. 지영은 얼른 열어 보라는 듯 몸을 들썩였다. 조금 전까지 흥분하던 모습은 완전히 사라지고 없었다.

태현은 액정을 켜 패턴을 푼 뒤 휴대폰을 집어 들었다. 지영이 보낸 카톡 메시지에 사진 파일이 하나 와 있었다. 눌러 보자 한복을 입은 남자 아기 사진이 들어 있었다. 처음 보는 얼굴이었다. 조카인가? 그런 생각을 했지만, 아기의 얼굴이 어딘가 모르게 작위적이었다.

"이게 누구예요?"

"우리 2세 사진이에요. 우리 두 사람의 얼굴을 합성해서 2세 얼굴을 추정한 거예요."

지영은 특유의 해사한 미소를 지었다.

4.

그 정도로만 끝났다면 헤어지자는 말은 안 했을지도 모른다. 급작스럽게 회사에 나타나거나, 시도 때도 없이 문자를 보내고, 그 답을 보내는 속도를 사랑의 척도로 재는 일 따위는 참아 줄 수 있었을지도 모른다. 그날 그 전화를 받지 않았다면 말이다.

전화를 받았던 그때는 미팅 중이었다. K그룹의 캔 납품 계약이 끝나 가는 시점이라 담당자와 재계약에 관해 이야기하던 중이었다. K그룹 측에서는 이번 계약을 입찰로 진행할 생각이었다.

업체들끼리 경쟁을 붙여 단가를 낮추겠다는 심산이었다. 요즘엔 입찰을 많이들 하지만 태현의 회사인 대영C&C로서는 참으로 곤란한 형국이었다. K그룹은 대영C&C의 최대 자금원이었기 때문이었다. 그래서 태현은 K그룹에 좋은 조건을 제시해 수의계약을 이뤄 내는 방향으로 설득해야 했다. 또한 그것이 자신의 실력을 회사에 보이는 기회이기도 했다.

그렇게 중차대한 순간에 받은 전화이기 때문에 더욱 화가 나 헤어지자고 했던 것은 아니었다. 정말로, 태현은 그 전화 한 통으로 지영에 대한 모든 호감이 떨어져 나가 버리고 말았다.

전화가 왔을 때 태현은 발신자를 보고 날카로운 숨을 들이켰다. 전화를 걸어 온 것은 이전에 만나던 수연이었다. 만약 지영이나 다른 사람이었다면 당연히 전화를 받지 않았을 것이다. 하지만 태현은 K그룹 측 담당자에게 양해를 구했다.

"중요한 전화라서, 잠시만."

마뜩잖은 얼굴로 상대방은 고개를 끄덕였다. 어쩌면 '중요한 전화'라는 말은 하지 말았어야 했는지도 모른다. 지금 대영C&C에 가장 중요한 상대는 K그룹이어야만 했으니까. 그때는 그 생각도 못 한 채 전화를 받았다.

"여보…세요?"

혹시 잘못 걸었다고 끊어 버리는 건 아닐까 싶어 조심스레 전화를 받았다. 전화기 너머에서는 나직한 숨소리만 들려왔다. 두말할 것도 없이 수연의 숨소리라는 것을 알 수 있었다. 잘못 건 전화가 아니다. 정말로 수연은 태현과 통화하기 위해 전화를 건 것이었다. 헤어질 때 그렇게 냉정하게 굴고, 치를 떨며 거부하던 수연이 무슨 말을 하려고 전화를 걸었을까? 태현은 더욱 전화기를 귀에 붙였다. 그 순간 태현의 머릿속에는 지영에 관한 생각이 손톱만큼도 남아 있지 않았다.

태현은 우물에서 물동이를 끌어 올리는 것처럼 전화기 너머를 향해 다시 수연을 불렀다.

"수연아. 나야. 말해."

[정말 언제까지 이럴래?]

잘 벼린 칼날이 와서 심장에 박히듯 날카롭고 서늘한 목소리였다. 헤어지던 그날 수연의 표정이 머릿속에 떠올라 태현은 심장께가 아파 왔다.

"갑자기 무슨 소리야?"

[너 여자 생겼지?]

만약 경멸과 분노가 섞인 목소리가 아니었다면 태현은 잠깐의 기대를 가졌을지도 모른다. 새로운 여자가 생겨서 수연이 질투라도 하는 건가 하는. 그러나 수연의 목소리는 그런 찰나의 오해조차 못 하게 만들었다.

[그 미친 여자 대체 뭐야? 내 휴대폰 번호 네가 알려 줬어?]

"무슨 소린지…. 천천히 설명해 줘."

태현이 부탁한 대로 '천천히' 설명하지는 않았지만 수연의 말은 바로 이해가 되었다.

처음 보는 번호로 전화가 걸려 왔다. 수연은 그것이 태현의 바뀐 전화번호일까 봐 받지 않았다. 하지만 전화는 정확히 5분 간격으로 집요하게 울렸다. 만약 태현이라면 가만히 있지 않겠다는 생각으로 수연은 전화를 받았다.

수연에게 처음 날아든 말은 입에 담기도 힘들 욕설이었다.

[내가 태현 씨한테 전화를 건 적이 있어, 뭐가 있어? 대체 어떻게 행동했길래 그 여자가 그러냔 말이야. 내가 태현 씨를 꼬셔? 미치겠네. 내가 두 번 다시 만나고 싶지 않은 게 태현 씨야!]

태현은 눈을 꾹 감으며 이마에 손을 얹었다. 굴욕과 분노가 뒤섞이는 기분을 어떻게 해야 할지 알 수 없었다. 정리하자면 이런 것이었다. 지영은 수연이 태현의 옛 여자 친구라는 것을 알게 됐다. 그리고 아직 태현의 휴대폰에 사진과 전화번호가 남아 있는 것을 알고 왜 아직 여지를 두냐고 전화를 걸어 욕설을 퍼부었다는 것이었다. 전화번호와 사진이 남아 있는 것은 자신이 지우지 않은 것이고, 수연이 전화를 걸거나 문자를 남긴 적도 없는데 왜 자신이 아닌 수연에게 전화를 건 것인지, 태현은 그 인과관계를 도무지 이해할 수 없었다. 일단 급한 것은 전화기 너머에서 펄펄 뛰고 있는 수연을 달래는 것이었다.

"그런 전화가 갈 줄 몰랐어."

[그러게 내 전화번호를 왜 가르쳐 줘?]

그 순간 깨달았다. 대체 지영은 어떻게 수연의 전화번호를 알았으며, 휴대폰에 남아 있는 사진은 언제 봤을까. 다른 사람들과 마찬가지로 태현의 휴대폰 역시 패턴으로 잠겨져 있다. 그리고 태현은 지영에게 패턴을 가르쳐 준 적이 없었다.

그때 머릿속을 지나치는 장면이 있었다. 며칠 전 태현의 회사로 갑자기 찾아와 두 사람의 아기 합성 사진을 보여 주던 날의 기억이었다. 그때 지영은 자신의 휴대폰으로 사진을 보여 주지 않고 굳이 태현에게 메시지로 전송해서 보여 주었다. 지영이 무슨 생각을 하고 있는지도 몰랐던 태현은 테이블 위에 휴대폰을 놓은 채로 패턴을 풀었다. 그때 본 것이 아닐까. 태현은 인상을 구기며 입술을 깨물었다.

"내가 가르쳐 준 거 아니야."

[가르쳐 준 게 아니면? 내 전화번호가 어디 땅바닥에라도 굴러다니니?]

태현은 깊은 한숨을 쉬었다.

"내가 사과할게. 정말 미안해."

[앞으로 한 번만 더 이런 일 있어 봐. 나 가만 안 있어. 경찰에 신고할 거야. 그럼 태현 씨한테도 좋은 일은 아닌 거 알지?]

"…알아."

전화는 일방적으로 끊겼다. 태현은 고함을 지르고 싶은 것을 꾹 참았다. 전화기를 든 손이 부들거렸다. 피가 거꾸로 솟는 기분이었다. 태현은 휴대폰에서 지영의 이름을 찾아 통화 버튼을 눌렀다.

"미안하지만."

갑자기 들려온 목소리와 전화기 너머 속 통화 연결음이 겹쳐 들렸다. 태현은 심장이 쿵 하고 내려앉는 것을 느끼며 말을 걸어온 남자를 응시했다. K그룹 담당자였다. 그는 마치 밥을 못 얻어먹은 시어머니 같은 얼굴을 하고 태현을 보았다.

"오늘은 바빠 보이니 이만 가겠습니다. 바쁜 일 먼저 처리하시죠."

태현은 얼른 전화를 끊었다. 다급히 상대의 팔을 붙잡았다.

"부장님. 죄송합니다. 제가 지금 바로 설명을…."

"아뇨!"

그는 단호한 목소리와 함께 팔을 붙잡고 있는 태현의 손을 밀어냈다.

"급한 일부터 처리하시는 게 맞는 것 같습니다."

K그룹의 부장이 턱짓으로 태현의 손을 가리켰다. 그의 손에 들린 휴대폰이 울리고 있었다. 보고 말 것도 없이 지영이었다. 수신 거절을 눌렀지만, 또다시 벨 소리가 울려 퍼졌다. 부장은 낮은 한숨을 쉬고는 고개를 가로저으며 카페에서 나갔다.

태현은 아랫입술을 꾹 깨물었다. 분노로 커다래진 눈두덩이 위로 힘줄이 불룩 튀어 올랐다. 통화 버튼을 눌렀다.

"지금 어디야!"

태현의 고함이 너무 커서 카페 안의 손님들이 쳐다볼 정도였다.

"당장 헤어져요."

전혀 예상치 못한 말을 들었다는 얼굴로 지영은 눈을 휘둥그렇게 떴다. 처음 만났을 때는 그렇게 예쁘던 얼굴이 이제는 가증스럽게만 보였다. 자신이 무슨 짓을 했는지, 태현이 왜 화가 났는지 뻔히 알면서도 모르는 척하는 표정에 태현은 완전히 질려 버렸다.

"왜요?"

눈을 깜박이며 지영이 물었다.

"지영 씨가 더 잘 알 텐데?"

그렇게 말하자 지영의 눈꺼풀이 파르르 흔들렸다. 그것은 자신의 잘못이 드러난 데에 대한 당혹감이 아니었다. 오히려 분노하는 듯했다. 그녀는 아름다운 얼굴을 일그러트리며 눈을 크게 떴다.

"그렇죠? 태현 씨 그년 만나죠?"

"그게 무슨 소리예요? 말도 안 되는 소리 좀 그만해요. 지영 씨가 수연이에게 전화를 건 바람에 나한테 항의하느라 전화한 게 다예요."

"그걸 지금 믿으라고 하는 소리예요?"

다시 설명하려던 태현은 지쳐, 더 이상 말할 힘을 잃어버렸다. 왜 지금 자신이 지영에게 매달려 가며 설명을 해야 하는가. 오히려 사과해야 하는 건 저쪽이다. 생각해 보면 얼마 만나지 않은 짧은 기간 중에도 지영은 자주 저랬다. 잘못은 자기가 해 놓고도 모든 것을 태현의 잘못으로 돌렸다. 자신이 지영을 덜 사랑해서, 자신이 지영을 배려하지 않아서 화가 날 만한 모든 일들을 만들었다고 분노를 금치 못했다. 그 분노가 너무 격렬해서 사정하다 보면 어느새 전부 태현의 잘못이 되어 있었고, 태현은 집에 돌아와 샤워를 하다 말고 그 사실을 깨닫곤 했다.

"믿든지 말든지 마음대로 해요. 우리, 잘 안 맞는 거 같아요. 이만 헤어져요."

허, 하고 지영은 한쪽 입술을 끌어 올려 웃었다. 자신이 알던 지영의 모습이 아니었다. 태현은 그 표정에 소름이 돋았다.

"무슨 말이에요. 왜 우리가 헤어져요. 헤어져야 하는 건 태현 씨랑 그년이지!"

"수연이랑은 벌써 헤어진 사이라고 몇 번을 말해요? 그리고 내가 헤어지자고 하는 건 오늘 일 때문만은 아니에요. 지금까지 몇 번이고 말하려고 했는데, 나는 지영 씨랑 안 맞아요. 헤어지는 걸로 해요."

단호하게 말해야 한다고 생각했다. 이번엔 절대 끌려가지 않으리라.

지영은 아랫입술을 깨물고 테이블 위에 있는 커피 잔을 내려다보았다. 어쩌면 커피 잔 안에 비친 자신의 얼굴을 보고 있는지도 몰랐다. 그녀가 침묵을 지키면서 무슨 생각을 하나 불안했다. 그녀는 곧 고개를 들었다. 태현은 그 얼굴을 보고 온몸이 굳을 듯 소름이 돋았다.

지영은 웃고 있었다. 아주 비굴한 웃음이었다. 풍선 하나 받아 달라며 히죽 웃는 이벤트 아르바이트생 같은 작위적인 웃음이었다.

"내가 오해를 했나 보네요. 미안해요. 내가 실수했어요, 태현 씨. 그러니 화내지 말아요."

"화내고 말고의 문제가 아니에요. 말했잖아요. 난 그전부터 지영 씨와 안 맞는다고 생각했어요. 그러니 이쯤에서 끝내요."

그 말을 마치자마자 지영의 표정이 싹 굳었다. 웃음은 온데간데없었다. 크게 뜬 눈 안에서 검은 눈동자가 희번덕거렸다. 흰자 안을 작고 검은 구슬이 굴러다니는 것 같았다. 그리고 이내 그 구슬이 닿은 곳은 커피 잔이었다.

순간적인 일이었다. 쨍그랑 소리와 함께 정신을 차리고 보니 지영의 커피 잔이 박살 나 있었다. 커피는 강화유리 테이블 아래로 뚝뚝 떨어져 내렸고, 바닥에는 사기로 된 커피 잔의 잔해가 흩어져 있었다. 지영의 손에 남아 있는 것은 커피 잔의 손잡이뿐이었다. 깨진 손잡이의 날카로운 끝을 지영은 자신의 목에 가까이 댔다.

"헤어지느니 차라리 죽을게."

사람들의 시선이 이쪽으로 주목되었다. 몇몇은 무슨 일이 일어나면 금세 도망갈 태세였다. 소란을 주의시키러 오던 점원도 멈칫한 채 경계하고 있었다. 태현은 사람들을 일일이 신경 쓸 정신이 없었다. 도대체 왜 상황이 이렇게 극단적으로 치닫는지도 이해할 수 없었다. 그러나 이해 전에, 지영을 말려야만 했다.

"무슨 짓이야. 지영 씨, 그거 내려놔요."

태현이 말려 보려 했지만 지영은 여전히 흥분한 얼굴로 자리에서 벌떡 일어섰다.

"필요 없어. 당신이랑 헤어지느니 차라리 죽을 거야. 죽는 게 나아! 나 같은 게 살아서 뭐 하겠어!"

발작이라도 하는 사람처럼 지영은 몸을 괴롭게 뒤틀어 댔다. 태현은 기회를 살피다 단숨에 일어나 지영의 손을 제압했다. 그렇지만 벗어나려는 지영의 힘은 대단했다. 아주 잠깐이라도 놓친다면 곧바로 제 목에 구멍을 내 버릴 것만 같았다.

"난 당신이랑 절대 못 헤어져!"

지영의 고함이 카페 안을 뒤흔들었다.

그리고 그 지옥 같은 소란은 누군가 신고하여 출동한 경찰관이 도착한 후에야 끝이 났다.

그 일이 있고 난 뒤 사흘이 지났다. 지영이 경찰 조사를 받았고, 카페 주인과 합의를 하고 깨진 물건과 영업 방해에 대해 보상을 하는 것으로 일단락되었다는 연락을 경찰로부터 받았지만 지영에게서는 연락이 없었다. 어쩌면 이제 정신이 든 것인지도 모른다. 태현에게는 정이 떨어져 마음을 깨끗이 접었을지도. 정말 그런 것이라면 좋겠다고, 자신의 빌라로 들어서면서 태현은 생각했다.

이제 지영의 문제는 일단락되었지만 그 여파가 사라지지 않은 것이 문제라면 문제였다. K그룹은 계약 기간 만료를 끝으로 재계약은 하지 않겠다고 최종 통보해 왔다. 이로써 대영C&C는 K그룹의 입찰 경쟁에 끼어들어 자신들보다 규모가 몇 배나 큰 기업들과 경쟁을 벌여야만 했다. 그 일로 회사에서 태현의 입지는 바닥으로 떨어졌다. 단순히 재계약을 놓친 것뿐이었다면 어느 정도 질타를 받는 선에서 끝났을지도 모른다. 하지만 사장이 K그룹 측으로부터 그날 미팅에서 있었던 일을 전해 들은 모양이었다. 결국 태현은 시말서까지 써야 했고, 직원들은 태현을 한심한 눈으로 보았다. 부장은 그를 보며 수시로 고개를 가로저었다.

지치는 기분으로 집 앞에 도착해 힘겹게 비밀번호를 눌렀다. 다행인 것은 이제 지영과는 볼일이 없다는 것, 이라고 생각하는 것과 동시에 웬 음식 냄새를 맡았다. 고개를 들자 어둠으로 가득 차 있어야 할 집 안이 빛으로 가득했다. 태현은 조심스럽게 신발을 벗고 천천히 거실로 걸어갔다. 거실과 통해 있는 주방에서 달그락거리는 소리가 들렸다. 태현은 그대로 할 말을 잃었다.

"태현 씨 이제 와요?"

에이프런을 두른 지영이 태현을 보며 해맑게 웃고 있었다. 그녀의 손에는 식칼이 들려 있었으며, 인덕션 위에서는 김치찌개가 보글보글 끓고 있었다.

5.

주변에서는 전화벨 소리가 쉴 새 없이 울렸다. 전화를 받는 사람들의 목소리보다 여기저기서 질러 대는 불청객들의 소리가 높았고, 제복을 입은 몇몇은 창가에 모여 뭔가 소곤거리며 이야기를 나누고 있었다. 그랬다. 태현은 지금 경찰서에 와 있었다.

이별을 통고한 사흘 전 밤, 자신의 집에서 요리를 하고 있는 지영을 보고는 기겁하는 줄 알았다. 아무리 여기서 뭐 하는 거냐고 소리를 질러도 지영은 뻔뻔한 얼굴로 "어서 와서 저녁 먹어요" 하는 말만 반복했다. 결국 태현이 식탁 위에 차려진 반찬들을 팔로 쓸어 버린 뒤에야 지영은 움직임을 멈췄다. 바닥은 쏟아진 반찬들로 엉망이었다. 그건 마치 자신의 기분과도 같았다.

지영은 그걸 빤히 바라보기만 했다. 그저 그뿐이었다. 한 손에는 여전히 식칼을 들고.

그 모습이 얼마나 무서웠는지 모른다. 당장에라도 지영이 자신을 향해 달려들 것만 같았다.

이건 분명 정상적이지 않았다. 이별을 받아들이지 못하는 것은 이해할 수 있어도 아예 없던 일처럼 구는 지영을 이해할 수 없었다. 그리고 그런 지영이 두려웠다. 태현은 정신없이 휴대폰을 들었고, 그대로 경찰에 신고했다. 출동한 경찰은 여성 한 명과 남성 한 명의 2인조였다.

지구대원들에게 사정을 설명하자 그들이 지영에게 말했다.

"장지영 씨?"

"네?"

찬물을 뒤집어쓴 사람처럼 놀라며 지영이 고개를 들었다.

"저분께서 불법 침입으로 신고하셨습니다. 여기서 이러시면 안 돼요."

"전 저 사람 여자 친구예요."

"아닙니다! 난 분명히 헤어지겠다고 통보했어요! 그런데도 저럽니다. 문자도 하루에 수십, 아니 수백 통을 보내요. 거기다 전 이 집 비밀번호를 알려 준 적도 없어요. 이건 스토킹이에요. 맞아요. 스토킹이라고요!"

여자 경찰 쪽이 태현의 얼굴에서 지영에게로 시선을 옮겼다.

"비밀번호는 어떻게 아셨어요?"

"난 무슨 소린지…. 우린 헤어지지 않았어요. 비밀번호도 저 사람이 가르쳐 줬다고요."

경찰들이 일제히 태현을 보았다. 태현은 어이가 없었다.

"말도 안 되는 소릴! 그럼 제가 왜 신고를 했겠습니까! 저 여자는 스토커예요!"

태현이 격앙하자 지영이 흐느끼기 시작했다. 양손으로 얼굴을 가린 채 어깨를 들썩였다. 관자놀이 부근에 핏줄이 불룩 튀어나와 있었다. 남성 경찰이 엄중한 얼굴로 태현을 향해 손바닥을 들어 보였다. 태현을 제지하려는 제스처였다. 하지만 태현은 납득할 수 없었다. 여기서 제지해야 하는 것은 자신이 아니라 저 가증스러운 장지영이었다. 어이가 없어 아무런 말도 나오지 않았지만 가슴만은 터질 듯이 빠근했다.

여성 경찰이 울고 있는 지영에게 다가갔다.

"장지영 씨. 자, 이제 일어나세요. 일단 신고가 들어온 이상 계속 여기 이러고 있을 수는 없어요. 어서 댁으로 돌아가세요. 문제는 날이 밝으면 충분히 얘기로 풀 수 있잖아요."

여성 경찰은 지영의 등을 쓸어내리며 말했다. 아주 부드러운 어조로. 당신의 슬픔을 이해한다는 듯이.

"풀고 말 게 아니에요. 저 여자 혼자 저러는 거라고요!"

"신고자분?"

남성 경찰이 태현의 앞을 막아섰다. 그는 여성 경찰을 향해 눈짓했다. 여성 경찰이 지영을 부축해 일어나게 한 뒤 밖으로 이끌었다. 그녀를 데려가 경찰차에 태우려는 건지, 집으로 돌려보내겠다는 건지 태현은 알 수 없었다. 두 사람이 완전히 나가고 문이 닫히자 남성 경찰이 말했다.

"저희는 일단 두 분 분리하는 걸로 하고요. 신고자분이 원하시면 고소하실 수 있습니다. 그렇게 되면 관할 경찰서에서 두 분을 따로 불러 조사를 할 거고요."

자신들은 지구대원들이라 더 처리해 줄 수 없다는 뜻이나 다름없었다. 그래서 태현은 고소하겠으니 경찰서로 이관해 달라고 단호히 말했다. 더 이상 지영을 이대로 두어서는 안 되었다. 그는 이런 일일수록 더욱 단호하게 대해야 함을 이미 알고 있었다.

경찰이 당장 지영을 조사할 거라고 생각했지만 사흘 동안 태현은 아무런 연락도 받지 못했다. 그래서 오늘 결국 경찰서에 직접 찾아온 것이었다. 수사 담당자의 이름도 출동했던 지구대를 찾아가 한참 싸운 끝에 얻어 냈다. 수사관은 피곤에 찌든 공무원 특유의 얼굴로 태현을 바라보았다.

"사건이 많아서요. 기다리시면 순차적으로 연락이 갔을 텐데."

"언제까지 기다려요! 그러다 저한테 무슨 일이 생기면 어떻게 할 건데요?"

"혹시 그동안에 무슨 일이 있으셨습니까? 찾아온다거나, 전화를 수시로 한다거나?"

태현은 시선을 피하며 입을 다물었다. 경찰은 그럴 줄 알았다는 듯한 표정을 지어 보였다. 사실 태현도 이상했다. 무단 침입으로 신고한 이후 사흘간 그녀로부터는 아무런 연락도 없었다. 문자 한 통도 오지 않았다. 공중전화 번호로 두 차례쯤 밤에 전화가 걸려 온 적은 있지만, 말없이 끊었기에 전화를 건 상대가 지영이라고 주장할 수도 없었다. 어쩌면 불법 침입으로까지 신고당하자 자존심이 상해 완전히 돌아선 것일 수도 있었다. 그렇다면 정말 다행이지만 오히려 이 고요가 태현은 불안했다.

"잠깐 사귄 건 맞지만 정말 이상한 여자였어요. 우리 회사로 찾아와 완전히 제 아내처럼 굴기도 하고…. 예전 여자 친구에게 전화를 걸어서 협박하기도 했어요. 날 꼬셔 내면 죽여 버릴 거라고요. 거기서 완전히 질려서 헤어지자고 했는데 받아들이지를 않고 스토킹을 하고 있습니다. 보세요. 알려 주지 않은 비밀번호를 어떻게 누르고 제 집에 들어올 수 있었겠느냐고요. 분명히 제 뒤를 따라와서 훔쳐봤거나 몰카 같은 걸 설치해 둔 거라고요."

"비밀번호 말인데요."

수사관은 낮은 한숨을 내쉬었다. 그러고는 키보드 위에 손을 올리고 뭔가를 입력했다. 마우스를 탁탁, 치는 손가락에 짜증이 배어 있었다. 그는 자신의 노트북을 태현이 볼 수 있게 돌려놓았다. 누군가의 휴대폰을 찍은 사진이었는데, 안에는 몇 줄의 카톡 대화창이 있었다.

[오늘 우리 집에 가스 점검이 온다는데, 시간 되면 자기가 가 줄 슈 있어?]

[오타. 가 줄 수 있어?]

[알았어. 내가 가 있을게. 비밀번호 뭐야?]

[키패드 누르고 89097#]

[오케이]

[감사]

태현은 자신도 모르게 입을 벌렸다. 이게 뭐냐고 묻는 듯 수사관을 보았다. 수사관이 콧김을 소리가 나도록 내쉬며 컴퓨터를 자기 앞쪽으로 되돌렸다.

"지구대에서 출동 당시 확인한 문자 기록입니다. 상대 여자분은 비밀번호를 이태현 씨가 알려 줬다고 하던데요. 이렇게 대화 기록도 있고요."

태현은 펄쩍 뛰었다.

"제가 알려 준 적 없어요."

"그럼 이 대화는 뭡니까?"

"그건 나도 궁금하다고요!"

태현은 아랫입술을 꾹 깨물었다. 그러고 보니 생각나는 게 하나 있었다. 수연에 관한 것이었다. 지영은 수연의 전화번호를 태현의 휴대폰에서 보았다. 교묘하게 패턴까지 알아내 벌인 일이었다. 그렇다면 그때 이런 문자도 만들어 낸 것인지 모른다. 태현과 주고받은 문자처럼 꾸며서 말이다. 게다가 두 사람은 반말을 쓰지 않았다. 이건 조작된 것이 분명했다. 그 증거로 자신의 휴대폰에는 이런 문자가 없다. 분명 태현이 모르게 하기 위해 문자 수발신 내역을 지운 것일 터다. 확인해 보니 날짜도 그날이 맞았다.

그런 사정을 얘기하니 수사관은 이제야 관심을 기울이는 눈치였다.

"그렇다면 우선 접근 금지 신청을 하는 게 어떠십니까?"

"100m 안에는 접근 못 하는 그거 말입니까? 그거 하면 여자한테 통지가 가잖아요. 내가 그런 신청을 했다는 걸 알면 무슨 짓을 저지를지 모릅니다."

"그러니까 신청해야죠. 100m 안에 접근하면 가중처벌이 됩니다."

태현은 잠시 고민을 한 뒤 결심했다는 듯 고개를 크게 끄덕였다.

"그럼 그렇게 하겠습니다."

"절차는 잘 아시겠지만…."

그렇게 말을 하던 수사관이 입을 헙, 다물었다. 명백히 실수했다는 태도였다. 태현은 화를 내고 싶지 않았다. 앞으로 이 수사관의 도움이 절실히 필요했다.

경찰서를 나와 지친 몸으로 회사를 갔다. 회사를 가는 마음도 편치 않았다. 언제 어느 때에 지영이 들이닥칠지 모른다고 생각하니 문이 열릴 때마다 깜짝깜짝 놀라곤 했다. 일에도 집중하지 못한 탓에 거래처에서도 항의 전화가 종종 걸려 왔다. 계약 미팅 날짜를 잊는다든가 납품 내용을 제대로 전달하지 못해서 사고가 많이 벌어졌다. 그래서 그런지 요즘 회사에서 자신을 보는 사람들의 눈이 곱지 않았다.

게다가 오늘은 경찰서에 들른 탓에 출근이 늦었으니 분위기가 더 좋지 않을 거라 예상했다. 하지만 그보다 훨씬 더 냉소적인 반응이 돌아왔다.

"늦었습니다. 죄송합니다."

물론 부장에게 늦게 출근하는 이유를 보고하긴 했지만, 자연스럽게 그런 인사를 하며 들어갔다. 그런데 눈이 마주치는 사람들 모두 싸늘하게 고개를 돌려 버렸다. 그런 노골적인 무시는 처음이라 태현은 몸이 굳어 버렸다. 사무실 안을 이리저리 둘러보아도 자신에게 인사를 해 줄 만한 사람은 보이지 않았다. 여직원들끼리 붙어 앉은 자리에서는 뭔가를 수군덕대기도 했다.

무슨 일이냐고 물어야 했지만, 누구에게 물어야 할지 알 수 없었다. 친한 직원도 없었다. 어쩔 줄 모르며 서 있는데 구원이라도 하듯 부장의 목소리가 들려왔다.

"이태현 씨."

"네, 부장님. 지금 출근했습니다."

허리를 굽혀 인사했다.

"잠깐 들어오지."

부장은 회의실로 들어갔다. 영업부 내의 공간 끝에 가벽을 세워 만든 방이었다. 부장은 들어오라는 말만 남기고 곧장 문을 닫았다. 태현은 헐레벌떡 자리에 가방을 내려놓고 회의실로 다가갔다. 노크를 하자 들어오라는 답변이 들렸다. 문을 열고 들어가는데, 직원들의 시선이 싸늘하게 회의실로 향했다가 각자의 모니터 앞으로 돌아가는 것이 보였다.

"일은 잘 보고 왔나?"

오늘 아침, 늦은 출근을 위해 전화를 걸었을 때 부장은 어디에 가는 거냐고 물어 왔다. 사실대로 말하는 게 좋은 건지 몰라 조금 주저했지만 말하지 않을 수 없었다.

경찰서, 라고 대답하자 부장은 몹시 궁금해했다. 무슨 일인지는 말해야 할 것 같았다. 부장도 지영을 본 적이 있으니 얼마나 막무가내의 여자인지는 알 거라고 생각했다. 스토킹이라는 말에 부장은 크게 놀라며 '그런 미인이 따라다녀 준다니 고마워해야 하는 거 아니냐'고 허튼소리를 지껄였다.

당해 보지 않아서 그런 거라고 생각했다. 문제의식이라곤 없는 사람에게 그런 일을 설명하는 것조차 시간이 아까웠다. 대충 설명한 뒤 전화를 끊었는데, 그때만 해도 이런 분위기는 아니었다. 그사이에 무슨 일이 생겨 직원들 반응이 이런지 알 수 없었다.

"자네, 진짜 스토킹 사건 때문에 경찰서 다녀오는 것 맞나?"

부장은 인상을 구기고 있었다. 왜인지는 알 수 없지만 자신을 향한 혐오가 그의 가느다란 눈 끝에서 흘러나오고 있었다.

"네. 맞습니다. 근데 무슨…."

"자네 성추행 건으로 고소당한 적 있다는 게 사실인가?"

"네?"

태현의 목소리가 허공을 차고 올랐다. 전혀 예상치 못한 물음이었다. 예상했을 리가 만무하다. 성추행이라니. 온몸이 굳어 버리는 것 같았다.

"당치도 않습니다. 누가 그렇게 말합니까?"

부장은 시선을 피했다. 무책임하게 고개를 갸웃했다.

"아니라면 다행이네."

"아뇨. 오늘 안 그래도 사무실 분위기가 안 좋다는 걸 느꼈습니다. 아무래도 그런 악의적인 거짓말 때문인 것 같은데요. 누구한테 그런 어이없는 말을 들으셨습니까?"

태현은 상대가 부장이라는 것도 잊은 채 언성을 높이며 따져 물었다. 그때 태현의 머릿속에 한 사람이 떠올랐다. 지영이다. 그녀가 아니라면 이런 일을 벌일 사람이 없었다. 하지만 부장은 어깨를 으쓱해 보였다.

"남자 직원들이 전해 준 말일세. 여직원들도 이미 알고 있었고."

"남직원 누구요?"

이 소문의 근간을, 태현은 반드시 찾아내리라 다짐했다. 그렇게 하면 분명 거짓 소문을 퍼트린 범인이 지영이라는 것을 알 수 있을 것이고, 자신을 향한 지속적인 괴롭힘의 증거로 사용할 수 있으리라 생각했다. 하지만 부장은 태현이 바라는 말을 해 주지 않았다.

"남직원'들'이라고 내가 분명 말하지 않았나. 소문이 그렇다는 거야, 소문이. 회사 내에 헛소문이 좀 돌았나 보지. 뭘 그렇게 예민하게 반응하나?"

"부장님, 그게 아니라."

"내가 이 말은 안 하려고 했는데. 이태현 씨, 자네. 회사 분위기를 흩트리는 걸 더 이상은 용납할 수 없어."

그리고 그날 바로 그 사건이 벌어졌다. 퇴근 후 집에 들어가는데 현관문 사이에 끼워 놨던 종이 쪼가리가 현관문 안쪽 바닥에 떨어져 있었다. 분명 자신이 없는 사이 누군가 집에 들어갔었다는 뜻이었다. 그리고 그 누군가는 보지 않아도 뻔했다.

태현의 신고에 따라 경찰은 곧장 출동해 주었다. 그러나 집 안에 지영이 다녀갔다는 흔적은 찾을 수 없었다. 지문 한 점 나오지 않았다. 1층 현관을 비추는 CCTV에도 지영은 보이지 않았다. 맞은편 집 여자도 수상한 사람은 보지 못했다고 증언했다. 마지막으로 철수하던 남자 경찰은 태현에게 노골적으로 귀찮은 표정을 드러냈다.

"차라리 현관문 앞에 CCTV를 달아 보시는 건 어떻습니까?"

경찰들이 모두 사라진 뒤 태현은 힘 빠진 걸음으로 안방에 들어가 침대에 맥없이 걸터앉았다.

정말 자신만의 착각일까? 그 여자가 여기까지는 들어오지 않은 것일까? 이제는 정말 안심해도 되는 걸까? 집 안에서만이라도?

그렇다면 차라리 다행이다. 오늘 형사들의 묘한 시선에 불쾌했지만, 집 안에서라도 숨을 쉬고 살 수 있다면 다행이었다. 태현은 손바닥으로 얼굴을 한번 쓸어내린 뒤 침대에 올라가 누웠다. 지금은 너무 피로했다. 청소 같은 것은 나중에 하면 될 일이었다.

모든 것이 싫어졌다. 태현은 쓰고 있던 안경을 벗어 협탁에 놓으려고 상체를 반쯤 일으켰다. 그리고 그대로 얼어붙었다. 전기 요금 고지서와 교회 전단 같은 우편물들이 협탁 위에 가지런히 올려져 있었다. 태현이 갖다 놓은 것은 아니었다.

"하…."

기가 막혔다. 어디서부터 어떻게 이 일을 풀어 나가야 할지 알 수 없었다. 태현은 침대 위로 벌러덩 드러누웠다. 천장이 자신을 향해 가라앉는 것 같았다. 식은땀이 흘렀다. 숨을 쉴 수가 없었다. 입을 크게 벌리고 발작하듯 온몸을 뒤틀었다. 그러고는 이렇게라도 하지 않으면 죽을 것 같다는 듯 비명이 섞인 고함을 질러 댔다.

"으아아아아악!"

6.

태현은 자신의 눈을 의심했다. 자신이 살고 있는 빌라의 바로 옆 오피스텔 건물 앞에 지영이 서 있었다.

퇴근하여 돌아오는 길이었다. 소문 이후로 회사에서는 아직 태현을 경계하는 직원이 많았다. 특히나 여직원들의 가시 돋친 시선은 견디기 힘들었다. 거짓의 파급력은 컸고 진실의 무게는 가벼웠다. 가벼운 진실은 사람들의 마음을 파고들지 못했다. 어쩌면 회사를 옮겨야 할지도 모른다고 태현은 생각했다. 이 모든 게 지영 때문이다. 그렇게 생각하던 와중에 지영을 발견했으니 자신의 원망이 깊어 헛것을 보는 것인가 생각하기도 했다. 왜냐면 지영은 여기 있어서는 안 됐다. 이미 접근 금지 신청을 했고 그것이 받아들여져 지영에게 통보가 간 걸로 알고 있었다.

태현은 눈을 껌벅이며 다시 그쪽을 보았지만, 거기 서 있는 것은 지영이 확실했다. 잠시 지영과의 거리를 가늠해 보았다. 100m가 넘을 리 없었다. 지영은 얇은 재킷에 긴 주름치마를 입고 있었다. 신발은 굽이 거의 없는 로퍼였다. 머리가 이따금 부는 바람에 찰랑였다. 지나가는 남자 하나가 지영을 지나치며 흘깃거렸다.

그래, 저 여자의 정체를 모르는 사람들은 그럴 수 있다. 하지만 진짜 정체를 자신은 너무나 잘 알았다. 지금은 저렇게 아무렇지 않은 얼굴을 하고 있지만, 그 안에는 지독한 면모가 자리 잡고 있는 것이다. 지영은 누구도 기다리지 않는다는 듯 정면만을 응시하고 있다. 하지만 그것은 연기가 분명했다. 태현을 찾아 두리번거리지만 않을 뿐이다. 아마도 횡단보도를 건널 때 태현이 귀가하고 있는 것쯤은 충분히 알았을 것이다. 그리고 태현이 자신의 존재를 알아차린 것 역시 눈치챘을 것이다. 모르는 척 서 있을 뿐이다.

목적은 위협이 분명하다. 100m 접근 금지 따위를 누가 무서워할 줄 아느냐는 메시지나 다름없었다. 많은 스토커는 접근 금지 명령서를 받음과 동시에 광분한다. 상대를 더 괴롭힐 계획을 세우기도 한다.

태현은 아랫입술을 꾹 깨물고 빌라 안으로 들어갔다. 일단 지영의 시선에서 벗어나야 할 것 같았다. 휴대폰을 들어 곧장 112를 눌렀다. 상담 경찰에게 사정을 설명하자 인근 지구대에서 곧장 출동할 수 있게 처리하겠다고 했다. 전화를 끊고 마음을 진정시키려는 순간, 그사이 지영이 가 버리면 어쩌나 하는 생각이 들었다.

태현은 눈을 부릅뜨고 도로로 나갔다. 다행히 지영은 아직 그 자리에 서 있었다. 빠른 걸음으로 다가가 눈앞에 바짝 붙어 섰다. 지영이 놀란 눈을 했지만, 그따위 연기는 믿어 주지 않는다.

"여길 또 왜 왔어? 이번엔 무슨 짓을 하려고? 접근 금지 명령서 못 받았어?"

그렇게 말하면서 태현은 도로 쪽을 살폈다. 아직 경찰차는 오지 않았다.

"그게…."

"또 무슨 거짓말을 하려고!"

태현이 소리를 치며 거칠게 지영의 팔을 잡아챘다. 지영은 순간 놀랐는지 비명을 질렀다.

"저기요!"

소리가 난 쪽으로 고개를 돌려 보자 체육을 전공했나 싶을 정도로 어깨가 벌어진 남자가 인상을 구기며 보고 있었다. 여차하면 달려들 기세였다. 이게 뭔가 싶어 무심결에 지영을 내려다본 순간 깨달았다. 지영은 거북이처럼 목을 움츠리고는, 하루에 열두 번은 맞아 왔던 사람처럼 가느다란 한쪽 팔로 얼굴을 막고 있었다. 누가 봐도 가혹한 것은 태현인 것이다.

"이 여자랑 볼일 있으니까 상관 말아요. 갈 길 가라고."

그 말이 불에 기름을 부은 격이라는 것을 말을 뱉은 후에야 깨달았다. 여자나 패는 남자들이 걸핏하면 하는 소리와 다르지 않은 것이다. 그 결과 어깨가 벌어진 남자는 눈을 희번덕거리며 다가왔다. 만약 그때 경찰차가 도착하지 않았다면 정말 멱살이라도 잡혔을지 모른다. 난데없이 등장한 경찰차에 남자가 당황했다.

"내가 부른 거예요. 말했잖아요. 이 여자랑 볼일이 있다고."

그제야 상대는 자신이 잘못 끼어들었다는 것을 눈치챈 것 같았다. 미안하다는 말은 없었지만 머쓱한 얼굴로 고개를 까딱하고는 제 갈 길을 갔다.

경찰들이 차에서 내리는 모습을 보고 지영은 마음이 급해진 것 같았다.

"태현 씨, 설명할게. 다 설명한다고."

태현은 콧방귀를 꼈다. 무슨 말을 해도 믿을 수 없다. 마음을 약하게 먹으면 안 된다. 이런 여자는 법적으로 강하게 선을 그어 주어야 한다.

"신고하신 분이십니까?"

다가온 경찰이 물었을 때 태현은 깊은 한숨을 쉬었다. 경찰이 물어본 사람이 자신이 아니라 지영이었기 때문이다. 따질 마음은 없었다. 경찰도 아까의 남자처럼 오해한 것이다. 지영의 팔을 붙잡고 있는 것은 태현이었고 지영은 어떻게든 뿌리치려 하는 중이었으니까 오인할 수 있었다. 태현은 괜한 흥분을 하지 않으려 마음을 다스렸다. 공권력을 적으로 대하면 오히려 손해라는 것을 잘 알았다.

"신고는 제가 했습니다."

경찰들이 아차 싶은 얼굴로 태현을 보았다. 그제야 태현이 지영의 손을 놓았다.

"이 여자는 스토커예요."

한번 놀란 얼굴이 또 한번 놀라움으로 물들 때 어떤 표정이 나오는지 태현은 처음으로 보았다. 두 명의 경찰은 입을 헤벌리고 멍한 표정으로 지영을 보았다.

"제가 접근 금지 신청을 했고요. 인용 결정을 받았거든요? 그런데 이 여자가 오늘 여기 있는 거예요. 제 집은 바로 이 옆 빌라입니다. 이 여자도 알고 있고요."

"사실인가요?"

경찰이 지영에게 물었다. 지영은 어쩔 줄 몰라 했다.

"그게 저…."

"고객님?"

태현은 물론 경찰들까지 소리가 난 쪽으로 돌아보았다. 지영이 서 있던 오피스텔 건물 안에서 한 여자가 또각거리는 소리를 내며 다가왔다. 폭이 20cm는 될 것 같은 커다란 칼라가 달린 핑크빛 블라우스를 입고 핸드백을 멘 여자가 한 손에 태블릿 PC를 들고 서 있었다. 여자는 놀란 얼굴로 주변 사람들을 한번 본 후 지영을 향해 고개를 갸웃했다.

"이게 무슨."

지영이 여자의 팔을 붙잡았다.

"선생님, 설명 좀 부탁드려요. 제가 오늘 여기 오고 싶어서 온 게 아니라는 거요."

"네?"

여자는 눈을 둥그렇게 뜨고는 무슨 상황인지 모르겠다는 얼굴을 했다. 경찰 한 명이 여자에게 다가섰다.

"수고하십니다. 저는 은파 지구대 최성근 경장이라고 합니다. 오늘 이분과 여기 함께 오셨습니까?"

"그런데요?"

"여기 무슨 일로 오셨죠?"

"그건 왜요?"

여자는 눈을 흡뜨고 따져 물었지만, 지영의 부탁한다는 얼굴을 보자 금세 표정을 누그러트렸다.

"저는 부동산에서 나왔어요. 공인중개사요. 이분은 제 고객이고요."

그 말을 듣자 태현은 눈이 뒤로 넘어갈 듯한 충격을 받았다. 얼른 경찰에게 붙어 섰다.

"이것 봐요! 날 쫓아 여기까지 온 거라고요!"

경찰은 태현을 향해 손바닥을 들어 보였다. 진정하라는 제스처였다. 경찰이 다시 물었다.

"아까 이분은 여기 오고 싶어서 온 게 아니라고 했는데요. 무슨 뜻인지 말씀해 주시겠어요?"

"물으나 마나 다 거짓말이야!"

"고객님 말씀이 맞아요. 다른 동네 찾으셨는데 오늘 이 매물이 나와서 한번 보시라고 제가 모시고 온 거예요. 이 동네라고 말씀 안 드리고 왔어요."

"하! 말도 안 돼."

태현은 기가 막혀 가슴을 씨근덕거렸다. 지영은 울 것 같은 얼굴로 몇 걸음 떨어진 채 고개를 숙이고 있었다. 경찰 중 한 명이 그녀에게로 가 상황을 설명하는데, 풍기는 분위기가 완전히 피해자를 위로하는 모양새였다. 가슴이 갑갑해서 눈앞이 어지러울 지경이었다.

다른 경찰이 태현에게 말했다.

"접근 금지는 위반했지만 본인이 오려고 온 게 아니라서요. 지금 경찰이 조치할 일은 없는 것 같습니다. 바로 여기를 떠나시라고 하는 것 말고는요."

태현 역시 더 이상의 방법은 없다는 걸 알고 있었다. 저 말이 거짓이 아니길 바랄 뿐이었다.

"만약에 말입니다."

태현은 최대한 목소리를 낮추어 물었다.

"저 여자가 여기로 이사를 온다면 어떻게 되는 겁니까?"

경찰은 잠시 생각하더니 말했다.

"그게 접근 금지랑은 또 달라서…. 왜 주거권이라는 것도 있지 않습니까?"

"그래서요? 여기로 이사 와도 위법이 아니라는 겁니까?"

"진정하세요. 경찰관은 법관이 아니니 그 문제는 아무래도 법적으로 진행하셔야 할 것 같습니다. 그리고 어차피 아직 벌어진 일도 아니고요. 또 저분께는 최대한 그런 일이 없도록 설명하겠습니다."

"하!"

태현은 더 이상 이들과는 할 말이 없다는 걸 알아챘다. 그는 고개를 절레절레 흔들며 그대로 뒤돌아섰다. 지영의 꼴을 더 보기도 싫었다. 지영은 경찰관 한 명에게 아주 다정한 설명을 듣는 중이었다.

그날 밤, 태현은 악몽을 꾸었다. 밤의 어둠이 내린 산중 어딘가였다. 나무와 풀숲을 헤치며 태현은 도망치고 있었다. 무거운 공포가 그를 잔뜩 억눌렀다. 도망을 치려고 해도 다리가 너무 무거워 잘 움직이지 않았고, 비명은 목이 꽉 멘 듯 입 밖으로 터져 나오지 않았다. 뒤로는 아무것도 보이지 않는다. 그럼에도 태현은 괴물이 자신을 뒤쫓고 있다는 것을 알고 있다. 기분 나쁘고 거대한 뭔가는, 강철도 녹여 버릴 만큼 뜨거우면서도 슬라임처럼 흐물거리지만, 깊이를 알 수 없는 어둠을 끌어안고 있는 덩어리 같은 것이었다.

그것에 삼켜지면 갈기갈기 찢겨 버릴 거라는 걸, 꿈속의 태현은 알고 있었다. 태현은 도망치고, 또 도망쳤다. 하지만 다리가 완전히 땅에 붙박인 채 움직이지 않았다. 이대로 죽을 수는 없다. 태현은 한쪽 다리를 붙잡고 움직이기 위해 힘을 쏟았다.

다리가 뜯겨 나갈 만큼 고통스러운 순간 태현은 비명을 지르며 깨어났다.

"헉헉."

그는 거친 숨을 몰아쉬며 상체를 일으키고 앉았다. 온몸이 땀으로 가득했다. 양손을 들어 얼굴을 쓸어내렸다. 정신이 현실로 돌아오기까지 꽤 긴 시간이 걸렸다.

이런 꿈을 꾼 것은 다 지영 때문이다.

입이 썼다. 태현은 힘겹게 몸을 일으켰다. 허벅지가 타는 듯이 아팠다. 꿈속에서 얼마나 힘을 썼으면 이럴까 싶었다. 주방으로 가 컵을 하나 들고 정수기 앞에 섰다. 컵을 대고 버튼을 눌렀지만 물이 나오지 않았다.

단수인가 싶었다. 1년에 한두 번쯤 이 빌라는 물탱크를 청소한다고 단수를 시켰다. 하지만 이번엔 어떤 공지도 없었다. 빌라지만 건물을 관리하는 사람도 있고, 2만 원이지만 관리비도 내고 있다. 싱크대로 가 수도 밸브를 열어 보았지만 물은 한 방울도 나오지 않았다. 휴대폰에서 관리인의 전화번호를 찾아 통화 버튼을 눌렀다. 신호음 몇 번 만에 전화를 받은 관리인은 단수는 없다고 했다.

[복도에 수도 계량기 있는 거 아시죠? 가끔 애들이 그거 잠가 놓는 장난질을 합니다. 한번 확인해 보세요.]

전화를 끊은 태현은 머리를 벅벅 긁었다. 아침부터 되는 일이 없었다. 하지만 출근하려면 씻는 일이 급하다. 곧장 문을 열고 밖으로 나갔다.

역시나 수도 계량기가 잠겨 있었다.

"누가 이런 짓을 한 거야."

짜증스럽게 중얼거리며 고개를 든 순간 반 층 위 계단에서 머리를 내밀고 있는 누군가와 시선이 마주쳤다. 지영이었다. 눈이 마주치자 지영은 눈을 희번덕거리며 기쁨의 웃음을 지었다. 그 얼굴에서 흘러나오는 광기에 태현은 꼼짝도 할 수 없었다. 그는 숨을 전혀 쉬지 못한 채 뭔가에 홀린 듯 천천히 일어났다.

태현은 모든 순간이 슬로모션처럼 보였다. 기뻐하며 안길 듯 달려드는 지영의 손에 칼이 들려 있었다. 날이 좁고 긴 칼이었다. 그리고 칼은 배에 닿자마자 쑥 빨려 들어갔다. 비명 대신 꺽, 하는 이상한 소리가 목에서 새어 나왔다.

"킥킥킥."

지영이 웃었다. 아무 고통도 없는 것을 깨닫자 태현은 정신이 번뜩 들었다. 찢어질 듯 커다랗게 뜬 눈을 천천히 아래로 내렸다. 지영이 붙잡고 있는 칼의 손잡이가 배에 바싹 붙어 있었다. 칼날은 보이지 않았다. 하지만 칼날은 태현의 배를 뚫지 않았다. 그랬다면 곧장 주저앉았을 것이었다. 칼은 가짜였다. 그걸 증명이라도 하듯 지영은 장난스러운 표정으로 칼을 태현의 배에서 떼었다. 칼 손잡이에서 가짜 날이 스르르 밀려 나왔다.

"무슨, 무슨 짓이야."

목소리는 충격으로 인해 벌벌 떨렸다.

"100m 접근 금지?"

지영은 킥, 하고 웃었다. 그러고는 태현의 귓가에 붉고 매력적인 입술을 바짝 가져다 대었다.

"신고받고 출동하는 경찰이랑 나랑, 누가 더 빠를까? 그리고 이다음에도 계속 장난감 칼일까?"

태현은 얼어붙었다. 하지만 뇌 속에서 어떤 생각 하나가 또렷하게 존재감을 드러냈다.

잘못 걸렸다는 것.

법의 심판 전에는 반드시 '피해'가 있다는 것.

태현은 그날 즉시 이사 준비를 시작했다. 회사에도 사직서만 우송하고 사라져 버릴 작정이었다.

7.

태현이 간단한 짐만 싸 들고, 사람들의 눈을 피해 다급히 이사를 하는 사이, 태평로에 있는 빌딩의 최고층인 18층에서는 파티가 벌어지고 있었다. 명패도 달지 않고 100평 상당의 층 하나를 통째로 사용하는 이 회사는 총 7개의 구획으로 나뉘어져 있었으며, 제일 안쪽 통유리 부스를 파티룸으로 이용하고 있었다. 가정폭력 3팀장이 부러운 듯 파티룸을 슬쩍 보고는 무뚝뚝한 표정으로 다시 업무에 집중했다. 파티룸에는 샴페인 잔을 든 다섯 명의 여자가 있었다. 그중 한 여자가 멋쩍은 듯 웃었다. 수연이었다.

"저 때문에 고생해 주셨는데, 이런 파티까지 해 주시다뇨.

오히려 제가 대접해야 하는데."

"아니에요. 저희의 고생은 수연 씨가 돈을 내셨으니 당연한 겁니다. 그리고 파티는 우리 스토킹 범죄 1팀의 프로젝트 성공을 축하하는 수복 주식회사의 대표님께서 열어 주신 겁니다. 사건 해결의 마지막 프로세스인 셈이죠. 그냥 편하게 즐기세요."

매력적인 미소를 지으며 지영이 대답했다.

사각 테이블에 모인 여자들은 팔을 뻗어 샴페인 잔을 한데 모아 들었다. 가장 상석에 서 있던 지영이 다른 여자들을 쓱 훑어보았다.

"뭘 위해 건배하지?"

그녀는 지금 이 시각 태현이 어떤 얼굴로 무엇을 하고 있는지 뻔히 알고 있었다.

다른 여자가 대답했다.

"당연히 수연 씨를 위해!"

"수연 씨를 위해!"

"건배!"

사람들이 저마다 한마디씩 하며 잔을 부딪쳤다. 유리잔이 부딪는 소리가 청명하게 공간을 울렸다. 수연이 다른 사람들에게 꾸벅꾸벅 고개를 숙였다.

"정말 이렇게 일이 잘 풀릴 줄 몰랐어요."

지영이 한쪽 입술을 끌어 올리며 대답했다.

"우리 수복 주식회사에 맡기면 깔끔하게 끝난다고 내가 얘기했잖아요."

"언니, 그 수복이라는 이름 좀 어떻게 안 돼? 너무 촌스럽다고. 복수를 거꾸로 한 거잖아."

그렇게 말한 것은 수복 주식회사 스토킹 범죄 1팀의 회계 및 영업을 담당하는 선예였다. 선예는 지영이 지금껏 몇 번씩이나 '언니'라는 호칭 대신 '팀장'이라고 부르라 했지만 눈 하나 깜짝하지 않고 '언니'를 고수 중이다. 동그란 눈에 자를 대고 자른 듯 고른 앞머리와 똑 단발의 그녀가 맹랑한 얼굴로 면접을 보러 왔을 때 그런 성향임을 파악했어야 했다. 하지만 일 하나는 똑 단발처럼 똑 부러지므로 지영은 선예를 멤버 중에 가장 예뻐하긴 했다. 이번 수연의 일을 따 온 것도 선예였다.

"하지만 선예 씨가 형광 분홍 점퍼를 입고 껌을 쫙쫙 씹으면서 '도와줘요?' 할 때는 사실 사기꾼인 줄…."

그렇게 말하던 수연은 혹시 실례가 아닌가 싶어 입을 다물었다. 선예가 억울한 얼굴을 했다.

"길에서 울고 있던 어린 양을 구해 줬구만 사기꾼이라니!"

스토킹하던 태현을 피해 도망치듯 새벽 이사를 해야 했던 수연이 억울함과 답답함에 엄마에게 전화를 걸고 있을 때 눈앞에 나타난 것이 선예였다. 처음엔 그런 회사가 있다는 것도 믿지 못해 사기라고 생각했지만, 속는 셈 치고 가 보지 싶어 명함을 들고 찾아왔다가 구원을 받을 줄은 생각도 못 했다. 회사의 규모는 물론이고, 의뢰인의 사연에 따라 체계적으로 담당 팀이 배정되는 시스템에 놀랐다.

지영은 호쾌하게 웃었다.

"우리 선예가 좀 그렇긴 하죠."

"전 정말 그 자식이 그렇게 쉽게 떨어질 거라고는 상상도 못 했어요. 너 아니면 죽는다. 못 가질 거면 죽여 버리겠다. 저한테 그렇게 집착하던 놈이 지영 팀장님이 나타나자마자 연락을 뚝 끊다니."

"스토커들의 특성 중 하나죠. 자기가 통제하기 쉽다고 생각되거나 관심이 생기는 대상이 나타나면 바로 옮겨붙어요. 스토커들 붙잡고 보면 이전에 피해자가 한둘이 아니잖아요. 그게 다 그래서 그런 거예요."

"그런 한심한 놈에게 당한 제가 너무 한심스러워요."

"그건 아니에요. 절대. 스토커들은 쉽게 떼어 낼 수 없는 거대한 거머리예요. 피를 말려 죽이죠. 한심한 사람에게 붙는 게 아니라 대상이 누구든 그냥 달라붙는 거예요."

"그래도 보내 주신 영상 볼 때마다 속이 후련했어요. 특히 경찰이 찾아왔을 때 마지 씨가 한 말에 얼빠진 표정 하던 거요."

수연이 마지를 향해 고개를 돌렸다. 구불거리는 긴 머리의 여자가 대답 대신 샴페인 잔을 들어 보였다.

"경찰들이 마치 신경과민증 환자 보듯 했으니까요."

지영이 집에 몰래 들어온다는 증거를 잡기 위해 태현이 집 현관문에 종이를 끼워 넣었던 날, 경찰은 앞집 여자에게 수상한 사람을 본 적이 없는지 물었고, 그녀가 바로 마지였다.

"근데 그 인간 앞집은 대체 어떻게 구한 거야? 우연히 딱 비어 있었을 리는 없고."

앞집 주인 행세를 한 마지도 정작 그 부분은 알지 못했다. 지영이 씩 웃었다.

"자세한 설명을 원해?"

마지는 어깨를 으쓱했다.

"아니. 어차피 대표님 솜씨겠지. 목소리가 들리는 것 같다. 알면 다쳐."

마지가 대표의 흉내를 내자 직원들이 웃었다. 수연은 이런 회사를 운영하는 건 어떤 사람일까, 내심 궁금했지만, 굳이 물으려 하지는 않았다.

"어쨌든 이번에 내 공이 큰 거 알지?"

경찰이 빌라 입구 CCTV에서 불법 침입자, 즉 지영의 모습을 발견하지 못한 것은 당연했다. 그 집에 들락거린 것은 바로 앞집에 거주하고 있던 마지였으니까. 문에 달린 몰래카메라로 태현의 집 비밀번호를 알아내는 것쯤은 마지에게는 눈곱 떼기보다 쉬웠다.

"기획의 성공이지."

지영이 한쪽 입술만 끌어 올려 웃었다. 마지는 장난스럽게 입술을 내밀며 얼굴을 일그러트렸다.

사실 위기가 없었던 것은 아니었다. 지영이 태현에게 처음 접근을 했던 날, 태현이 집까지 따라오려 했었다. 집을 알아 두려는 속셈임을 뻔히 알 수 있었다. 제 버릇 개 못 주는 법이었다. 당연히 미소아파트는 지영의 집이 아니었다. 이후론 태현이 지영의 집까지 쫓아오는 일은 없었다. 그러기 전에 항상 지영이 먼저 태현을 찾아갔으니까.

처음 만난 레스토랑에서 태현에게 여자가 있는 것 같다며 질투한 척한 것도, 문자를 자주 보내던 것도, 회사에 느닷없이 나타나거나 회사 동료들과 친분을 맺으려고 하고, 걸핏하면 과도하게 화를 내 상대를 통제한 것도 모두 태현이 수연에게 하던 수법 그대로였다.

"그 시계는 진짜였어요?"

수연이 물었다. 지영은 웃었다.

"물론이죠. 그런 놈들이 진품인지 가품인지 진짜 잘 알아봐요. 하지만 그놈이 수연 씨한테 보낸 선물들 처분한 돈으로 했으니까 괜찮죠?"

"당연하죠. 꼴도 보기 싫은 것들이었어요. 다신 생각하고 싶지 않아요."

과한 선물을 하는 것은 스토커들의 전형적인 습성이었다. 상대가 부담스러워 멀어지려 할 만한 타이밍에 맞춰 선물을 해 마음을 돌리려는 것이다.

"아기 사진 보여 줬을 때가 절정이었죠."

그렇게 상대에게 질린 표정을 노골적으로 드러내다니, 지영은 웃음이 터질 뻔해 혼났다. 한편으로는 거울을 보여 줘서 그동안 당신에게 당한 여자들의 표정과 같지 않으냐고 물어보고 싶었다.

지영이 말했다.

"어쨌든 수연 씨도 작은 공을 세웠죠?"

"연기 꽤 잘하던데요?"

마지가 수연의 옆구리를 살짝 찌르며 장난스럽게 웃었다. 수연이 말했다.

"사실은 너무 통쾌했어요. 그 자식이 그렇게 쩔쩔매는 소리, 처음 들어 봤거든요."

질투에 눈이 먼 지영이 수연에게 전화를 해 협박한 사건을 두고 하는 말이었다. 물론 모든 것은 짜인 각본이었다. 그때 수연은 바로 이 사무실에서 다른 직원들의 지도를 받으며 통화하고 있었다. 그 일로 태현은 지영에게 완전히 질려 버렸고, 태현의 집에서 태연한 얼굴로 요리하고 있는 지영을 보고는 완벽한 공포를 느끼기 시작했다.

"근데 사실 걱정이 된 것도 있어요. 그 자식 회사에 성추행 소문을 퍼트렸던 거요. 혹시 명예훼손으로 고소라도 할까 봐."

걱정스러운 수연의 얼굴과는 달리 지영의 표정은 무덤덤했다.

"그거 헛소문 아니에요."

지영의 말에 수연의 눈이 휘둥그레졌다.

"이태현 씨의 스토킹은 수연 씨가 처음이 아니었어요. 우리는 이전 피해자들을 찾아 피해 내용을 사전 청취했고, 그중 한 분이 이태현 씨에게서 성추행 피해를 당해 고소했었다는 내용을 알아냈죠. 열받게도 집행유예 선고를 받았던 것 같지만."

수복 주식회사가 어느 정도 전문적이고 체계적인 시스템이 갖추어진 회사라는 것은 느낌으로 알았지만 이전 피해자들을 찾아낼 정도의 정보력까지 갖추었다는 사실에 수연은 새삼 놀랐다. 그래도 걱정되는 점은 있었다.

"진짜 있었던 범죄라도 유포하면 명예훼손에 들어가지 않나요?"

"물론 그렇겠지만 절 고소할 리는 없어요. 날 고소하려면 어쨌든 자신의 위치가 드러날 테니까. 그리고 고소당해도 난 초범인 데다 진심으로 반성할 거거든요."

선예와 마지가 까르르 웃었다. 그제야 수연의 표정도 풀어졌다.

"내 얘기만 쏙 뺄 거야?"

다섯 명 중 다른 한 사람, 우희가 눈을 가늘게 뜨며 입술을 쭉 내밀었다.

그녀는 지영의 접근 금지 명령이 떨어졌을 때 그녀와 함께 있던 부동산 중개사 역을 맡았다.

"아니, 아니. 우리 우희 씨도 잘했어."

지영은 만족스러운 얼굴로 우희를 향해 손을 까닥거려 보였다.

의뢰인 수연을 포함한 다섯 사람은 다시 한번 건배를 했다.

슬슬 축하 파티가 끝나 갈 무렵 지영이 수연에게 말했다.

"그놈이 어디로 이사 갔는지는 저희 수복 주식회사가 가진 라인을 통해…."

"에헤이, 이름 너무 촌스럽다니까."

선예가 끼어들자 씁, 소리를 내며 지영이 노려보았다. 선예가 빨갛고 통통한 입술을 비쭉거렸다. 지영은 홱 고개를 돌려 다시 수연을 바라보았다. 다시금 진지한 얼굴로 돌아왔다.

"그놈 이사 간 곳은 저희가 가진 라인을 통해 금방 알게 될 겁니다. 쓸데없는 짓은 안 하는지 저희가 지켜볼 거고요. 혹여나 수연 씨에게 연락이 오거나 하면 바로 저희에게 알려 주시면 됩니다. 저희 수복 주식회사만의 A/S죠."

"감사합니다."

수연은 고개를 깊이 숙여 인사했다. 그녀는 뒤쪽 의자 위에 올려 두었던 핸드백을 어깨에 걸쳤다. 당분간은 만나지 않을 관계였다. 아예 평생 동안 두 번 다시 만나지 않는 것이 좋은 관계였다.

"정말 감사했어요."

"별말씀을요."

수연은 사무실 문 쪽으로 몸을 돌렸다. 지영이 배웅하듯 몇 걸음 뒤에서 따라가며 말했다.

"잔금에 대해서는 우리 선예 과장이 말씀드릴 겁니다."

"네, 정말 감사해요."

수연은 다시 한번 인사를 하고는 문을 열고 밖으로 나갔다. 그 뒤를 짧은 다리로 종종거리며 따라가는 선예에게 지영이 휘파람을 불었다. 신호에 따라 선예가 뒤돌아보았다.

"성공보수 잊지 말고."

선예가 눈을 찡긋하며 수연을 따라 나갔다.

"또 한 건 했구먼."

"'또'가 붙는다는 게 좋은 일인지 나쁜 일인지 모르겠어."

"어쨌든 한 놈 더 물리쳐 줬으니 좋게 생각해."

우희의 위로에 지영은 웃었다. 두 사람은 다시 한번 잔을 부딪쳤다.

그때 스토킹 범죄 1팀의 전화가 울렸다. 파티룸의 문을 열고 지영은 스토킹 범죄 1팀의 자리로 갔다. 수복 주식회사의 전화번호를 알고 있는 사람은 많지 않다. 선예의 명함을 받은 스토킹 피해자들 중 하나일 것이다. 어쩌면 명함을 받은 사람에게 전해 받은 또 다른 누구인지도 모른다.

어쩌면, 당신인지도.

"네, 수복 주식회사입니다."

나뭇가지가 있었어

홍선주

1.

3년 전 실종된 생명공학자 김민규 교수(당시 47세),
강화도의 버려진 컨테이너에서 사체로 발견.
경찰은 정확한 사인과 사망 시간을 확인하기 위해 부검 결과를 기다리고 있으나,
처음 발견한 목격자에 따르면 시신은 이미 미라처럼….

사무실에서 기사를 읽어 내려가던 한경의 눈동자에 동요하는 기색이 확연했다.

시체가 발견되었다고? 어떻게 이런…! 그가 눈살을 당황스럽게 찌푸리는 사이, 기사가 공유된 옛 연구실 동료들의 단톡방 메시지가 경박한 알림음과 함께 스마트폰 상단에 연이어 나타났다.

—기사 다 봤죠들?

—그 인간 말로가 결국 이렇게 됐군! 그렇게 우릴 핍박하더니만. 갑자기 사라졌길래 뭔 일이 있긴 있구나 싶었는데, 그래도 설마 이렇게 됐을 줄은.

—와, 전 진짜 충격! 그냥 어디 찌그러져 있을 줄 알았는데. 근데요, 이런 상황이면 누가 죽인 거 아니에요?

—에이, 설마???

기사를 보던 창에서 메신저 창으로 넘어간 한경은 바로 다음에 뜬 메시지에 일순 등골이 오싹해졌다.

—난 동의. 근데 누가 죽였을까?

입술 안쪽을 질끈 씹었다. 재빨리 공소시효를 찾아보기 위해 검색 앱을 띄웠다. 하지만 이내 현실을 자각하고 바삐 움직이던 손을 멈췄다. 고작 3년이었다. 김 교수가 실종되자마자 죽었다고 해도 살인의 공소시효가 그보다 짧을 리는 없다. 한경이 짧게 숨을 뱉어 내며 생각했다. 결국 이렇게 드러나고 마는 건가. …잡히게 될까?

심장이 제어하지 못할 박동을 지속하는 중에도 메시지들이 다시 이어졌다.

—아, 그런데 이러면 경찰이 또 조사한다고 우리 막 불러 대는 거 아니야? 피곤한데.

—사실 그 인간한테 가장 악감정 있어 보이는 건 우리일 테니깐요 뭐.

—아서라, 그런 말 함부로 하지 마. 이런 톡도 다 감시당하고 있을 게 뻔한데 괜한 농담으로라도 허튼소리 했다간 나중에 피곤해져!

—맞아요, 우리 위대하신 박 박사님께서는 아무런 말씀도 안 하고 계시잖아요. 역시 해외물 많이 드셔서 현명하신 분!

연구실 막내였던 최순창의 메시지에 한경의 얼굴이 일그러졌다. 특유의 깐죽거리는 농담이 술자리에서 나왔다면 웃어 줬을 것이다. 그러나 지금은 곤두선 신경을 짜증스럽게 긁어 대는 헛소리로 느껴질 뿐이었다.

'지금 농담이나 할—', 빠른 타이핑으로 메시지를 쓰다가 멈췄다. 정신 차려, 박한경. 지금 여기서 이러면 괜한 꼬투리를 잡힐 수도 있어. 화살표 버튼을 길게 눌러 대화창에 썼던 글을 단번에 지웠다. 그 자리에 영타로 'LOL'을 써넣었다. 말을 이으려는 찰나, 진동이 울리면서 화면 위쪽에 전화 수신 알림이 보였다. 서울 지역 국번의 유선 번호였다.

한경의 눈이 커졌다. 연락처에 저장되어 있진 않았지만 낯익은 번호에 상대를 예감한 듯 쓴입을 다셨다. 망설이는 표정이 얼굴에 잠깐 스쳤지만 결국 수신 버튼을 터치했다. 한경이 차마 입을 떼지 못하고 있을 때, 상대측이 먼저 말을 건넸다.

"여보세요? 박한경 박사님 되시나요?"

"네, 맞습니다."

"안녕하세요, 전에, 아, 벌써 3년이나 지나서 그렇게 표현하긴 좀 아니네요. 기억하실지 모르겠습니다, 저는 하경미 경위라고,

당시엔….”

“당시엔 경사셨죠, 잘 지내셨습니까? 승진하셨군요. 축하드립니다, 하 경위님.”

“어머, 기억하시네요! 역시 머리가 좋으신가 봐요, 하하. 고맙습니다. 다름이 아니라, 제가 이렇게 다시 연락을 드리게 된 건….”

예상했던 대로 김 교수의 사체가 발견되면서 사건을 재조사한다는 얘기였다.

지금은 사람들에게 잊힌 존재가 되었지만, 한때 김민규 교수는 질병 치료의 획기적인 변화를 가져올 수 있는 유전자 연구 학자로 세간에 널리 알려졌다. 우연히 출연한 방송에서 대중적 언어로 쉽고 재미있게 자신의 분야를 설명한 게 계기였다. 유명세를 치르면서 관련 분야의 연구를 지원하는 재단은 물론, 유수의 대기업에서 그의 프로젝트에 앞다퉈 연구비를 대겠다고 나섰다. 거기에 2015년을 기점으로 유전자가위 기술에 대한 세계적인 관심이 커지자, 한국 대중에게 그 분야의 유일한 전문가로 인식된 김 교수가 과학 분야는 물론 정치, 경제 분야 뉴스에까지 도배되었다. 그 시류를 타고 김 교수는 명실상부한 대한민국의 스타 과학자가 되었다.

그랬던 그가 어느 날 갑자기 행방불명되었고 3년이 지나서야 사체로 발견된 것이다.

“그런데 혹시, 제가 또 유력 용의자로 지목된 건가요?”

약속을 잡고 전화를 끊기 직전, 한경이 조심스레 물었다. 하 경위의 답을 기다리며 절로 마른침을 삼키게 됐다.

“자세한 건 서로 오시면 말씀드리겠습니다.”

"…그럼, 그날 뵙죠."

의도가 느껴지지 않는 하 경위의 무던한 말투에 한경은 하릴없이 의례적인 인사말로 통화를 마무리했다.

전화를 끊었지만 한경의 얼굴에 떠 있던 경계의 빛은 사라지지 않았다. 시선이 자연스레 전화기를 쥔 손목 아래로 향했다. 커다란 몬스테라 잎으로 이어지는 녹색 줄기의 문신이 시작되는 곳으로.

손목에. 나뭇가지가. 있었어.

연희의 뚝뚝 끊기는 말투가 귓가에 선명하게 들리는 것 같았다.

2.

3년 전.

"김민규 교수는! 학자로서 자격이 없습니다! 연구원들에게서 갈취한 연구비와 연구 성과를 돌려주고! 교수직을 내려놓으십시오!"

생명과학대 입구에 서서 목청껏 소리 높여 외치는 남자가 있었다. 몸 앞뒤로 하고 싶은 말을 출력한 종이를 패널에 붙여 두른 채였다. 그는 불과 얼마 전까지만 해도 김민규 교수의 연구실에서 가장 촉망받던 인재, 한경이었다.

"박 박사님은 오늘도야?"

김 교수의 연구실에서 이 박사가 실험 도구를 옮기며 심드렁하게 물었다.

"어쩔 수 없죠. 이미 물은 엎지르셨으니, 바닥이라도 제대로 적셔야 할 거잖아요."

순창이 블라인드를 손가락으로 슬쩍 내려 밖을 보며 어깨를 으쓱했다. 이 박사가 곧장 혀를 차곤 고개를 저으며 말했다.

"아니, 그 학벌에, 조건에, 조금만 참고 견디면 될걸, 왜 일을 터트려서 이 사달을 만들어? 이제 국내 대학에서는 교수는커녕 연구직, 아니, 인생 자체가 쫑 난 거지!"

"아무래도 그렇겠죠? 하, 진짜 내가 스탠퍼드랑 MIT를 나왔으면 아예 한국에 들어오지도 않았을 텐데. 미국 영주권도 있으면서 뭘 하러 여길 와서, 안 겪어도 될 일에 엮여서 저 고생이신지. 저희 같은 국내 대학 출신 나부랭… 아, 이 박사님을 말하는 게 아니라, 저요, 저! 국내 대학 석사 과정 나부랭이 말씀드린 거예요. 박사님들은 다르죠, 헤헤헤."

종알거리며 지껄이던 순창이 싸늘해진 이 박사의 얼굴을 보곤 재빨리 말을 바꿨다. 이 박사는 순창의 말이 그저 얼버무리는 변명에 불과하다는 걸 알고 있기에 노려보는 눈을 풀지 않았다. 그때 낮게 읊조리는 듯한 여성의 목소리가 두 사람 사이로 흘러들었다.

"최순창 연구원, 회의비로 처리된 영수증에 왜 회의록이 없어?"

연구실 구석의 책상에서 경비 서류를 정리하던 기성실이었다. 낮은 굽을 신어도 단연 두드러지는 큰 키를 조금이라도 작게 보이려는 듯, 언제나처럼 어깨와 등을 잔뜩 말아 책상에 몸을 반쯤 기댄 채였다.

이 박사의 시선이 순창보다 먼저 성실에게로 움직였다.

처음 이 박사가 성실을 연구실에서 만났을 때부터 지금까지, 그녀는 항상 같은 모습이었다. 단발머리는 부스스한 상태로 귓불에 닿게 유지했고 계절에 상관없이 실험실용 하얀 가운을 입었다. 한여름에도 오염을 막는 실험용 토시를 벗지 않았다. 대화를 하더라도 연구와 관련 없는 이야기에는 입도 뻥끗하지 않았다. 성실에게 인간관계는 오로지 연구 목표를 달성하기 위한 과정이자 도구인 것 같았다.

한번은 어느 연구원이 반려묘가 죽어서 얼마간 힘들어한 적이 있었는데, 그때도 사정 봐주지 않고 실험 성과를 독촉하는 바람에 연구원들 사이에서 지탄의 대상이 되었다. 하지만 성실은 오히려 공사 구분 못 하고 동료들에게 피해를 준 연구원이 더 문제가 아니냐며 반박했고, 완성된 논문이 해외 저널에까지 소개되면서 결국 성실을 향했던 비난은 수그러들었다. 그 일을 계기로 이 박사에게 성실은 '실험실에서의 삶이 인생의 전부인 사람'으로 각인되었다.

성실은 서류에서 눈을 떼지 않은 채 냉정한 말투로 말을 이었다.

"수다 떨 시간 있으면 회의록이나 가져와. 오늘까지 연구지원팀에 제출해야 돼."

"아, 그거 그냥 누나가 써 주시면 안 돼요? 저랑 회의 같이 하셨잖아요, 헤헤. 누나가 저보다 기억력도 좋으시고…."

순창은 성실에게로 걸음을 옮기면서 너스레를 떨었다.

이 박사는 속으로 혀를 끌끌 찼다. 연구실 막내는 아직도 연구실 대모에 대한 파악을 끝내지 못한 것 같았다. 나이가 어려서 그런지 눈치도 참 없지 싶었다.

성실은 시선을 들며 단칼에 순창의 말을 자르며 물었다.

"회의록은 회의 주체가 쓰기로 하지 않았어?"

"아, 네에, 그, 그러긴 했죠. 근데…."

머쓱해진 순창이 멈춰 서며 변명하려 했다. 하지만 적당한 말을 찾지 못하고 불쌍한 표정으로 대신했다.

성실은 무심하게 순창을 응시한 채 파일을 내밀며 말했다.

"회의록만 들어가면 이번 주 정산은 끝이야. 그거 끼워서 연구지원팀에 제출해. 담당 직원분 퇴근하는 6시 전에, 꼭."

"아, 네, 누나!"

순창이 재빨리 두 팔을 뻗어 파일을 받았다. 성실은 그런 순창을 잠시 응시하다 못마땅한 듯 입을 열었다.

"근데 너."

"에, 예?"

"나도 박사야. 이 박사님이나 박 박사님처럼 똑같이 박사후 과정 연구원이라고. 근데 저분들한텐 꼬박꼬박 박사님이라고 호칭하면서, 나한텐 왜 누나야?"

"아, 그, 저기, 누나, 아, 아니, 기 박사님은 저랑 나이 차이도 많이 안 나시고 친근한 느낌이라…."

"내가? 내가 몇 살인데?"

"예? 아, 누나가… 서른셋?"

"서른하나. 이 박사님, 나이가 어떻게 되시죠?"

성실은 단호한 어조로 답하고 곧바로 고개를 뽑아 이 박사에게 물었다.

"어? 나… 내가 서른셋이지."

갑자기 소환되자 깜짝 놀란 이 박사가 머뭇거리다 답했다. 순창의 얼굴이 잔뜩 일그러졌다. 상황을 넘겨 보고자 했던 변명이 오히려 독이 되었다.

"죄, 죄송합니다, 기 박사님. 앞으론 절대…."

"응, 그렇게 부르지 마. 난 너 같은 동생 둔 적 없으니까."

성실은 그 말을 끝으로 가운 주머니에 양손을 찔러 넣곤 연구실 문으로 향했다.

눈치를 보던 순창은 고개를 돌려 이 박사를 바라봤다. 두 사람은 표정과 눈짓으로 말없이 성실의 흉을 보는 시늉을 했다.

그런데 성실이 문을 나서려다 말고 멈춰 섰다. 몸은 그대로 둔 채 고개만 살짝 돌려 이 박사에게 물었다.

"그런데 이 박사님. 원래 박 박사님하고 같이 행동하시기로 했던 거 아니었어요?"

"어, 어? 그게 무슨…?"

"박 박사님이 교수님 비리 까발린다고 단톡방에서 이야기했을 때 가장 많이 호응했던 분이 이 박사님으로 기억하는데, 저는?"

"아…. 그, 그땐 공감이 많이 가서 순간적으로 그랬던 거지! 근데 박 박사님이 외국물을 오래 먹어서 그런지 현실감각이 너무 없었잖아? 혼자 막 나가니까, 난 어쩔 수 없이… 빠진 거야." 당황한 모습으로 변명을 잇던 이 박사가 순간 뭔가를 깨달은 듯 표정을 바꿔 강하게 반박했다. "아니, 근데, 기 박사가 나한테 뭐라고 할 수는 없는 입장 아닌가? 기 박사는 아예 처음부터 박 박사 의견에 동조도 안 해 주고 단톡방도 바로 나가 버렸잖아! 그런 사람이 지금, 어? 나를 비난하는 거야?"

"박 박사님이 하려고 했던 선택의 결과가 뻔했다는 거, 방금 이 박사님도 인정했잖아요? 무모한 행동이라는 걸 아는데 다 같이 손잡고 망할 일 있어요? 그리고 전 방관하긴 했어도 누구들처럼 들쑤시진 않았어요. 이 박사님이랑 다른 연구원들, 그런 식으로 바람이란 바람은 다 넣어 놓고, 결국 행동할 땐 빠져 버렸잖아요. 그게 박 박사님을 저렇게 만들었다고는 생각 못 하세요? 그냥 생각이란 걸 하기 싫으신 건가?"

"야, 기성실, 너 진짜…!"

이 박사가 분노에 차서 소리를 질렀다. 하지만 그 뒤의 말은 만들어 내질 못했다. 성실은 표정 없는 얼굴을 흐트러트리지 않고 연구실을 나섰다.

복도를 울리는 성실의 발소리가 멀어지자, 분노를 참고 있던 이 박사가 옆 책상을 손으로 내려치며 소리쳤다.

"아오, 씨, 저년이 뚫린 입이라고 아무 말이나!"

순창이 정산 파일을 책상에 내려놓고 이 박사에게 다급히 다가서며 말했다.

"지, 진정하세요, 이 박사님. 근데, 단톡방에서 그런 논의가 있었어요? 제가 연구실에 정식으로 합류하기 전인가 봐요?"

"어? 어, 그래. 네가 들어오기 전일 거야. …박 박사는 합류하고 얼마 지나지 않아서부터 연구비 지급 방식과 논문 저자 등재 방식에 불만을 내비쳤거든. 김 교수님이 다른 교수님들과 비교해서도 좀 과하게 그런 면이 있잖아? 뭐, 그만큼 본인이 연구비를 많이 타 오니까 우리가 참았던 거지, 건수가 많아지면 그만큼 인건비 총액은 커지니까. 근데 박 박사는 자신이 공부했던 곳과 비교하다 보니 그걸 더 심하게 느꼈겠지."

이 박사는 순창에게 설명하면서 화가 조금씩 진정됐다. 몸을 책상에 기대며 눈을 내리깐 채 말을 이었다.

“그래서 박 박사는 연구실 단톡방에 그걸 비교하는 수치를 정리해서 올리며 언론에 까발리자고 한 거야. 다들 우리가 그간 핍박받았단 사실을 수치로 보니 더 흥분하고 분노해서, 모두 그러자며 당장이라도 행동을 취할 거 같은 분위기가 됐던 거지. …근데 너도 알지? 사람들은 그러다가도 금방 식어. 감정을 그냥 말로 털어놓는 것과 실제 행동으로 옮기는 건 다른 거니까. 우린 그냥 김 교수 욕이나 하고 말 생각이었어. 하지만 박 박사는 달랐던 거지, 우리랑 살아온 환경이 다르니까. 결국 다음 날 기자들까지 불렀어.”

“예에?! 그럼 그게, 박 박사님이 직접 부른 기자들이었어요? 전 그냥 소문이 나서 취재를 온 건 줄 알았는데?”

“지가 직접 불렀다니까! 하, 정신 나간 새끼! 솔직히 이 바닥에서 제일 잘되는 게 뭐야? 교수직 꿰차는 거 아니야? 그런데 우리가 올라탄 두레박의 동아줄을 끊으려고 한 거야, 무모하게. 그러니까 당연히….”

“이 박사님과 다른 연구원분들은 취재에 응하지 않았을 거고요.”

순창이 고개를 주억거리며 말을 대신했다. 이 박사는 다른 말을 덧붙이려고 입술을 들썩였지만 이내 다물어 버렸다.

사실 단톡방에서 성실이 나가던 순간, 이 박사는 그녀가 김 교수에게 단톡방에서 벌어진 상황을 전달할 거라고 생각했다. 언제나 연구 결과가 최우선이고 사람들과의 관계는 생각지도 않는 성실이라면 당연히 그럴 거라 확신했다. 그래서 생존을 위해 빠르게 머리를 굴려 최선의 선택을 했던 거다. 연구원들의 쿠데타 상황을 성실보다 먼저 김 교수에게 알리는.

김 교수는 즉시 한경을 뺀 연구원을 모두 초대해 따로 단톡방을 열었다. 해외에서만 공부한 한경이 한국의 연구 환경을 이해하지 못해서 오해한 거라고 설명하며, 최근 새롭게 지원받은 연구비는 연구원들에게 자율권을 주겠다고 선언했다. 또한 한경에게 도움을 주지 않겠다고 약속만 하면 향후 최고의 추천서를 써 주겠다고도 했다. 연구원들은 한 명도 빠지지 않고 한경과 함께 있던 단톡방을 나왔다.

결국 다음 날 기자들을 맞은 연구원은 한경 혼자였다. 그마저도 김 교수의 신고를 받은 경비원에게 쫓겨 학교 정문 밖에서 인터뷰를 진행해야 했다. 온라인에 기사 몇 건이 올라오긴 했지만 하루 이틀 사이 자취를 감추었고 사건도 묻혔다.

그때 일을 떠올리자, 이 박사는 밖에서 들리는 한경의 목소리가 더욱 거슬렸다. 책상에 기댔던 몸을 일으켜 세우며 말했다.

"난 PCR 다 돌았나 봐야겠다. 순창이 넌 6시 전에 그거 제출하려면 빨리 회의록 작성해. 전에 회의했던 거에서 대충 토씨만 바꿔서 올려. 어차피 거기 직원들, 우리 용어 구분이라도 하겠냐?"

"아, 네!"

순창이 차렷 자세를 하며 답했다. 이 박사는 한 손을 들어 올려 수고하라는 손짓을 한 뒤 연구실 한편에 분리된 실험실로 들어갔다.

*

—기성실, 우리 연희 하교시켰어?

"네, 교수님. 지금 연구실로 돌아가는 길입니다."

운전 중인 성실이 스피커폰으로 김 교수에게 답했다. 조수석엔 머리를 양 갈래로 야무지게 묶은 11살의 연희가 손에 든 종이를 보며 뭔가를 중얼대고 있었다.

—연희야, 아빠가 이따 녹화 끝나고 바로 갈 테니까 연구실에서 공부하고 있어!

"…응."

종이에서 눈을 떼지 않은 채 무심하게 연희가 답했다. 말투와 표정, 모두에서 감정의 변화는 전혀 보이지 않았다.

—그래. 이따 보자, 우리 연희.

"아, 교수님!"

민규가 딸에게 건네는 인사를 끝으로 전화를 끊으려고 하자, 성실이 재빨리 그를 불렀다.

—어?

"교수님, 이번 학회지에 낸 논문이 게재 보류되었다고 연락이 왔는데요."

—뭐? 왜?

"지난번에 제출했던 논문의 성과에서 크게 발전된 내용이 없다고…."

—뭐? 야, 기성실! 니가 그러고도 포닥이야? 내가 그런 거까지 일일이 신경 써야 돼? 결론을 어떻게 써서 냈길래 그쪽에서 그런 식으로 반응해? 너 진짜 똑바로 안 해?!

잠시 머뭇거리던 성실이 조심스레 입을 열었다.

"전에 교수님께서 그 정도면 됐다고 확인해 주셨는데…."

—…뭐라고?

낮게 깐 목소리에 노기가 완연했다. 성실은 정신이 번쩍 든 표정으로 다급히 덧붙였다.

"아니에요, 제가 다시 수정해서 보내겠습니다. 아마 가설을 조금 보완하면…."

성실의 말이 채 끝나기도 전에 통화 종료음이 들렸다. 성실은 입술을 악물었다가 짧게 한숨을 내쉬었다. 힐끔 옆자리를 돌아보니 아이는 계속 종이를 뚫어져라 쳐다보고 있었다. 손바닥만 한 종이에는 두 자릿수의 숫자가 줄줄이 적혀 있었다. 성실이 미리 준비했다가 준 것이었다.

"연희야, 그게 그렇게 재밌어?"

연희는 시선을 떼지 않은 채 말없이 고개만 끄덕였다.

"언니한테도 들려줄래? 연희 계산하는 거 듣고 싶어."

차의 속도를 줄여 학교 정문으로 들어서며 성실이 담담하게 말했다. 차가 과속방지턱을 살짝 넘자마자, 연희가 높낮이 없는 단조로운 톤으로 숫자를 말하기 시작했다.

"13, 15, 195. 27, 33, 891. 11, 46, 506…."

"더하기랑 빼기 벌써 끝내고 곱하기로 들어갔어?"

"응."

재빨리 답한 연희는 계속 숫자를 읊었다. 성실은 생각이 많은 눈으로 잠시 그 모습을 바라보다 다시 정면으로 시선을 옮겼다.

*

"야, 순창아, 그 누나가 말이 좋아 수석 연구원이지, 솔직히 하는 일은 교수님 뒤치다꺼리 말고 있냐? 거의 개인 집사 수준이잖아. 사실 그래서 수석 연구원이란 직책도 달아 줬을걸? 그 명목으로 연구비 더 챙겨 주려고?"

늦은 저녁으로 배달된 짜장면의 랩을 뜯으며 김장희가 순창에게 말했다. 순창의 학부 직속 선배이자 김 교수의 연구실로 순창을 스카우트해 온 장본인이었다.

순창은 단무지와 양파가 포장된 그릇의 랩을 벗겨 내며 선배의 말에 호응했다.

"하긴, 생각해 보면 그렇네요. 그 누나, 논문에도 이름 거의 못 올렸죠?"

"야아, 오죽하면 그 얼굴에 그런 소문까지 돌겠어?"

"네? 무슨 소문이 있어요?"

순창이 눈을 동그랗게 뜨고 물었다. 장희가 잠시 음흉한 미소를 지으며 순창을 지그시 응시하다가 새끼손가락을 들어 까닥거렸다. 멀뚱히 보던 순창이 고개를 갸웃거리다 일순 깨닫고 소리쳤다.

"에? 진짜요?! 설마!"

"야, 김 교수 나폴레옹 콤플렉스 있잖아. 기성실같이 커다란 애가 본인 말이라면 끔뻑 죽어야 하는 위치에 있는데, 얼굴이랑 몸매가 아무리 볼품없어도 그 정복욕이 가만있겠어? 연구 성과 나눠 준다는 명목으로 따먹었겠지! 가끔 교수 연구실에 둘만 들어가서 문 잠가 놓기도 하잖아. 진즉 소문도 파다했구만, 넌 어떻게 아직도 몰랐냐?"

"그, 그래도…. 교수님은 사모님도 계시고… 아무리 그래도 기 박사님이 그럴 사람으론 안 보였는….”

“내가 어떤 사람으로 안 보여?”

갑자기 들려온 성실의 목소리에 순창이 퍼뜩 놀라 뒤돌아봤다. 성실이 연희를 데리고 연구실로 들어서고 있었다.

“아, 그, 그게….”

“박사님 오셨어요? 빨리 오세요, 식사 막 도착해서 저희가 딱! 준비해 놓고 있었습니다! 자, 연희는 게살볶음밥이지? 이리 와서 앉아!”

순창이 당황해서 말을 잇지 못하자, 장희가 재빠르게 치고 나서며 말했다. 성실은 잠시 두 사람에게 의문스러운 시선을 보냈지만 이내 연희를 데리고 식사가 차려진 책상으로 다가왔다. 핸드백 대신 들고 다니는 작은 백팩은 한쪽에 내려놓고 연희를 의자에 앉혔다.

“배고파.”

“그래, 연희야, 잘생긴 오빠가 국물도 줄게, 잠만.”

순창이 재빨리 계란국이 담긴 그릇의 랩을 벗기며 말했다. 오늘 성실에게 여러 번 찍혔다는 생각에 그녀의 눈길도 피하면서 점수도 따기 위해서였다. 성실은 순창을 흘깃 본 후 마파두부 앞에 자리를 잡았다.

“참, 기 박사님, 안 계신 동안에 웬 여학생 하나가 와서 저거 주고 갔어요.”

장희가 젓가락을 집어 들다 말고 책상 끝에 놓인 짐 가방을 가리켰다. 성실은 고개를 돌려 확인한 후 말없이 식사를 시작했다.

장희가 성실의 반응에 오히려 궁금해하며 물었다.

"근데, 그 여학생 누구예요?"

"동생."

"네에? 친동생?!"

소리는 장희만 질렀지만, 놀란 표정으로 성실을 바라본 건 순창도 마찬가지였다.

"어. 그게 그렇게 놀랄 일이야?"

성실이 밥을 떠먹으며 차분한 목소리로 되물었다. 순창이 급히 손을 내저으며 답했다.

"아, 그게, 너무 안 닮으셔서…."

"왜? 난 못생겼는데 걔는 예뻐서?"

"아, 아뇨! 그게 아니라. 키, 키가요! 도, 동생분은 아담한 편이시더라고요."

순창이 성실의 눈치를 살피며 말했다. 뒤로 갈수록 목소리가 점점 작아졌다.

성실은 입에 넣은 밥을 꿀꺽 삼키고 말했다.

"우리 식구들 다 평균이야, 나만 좀 큰 편이고. 솔직히 얼굴 때문에 혈연관계는 아니라고 생각했잖아, 아니야?"

입에 음식을 머금은 순창이 말은 못 하고 고개만 도리도리 저었다. 그걸 본 연희가 순창을 따라 고개를 마구 저었다. 성실이 다급히 연희의 얼굴을 두 손으로 잡아 멈추며 말했다.

"안 돼, 연희야. 밥 먹을 때 장난하는 거 아니랬지?"

"저기. 오빠도. 했는데."

"으응, 저 오빠야는 바보라서 그래. 연희는 똑똑하잖아. 그러니까 안 하는 게 맞지?"

성실이 연희의 눈을 똑바로 마주 본 채 단호한 말투로 얘기했다.

순창은 불만스러웠지만 아무런 반박도 못 한 채 두 사람을 바라봤다. 그러다 성실의 팔 토시를 발견하고 의아한 듯 물었다.

"누… 아니, 기 박사님. 설마 그거 끼고 나갔다 오신 거예요?"

성실이 뭐라고 답하기도 전에 장희가 끼어들며 신이 난 목소리로 대신 설명했다.

"몰랐냐? 기 박사님에게 멸균 토시는 아이언맨의 아크 원자로 같은 거라고! 기 박사님이 토시를 벗은 모습을 본 연구원은 존재하지 않을걸? 어쩌면 기 박사님이 타노스에게 시켜서 그런 연구원들을 이미 없…."

"적당히 하시지?"

성실이 장희를 노려보며 말했다. 장희가 멋쩍게 웃고는 다시 식사에 집중하려고 할 때, 어디선가 휴대폰 벨 소리가 울렸다. 성실이 급히 주머니를 뒤져 전화를 받았다.

"네, 교수님. …지금 식사 중…. 예. …네, 제가 바로 갈게요. 위치만…. 네, 알겠습니다."

"교수님이세요?"

"어, 방송국에서 녹화 끝나고 바로 회식 가셨던 모양이야. 지금 데리러 오라시네. 나 빨리 다녀올 테니까, 어… 김장희 연구원이 연희 숙제 좀 도와줘."

"에? 아, 저, 저는 애 잘 못 다루는…!"

놀란 장희가 벌떡 일어나며 소리쳤지만, 말이 끝나기도 전에 성실은 이미 문밖으로 나간 후였다. 난감한 표정의 장희가 슬쩍 고개를 돌려 순창을 바라봤다. 순창은 자신의 운명을 직감한 듯 미간을 찌푸린 채 장희와 연희의 얼굴을 번갈아 봤다.

연희는 성실이 함께 있을 때와는 달리 불안한 표정으로 장희와 순창, 그리고 주변을 빠르게 힐끔거렸다. 아이와 눈이 마주친 순창이 미소를 지어 보았지만, 연희의 시선은 곧장 순창을 벗어나 계속 다른 곳으로 움직였다.

*

"김 교수님은 그냥 대리 불러서 가시라니까 자꾸 조교님을 부르시네요. 제가 대리비 드린다고도 했는데."

이제는 안면이 익숙한 장 피디가 성실에게 인사를 건네는데, 술에 거나하게 취한 민규가 끼어들었다.

"무슨! 꺼윽, 노는 인력 놔두고 왜 쓸데없이 돈을 쓰나? 됐어, 됐어! 장 피디, 끅, 잘 들어가고 다음 녹화 때 보자고!"

성실은 장 피디에게 묵례 후, 공중에 끊임없이 손을 내젓는 민규를 부축해 차로 이동했다. 그 모습을 뒤에서 지켜보던 방송팀들이 속닥거리며 웃음을 터트렸다. 키가 큰 성실이 짤막한 민규를 부축하기 위해서는 허리를 잔뜩 구부린 채 그의 어깨를 받쳐야 했는데, 그 모양새가 자못 우스꽝스러워서였다.

성실은 뒷좌석에 민규를 앉혀 안전띠를 채운 후 곧장 차를 출발시켰다. 그런데 차가 움직이자마자, 뒷자리에 반쯤 누워 있던 민규가 몸을 반듯하게 세우며 말했다.

"하, 방송국 놈들은 하여간 술고래들이야, 술고래! 어떻게 끝도 없이 들어가냐?"

"괜찮으세요?"

"당연히 괜찮지! 저놈들이 하도 뜯어먹으려 들어서 내가 많이 취한 척한 거야. 그깟 술 좀 얻어먹겠다고 거머리처럼 들러붙긴. 자, 여기 영수증."

민규가 지갑에서 영수증을 꺼내 조수석 의자 위로 던졌다. 성실이 힐끔거려 확인하더니 걱정스럽게 말했다.

"교수님, 지난번에도 연구실 인원에 비해 회식비 지출이 너무 많다고 감사에서…."

"하, 기성실! 너 내 밑에서 지금 몇 년째인데 아직도 요령을 못 익혔어? 외부 연구 인력 초빙해서 세미나 진행한 걸로 처리하면 되잖아, 좀!"

소리치는 민규의 얼굴이 벌겋게 달아올랐다. 성실은 고개를 살짝 숙이며 낮은 목소리로 답했다.

"알겠습니다."

민규는 불쾌한 표정으로 성실을 노려보다가 문득 생각난 듯 앞으로 몸을 내밀며 물었다.

"참, 우리 연희 재검사한 거, 결과 나왔어? 어떻게 됐어?"

"아, 지난번과 별반 다르지 않…."

곤란한 표정으로 답변을 얼버무리는 성실의 말을 끊으며 민규가 소리쳤다.

"뭐라고? 하, 또 잘못 검사한 거 아냐?"

같은 검사를 병원만 바꿔 가며 벌써 십수 번째였다. 하지만 민규는 자신의 아이가 자폐 스펙트럼 장애에 속한다는 진단을 인정하지 않았다. 사회성과 연관된 증세이니 지적장애와는 엄연히 달랐지만 '장애'라는 단어 하나에 집착해 몽니를 부렸다.

성실이 가타부타 말을 못 하자, 민규가 짜증 섞인 목소리로 말을 이었다.

"병원 다른 데로 옮겨서 다시 해 봐! 아니, 딱 봐도 우리 연희는 천재구만, 뭐? 서번트 증후군? 누구 뒤치다꺼리나 하라는 거야? 무식한 것들, 인간의 두뇌에서 밝혀지지 않은 영역이 얼마나 많은데…."

민규는 홀로 중얼거리며 점차 자신만의 생각에 빠져들다 결국 입을 다물었다.

잠시 후, 전혀 다른 표정이 된 민규가 룸미러로 슬쩍 성실의 눈치를 살폈다. 이내 작게 헛기침 소리를 내고는 느릿한 말투로 물었다.

"어… 근데 지금 어디로 가는 거야?"

"네? 연구실…?"

"가까운 모텔로 가, 모텔. 좀 쉬었다 들어가자."

한 손을 파닥이며 가벼운 말투로 민규가 말했다. 성실의 얼굴이 순식간에 굳으며 파리해졌다. 운전대를 잡은 손가락이 바르르 떨렸다. 민규가 막 두 눈을 감으려고 할 때, 성실이 다급히 입을 뗐다.

"교수님, 죄송한데. 제가 또 대상포진이 올라와서."

"뭐? 하, 너는 왜 그렇게 몸 관리를 못 해서 맨날 그 지랄병을 달고 살아? 내일이면 마누라도 연주회에서 돌아오는데. 알았어, 연구실로 가. 쯧!"

성실은 말없이 조심스레 손을 뻗어 라디오를 틀었다. 클래식 채널에 맞추고 볼륨을 낮게 설정하자 잔잔한 피아노 음악이 차 안을 채웠다. 차는 음악의 리듬에 맞춰 일정한 속도로 연구실을 향해 달렸다.

3.

깔끔하게 정리된 공유 오피스의 회의실에 앉은 한경의 얼굴에 난감한 기색이 완연했다.

"네? 컨설팅 계약을 해지하시겠다고요?"

"죄송해요, 박사님. 아무래도 저희 입장에서는 김 교수님 눈치를 보지 않을 수가 없어서요. 정말 죄송합니다. 위약금은 섭섭하지 않게 챙겨 드리겠습니다."

담당자는 마주 앉은 자리에서 일어나 허리까지 깊게 숙였다. 연구비가 끊긴 후 유일한 수입원이었던 스타트업 회사의 자문 계약 해지 통보였다. 한경은 일방적인 통지에 화가 났지만 표정을 정리하고 회의실을 나왔다.

건물을 나서며 한경은 자책할 수밖에 없었다. 바보같이! 김 교수가 이사로 이름을 올리고 있는 회사의 일을 계속할 수 있을 거라 생각하다니.

길가로 나오자마자 건물 옆의 흡연 공간을 발견해 걸음을 옮겼다. 주머니를 뒤져 담뱃갑을 꺼냈지만 안에는 일회용 라이터 하나만 있었다. 근처 편의점을 찾을까 하다가 문득 연구실에 남겨 둔 짐에 면세 담배 한 보루가 남았던 것이 기억났다. 지난겨울 휴가 때 부모님이 계신 미국에 다녀오면서 사 왔는데, 여름에 사건을 터트리면서 미처 챙기지 못했다.

연구실은 공유 오피스에서 도보로 20분 정도밖에 걸리지 않았다. 이미 가을로 넘어온 날씨라 거기까지 산책 겸 걷는 것도 나쁘지 않을 것 같았다. 게다가 지금은 버스비 한 푼이라도 아껴야 할 상황이었다.

한경의 전화를 받은 순창이 실험실 창고에 들어간 사이, 홀로 연구실을 지키던 장희 앞에 이 박사가 다급한 표정으로 나타나 물었다.

"김 연구원, 연희 못 봤어?"

"연희요? 아뇨, 여기론 안 왔는데요?"

"지네 아빠 방으로 갔나? 아후, 쪼그만 게 왜 이렇게 사람을 귀찮게 하냐. 교수님이 전화로 챙기라고 지시하셨는데."

"그러고 보니 요즘 교수님 얼굴 뵙기 힘드네요. 전화랑 메일로만 연락하시던데, 많이 바쁘신가 봅니다?"

이 박사가 맞은편에 자리를 잡고 앉자, 장희가 의아해진 표정으로 물었다.

"연희 찾으러 가셔야 하는 거 아니에요?"

"어어, 가긴 갈 건데 좀만 쉬었다가. 근데 김장희, 솔직히 얘기해 봐! 내가 박사까지 했는데 지금 11살짜리 과외를 하는 게 말이 된다고 생각해? 그것도 지적장애아를?"

이 박사가 한탄하곤 고개를 뒤로 젖힌 채 눈을 감았다. 장희는 고개를 끄덕이며 격하게 맞장구쳤다.

"박사님 말씀이 맞죠! 일반 학교도 못 다니는 애가 아버지 잘 둔 덕에 박사님들께 과외를 받다니! 세상이 이렇게 불공평하다니깐요? 게다가 김 교수님은 저희 같은 석사 따위에겐 맡기지도 않으시잖아요."

"…네가 대신 할래?"

"어이쿠, 무슨 말씀을요! 그러다 교수님한테 들키면 초상은 제가 치를걸요? 살려 주십쇼!" 장희가 일부러 과장되게 손을 내저으며 호들갑을 떨었다. 하지만 이내 호기심 어린 눈으로 물었다. "근데 걔, 진짜 천재일 수도 있지 않아요? 김 교수님은 철석같이 믿으시던데?"

장희의 질문에 이 박사가 고개만 살짝 틀어 어이없다는 눈빛으로 흘겨봤다. 몸을 세워 자리에서 일어서더니 내키지 않는 투로 말했다.

"숫자 암산만 잘한다고 천재겠냐? 자폐 때문에 그냥 하나의 기능이 특화된 걸 거야. 서번트 증후군 환자 중엔 그런 사례 많다며? 교수님은 자기 애가 그렇다는 걸 인정하지 못하는 것뿐이지. 과학을 한다는 사람이 자기 애한텐 비이성적인 잣대나 들이밀…." 흥분해 말하던 이 박사가 퍼뜩 정신을 차리고 말을 멈췄다. 슬쩍 장희의 눈치를 보더니 자리에서 일어서며 겸연쩍게 말했다. "음, 난 연희 찾으러 가야겠다."

이 박사가 문으로 향하자, 장희가 벌떡 일어나 뒤따르며 물었다.

"어디 가서 찾으시게요? 도와 드려요?"

"됐어, 여기 아니면 교수 연구실이지. 아마 거기 있을 거야. 일해."

이 박사가 나가고 몇 초 지나지 않아, 순창이 한경의 짐을 챙긴 종이 상자를 들고 연구실 입구에 나타났다. 순창이 이 박사의 뒷모습을 의문스럽게 응시하자, 장희가 설명했다.

"이 박사님은 연희 찾으러 가시는 거야. 박 박사님 짐은 그게 다야?"

"아, 오늘은 이 박사님 담당이시구나. 네! 이거 박 박사님 가져다드리고 올게요."

"그래, 대신 안부 전해 드리고. …안녕은 못 하시겠지만."

안타까운 듯 뒷말을 덧붙인 장희가 몸을 돌리자, 순창은 어깨를 으쓱거리곤 걸음을 뗐다.

한경은 도서관 앞 벤치에 앉아 건물에 드나드는 학생들을 멍하니 보고 있었다. 자신도 저 나이 땐 저렇게 풋풋하고 생기가 넘쳤을까 싶어 기억을 떠올려 보려 했지만, 관찰자 입장에서 자신을 회상해 내기란 쉽지 않았다. 어쨌든 적어도 지금보단 생기가 넘쳤겠지. 지금은 하루하루가 날카로운 송곳 위를 걷는 기분이니까.

생각의 흐름을 따라 한경의 이맛살이 한껏 찡그려지고 있을 때, 종이 상자를 안은 순창이 도서관 앞마당에 모습을 드러냈다. 슬금슬금 주위를 둘러보는 모습에서 누군가의 눈에 띌까 봐 두려워하는 티가 났다.

"최 연구원, 여기예요!"

한경이 손을 들어 부르자, 순창이 알아보고 뛰어와 반갑게 인사를 건넸다.

"잘 지내셨어요, 박 박사님?"

"네. 최 연구원님은?"

순창은 항상 존댓말로 대해 주는 한경이 고마웠다. 언젠가 왜 그러는지 물어본 적이 있었는데, 한경의 부모님은 미국에서도 집에선 한국어만 사용하도록 교육하면서 반말도 금지했다고 했다. 그 덕에 순창은 보통의 연구실 막내라면 거의 들을 수 없는 존댓말을 한경에게만은 듣고 지냈다. 순창이 연구실에 합류한 지 얼마 안 되어 한경이 쫓겨나는 바람에 비록 그 기간은 짧았지만.

"저야 뭐 막내니까 사랑받으면서 잘 지내고 있죠, 헤헤헤. 박사님, 짐 빠진 거 없나 한번 확인해 보세요. 혹시 있으면 다시 챙겨다 드릴게요."

"고맙습니다." 한경이 재빨리 상자 안을 뒤져 확인하더니 웃으며 말했다. "제가 기억하는 건 다 있네요. 수고를 끼쳤으니 커피라도 한잔 살게요."

"아, 아니에요! 저는 바로 들어가 봐야 해서…."

순창이 당황스러운 표정으로 거절했지만, 한경은 상자를 벤치에 내려놓고 건물 벽에 늘어선 자판기로 향하며 말했다.

"저기서 간단히 자판기 커피 정도, 괜찮죠?"

"아, 네네. 좋습니다!"

외진 장소와 자판기 커피. 그 정도면 김 교수의 눈에 띌 걱정은 없을 것 같았다. 밝아진 표정의 순창이 한경의 뒤로 따라붙었다.

커피를 뽑아 든 두 사람은 도서관 벽에 등을 기대고 안부 인사를 좀 더 주고받았다. 우연히 기자회견 이야기가 나오자 한경이 생각에 잠겨 말했다.

"김 교수의 행태를 보면 더 확실하게 터트릴 만한 건수가 분명히 있었을 텐데, 제가 너무 서두르기만 했던 모양이에요. 신중하게 물증을 확보한 후 기자들을 불렀어야 했는데…."

한경의 침울한 표정이 안타까웠던 순창은 자신도 모르게 말을 꺼내고 말았다.

"혹시 그 소문은 확인해 보셨어요? 기 박사님이 교수님이랑 그렇고 그런 사이라는…."

"네?!"

말이 채 끝나기도 전에 한경이 소리치며 순창을 돌아봤다. 한경의 시선에서 경멸의 빛을 읽은 순창은 즉각 기대고 있던 몸을 세우며 얼버무렸다.

"아! 제, 제가 무슨 말을! 죄, 죄송해요. 저 그만 들어가 볼게요!"

"아니, 최 연구원! 잠깐…!"

한경이 뛰어가는 순창을 급히 불렀지만, 그는 뒤도 돌아보지 않고 빠르게 사라져 버렸다.

한경의 얼굴이 복잡해진 심산으로 격하게 일그러졌다.

*

며칠 후, 한경은 작은 카페 구석 자리에 앉아 초조한 듯 마주 쥔 두 손을 계속 움직거리고 있었다. 연구실에서 일하는 동안, 프로젝트로 진행하던 실험과 논문 초안 작업은 물론, 연구실 재정과 관련한 일도 성실을 거쳐야 했기에 함께 일한 시간이 적지 않았다. 하지만 그건 말 그대로 함께 '일한' 시간일 뿐이었다.

다른 연구원들과 달리, 성실과는 친분을 쌓기가 쉽지 않았다. 연구실 내의 유일한 여성 연구원이기도 했지만, 무엇보다 성실 스스로가 높은 벽을 주위에 두른 채 자리를 내주지 않는 느낌이었다.

팀워크 차원에서 협조가 필요한 일에도 사생활이 관여되면 정색하고 싫은 기색을 내비쳤다.

그런 성실에게 친한 사이끼리도 쉽지 않을 이야기를 해야 했다. 너무도 개인적이고도 수치스러울 이야기를 꺼내야 했다.

성실을 기다리는 동안, 한경은 어떤 말로 시작하는 게 좋을지 머릿속에서 계속 문장을 만들어 보고 있었다. 입이 바싹 말라서 앞에 있던 물컵을 집어 들었지만 컵은 이미 비어 있었다. 물을 채우러 가기 위해 자리에서 일어서는데 바로 앞에 막 도착한 성실이 서 있었다. 언제나처럼 새하얀 실험용 가운에 토시까지 갖춰 낀 천생 연구자의 모습이었다.

180cm에 가까운 키의 한경이었지만, 성실이 비슷한 눈높이로 시선을 맞춘 채 물었다.

"박 박사님, 어디 가시게요?"

"아, 저, 무, 물 좀 가지러 가려고 했는데. 오신 김에 주문하고 오겠습니다. 기 박사님, 뭐로…?"

성실은 테이블 위에 놓여 있던 메뉴판에서 생과일주스를 고르고 자리에 앉았다. 한경은 카운터로 가서 성실의 음료와 아이스아메리카노를 주문하고 자리로 돌아왔다.

한경이 테이블에 주문 번호표를 세워 놓으며 어색한 말투로 물었다.

"대상포진이시라더니… 좀 괜찮아지셨습니까?"

"네. 워낙 조금만 피곤해도 만성으로 발병하는 편이라 이젠 익숙해서요. 지금은 많이 가라앉았어요. 박 박사님은 어떻게 지내셨어요? 건물 입구에서 얼굴은 자주 뵈었는데 인사를 못 드려서 죄송합니다."

"아, 예. 이해합니다, 아무래도 기 박사님 입장에서는 어려우신 일이라…."

다시 안부를 묻고 연구 프로젝트를 묻는 식으로 뜬구름 잡는 이야기가 반복되었다. 한경은 여전히 두 손바닥을 마주 댄 채 차오르는 식은땀을 비벼서 날리기라도 하려는 듯 문질러 댔다. 점원이 주문했던 음료를 가지고 나타나면서 잠시 말이 끊겼다.

점원이 음료를 놓고 자리를 뜨자, 한경이 침을 꿀꺽 삼켰다. 성실의 얼굴을 바라보며 어쩌면 다정하게까지 들리는 목소리로 말했다.

"그나저나, 기 박사님은 키가 크셔서 어릴 때 운동하라는 유혹이 많으셨을 것 같습니다? 농구나 배구 같은 종목이요."

뜬금없이 띄운 화제에 성실이 의외라는 표정으로 한경을 바라봤다. 하지만 이내 주스를 한 모금 빨아올리곤 답했다.

"체육 선생님들이 시켜 보시곤 했죠. 그런데 제가 운동신경이 없어서. 유일하게 좋아했던 건 수영이었어요, 물속에서 숨 참기를 잘했거든요."

"아, 네."

예상보다 편안하게 자신의 이야기를 하는 성실을 보며 한경은 미소가 절로 지어졌다. 성실이 평소에 보이던 모습보다 경계를 누그러뜨린 건 이후에 있을 대화에 좋은 신호였으니까.

"그때 제 최고 기록이 6분 11초였어요."

"네? 6분이요? 그게 가능한 줄 몰랐습니다. 대단하시네요!"

"그냥 버티면 되는 거니까요. 저한텐 어렵지 않았어요. 물 밖의 시끄러운 소리도 물에 걸러지면 반쯤은 들리지도 않았으니까. 물속에서 몸을 웅크리고 침묵과 함께 버티기만 하면 됐거든요."

"수영은 왜 계속 안 하셨어요?"

"딱, 숨 참는 것만 잘했거든요. 막상 팔다리는 제대로 움직이지 못했고. 수영 선수론 실격이었죠."

"아, 뭐, 공부도 잘하셨을 테니까…."

한경이 미소를 띠며 말했다. 성실이 그 얼굴을 잠시 마주 보다가 백팩에서 손수건을 꺼내 테이블 위에 올려놓았다. 한경의 호기심 어린 시선이 손수건으로 향하려는 찰나, 성실이 의자에 등을 기대며 목소리 톤을 바꿔 날카롭게 물었다.

"그런데 무슨 일 때문에 절 보자고 하셨어요? 박사님과 제가, 이런 담소를 주고받을 사이는 아니지 않았나요?"

갑자기 바뀐 분위기에 한경의 얼굴에 당황스러운 기색이 떴다. 잠깐 고민이 됐지만 지금 와서 물러설 순 없었다. 침을 꿀꺽 삼키곤 재빨리 입을 열었다.

"그… 어쩌다가 우연히 알게… 소, 소문을 들었습니다."

"어떤 소문요?"

"저, 기 박사님이 김 교수에게… 성 착취를 당하신다는."

한경은 차마 성실의 얼굴을 바라보지 못하고 시선을 낮춰 말끝을 흐렸다. 순창은 성실과 김 교수의 관계가 상호합의에 의한 거라는 식으로 말했지만, 한경은 상식적으로 위계에 의한 폭력일 가능성이 높다고 판단했다.

김 교수나 성실과 함께 연구소에서 보낸 시간이 적지 않았다. 하지만 두 사람에게서 이성적인 긴장감이나 로맨스를 감지한 적은 단 한 번도 없었다. 오히려 김 교수는 과하다 싶을 정도로 성실을 함부로 대했다. 그래서 그가 일방적으로 성실을 착취한다는 가설이 더 신빙성 있다고 생각했다.

한경은 그 말을 한 이후의 상황을 머릿속에서 여러 번 시뮬레이션해 봤지만, 성실의 반응을 예측할 수 없었다. 소리를 지를까, 뭔가를 집어 던질까. 그것도 아니면 아무 말 없이 자리에서 일어나 나가 버릴까? 그러면 쫓아가 그녀를 잡아야 하나, 나중에 다시 연락해야 하나….

그런데 정작 현실에서 한경의 귓가에 들려온 건, 어조가 전혀 달라지지 않은 담담한 성실의 목소리였다.

"그래서요?"

"…네?"

"제가 성 착취를 당하고 있다… 쳐요. 그래서요? 그게 박 박사님과 무슨 상관이죠?"

아무런 감정을 담지 않은, 남의 일처럼 얘기하는 성실의 태도에 한경의 머리가 하얘졌다. 이런 상황으로 흘러갈 거라곤 전혀 예상치 못했다. 멍하니 입을 벌린 채 성실의 얼굴을 바라만 봤다.

"개인적인 일이에요, 박사님은 지금까지처럼 모르는 척 계세요. 당사자가 조용히 있는데 왜 삼자가 나서요?"

"하지만…! 그런 일은 있어선 안 돼요, 기 박사님!"

한경이 겨우 정신을 차리고 외쳤다. 목소리를 미처 제어하지 못한 탓에 카페 안에 있던 몇 안 되는 사람들의 시선이 그들에게로 꽂혔다. 한경은 실수를 깨닫고 급히 몸을 움츠렸지만 트인 공간에서는 그다지 효과가 없는 대처였다.

하지만 성실은 주위의 시선에도 아랑곳하지 않고 몸을 앞으로 숙여 한경에게 얼굴을 들이밀었다. 느린 말투로 또박또박 얘기했다.

"박 박사님, 양심에 손을-얹고-답해-보세요."

한경의 눈이 커졌다. 성실은 그 눈을 직시하며 말을 이었다.

"제겐 너무도 치욕스러울 수밖에 없을 그런-일을-정말로 절-생각해서-끄집어-내신 거예요? 진심?"

한경의 얼굴이 순식간에 딱딱하게 굳어 버렸다. 자신도 모르게 시선이 테이블로 떨어지고 입가가 일그러졌다.

성실이 옅은 조소를 입가에 머금고 백팩을 챙겨 일어서며 말했다.

"이렇게까지 하시는 박사님의 상황은 안타깝지만, 그렇다고 제가 이제껏 희생하며 지켜 왔던 자리를 포기할 순 없어요. 곧 발표될 논문들이면 목표한 교수 임용도 코앞이에요. 박사님의 상황은 다 본인이 벌이신 일 때문이니까, 그 결과는 오롯이 스스로 감당하셔야죠. 그 똥물을 왜 저한테까지 튀기려고 하세요, 양심도 없이? 저는 제 길 알아서 만들어 갈 테니까, 박사님은 본인 길로 가세요."

그 말을 끝으로 성실의 구두 소리가 가볍게 카페 바닥을 울렸다.

한경은 내리깔고 있던 눈을 결국엔 감아 버렸다. 그렇게 성실의 구두 소리를 따라 자신에게 유일하게 남아 있던 기회가 멀어지는 것을 받아들였다.

한참의 시간이 지난 후에야 한경이 눈을 떴다. 대화 중 손도 대지 않았던 한경의 아이스아메리카노 주변은 물로 흥건했다. 온도 차로 유리컵 표면에 맺혔던 물방울들이 흘러내렸기 때문이었다. 성과

없이 끝나 버린 한경의 시도처럼.

한경은 착잡한 마음에 숨을 깊게 내쉬곤 자리에서 몸을 일으켰다. 걸음을 떼려는데 성실이 테이블 위에 두고 간 손수건이 눈에 걸렸다. 평소에 지니고 다니는 물건이라면 소중한 것일 수도 있겠단 생각에 챙겨서 주머니에 넣었다. 연구실에 우편으로라도 보내 줄 요량이었다.

그런데 얼마 뒤, 김민규 교수가 행방불명됐다.

4.

한경은 병원을 막 나서던 참이었다. 병원에 머무는 동안 꺼 놓았던 휴대전화 전원을 켜자마자, 부재중 전화, 메시지 앱, 문자메시지의 알람이 연달아 쏟아졌다. 무슨 일인가 싶어 병원 정문에서 걸음을 멈췄다.

쏟아지는 알람이 멈추길 기다리며 휴대폰을 쳐다보고 섰는데 알 수 없는 번호로 전화까지 걸려 왔다. 불길한 예감에 황급히 전화를 받았다.

"여, 여보세요?"

"박한경 씨 되시나요?"

"맞습니다. 누구신지?"

"안녕하세요, 저는 동작경찰서 형사과 하경미 경사라고 합니다. 지금 어디십니까?"

"네? 형사과 경사님이요? 경사님이 제게 무슨 볼일이…?"

"박한경 박사님, 지금 어디신지 알려 주시겠습니까?"

알 수 없는 불안감이 한경의 뇌리를 스치면서 머리가 쭈뼛 섰다. 경찰이 나한테 연락할 일이 뭐가 있지? 게다가 내가 어디 있는지가 왜 중요한 걸까.

"박사님?"

"아…. 죄송합니다, 제가 막 병원에서 퇴원해서 경황이 없었습니다. 서울대동병원입니다, 제가 지금 있는 곳."

한경은 경찰을 상대로 답변을 미루는 건 현명하지 않단 판단에 위치와 상황을 곧바로 설명했다. 전화기 너머에서 조금 놀란 듯한 목소리가 다시 물었다.

"퇴원이시라면, 그동안 병원에 입원해 계셨다는 말씀이네요?"

"네. 그런데 경사님, 전화를 건 용건에 대해선 답을 안 해 주셨는데요? 무슨 일입니까? …설마, 혹시 저희 부모님께 무슨 일이라도 생긴 겁니까?!"

한경의 말이 빨라지며 목소리가 커졌다. 경찰이 갑자기 자신을 찾는다면 미국에 계신 부모님이 유일한 이유였다. 하지만 다급한 물음에도 건너편에선 침묵만 유지했다. 답답해진 한경이 더욱 소리를 높여 상대방을 불렀다.

"여보세요? 하 경사님!"

"김민규 교수님이 실종되셨습니다."

"…네?"

한경은 순간적으로 하 경사의 말을 인지하지 못했다. 예상치 못했던 답변에 상황 파악이 되지 않고 머리가 하얘졌다.

김 교수가 실종되었다고…?

속으로 다시 한번 되풀이해 봤지만 여전히 그 문장이 갖는 현실감은 영점, 제로였다.

전화를 끊은 한경은 곧장 택시를 잡아타고 경찰서로 왔다. 진술 녹화실에 홀로 앉아 있는 한경의 얼굴은 초췌함, 그 자체였다. 병원에 입원까지 해서 치료받긴 했지만, 난생처음 앓았던 대상포진의 여파가 쉽게 가시지 않은 탓이었다. 신체 컨디션이 정상이 아닌 상태에서 퇴원하자마자 김 교수의 실종 건으로 조사를 받게 되자 심적 부담이 신체로 다시 고스란히 옮겨 간 거 같았다. 명치 부분에 답답한 느낌이 들자 한경은 주먹으로 가슴을 가볍게 두드렸다.

경찰복을 입은 아담한 체격의 여성이 문을 열고 들어섰다. 하 경사였다. 한 손엔 서류를, 다른 손엔 생수병 하나를 든 채 맞은편 의자에 앉으며 말했다.

"기다리게 해서 죄송합니다, 병원 쪽 확인을 위해 준비할 게 있어서. 참, 여기 부탁하신 생수요."

"네, 고맙습니다."

한경은 생수병을 받아 단숨에 반을 비웠다. 전화를 받은 이후부터 바싹바싹 입이 말랐다. 경찰이 자신을 유력한 용의자로 보고 있을 거라 확신했다. 최근 상황을 보면 누구라도 그렇게 가정할 테니까.

하 경사가 한경을 보며 온화한 미소로 말했다.

"목이 많이 마르셨나 봐요."

"음, 예. 그런데 김 교수님은 언제 실종되신 거죠?"

한경의 질문에 하 경사가 순식간에 미소를 지웠다. 표정 없는 얼굴로 한경을 조용히 바라봤다. 한경은 거리낄 게 없었지만 그 눈빛을 받아 내야 하는 상황이 묘하게 꺼림칙했다. 자신은 떳떳하지만 자칫 오해라도 사면 평생 헤어날 수 없는 구렁텅이에 빠지게 될지도 모른다는 두려움에 숨이 막혔다.

긴장을 깨며 하 경사가 담담히 말했다.

"죄송하지만, 질문에 답을 드리기 전에 박사님이 제 요청을 먼저 들어주셔야 할 것 같습니다. 소매를 좀 걷어 봐 주시겠어요?"

"네? 소매요? 왜 그러시죠?"

"변호사를 요청하실 게 아니라면, 따라 주시는 편이 좋습니다. 박사님이 감추시는 게 없다면 꺼릴 만한 일은 아니지 않나요?"

"…알겠습니다. 어느 쪽을?"

"양팔 다 부탁드리겠습니다."

도대체 무슨 일 때문인지 알 수 없어 속으로는 갈등을 거듭하면서도 한경은 천천히 셔츠의 손목 단추를 풀기 시작했다. 오른손잡이인 한경이기에 왼팔부터 차근하게 소매를 걷어 올렸다. 하 경사의 시선이 손목으로 쏠리는 게 느껴졌다. 매끈한 왼 팔뚝이 먼저 모습을 드러냈다. 하 경사는 여전히 침묵한 채 한경의 손이 움직이는 동선을 따라 시선을 옮겼다.

한경이 하 경사를 마주 관찰하며 오른 소매를 걷었다. 그런데 손목에 몬스테라 줄기의 문신이 드러나자, 하 경사의 눈빛이 일순 바뀌었다.

"이걸… 찾으시던 겁니까?"

"김 교수님 실종을 목격한 사람이 있습니다. 아니, 사실상 납치입니다만."

"네? 납치요?!"

한경이 눈을 동그랗게 뜨며 되물었다. 멍한 표정이었다가 이내 상황을 깨달은 듯 표정이 심각해졌다. 몸을 앞으로 숙이며 황급히 물었다.

"그래서 제가 용의자가 된 겁니까? 김 교수에게 가장 큰 앙심을 품고 있어서?"

"알고 계시니 얘기가 더 쉬워지겠군요. 지금이라도 자백하시면…."

"하지만 제가 김 교수를 납치해서 뭘 어쩌겠어요?!" 어이가 없다는 듯 두 손으로 책상을 내리치며 소리쳤다. "도대체 목격자가 누군데요? 제가 언제, 어디서 김 교수를 납치했다고 그런 말도 안 되는 소설을 썼습니까?"

흥분한 한경의 태도에 놀랄 법도 한데, 하 경사는 동요 없이 자신을 노려보는 한경의 눈조차 피하지 않았다. 의자에 등을 기댄 채 손을 뻗어 앞에 놓인 서류를 몇 장 넘기더니, 페이지 하나를 찾아 멈추곤 거기에 쓰인 문장을 또박또박 읽었다.

"손목에 나뭇가지가 있었어."

말을 마친 하 경사가 시선을 치켜뜨며 한경과 다시 눈을 맞췄다. 그녀의 눈빛은 처음의 부드러웠던 인상과는 확연히 다른, 매서운 기운을 뿜어내고 있었다.

하 경사는 몸을 앞으로 당겨 설명했다.

"처음엔 무슨 말인가 싶었습니다. 목격자의 말을 이해하기가 힘들었거든요. 그런데 연구원들을 탐문 조사하던 중에, 한 명이 그게 문신을 말하는 게 아닐까 언급하더군요. 김 교수님 주변 인물 중 손목에 문신이 있는 사람은 박 박사님뿐이고요."

'손목에 나뭇가지가 있었어.'

그 문장을 듣는 순간, 목격자가 연희라는 것을 직감했다.

한경은 평소에 연희를 많이 아껴 주었다. 김 교수가 연구실의 박사들을 동원해 자기 아이를 가르치게 하는 건 상식적이지 않은 행태였고 한경이 비난하던 일의 일부였지만, 그래도 한경은 연희를 대할 땐 성심을 다했다. 김 교수의 자식이라고 해도 아이는 그와 별개의 인격체였으니까.

원망스러운 마음에 두 주먹을 불끈 쥐었다. 연희가 왜 자신을 곤경에 빠뜨릴 말을 한 건지 이해할 수 없었다. 더욱 이상했던 건, 연희가 사실이 아닌 말을 만들어 냈을 리도 없다는 거였다. 그런 사고 자체가 불가능한 아이니까. 그런데 왜 하필 내 문신을 언급했을까? 그날 정말 나를 보기라도 한 걸까?

그러다 문득 정신을 차렸다. 연희가 왜 그랬는지는 중요하지 않았다. 어차피 연희의 정신세계는 한경이 이해할 수 있는 범주에 있지 않았다. 지금 필요한 건 연희의 증언을 부정할 만한 다른 증거를 확보하는 거였다.

이성을 다잡은 한경이 하 경사를 똑바로 바라보며 물었다.

"김 교수님이 실종된 날짜가 언제입니까?"

하 경사는 답하지 않고 눈을 가늘게 뜬 채 한경을 직시했다. 그가 참고할 만한 답은 해 줄 생각이 없어 보였다. 한경이 알겠다는 듯 한숨을 내쉬곤 말을 이었다.

"좋습니다. 언제 일을 당하셨는지 모르겠지만, 말씀드렸다시피 저는 몸이 아파서 병원에 한동안 입원해 있다가 오늘 퇴원했습니다. 제가 입원하기 직전까지만 해도 김 교수님의 실종에 대한 소식은 들은 바 없으니, 그나마 제게 운이 남아 있다면 그 날짜가 겹치길 바라야겠네요. 큰 병원이니 CCTV는 곳곳에 달려 있을 테고 다행히 입원해 있는 동안 외출은 한 번도 하지 않았습니다. 확인해 보시죠."

"네, 안 그래도 제가 늦은 이유가 그것 때문입니다. 저희 팀원들을 병원에 보냈거든요. 그럼 확인될 때까지 여기 계셔도 문제없으시겠죠?"

한경이 말없이 고개를 깊게 끄덕였다. 하 경사가 만족스러운 표정으로 자리에서 일어서며 말했다.

"참, 병원에서 바로 오시느라 식사 못 하셨죠? 뭐라도 시켜 드릴게요."

금세 처음 들어올 때의 부드러운 말투로 돌아가 있었다.

한경은 하 경사가 꽤 유능한 사람이라는 걸 간파하고 거기에 희망을 걸었다. 이 말도 안 되는 혐의를 오히려 그녀가 벗겨 줄 수 있을 거라 생각했다.

"한식 중에서 주로 시켜 드시는 메뉴로 주문해 주시면 감사히 잘 먹겠습니다."

한경이 말을 마치며 정중히 고개를 숙였다. 하 경사는 조금 어색하게 묵례를 건네곤 진술실을 나갔다.

병원의 입원 기록과 CCTV를 통해 한경이 김 교수의 실종 시기에 병원을 벗어나지 않았다는 사실이 확인되었다. 그러나 김 교수의 명성 때문에 부담을 느낀 경찰서장의 지시로 한경은 다음 날 오전까지도 경찰서를 나설 수 없었다.

한경이 용의선상에서 벗어날 수 있었던 건, 상상치 못했던 일들이 조사 과정 중 드러나서였다.

*

[(속보) 실종이 아니라 도피였나?]

전 국민의 큰 사랑을 받았던 스타 교수 김민규 씨(47세, OO대학교 생명공학부)가 실종된 지 이틀 만에, 그와 관련된 충격적인 사실이 드러났다. 경찰 조사 과정에서 김 씨가 큰 빚을 지고 있었다는 사실이 밝혀졌다. 김 씨는 온라인 도박에 빠졌던 것으로 확인되었으며, 사이트 이용을 위해 사용했던 이메일 계정에서 가상화폐 거래 내역과 함께….

[온라인 도박 사이트를 운영하던 조폭에 의한 납치?]

경찰은 김민규 교수의 메일과 휴대폰에서 삭제된 데이터까지 복구하여 조사를 진행하고 있다. 관계자는 이 과정에서 드러난 사실을 토대로, 김 교수의 실종이 도박 사이트를 운영하던 조직폭력배와 관련이 있을 것으로 판단, 조사를 진행 중이라고 밝혔다.

[목격자인 딸의 증언, "손목에 문신이 있었다."]

납치 현장을 목격한 증인은 피해자의 어린 딸(김 모 양, 11세). 아이는 당시 아버지인 김 교수의 방에서 놀다가 우연히 범인을 목격했던 것으로 알려졌다. 하지만 자폐 증세가 있는 데다, 범인의 신체 일부분만 봤기

때문에 문신에 대한 증언밖에 확보하지 못한 상태다.

이에 경찰은 도박 사이트를 운영하던 조직폭력배의 조직원 중 손목 주변에 문신이….

[충격! 김민규 교수 연구비 횡령! 연구는 실체조차 없었다?! 스타 교수의 대국민 사기극!]

김민규 교수의 실종이 길어지면서 연구비를 지원했던 각 기관과 기업들에서 프로젝트 진척 상황을 확인하던 중 놀라운 사실이 추가로 발견됐다. 김 교수가 연구비를 개인 돈처럼 사용한 정황은 물론, 하나의 실험 장비를 여러 예산에서 처리하는 방식으로 연구비를 빼돌린 흔적이 드러났다. 연구원들의 인건비 또한 송금 후 재입금받는 방식으로….

…더욱 놀라운 사실은 그가 방송에 나와 이야기했던 연구 내용과 성과가 그 어느 것도 실제로 진행되거나 완성된 게 아니었다는 사실이다. 모두 '연구 계획'과 '실패한 성과'만 존재했을 뿐, 실험만 거듭하다….

"…저희 같은 석사 과정 학생들은 교수님이 개별로 시키신 일만 처리했기 때문에 연구 과정에 깊숙이 관여하지 못했습니다."

"연구원들은 이 이슈에 문제를 제기했던 포닥(박사후 과정) 연구원을 도와 사실을 밝히려는 시도를 한 적이 있지만, 교수님이 당시 수단과 방법을 가리지 않고 저희를 겁박…."

한편, 수석 연구원인 기 모 씨(여성, 31세)가 연구실의 모든 살림을 도맡았던 것으로 알려지면서 경찰이 조사에 나섰다. 하지만 기 씨 또한 김 교수의 위력에….

*

온라인 뉴스판은 며칠째 김 교수에 대한 이야기로 가득했다.

점점 커지는 의혹과 비리들은 한경이 기자들에게 말했던 내용이 무색할 만큼 엄청난 것들이었다. 연구원들은 개인 SNS에 그동안 쌓였던 불만을 드러내며 김 교수의 실체를 낱낱이 까발렸다.

한경은 처음엔 집착처럼 관련 뉴스와 연구원들이 올린 글을 찾아봤다. 진실이 밝혀진 것에 묘한 쾌감이 있었지만, 그와 동시에 돌변한 옛 동료들의 행태에 씁쓸함마저 느꼈다. 그런 감정에서 파생된 여러 가지 생각으로 혼란스러운 시기도 겪어야 했다. 하지만 일정 시간이 지나자, 그런 생각과 감정은 사라지고 경찰서에서 들었던 연희의 증언만이 계속 머릿속에서 맴돌았다.

한경은 이날도 멍하니 책상에 앉아 그 말을 되뇌고 있었다.

손목에, 나뭇가지가, 있었어.

손목에… 나뭇가지.

…나뭇가지?!

생각에 잠겨 초점이 흐렸던 눈에 퍼뜩 총기가 돌았다. 설마…?! 당장 확인해 보고 싶은 마음에 책상 위에 있던 휴대폰을 재빨리 집어 들었다. 하지만 거기서 동작을 멈춘 채 침을 꿀꺽 삼켰다. 망설이는 눈빛 위로 눈썹의 주름이 잡혔다. 그냥 넘길까? 모르는 척 지나쳐도 되잖아.

하지만 알고 싶었다. 어떻게 한 건지. 그리고 왜 그래야만 했는지.

한경은 그 뒤로도 한참 동안 휴대폰을 손에 쥔 채 고민했다.

하지만 결국 전화를 걸진 못했다. 적어도 이때는.

5.

김 교수는 여전히 실종 상태였다. 경찰은 몇 번 더 한경을 찾았지만 모두 사실 확인을 하는 수준에서 끝났다.

순창이 가끔 한경에게 연락해서 연구원 중 누가 불려 갔다느니, 어떤 정보가 새롭게 밝혀졌다느니 식의 잡다한 소식을 알려 줬다. 오늘은 성실이 가장 오랜 시간 조사받았지만 연구원들에 대한 혐의는 이제 모두 걷혔고, 경찰은 유력 용의자로 한 조직폭력배의 행방을 쫓는 중이라는 장문의 메시지를 보내왔다. 그걸 확인한 한경이 드디어 미뤘던 전화를 걸었다. 꼭 얼굴을 보고 지난 일을 사과하고 싶다며 만남을 꺼리던 상대를 설득해 약속을 잡았다.

약속 당일, 한경은 옷장에서 겨울용 외투를 꺼내 세탁소의 비닐을 제거했다. 드라이클리닝 특유의 석유 냄새가 풍기는 옷을 입고 집을 나섰다. 바깥 공기가 어느새 꽤 차갑고 무겁게 바뀌어 세상을 채우고 있었다.

한경은 두 달여 전 성실을 만났던 카페로 걸어 들어갔다. 당연한 기시감이 오히려 생소했다.

먼저 도착해 앉아 있는 성실의 뒷모습이 보였다. 그날과 같은 테이블, 같은 자리에, 같은 옷차림의 성실이 있었다. 어중간한 시간이라서인지 다른 손님들은 보이지 않았다. 카운터에도 직원 한 명만 홀로 분주히 청소를 하고 있었다.

한경이 자리로 다가가 인사했다.

"일찍 오셨네요, 기 박사님."

"박 박사님? 저는 괜찮다고 말씀드렸는데 왜 굳이…."

성실이 자리에서 일어서며 짜증 섞인 말투로 답하던 찰나, 한경이 성실의 왼쪽 팔을 붙잡곤 재빨리 토시를 잡아당겨 벗겨 냈다.

"무슨 짓이에요!"

성실이 기겁해 소리치며 한경에게 잡혔던 손을 빼냈다. 황급히 오른손으로 왼 손목을 가렸다. 한경을 쏘아보는 눈빛에 당황스러운 기색이 역력했다.

하지만 한경은 예상했던 흔적을 이미 확인한 후였다. 착잡한 눈초리로 시선을 옮겨 성실의 눈을 마주 보았다.

손목에 나뭇가지가 있었어.

연희가 말했다는 그 문장이 머릿속에서 떠나질 않았다. 계속 되뇌다 결국 깨닫게 됐다. 그 말에서 연상되는 이미지를 본 경험이 있다는 것을. 한경이 어릴 때 스스로 목숨을 끊은 친누나의 몸에서였다.

미국 이민 생활 초기, 적응에 어려움이 없었던 한경과는 달리 내향적이었던 누나는 오랜 시간 다른 환경과 문화에서 살아온 아이들과 어울리지 못했다. 한참이 걸려서야 함께 다니는 친구 몇이 겨우 생겼다. 그러나 그들은 한경의 누나를 교묘하게 농담거리로 삼아 놀리거나 돈을 갈취하기 위해 친구인 척했을 뿐이었다. 장난삼아 폭행을 가하기도 했다는 것을, 누나가 죽은 후에야 알게 됐다.

하지만 누나는 가족들에게 그 사실을 털어놓지 못했다. 고통을 숨기면서 잘 지내는 척 연기를 했다. 이젠 친구들이 생겨서 괜찮다고, 즐겁게 학교생활도 하고 있다며 웃어 보였다. 그렇게 참아낸 고통과 아픔은 밤에 혼자가 되었을 때, 잘 보이지 않는 몸의 한 곳에 칼로 새기며 버텼다.

마음의 상처는 아물 수 없었지만 칼이 들어간 자리엔 새살이 돋았다. 허벅지 안쪽 하얀 속살에 핑크빛 나뭇가지가 하나씩 뻗어 나갔다. 시간이 지나면서 나뭇가지의 색이 어두워지면 그 위로 새로운 가지가 더해졌다.

그렇게 하나둘 겹치던 나뭇가지들은 그곳에 머무르지 않았다. 위로, 더 위로 자라나 누나의 가슴을 짓눌렀다. 그 압박을 감당할 수 없는 지경에 이르자 누나의 심장은 더는 버티지 못하고 쪼개져 버렸다. 부서진 심장으로 선택할 수 있었던 유일한 마무리는 나뭇가지가 더 이상 자라지 않게 하는 거였다. 가지가 밖으로 드러나 가족들에게 들키기 전에 끝을 내는 거였다. 그렇게 부모님을, 한경을 떠났다.

그래서 한경은 확인해야 했다.

전에 카페에서 마주한 성실의 태도는 한경의 상식을 너무도 벗어나 있었다. 김 교수의 온갖 수발을 든 것에 더해, 성 상납 소문에까지 무심한 태도를 보인 건 납득하기 힘든 위화감까지 불러일으켰다.

당시엔 미처 그 이유를 가늠할 수조차 없었다. 그런데 연희의 말이 가슴에 묻었던 아픔을 상기시키자, 하나의 가설을 세웠다. 성실 또한 누나처럼 아픔과 분노를 억누르고 버텨 내기 위해 비슷한 일을 했을지도 모른다고. 그걸 일상적인 방법으로 감추었을 거라고.

한경은 성실이 그동안 감내해야 했을 고통을 상상하자 자신도 모르게 눈시울이 붉어졌다.

그러나 성실은 그런 한경의 반응이 마음에 들지 않는 것 같았다. 시선을 내리깐 채 오른손의 토시를 왼손에 옮겨 끼우곤 자리에 앉으며 말했다.

"그딴 눈길로 쳐다보지 마. 마치 모든 걸 이해한다는 듯한 눈빛, 재수 없어. 당신은 알 수 없을 테니까, 평생."

얼음처럼 차가운 목소리가 비수처럼 한경을 찔렀다.

하지만 한경은 물러설 수 없었다. 그 옛날에 누나가 누군가에게 도움을 청했다면, 자신에게만이라도 고통을 나눴다면, 여전히 살아 있을지도 모른다고 믿었다. 그러니 지금의 성실을 그냥 넘길 수 없었다.

한경이 맞은편에 앉으며 목소리에 힘을 실었다. 어쩔 수 없이 질책하는 말투가 되었다.

"왜 당하고만 있었어요? 주위에 도움을 요청했어야죠! 아니, 최소한 제가 김 교수의 비리를 밝히겠다고 했을 때 함께했다면, 조금이라도 일찍 그 괴물 같은 인간에게서 벗어날 수…!"

"그랬으면 나도 당신과 함께 나락으로 떨어졌겠지. 이 바닥에 조용히 묻혔을걸? 김민규가 여전히 건재했을 건 물론이고."

성실이 가라앉은 목소리로 격앙된 한경의 말을 자르자, 한경의 뜨거웠던 에너지는 찬물이라도 끼얹은 듯 순식간에 공중으로 흩어졌다.

한경은 불과 얼마 전까지만 해도 암담했던 자신의 처지가 떠올랐다. 김 교수의 비리를 밝히기 위해 모든 걸 던졌지만 연구원 하나의 일탈 행위로 취급되며 끝이 났다. 모든 수입원이 끊기고 연구 커리어마저 지속할 수 있을지 장담 못 할 지경이 되었다. 김 교수가 실종되지 않았다면, 지금처럼 경찰이 개입하지 않았다면, 김 교수의 비리는 여전히 꽁꽁 감춰진 채 영원히 세상에 드러나지 않았을 거였다.

성실이 독기 가득한 눈을 들어 한경을 마주 보았다. 강렬한 눈빛과는 대비되는 담담한 말투가 이어졌다.

"박 박사님은 이 세계를 너무 모르셨어요. 왜 다른 연구원들이 아무런 불만도 표하지 않는지, 억울하게 당하고만 있는지. 뭐 사실 이해하실 수 없었을 테죠. 홀로 너무나도 잘나신 분이거든요. 아, 비꼬는 게 아니라 사실이 그렇다는 걸 말씀드리는 거예요. 어떻게 보면 박사님 잘못은 아니죠, 그런 환경에서 평생 살아와서 몰랐던 거니까. 박사님은 부유한 가정에서 엘리트 코스를 밟으며 이른바 공정한 대우라고 생각한 평탄한 길을 걸어오셨죠. 그래서 그저 가만히 앉아서 당하고만 있는 우리를 바보 같다고 생각하셨죠? 본인이 앞장서 길을 트면 모두에게 광명이라도 내릴 줄 아셨을 테고?"

성실의 입꼬리 한쪽이 비스듬히 올라갔다. 비웃는 것인지 그저 비대칭인 얼굴이 작은 움직임을 그렇게 만든 건지, 한경은 알 수 없었다.

"우리가 움직이지 않았던 건 움직일 수 없었기 때문이에요. 우리가 몸담은 이 보수적인 사회에서 지도교수의 눈 밖에 난다는 게 어떤 걸 의미하는지 모두가 너무도 잘 알고 있거든요. 박사님이 증거라고 말하는 것들. 그거 사실, 이 바닥에선 아무것도 아니에요. 그 정도로는 김민규에게 작은 생채기 하나도 낼 수준이 못 됐죠. 모두 알고 있던 상식을 가장 잘나신 박사님만 모르고 계셨던 거예요."

냉혹하게 쏟아 내는 질책에 한경은 아무런 반응도 보일 수 없었다.

성실은 단어에 조금 더 힘을 실어 말을 이었다.

"박 박사님이 성급하게 일을 터트리기 훨씬 전부터… 나는 준비해 왔어요. 당장에는 어떻게 해 볼 수 있는 게 없어서 기다리고 또 기다렸어요. 조금씩. 천천히. 버티고 버티면서 내가 할 수 있는 일을 준비했죠. 그게 내가 가장 잘하는 거였으니까."

"…숨 참기."

한경의 입에서 나지막한 혼잣말이 흘러나왔다. 성실이 피식 웃음을 흘리며 말했다.

"흣, 기억하시네요? 그래요, 내가 가장 잘하던 거. 숨 참고 버티기. 그렇게 준비가 될 때까지 기다렸어요. 가장 완벽하게, 놈이 이용하고 착취했던 그 모든 것을 그대로, 아니, 그 이상 돌려줘도 남들이 전혀 의심할 수 없을 순간까지. 그렇게 모든 걸 단숨에 빼앗아 버릴 수 있는 순간이 오기를."

후련해 보이는 표정의 성실이 소파에 등을 기댔다.

한경이 얼어붙은 눈빛으로 그 얼굴을 잠시 바라봤다. 그러다 안타까운 듯 미간을 찌푸리며 목소리를 낮춰 얘기했다.

"하지만… 박사님이 저지른 짓은 정의 실현이 아니라 명백한 범죄예요. 기 박사님도 그걸 알잖아요?"

한경은 성실이 분노와 감정을 제어하지 못하고 일생을 바꿀 실수를 했다고 생각했다. 모든 잘못의 시작은 김 교수였지만 그 결과는 피해자인 성실이 고스란히 책임져야 하는 사회의 속성을 왜 생각하지 못하는지 안타까웠다.

그 마음을 주체하지 못해 금방이라도 눈물을 터트릴 것 같은 한경의 눈을, 성실은 뚫어져라 바라봤다. 상대를 오히려 이해할 수 없다는 눈빛이었다. 결국 고개를 비스듬히 꺾으며 답답하다는 듯 얘기했다.

"제가 언제 정의 실현을 하겠다고 했어요? 그냥 되갚아 주고 싶었댔지."

성실은 곧바로 자리에서 일어서며 한심하다는 눈빛으로 말했다.

"박 박사님, 솔직히 원하시던 결말이 이거 아니었어요? 김 교수의 비리가 까발려져 세상 사람들이 그를 몰아내고 망해 가던 연구 프로젝트는 다시 정식으로 진행되는 거. 거기에 박사님의 명예도 회복되는 거. 제가 그걸 이뤄 줬잖아요? 그러면 고마워하시면 될 일이지, 느닷없이 웬 윤리 강의?"

한경은 반박할 수가 없었다. 성실이 얘기한 게 맞았으니까. 그가 원하던 결말과 현재가 가장 맞닿아 있었으니까.

성실이 볼일이 끝났다는 듯 출구 쪽으로 몸을 돌리자, 한경이 자리에서 벌떡 일어나며 외쳤다.

"기 박사! 내가, 내가 경찰을 찾아가 모든 걸 털어놓으면?!"

결과가 한경이 원했던 형태라 할지라도 성실이 선택한 방법마저 허용할 순 없었다.

갑작스러운 소리에 놀란 점원이 고개를 빼서 두 사람을 바라보았다. 성실도 느리게 고개를 돌려 한경을 바라봤다. 하지만 멀뚱히 보기만 할 뿐 말은 없었다.

한경이 기세를 몰아 결연하게 말을 이었다.

"기 박사가 말했듯이, 우린 서로 다른 길을 선택했고 다른 결과를 맞았어요! 그러니까 이번에도 내가 다른 길을 선택할 수 있다는 거, 생각 안 해 봤어요?"

몰랐으면 몰라도, 범죄 사실을 알게 된 이상 그것을 속에 묻고 남은 평생을 살아갈 순 없었다.

성실이 가벼운 발걸음으로 한경에게 다가섰다. 얼굴에 옅은 웃음기가 떠 있었다. 그 자신만만함에 한경은 얼떨결에 뒷걸음질을 쳤다. 하지만 뒤에 놓인 소파 때문에 물러설 공간은 없었고 성실의 몸은 어느새 한경의 몸에 맞닿을 만큼 가까워졌다.

성실이 한경의 어깨 위로 얼굴을 바짝 들이밀었다. 한경의 귀에 입술을 거의 닿을 정도로 붙인 채 조용히 속삭였다.

"제가 기다렸다고, 준비했다고 얘기했잖아요. 그게 김 교수에 한해서일 거 같아요? 저 그렇게 허술한 미친년 아니에요, 지독한 쌍년이지. 만약에 박 박사님이 경찰에 모든 걸 말씀하시겠다면, LA에 계시는 부모님 안부를 먼저 생각해 보시라고 조언할게요. 아버님께서 몸이 약하시다던데 바이러스 감염이라도 되시면 큰일이잖아요. 제 대학원 때 연구 주제가 그쪽이었던 건 아시죠? 박사님도 얼마 전에 고생 좀 하셨을 텐데?"

"설마 그때…?!"

한경이 사색이 되어 물었지만, 성실은 살포시 눈웃음만 지으며 천천히 뒤로 물러나더니, 몸을 돌려 카페를 나갔다.

성실이 밀고 나간 문 앞에서 반듯하게 몸을 세웠다. 눈을 감더니 양팔을 벌려 크게 숨을 들이쉬었다. 가슴이 하늘을 향해 높게 부풀어 올랐다. 하나, 둘, 셋, 넷, 다섯. 번쩍 눈을 뜬 성실이 터트리듯 숨을 내뱉었다. 그러고는 한층 가벼워진 발걸음으로 큰길을 향해 나아갔다.

한경은 유리 너머로 멀어지는 성실의 뒷모습을 망연자실한 표정으로 바라봤다.

6.

성실은 오랜 시간 동안 차분하게 모든 걸 준비했다. 그렇게 준비한 계획을 실행에 옮길 시점도 인내하며 기다리고 있었다.

한경이 단톡방에 처음 글을 올렸을 땐, 그의 성급한 행동에 잘못 엮이게 되면 계획이 흐트러질 수 있겠단 판단으로 재빨리 단톡방을 나왔다. 연구원들이 취할 행동과 이후 이어진 민규의 대응까지도 성실이 예측했던 상황에서 한 치도 빗나가지 않았다.

성실은 일단 더욱 숨죽여 한경이 벌인 사태가 수그러들길 기다렸다. 어쩌면 몇 년, 더하면 10년이 걸릴지도 몰랐지만, 자신의 자리를 흔들리지 않게 지키면서 달콤한 복수를 할 수만 있다면 얼마든지 참을 수 있었다.

그러나 그런 성실의 마음과는 달리, 민규는 자신의 운을 깎아 먹을 팔자인 모양이었다. 언제나처럼 가볍게 선택한 행동으로 성실이 잠시 헐겁게 잡았던 시위를 다시 당기게 했다. 급작스럽게 계획을 실행토록 만들었다.

어느 저녁, 성실은 교수 연구실에서 민규의 목에 주사기를 꽂아 기절시켰다. 전혀 예상치 못한 상황이었음에도 민규는 특유의 생존력으로 저항했다. 성실의 팔을 붙잡고 늘어지면서 왼팔 토시를 벗겨 냈다. 하지만 곧바로 약 기운이 돌면서 공격자가 성실이라는 것은 알아채지 못했다.

민규의 두 눈이 감기고 짧은 몸이 모든 기운을 내려놓은 채 축 처지자, 성실은 그를 바닥에 누이고 재빨리 주머니를 뒤져 휴대폰을 찾았다. 비밀번호로 휴대폰의 잠금 화면을 열고 처리해 놓을 연락이 없을지 메시지 목록부터 확인했다. 답 메시지 몇 개를 보낸 후 휴대폰의 전원을 꺼서 책상 위에 두었다.

성실의 움직임은 거침없고 일사불란했다. 머릿속에서 이미 수백 번 시뮬레이션해 둔 덕이었다. 민규의 팔 하나를 자신의 어깨에 두르고 몸을 일으켜 세웠다. 민규의 발이 질질 끌리는 모양새였지만, 술에 취한 그를 그런 식으로 둘러메고 연구실을 드나든 게 일상이었기에 별다른 의심을 사지 않으리라 확신했다. 역시나 복도에서 마주친 이웃 연구실의 교수도 익숙하게 인사를 건넸다.

"오메, 오늘도 기분 좋아진 김 교수 땜시 기 박사 수고가 허벌나네잉? 어여 싸게싸게 모셔다드려 버리시요잉!"

성실이 가볍게 고개를 숙여 답했다. 이후에는 마주치는 사람 없이 건물을 빠져나와 민규를 차에 실었다.

"으으으…."

얼굴을 잔뜩 찌푸리며 민규가 겨우 눈꺼풀을 들어 올렸다. 곧바로 추운 기운이 엄습해 와 온몸을 부르르 떨었다. 흐릿한 시야에 어두침침한 주위가 천천히 인식되었다. 그와 동시에 의자에 앉은 채인 몸이 자연스럽지 않다는 것을 느끼곤 겁에 질린 목소리로 외쳤다.

"뭐, 뭐야, 이거?!"

민규는 몸을 흔들어 보았지만 결박된 몸은 꿈쩍도 하지 않았다. 고개를 숙여 아래를 확인해 보니 얼굴을 제외한 목 아래가 빈틈없이 청 테이프로 돌돌 말려 마치 초록색 애벌레처럼 보였다. 인기척에 고개를 번쩍 든 민규가 눈앞에 등장한 인물을 의아한 표정으로 바라보다가 눈살을 찌푸리며 물었다.

"기성실? 뭐야, 이거 어떻게 된 거야? 여긴 도대체 어디고?!"

성실이 무표정한 얼굴로 천천히 민규에게 다가섰다. 차가운 눈빛과 낮게 가라앉은 목소리로 말했다.

"기억해 내, 여기가 어딘지."

민규가 눈을 크게 떴다. 평소 성실의 태도와는 너무도 달랐다. 사람이 이렇게 다르게 느껴질 수가 있는 건가 싶어 황당한 표정으로 성실을 올려다봤다. 그러나 이내 발끈해 얼굴을 붉혔다. 민규의 발밑에서 기다시피 살았던 성실이 감히 이런 태도를 보일 수 있다는 사실에 화가 치밀었다. 분노를 유발한 대상을 향해 자신이 낼 수 있는 최대치의 성량으로 소리를 질렀다.

"이게 어디서 감히 테스트질이야? 도대체 뭐 하는 짓거린데? 여기가 어딘지 말 안 해?!"

민규의 발악에도 성실의 표정은 변화가 없었다. 말없이 허리를 굽혀 민규의 얼굴로 자기 얼굴을 확 들이밀었다. 민규가 화들짝 놀라 목을 뒤로 뺐다. 성실이 민규의 눈을 직시하며 중얼거리듯 말했다.

"당신이 날 처음 성폭행했던 그 임시 실험실."

민규의 눈이 휘둥그레졌다. 재빨리 주위를 둘러봤다. 벌써 10년 가까이 지난 일이라 그의 기억 속에서는 이미 지워진 곳이었다.

당시 진행하던 연구 프로젝트를 위해 습지의 생태계 조사가 필요해서 컨테이너 몇 개를 빌려 임시 실험실로 사용했다. 그리고 어느 밤, 민규는 회식을 빌미로 술에 약을 타 성실에게 몰래 먹였다. 그렇게 몸을 가누지 못하던 성실을 강간했다. 그녀에게 성적 매력을 느껴서는 아니었다. 성실이 커다란 키로 자신을 내려다보는 게 싫었다. 내리깐 눈으로 자신을 보는 게 싫었다. 그래서 꺾어 버리고 싶었을 뿐이었다. 자신의 위력으로 할 수 있는 일이었으니까. 그런 일이 있더라도 성실은 자신이 시키는 대로 할 수밖에 없을 걸 알았으니까.

민규는 머릿속을 스친 그 기억을 부정하고 싶었다. 고개를 세차게 흔들곤 오히려 큰소리로 반박했다.

"그, 그걸 왜 이제야 문제 삼아?! 그동안 조용히 있었잖아! 그 뒤로도 별 불평 없이 요구에 응했잖아! 너도 좋아서 그랬던 거 아니야? 그래 놓고 왜 이제 와 지랄이야? 왜 지금에서야 다시 꺼내느냐고!"

"내가… 좋아서 그랬다고? 너, 정말 제대로 정신이 나갔구나? 하하하하하!"

성실이 입술을 비틀며 한심하다는 듯 비웃곤 민규의 눈앞에 자신의 왼쪽 손목을 불쑥 내밀었다. 깊게 살이 베였다 아문 흔적이 여러 해에 걸쳐 생긴 듯, 색이 조금씩 다른 길쭉한 흉터들이 어지럽게 겹쳐 있었다.

민규는 그 상처의 의미를 읽어 내지 못했다. 눈살을 구기며 기분 나쁘게 쳐다만 볼 뿐이었다. 그럴 걸 예상했다는 듯 성실이 말을 이었다.

"사실 나는 조금 더 기다릴 생각이었어. 기왕에 이렇게 된 거, 내가 교수직을 안정적으로 얻은 후에 모든 걸 터트려서 당신의 몰락을 차분히 지켜볼 생각이었어. 그런데 너란 인간은 지옥으로 빨리 걸어 들어가지 못해 안달 난 악귀처럼 스스로의 발목을 마구 끌어당기더라?"

민규는 여전히 하나도 이해할 수 없다는 표정이었다.

성실이 그를 뚫어지게 바라보다 차갑게 덧붙였다.

"아무리 그래도… 내 동생은 건드리지 말았어야지."

"무, 무슨?!"

민규는 급히 모르는 척했지만, 사실은 뭘 말하는지 알고 있었다. 연구실에 언니를 보러 왔던 성실의 동생에게 흑심을 품고 어떻게 해 보려고 연락을 취한 적이 있었으니까.

"몰래 연락했던 거, 걔가 정말로 나한테 말 안 할 거라고 생각했어? 넌 언제나 너한테 유리한 대로만 생각해, 정말이지 신기하게도 말이야."

민규의 얼굴이 순식간에 굳었다. 입술을 깨문 채 이 상황을 벗어나기 위해 머리를 굴리다 겨우 생각해 낸 변명을 재빨리 내뱉었다.

"그, 나, 나는! 걔가 우리 연구에 관심이 있는 것 같길래,

도와주려고…!"

"그게 무슨 개소리야? 핑계를 만들어도 어떻게 그따위 말도 안 되는 걸 생각해 내? 정말로 당신, 교수 임용은 어떻게 된 거야? 소문대로 마누라 집안 돈을 처발랐어?"

"이잇, 기성실! 너…!"

민규가 발끈했지만 말을 잇지 못했다. 당황스러운 마음에 숨을 몰아쉬며 다시 머리를 굴렸다. 뭔가 떠올렸는지 갑자기 목청을 높여 소리치기 시작했다.

"아니, 그래서 내가 니 동생을 뭘 어떻게 한 것도 아니고 그냥 연락만 하다 끝난 일인데, 그걸로 나한테 책임을 묻겠다고? 웃기시네! 네가 나한테 이런 짓을 해 놓고도 이 바닥에서 버틸 수 있을 거 같아? 교수 되고 싶댔잖아? 당장 이거 안 풀면 어림도 없어! 내가 다 막아 버릴 거야, 이 미친 쌍년아!"

"네가 나를 어떻게 막을 건데?"

"왜 못 해?! 내가 마음만 먹으면…!"

"넌 오늘 죽을 건데?"

"…뭐?"

말문이 막힌 민규가 입을 크게 벌렸다.

성실이 옆에 있던 의자를 소리 나게 끌며 다가왔다. 끼이이이. 의자 다리가 컨테이너 바닥을 긁는 소리에 민규의 온몸에 소름이 돋았다. 청 테이프에 붙은 피부가 조여들며 유발된 통증에 민규는 자신도 모르게 신음을 냈다.

성실은 민규를 마주 보는 위치에 의자를 놓아 앉고는 읊조리듯 얘기했다.

"이 컨테이너 소유자가 몇 년 전에 죽었어. 유족은 여길 방치한 지 오래고. 난 널 그대로 묶어 두고 이곳을 떠날 생각이야. 네가 굶어 죽게 될지, 저체온증으로 죽게 될지 모르겠지만, 어쨌든 넌 여기서 죽어. 여기가 얼마나 외진 곳인지 7년 전에 이미 확인했지?"

민규의 얼굴이 하얗게 질렸다. 입술도 바르르 떨렸다. 자신이 처한 상황을 이제야 제대로 인지했다. 진심이다. 그냥 협박으로 하는 소리가 아니다. 이 미친년이 나를 진짜로 죽이려는 거다!

두려움이 엄습했다. 하지만 이대로 포기할 순 없었다. 그래, 비위를 좀 맞춰 주면 맘을 바꿀지도 몰라. 그동안 내가 막 대하긴 했잖아.

전략을 바꾸기로 맘먹은 민규는 확연히 달라진 말투로 애원하기 시작했다.

"성실아, 생각 좀 해 봐. 내가 사라졌는데, 사람들이 찾지 않을 리가 없잖아? 어?"

간절을 넘어 비굴하기까지 한 목소리였다. 몸이 묶이지 않았다면 무릎까지 꿇을 기세였다.

"성실, 아, 아니, 기 박사! 경찰이 찾기 시작하면, 그러면 기 박사가 이런 거, 다 드러나게 될 거라고, 응? 조금만 더 신중하게 생각을 좀 해 봐, 어? 생각해 보면…!"

"하하하하!"

성실이 큰 소리로 웃음을 터트렸다. 배까지 움켜쥐고 못 참겠다는 듯 몸을 흔들며 웃었다. 민규는 황당해하며 그 모습을 바라봤다.

성실이 눈가에 맺힌 눈물을 손가락으로 훔치며 말했다.

"하아, 하…. 나한테 생각을 좀 하라니."

성실은 순식간에 차갑게 표정을 바꿔 말을 이었다.

"생각을 안 하고 산 건 당신이지, 난 그동안 죽어라 오늘을 생각했어. 내가 비서라도 된 것처럼 개인적인 뒤치다꺼리까지 군말 없이 도맡았던 게, 그저 너한테 잘 보이려는 충심인 줄 알았어? 아주 천천히 네가 지금의 순간을 위해 준비되게 만들었던 거야. 당신 이름으로 연구비를 빼돌리고, 그 돈으로 주식, 도박… 조직폭력배에게까지 빚을 져서 결국엔 그 상황을 피해 잠적해 버릴 만한 인간으로 보여지게끔."

경악한 감정을 다 담아내지 못한 민규의 얼굴은 마치 유령이라도 본 사람의 것과 같아졌다.

성실이 의자에서 몸을 일으켰다. 민규의 시선이 마지막 희망의 끈이라도 붙잡으려는 듯 성실을 좇아 움직였다. 하지만 성실은 그 눈길을 무시한 채 몸을 돌려 컨테이너 입구로 향했다. 등을 보인 채 목청 높인 소리로 컨테이너를 울렸다.

"거기에 묶인 채 죽어 가면서, 내가 겪었던 감정을 당신도 느끼길 바래. 아무것도 하지 못하고 무기력하게 앞에 놓인 상황을 받아들여야만 했던, 그 처절했던 심정을."

"제발 이러지 마! 기 박사! 내가, 내가 잘못했어! 어? 내가 잘못했으니까, 제발 한 번만 기회를…!"

성실이 컨테이너 문을 열었다. 밖은 이미 어둠이 짙게 깔려 있었다. 가까운 인가가 없는 주변엔 그 어떤 불빛의 흔적도 보이지 않았다.

성실이 고개를 돌려 민규를 바라보며 천천히 미소를 지었다.

맥없이 멍한 민규의 마지막 모습을 눈에, 뇌리에 깊이 새기면서.

민규는 성실이 더 이상 말을 섞을 생각이 없다는 것과 성실의 미소가 자신이 보게 될 타인의 마지막 모습이란 걸 직감했다. 상황이 바뀔 리 없다는 걸 깨닫자, 민규는 별안간 얼굴이 벌게져 소리쳤다.

"야, 기성실! 이 미친년아! 네가 이러고도 진짜 무사할 거 같아?! 씨팔! 이 썅…!!!"

성실은 평온하게 컨테이너를 걸어 나가 만족스러운 표정으로 문을 닫았다. 잠금장치까지 완벽하게 걸었다. 민규의 욕이 계속됐지만 그 소리를 듣고 누군가가 올 가능성은 없다는 걸, 성실은 오래전 그날의 경험으로 알았다.

김민규 교수는 이곳에서 죽을 것이다. 물리적으로 문제가 생겨 죽거나, 성실이 원하던 대로 자신이 상황을 해결하지 못한다는 무기력에 점철되어 그 마음 때문에라도 죽게 될 것이다.

성실은 기왕이면 후자가 되면 좋겠다고 생각했다.

계획은 아직 끝나지 않았다. 일을 마무리하기 위해 다시 서둘러 움직였다.

민규의 차는 인근 저수지에 가라앉혔다. 성실이 직접 고안해 설치한 액셀 누름 장치는 자동차를 직접 몰지 않고도 차를 더욱 멀고도 깊게 물속에 숨기도록 작동했다. 이날따라 더욱 밝게 빛나던 보름달이 차의 마지막 호흡에 잔잔한 윤슬을 만들었다.

성실은 미리 숨겨 두었던 차로 국도를 이용해 복귀했다. 연구실에 도착했을 땐 새벽이었다. 연구실에서 민규의 휴대폰을 다시 켜고 자신에게 전화를 걸어 마치 통화를 한 것처럼 잠시 두었다. 2분여의 시간이 흐른 뒤 전화를 끊었다.

준비했던 계획의 1구간을 마쳤다. 아직 끝은 아니었지만 가장 어렵고 물리적으로 힘이 많이 들어가는 구간이 마무리된 거였다.

성실은 민규의 책상에 엉덩이를 걸쳐 기댔다. 눈을 감은 채 고개를 좌우로 움직여 스트레칭을 했다. 다시 고개를 바르게 세우고 숨을 가늘고 길게 천천히 내쉬었다. 그렇게 호흡하면서 잠에 빠져들었다. 아침이 밝을 때까지 정상적인 패턴으로 움직이기 위한 목적과 함께, 긴장을 완전히 놓아 버리기 싫어서였다. 분명 불편하기 그지없는 자세였지만 교수 연구실 창으로 햇빛이 쏟아져 들어올 때까지 잠들어 있었다. 너무도 오랜만의 단잠이었다.

성실이 눈을 떠 확인한 시간은 7시 27분. 곧바로 민규의 휴대폰으로 연희에게 전화를 걸었다. 그런데 연희의 휴대폰 벨 소리가 전화기 너머가 아닌 성실이 있는 공간에서 울렸다. 소리는 성실이 마주한 캐비닛 안에서 흘러나오고 있었다.

놀란 성실은 천천히 걸음을 떼어 캐비닛에 다가갔다. 조심스레 문을 당겨 열자, 안에서 웅크리고 있던 연희가 막 잠에서 깬 듯 고개를 들어 성실을 봤다. 성실 또한 혼란스러운 표정으로 연희를 바라보았다.

머릿속에서 온갖 생각이 스쳤다. 지금 연희가 이곳에 있다는 건, 어제저녁 그 시간에도 여기에 있었을 확률이 높다는 얘기였다. 성실이 민규를 쓰러뜨리고 납치하는 모든 과정을 연희가 봤을 수도 있다는 얘기였다. 이 아이를… 어떻게 해야 하지? 성실의 눈빛이 갈피를 잡지 못하는 마음만큼 흔들렸다.

그때 연희가 두 손을 뻗어 성실의 왼 손목을 감쌌다.

"언니. 아팠어."

성실의 눈이 휘둥그레졌다. 하지만 연희의 말과 행동이 의미하는 바를 정확히 이해하긴 힘들었다. 성실은 반응을 보이지 않고 가만히 있었다.

연희는 성실의 손목을 끌어와 자신의 눈앞에 두었다. 오른손 집게손가락을 세워 작은 선으로 뻗은 흉터 하나하나를 만지며 말을 하기 시작했다.

"하나, 3월 11일. 둘, 4월 2일. 셋, 4월…."

숫자를 따라 이해할 수 없는 날짜들이 나열됐다. 성실의 눈이 씁쓸한 빛을 띠었다. 이 아이는 내가 아무리 설명하고 설득한들 이해하지 못한다. 연희의 사고 체계 또한 내가 이해할 수 없으니 통제할 수도 없다. 보통의 사람보다 오히려 더 위험한 증인이 될 거다. 그러니 결국 연희도 그곳으로 데려가야 한다. 다른 방법은 없….

"6월 12일, 끝. 이제 안 아파. 아빠, 없으니까."

놀란 성실이 숨을 훅 들이쉬었다. 순간 머릿속이 텅 비면서 속눈썹이 파르르 떨렸다.

연희는 흉터의 개수와 의미를 정확히 알고 있었다. 그 끔찍했던 날들을 기억했다. 어제 이전에도 캐비닛 안에서 두 사람을 지켜본 적이 있던 게 분명했다. 성실이 울음을 씹어 삼키며 민규에게 자신을 내줘야 했던 그 끔찍했던 순간을, 고통을 목격했던 거다. 민규는 보지도, 알고 싶어 하지도 않았던 그 괴로움을, 이 아이는 읽었던 거다.

연희가 성실의 손목에 입김을 호, 하고 불었다. 이미 아문 상처였지만 온기가 닿자 찌릿하게 전기가 흘렀다. 성실은 연희를 와락 끌어안았다. 눈물이 눈에 차올랐지만 흐르진 않았다. 입술을 악문 채 검은 눈동자를 반짝여 깊은 생각에 잠겼다. 연희를 어떻게 할 건지 마음을 굳혔다.

연희는 성실에게 안긴 채 말간 눈을 말없이 끔뻑거렸다. 그러다 바깥쪽으로 뻗어 나온 손으로 성실의 등을 어색하지만 다정하게 토닥였다.

*

이후 성실은 며칠에 걸쳐 민규가 일상적인 생활을 지속하는 것처럼 행적을 조작했다. 민규의 컴퓨터로 그의 이메일 계정에 접속해 연구원들에게 업무를 지시하는 메일을 보내거나 회신했다. 방송국에서 온 스케줄과 대본도 확인해 피드백을 보냈다. 밤에는 번화가를 돌아다니며 회식 중인 테이블을 관찰하다가 일행인 척 연구비 카드로 결제했다. 모든 것들이 이전에도 성실이 일상적으로 처리했던 일이라 누구도 알아채거나 의심하지 못했다.

성실은 민규의 음성을 녹음해 둔 파일도 다양하게 가지고 있었다. 연구원들에게 민규의 전화기로 전화를 걸어 일방적인 지시를 내리던 통화 녹음을 그대로 들려주고 상대의 답을 기다리지 않고 끊었다. 민규의 일반적인 통화 방식이었던 터라 모두가 의심 없이 당연하게 받아들였다. 그렇게 일주일 가까이 민규가 계속 그들 사이에서 살아가고 있는 것처럼 꾸미는 데 성공했다.

그러다 한경에게서 만나자는 첫 번째 연락을 받았다. 민규의 실종은 최소한 방송 녹화가 진행되기 직전까지는 밝혀지지 않아야 했다. 그래야 혹여 모든 게 들통나더라도 민규가 죽어 있을 가능성을 높일 수 있었으니까. 혹여나 성실이 잡히더라도 놈의 죽음은 확보해야 했으니까.

그래서 한경을 자신의 계획에서 떨어져 있도록 처리했다. 그의 평소 성격을 고려해 손수건을 매개변인으로 활용했다.

그리고 며칠 후, 김 교수의 실종을 직접 신고하면서 또 한 구간을 마무리했다.

7.

현재.

한경은 느린 걸음으로 동작경찰서 입구에 들어섰다. 며칠 전만 해도 차가운 바람 탓에 겉옷의 옷깃을 여몄건만, 어느새 날이 풀려 볼을 스치는 바람에서 따사로운 해의 온기가 느껴졌다.

"박한경 박사님."

자신을 부르는 목소리에 한경이 고개를 들었다. 세 걸음쯤 앞에 예전과는 전혀 다른 분위기의 성실이 서 있었다. 언제나 낮은 굽만 신었던 그녀가 5cm는 넘어 보이는 하이힐에 옷차림과 머리도 화려하게 치장해서 웬만한 지인이라면 몰라볼 지경이었다. 그러나 무엇보다 가장 큰 변화는 이전에는 항상 앞으로 움츠리고 있던 상체를 펴서 반듯하게 세운 자세였다. 그게 성실을 더욱 자신감에 차 보이게 했다.

"아, 기 박사님. 오랜만입니다."

인사를 건네던 한경이 성실의 오른편에 선 여자아이를 발견하고 멈칫했다. 성장기의 아이에게 3년은 외모가 급격하게 변할 만한 시간이었지만, 한눈에 그 아이가 연희라는 것을 알아봤다.

한경은 고개를 기울여 인사를 건넸다.

"연희야, 안녕? 삼촌 기억해?"

연희가 성실의 뒤로 재빨리 몸을 감췄다. 성실도 연희를 오른팔로 감싸듯 안았다.

한경의 입가에 착잡한 미소가 떠올랐다. 성실의 그런 행동이 아이를 보호하기 위해서만은 아닐 것 같았다. 한경이 아는 성실이라면 연희를 곁에 두는 이유가 단순히 선의만은 아닐 게 분명하니까.

그러나 그게 무엇이든, 결과적으로는 연희에게 좋은 영향을 준 모양이었다. 아이는 이전보다 밝아진 표정에 훨씬 안정되어 보였다.

연희를 보던 한경의 시선이 자연스레 성실의 왼 손목으로 옮겨 갔다. 긴팔과 토시로 꽉꽉 감췄던 옛날과는 달리, 7부 소매 아래로 손목이 드러난 채였다. 대신 두꺼운 팔찌가 그 위를 덮어 가리고 있었다.

연희가 한경의 눈길을 눈치채고 재빨리 성실의 왼편으로 자리를 옮겼다. 양손으로 팔찌를 덮어 쥐고는 조금 전 시선을 피했던 아이가 맞나 싶게 매서운 눈빛으로 한경의 눈을 노려보았다. 자신의 선택과 결정을 명확하게 보여 주는 행동이었다. 설혹 그 의미는 정확하게 이해하지 못하더라도.

한경은 무릎을 꿇고 연희의 눈을 맞추며 애틋하게 말했다.

"연희가 언니를 많이 좋아하는구나…."

연희는 불편한 듯 눈을 계속 껌뻑였지만, 한경의 시선을 끝까지 피하지 않고 버텼다.

성실이 미소를 머금고 그런 연희를 내려다봤다. 그러고는 오른손을 뻗어 연희의 눈을 슬쩍 가려 주며 말했다.

"박 박사님, 저흰 이만 가 볼게요."

"아, 네. 그러시죠. 연희, 안녕!"

한경이 아쉬운 듯 손을 흔들었다. 성실은 가볍게 고개를 숙인 후 연희의 손을 이끌어 그를 지나쳤다. 한경이 자리에서 일어나 막 걸음을 떼려는 찰나, 등 뒤로 성실의 목소리가 다시 들렸다.

"박사님이 연구 분야를 떠나신 게 학계 입장에선 조금 아쉽긴 하지만, 스타트업을 잘 꾸리셔서 정말 기뻤어요. 부모님은 얼마 전에 보스턴으로 이사하셨더라고요? 하긴, 생활환경은 그곳이 더 낫죠?"

놀라서 뒤를 돌아본 한경을 두고 성실은 또각거리는 구두 소리를 내며 걸어갔다. 그 뒷모습 위로 3년 전 카페를 나서던 성실이 겹쳐 보였다. 한경은 자조적인 미소를 띠곤 천천히 몸을 돌려 걸음을 옮겼다.

자신의 선(善)을 유지하게 해 주면서 필요한 악(惡)이 되어 준 게 성실이었다는 걸, 한경은 진즉 깨달았다. 성실이 더 현실적이었고 영리했으며 목표 달성에 있어서도 뛰어났다. 한경이라면 무슨 일이 있어도 선택하지 않을 방식이었지만, 그렇다고 모든 조건을 무시한 채 성실을 비난할 자격은 없다는 것도 알았다.

그래서 방금의 간접적인 협박도 사실은 암묵적인 거래의 제안이란 걸 알 수 있었다. 성실은 여전히 한경을 지켜보고 있고 앞으로도 필요하다면 무슨 일이든 할 수 있다는 증명이자, 한경이 위협적인 행동만 하지 않는다면 자신도 위해를 가하지 않을 거라는 약속.

그러니 한경도 이번만큼은 확실히 도울 생각이었다. 김 교수와의 승부에서 성실이 최후까지 승리하도록.

어느새 경찰서 출입구에 다다랐다. 한경은 그대로 반듯하게 서서 숨을 차분히 들이마셨다. 그것을 머금은 채 결전장으로 힘차게 걸음을 내디뎠다.

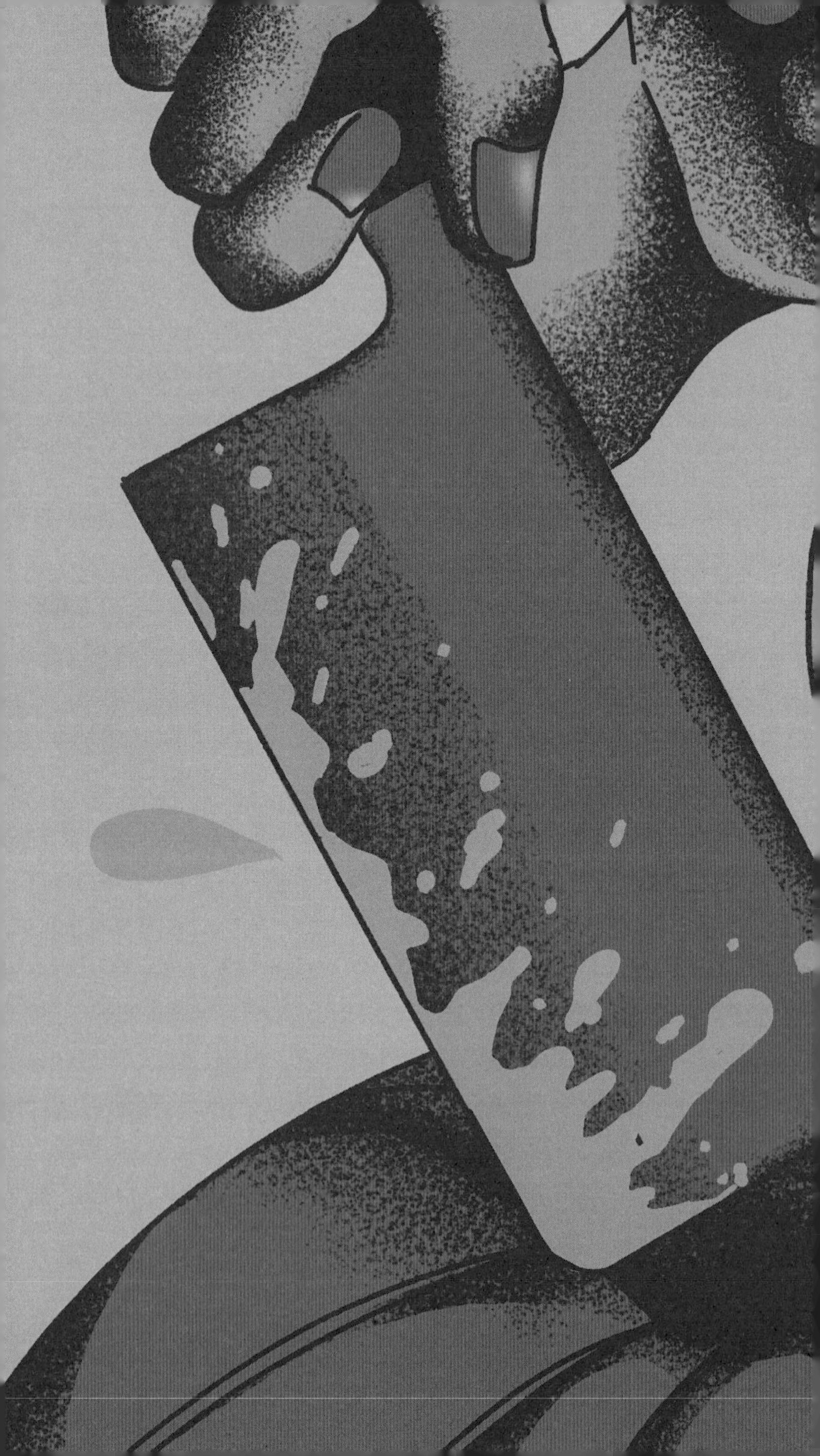

사일런트 디스코(Silent Disco)

이은영

아무도 볼 수 없는 곳에서,

아주 고요한 춤을 추었다.

귓바퀴 자세히 들여다본 적 있어?

한 번쯤은 있겠지. 그건 왜?

미로 같지 않아?

그렇겐 생각 안 해 봤는데.

엄만 어릴 때부터 그렇게 말했어. 귀를 씻겨 주거나 파 줄 때, 엄만 지금 작은 미로 속을 헤매고 있다고. 면봉으로 귓바퀴 모양을 따라가면서.

엄마가 그랬다고?

그러다 귓구멍에 닿으면 출구를 찾았네, 라고 외치곤 했어.

귓구멍은 출구가 아니지 않아? 오히려 입구에 가깝지.

둘 다일 수도….

그런가.

응.

…어쩌면 엄만 빠져나오는 방법을 포기했을 수도.

그게 뭔 소리야?

헛된 희망, 같은 거. 그게 출구라고 믿고 싶었던 거 아니냐고.

…그래, 그럴 수도 있겠다.

1.

내가 울음을 그치자, 또 다른 내가 울기 시작했다.

엄마는 우리가 어릴 때 얼굴이 너무 비슷해서 연달아 울어 젖히면 종종 그런 무서운 느낌을 받았다고 했다. 쌍둥이와는 조금 다른, 두 개의 자아가 번지는 듯한 기묘한 체험 같은 것으로 말이다. 엄마는 그때부터 아빠와 사이가 좋지 않았고 아주 가끔 손찌검을 당했고 마트보다 먼 거리는 외출을 금지당했다. 아마도 엄마가 심신이 쇠약한 상태여서 그렇게 보였을지 모른다. 나중에는 착각이 점점 심해져 동생에게 내 이름을 부르기도 하고 내게 동생의 옷을 입히기도 했다. 하지만 이 불행에서 구해 달라는 엄마의 기도가 전해졌는지 나와 동생은 커 가면서 달라지기 시작했다. 아니, 자매라고 확신할 수 없을 만큼 전혀 닮지 않은 얼굴이 되었다. 동생은 부모를 반씩 닮은 혼합형 얼굴이 되었고 나는 외탁에 가까운 얼굴이 되었다. 엄마는 그것만으로도 혼탁한 현실에서 조금은 벗어날 수 있었다.

나와 동생은 여섯 살 터울인데도 겉으로는 친구처럼 보였다. 동생은 꾸미는 걸 좋아하고 나는 수수한 걸 좋아했다. 동생은 아이라인을 미취학아동일 때부터 그리기 시작했고 마스카라는 가끔 친구와 놀러 갈 때 그리곤 했다. 나는 그게 마음에 들지 않아 동생의 얼굴에다 토하는 시늉을 한 적도 있다. 문제는 초등학생이 되면서 동생이 더 이상 아무것도 할 수 없게 되었다는 것이다. 아빠는 엄마의 정신세계를 휘두르던 올가미를 우리에게도 씌웠다.

분명한 규율이 있었다면 차라리 빨리 체념할 수 있었을 텐데 억압의 기준이 불분명해 우리는 자주 애를 먹었다. 어떨 때는 밥을 남기지 말라고 했다가 어떨 때는 밥을 조금만 먹으라고 하고, 어떨 땐 어디든 나가 버리라고 했다가 어떨 땐 아무 데도 못 가게 막았다. 우리는 그 혼란 속에서 합의하에 서로를 학대하기 시작했다. 그때 우리가 즐기던 놀이는 물속에서 숨 오래 참기였는데, 정말 죽일 것처럼 고개를 사정없이 눌러 버리는 게 이 놀이의 묘미였다(그 행위의 원인 제공자는 당연히 아빠였다). 집 근처 계곡에서 그 놀이를 하고 있으면 어떻게 알았는지 엄마가 와서 등짝을 치며 말렸다. 근데 한 가지 이상했던 건 호흡이 힘들고 고통스러운데도 물속에서 춤추듯이 발버둥을 칠 때면 이상한 쾌감과 희열을 느꼈다는 것이다. 내가 누르는 입장이든 당하는 입장이든 별반 다르지 않았다. 그건 동생도 마찬가지였다. 하지만 나중에야 깨달았다. 그때의 쾌감은 상대가 날 죽이지 않는다는 확신이 있어 가능했다는 것을.

대학 3학년 여름방학 때, 우리 가족은 바다와 계곡을 돌아다닐 계획으로 긴긴 여름휴가를 떠났다. 우리 중 누구도 그 여행을 반기거나 좋아하지 않았다. 특히 나와 동생은 여름방학 전부를 가족 여행에 반납해야 했기 때문에 방문을 나설 때 도저히 발길이 떨어지지 않았다. 유일하게 신난 건 아빠였다. 내가 가져간 수영복은 집에 돌아와 가방을 열 때까지 한 번도 바깥 구경을 못 했다. 바다에서도, 계곡에서도 나는 멍하니 물속만 들여다보았다. 바다에선 피부를 벗길 듯이 무릎을 쓰다듬는 바닷물을 보며 가만히

서 있었고, 마지막 휴가지였던 계곡에서도 고르게 침식된 바위에 걸터앉아 눈앞의 계곡물이 얼마나 깊을지 상상했다.

진흙 속에서 튀어나와 물속을 질주하는 민물고기의 행적을 좇다 문득 고개를 들었는데, 나머지 짐을 가지러 차에 간다던 엄마와 아빠가 보이지 않았다. 동생은 휴대폰으로 최신 가요를 틀어 놓고 텐트에서 자고 있었다. 나는 다시 계곡물을 바라보았다. 그 문제의 잠수 게임은 초등학교 때 이후로 끊었지만 속이 훤히 들여다보이는 깨끗한 계곡물을 보자, 잊혔던 감각이 생생하게 되살아났다. 나는 코를 막고 힘껏 점프해 물속 깊이 잠겨 들었다. 하지만 혼자 잠수를 해서인지 별다른 재미가 없었다. 그때부턴 수경을 끼고 물속을 돌아다녔다. 도중에 허벅지까지 내려오는 티셔츠가 거슬려 두어 번 묶고 다시 물속으로 들어갔다. 아마 그때 다시 텐트로 돌아갔다면 지금보다는 사정이 나았을 것이다.

얼마 뒤 160cm인 내가 똑바로 서면 발끝이 자갈을 겨우 스칠 정도인 꽤 수심이 깊은 곳에 도달했다. 두툼해진 물살을 가르며 점프하듯이 걷다가 좀 힘들어서 멈춰 섰을 때였다. 눈앞에 중대형의 바위가 두세 개 빙 둘러 있었는데 내 시선에서는 뒤에서 무슨 일이 벌어지고 있는지 전혀 보이지 않았다. 그걸 보려면 바위를 둘러 가야 했다. 나는 위험을 무릅쓰고 유속이 빠른 곳을 지나 더 깊은 곳으로 진입했다. 더 이상 발이 닿지 않았다. 물이 물컹거리며 공포스럽게 내 몸을 요리했다.

'아, 못 버티겠는데. 그냥 돌아갈까.'

그 순간, 이상한 소리가 들렸다. 끄윽, 아니면 커흑. 듣기 좋은 소리는 아니었다. 나는 마지막이라고 생각하고 다시 물속으로 들어갔다. 물길을 헤치며 가다 보니 네 개의 사람 다리가 보였는데 두 개의 다리는 조금 안정돼 보였고 두 개의 다리는 발버둥 치고 있었다. 언뜻 춤을 추는 것 같기도 했다. 안정돼 보이는 다리는 가늘었다. 곧바로 젖은 머릿속이 뒤엉키면서 지금 내가 보고 있는 게 엄마와 아빠라는 결론이 내려졌다. 하지만 다가갈 수도, 벗어날 수도 없었다. 그저 그 무기력한 공간에 떠 있을 뿐이었다. 발버둥 치던 다리는 어느 순간 움직이지 않았다. 이윽고 엄마가 목적을 완수하고 젖은 머리를 쓸어 올렸을 때, 나는 텐트로 돌아가려고 전력을 다해 헤엄치는 중이었다.

몇 분 뒤 나타난 엄마는 그 사건에 관해서는 일절 언급하지 않고 우리를 조용히 부른 다음 짐 정리는 내가 할 테니 너희는 차에 가 있으라고 했다. 우리는 시키는 대로 했다. 원래는 계곡에서 2박 3일간 있을 예정이었지만 그걸 바란 사람은 아무도 없었다.

"물고기를 검색하면 왜 죽은 얼굴밖에 안 나와?"

돌아오는 차에서 뒷좌석을 독점한 동생이 대뜸 그렇게 말했다. 잠수를 하도 많이 해서 차에 타자마자 곯아떨어졌던 나는 그 소리에 언뜻 정신이 들었다. 차 안이 고요한 데다 엄마는 죽은 듯이 운전만 하고 있었기에 동생의 목소리가 유독 크게 들렸다. 동생은 핑크색 쇼트 팬츠를 입고 거의 드러누운 자세로 휴대폰을 보면서 물고기가 어쩌고저쩌고 계속 불평을 했고 엄마는 핸들만 꽉 그러쥐고 있었다.

"갑자기 웬 물고기 타령이야."

나는 한껏 잠긴 목소리로 동생에게 볼멘소리를 냈다. 그 광경을 본 뒤로 기분이 영 좋지 않았다. 말 한마디 없이 정면만 보고 있는 엄마한테도 화가 났다.

"물고기 그려 가는 게 숙제라서. 봐 봐. 진짜야. 죽은 물고기밖에 없어. 사람으로 치면 시체만 나오는 거잖아."

나는 휴대폰을 내미는 동생의 이마를 밀어내며 눈두덩을 문질렀다.

"인간에겐 그게 디폴트니까 그렇지. 물고기는 하등동물이자 식재료잖아. 걔네가 살아 숨 쉬는 거에 관심이나 있겠어? 바보야!"

"디폴트? 그게 뭔데? …잠깐만, 나 찾고 있어. 뜻 말하지 마."

동생은 손을 휘저으며 다급히 외쳤고 나는 기본도 모르면서 왜 그런 궁금증을 갖느냐고 쏘아붙였다. 그러면서 계속 엄마의 낌새를 살폈다. 내가 아빠의 행방에 대해 묻지 않았다는 걸 엄마는 아직도 모르는 듯했다. 아니 그 사건에 몰두하느라 우리를 완전히 잊고 있는 듯했다. 나는 언제나 아빠가 어디 있는지 물어봤었는데 말이다.

"엄마, 아빠는 왜 없어?"

내가 차마 물어볼 수 없었던 걸 눈치 없는 동생이 먼저 끄집어냈다. 그러나 그땐 이미 집 마당으로 차가 들어서던 참이었다. 엄마는 아빠가 일이 생겨서 먼저 갔다고 둘러대며 마당 한쪽에다 차를 세웠다. 나는 잔뜩 긴장한 채 엄마가 차 트렁크를 열어 짐을 꺼내는 과정을 지켜보았다. 다행히 트렁크 속엔 짐 말고는 아무것도 없었다. 우리는 각자 짐을 나눠 들고 안으로 들어갔다.

그때부터 뭔가 이상하다는 생각이 들었다. 물론 그 장면을 목격한 순간부터 그래야 했지만 그때는 왜 그랬는지 아무런 생각이 들지 않았고 뒤늦게 시체를 어떻게 처리한 걸까, 하는 생각에 사로잡혔다. 엄마는 대체 어쩔 생각이지. 거기 두고 와도 되나.

"저녁 먹을 거니까 짐 대충 놔두고 와."

엄마는 텐트나, 비치체어 같은 큼지막한 캠핑용품을 창고에 집어넣으며 말했다. 동생과 나는 방에다 짐을 두고 식탁에 모였다. 엄마는 우리를 나란히 앉혀 놓고 물컵을 주더니 한 모금씩 마시라고 했다. 우리가 물컵을 내려놓자 엄마는 아무렇지 않게 저녁을 준비했다.

나는 붉은 고깃덩어리에 관심을 보이는 동생 옆에서 엄마의 표정을 읽어 보려 했다. 그러자 네 개의 다리가 다시 수면 밑에서 출렁였다. 아빠의 뒷머리를 악착같이 누르고 있던 엄마가 지금 주방에 있는 엄마로 대치되면서 덜컥 겁이 났다. 하지만 엄마의 정수리에 몇 올 삐져나온 새치를 보니 또 짠하고 고마운 감정이 밀려들었다. 우리를 위해서 그랬을지도 모른다고 어떻게든 옹호해 주고 싶었다.

"기도할까?"

잠시 뒤, 고기를 다 구운 엄마는 언제나처럼 우리에게 식사를 제공해 주었다. 물론 눈앞의 재료들은 계곡에서 먹으려고 사 간 것들이었다. 좀처럼 적응되지 않는 분위기 속에서 동생과 엄마는 기도를 시작했다. 우리 집에는 종교가 따로 없었다. 하지만 아빠의 강요로 저녁에는 꼭 기도 후에 밥을 먹어야 했다. 기도라기보다는 하루치 자기반성에 가까웠지만.

집 뒷벽에도 동생과 내가 싸우거나 잘못을 했을 때 들어가서 참회하는 작은 플라스틱 방을 세워 두었다. 충견을 가두는 펜스 같은 그곳은 아빠가 직접 설계했고 성당의 고해실처럼 꾸며 놓았다.

플라스틱 의자를 양쪽에 두고, 중앙엔 움직이면 얼핏얼핏 실루엣이 비치는 가림막이 처져 있었다. 물론 동생과 나는 그 안에서 떠들고 놀기 바빴다. 아빠가 없거나 비가 오는 날엔 컵라면을 들고 들어가 허겁지겁 먹기도 했다.

나는 진지하게 기도하는 엄마의 쭉 뻗은 콧대와 앙다문 입술을 쳐다보았다. 이제껏 한 번도 아빠에게 저항해 본 적 없는 엄마의 현재 기분을 상상하기란 복잡미묘했다. 열 살이라는 나이 차 때문에 꼬박꼬박 존댓말을 쓰고 아빠가 새벽에 느닷없이 일어나 심부름을 시켜도 불만을 토로하지 않았던 사람인데 언제부터 남편을 죽여야겠다는 생각을 했을까. 정말 오래도록 계획했다면 복종하는 이미지는 다분히 의도적이었을지 모른다. 나는 그런 태도가 자포자기하는 마음에서 나왔거나 스톡홀름 증후군인 줄 알았는데. 그게 아니어서 다행이라고 해야 할까.

"그건 매우니까 딴 거 먹어."

엄마는 기도를 끝낸 뒤 동생이 손대려던 마늘과 고추가 담긴 접시를 자기 앞으로 가져갔다. 동생은 입을 삐죽이며 앞접시에 놓인 삼겹살 한 점을 입에 구겨 넣었다. 나는 깻잎에다 된장과 마늘, 고기를 넣고 쌈을 만들어 입에 쑤셔 넣었다. 식사 중에 조금 전 일에 대해 뭔가를 얘기해 주려나 하고 내심 기대했지만 엄마는 묵묵히 밥만 먹을 뿐이었다. 밥알을 두고 깨작거리던 동생은 결국 입맛이 없다며 일찍 자리를 떴고 나는 겨우 오늘 목격한 일을 실토할 기회를 얻었다. 욕실에서 동생이 샤워하는 소리가 들려왔다. 나는 고기를 빠르게 목구멍으로 넘긴 뒤 입을 열었다.

"나 봤어."

상추의 물기를 탁탁 털던 엄마가 고개를 들었다.

"엄마가 그러는 거, 봤어. 계곡에서."

엄마는 그다지 놀란 눈치가 아니었다. 어떤 대답을 꺼내야 할지가 더 골칫거리인 것처럼 보였다. 엄마는 눈을 내리깔고 애꿎은 상추만 만지작거리더니 이렇게 말했다.

"…그랬어?"

그랬어, 라니. 이게 대체 무슨 반응이지?

"뭐라고?"

"네가 봤을 줄은 몰랐어. 그건 미안해."

"엄마, 아무리 그래도 지금 그 반응은 좀 정상적이지 않지."

약간 울컥해서 쳐다보자 엄마는 거듭 미안하다고 사과했다. 하지만 딱히 진심이 담겨 있진 않았다. 아니, 진심은 맞는데 뭐라고 해야 할까. 고작 이 말이 듣고 싶어? 그래, 그쯤은 해 줄 수 있어. 그런 태연자약한 태도였다.

"아빠를 그냥 거기 두고 온 거야? 그것만 말해 줘."

"…그 전에 네가 알아야 할 게 있어."

"알아야 할 거?"

"오늘은 엄마가 좀 피곤하니까 내일 얘기하자."

엄마는 멋대로 대화를 끊더니 일어나서 그릇을 치우기 시작했다. 나는 어이가 없어 엄마를 추궁했다.

"정말 궁금해서 그래. 대체 어떻게 이렇게 태평할 수 있어? 누가 발견해서 신고라도 하면?"

"걱정 마. 그럴 일은 없으니까."

"왜 그럴 일이 없냐고 묻는 거잖아."

엄마는 개수대에 소리 나게 접시를 내려놓았다.

"내일 얘기하자고 했지?"

너무 단호한 말투에 주춤하며 뒤로 물러섰다. 하지만 여전히 납득하기는 어려웠다. 사체 수습이나 증거 인멸이라면 얼마든지 도와줄 수 있는데 왜 혼자 해결하려는 걸까. 설마 감옥에서 평생 썩고 싶기라도 한 건가.

괜히 서운한 마음에 자리를 뜨려는데 엄마가 무언가 생각났다는 듯 고무장갑을 낀 채 돌아보았다.

"…오늘은 일찍 자고 새벽 3시 이후로는 방문 열고 나오지 마."

"뭐? 왜?"

엄마는 설명하려는 성의조차 보이지 않고 다시 그릇을 닦았다. 왜 자꾸 이상한 말만 늘어놓느냐고 소리를 지르려는 찰나, 동생이 막 샤워를 끝내고 나왔다. 나는 부아가 난 상태로 소파로 향했다. 동생은 무거운 분위기를 감지했는지 나를 졸졸 따라왔다. 내가 소파에 앉아 TV를 켜자 동생은 어떻게든 궁금증을 해결하겠다는 듯 내 옆에 찰싹 달라붙었다. 그리고 수건으로 감싼 머리에서 샴푸 냄새를 풍기며 작게 속삭였다.

"무슨 일이야?"

"묻지 마."

동생은 내 대답에 심통이 났는지 리모컨을 뺏어 가 꾹꾹 눌러댔다. 나는 동생을 흘겨보았다.

"너 물고기 그렸어?"

동생은 못 들은 척하며 채널을 넘겼다. 아마도 동물이 나오는 채널을 찾는 듯했다. 현란하게 휙휙 바뀌는 화면 때문에 정신이 없었다.

"설마 물고기 사진 아직도 찾고 있는 거야?"

"살아 있는 물고기 사진을 못 찾았단 말이야."

"펄떡이는 사진 차고 넘치는데 무슨 뻥을 치고 있어."

"그건 살아 있는 게 아니야. 발버둥 치는 거지."

"물속에서 돌아다니는 사진도 많거든."

"언니야, 내 말은 그림에서 어떻게 생생하게 살아 있는 걸 표현하느냐는 거야. 애니메이션도 아니고 움직이는 걸 그릴 순 없잖아."

"멍청아. 물고기 대형을 그리면 헤엄치는 것처럼 보이잖아."

"난 한 마리만 그릴 거란 말이야. 내 자화상처럼."

"그럼 눈을 생동감 있게 그려?"

"아, 너랑 말 안 해."

동생은 짜증스럽게 일어나더니 자기 방으로 들어가 버렸다. 덕분에 소파는 내 차지가 되었다. 나는 편안하게 누워 외국 영화를 시청했다. 그런데 별로 재미가 없던 탓에 액션 신 효과음을 자장가 삼아 금세 잠이 들었다. 잠결에 문득 동생에게 미안해졌다. 물고기의 눈은 아무리 해도 생동감을 표현하기 어려운데, 그걸 알면서 괜한 트집을 잡은 것 같아서였다. 하지만 내 기분을 알아주는 사람이 없는 것도 마찬가지였다. 아빠가 죽었는데 아직 살아 있는 것 같기도 하고 원래 없었던 것 같기도 해서 하루 종일 기분이 엉망진창이었다. 차라리 시신을 화장하고 제대로 된 장례를 치렀다면 지금보다는 훨씬 마음이 가벼웠을까. 대체 뭐가 어떻게 돌아가는 건지 알 수가 없었다.

잠에서 깼을 때는 새벽 2시 35분이었다. 언제 잠자리를 옮겼는지 침대 위였다. 숨을 들이마시니 공기가 약간 싸늘했다. 나는 한데 밀린 이불을 끌어다 덮으며 몸을 움츠렸다. 다시 자려니 잠이 오지 않았다. 목도 마르고 새벽이라 배도 고팠다. 어쩔 수 없이 이불을 타 넘어 침대 밖으로 발을 내디뎠다. 열린 창으로 달빛이 희끄무레 새어 들었다. 창밖으로는 빗줄기가 선명하게 흩뿌려지고 있었다. 빗소리는 살인을 덮어 준 내게 벌을 주듯 가혹하게 내리꽂혔다.

창문도 안 닫고 잤어?

나는 슬리퍼를 찾다가 포기하고, 맨발로 다가가 창문을 닫았다. 그리고 돌아서서 방문으로 걸어갔다. 잠결에 문단속까지 하고 잔 모양인지 문고리를 돌리자 덜컥, 하고 잠금이 해제되는 소리가 들렸다. 목이 말랐다. 해갈이 필요했다. 주방은 안방 옆에 있었고 냉장고는 가스레인지 옆에 붙어 있었다.

거실을 가로지르는데 시커먼 마당에 주차된 검은색 중형 SUV의 윤곽이 보였다. 기분이 이상했다. 아침까지만 해도 저기에 네 명이 타고 있었는데, 돌아올 땐 한 자리가 비어 있었다. 차 안의 빈 좌석. 그건 곧 죽음을 의미했다. 죽음의 실체를 그렇게 가까이에서 목도했는데도 이렇게 멀쩡할 수 있다는 게 이상했다. 그건 사전적 의미로서의 죽음과는 전혀 다른 체험이었다.

나는 냉장고에서 생수병을 꺼냈다. 그리고 엄마가 랩으로 씌워 둔 잔반을 가지고 소파로 갔다. 문득, 엄마가 새벽 3시 이후로 나오지 말라고 했던 게 떠올랐다. 지금 생각해 보면 내가 그 말을 어기리라는 걸 알고 일부러 말을 흘린 것이었다.

헤드폰을 연결해 TV를 켠 나는 쿠션을 배에 대고 누웠다. 그 늦은 시간에 기상특보가 나오고 있었지만 잠이 덜 깨서인지 딱히 이상하다는 생각은 하지 못했다. 마당에는 전보다 더 강하게 빗줄기가 퍼붓고 있었다. 전쟁터에서 날아오는 무수한 화살촉 같았다. 왠지 몸이 싸늘해진 나는 쿠션을 한껏 끌어안았다. 밤에 혼자 불을 다 끄고 공포 영화를 봐도 전혀 무서운 걸 못 느낄 정도로 담력이 좋은 편인데 오늘은 공기조차 스산하고 날카로웠다.

남은 막국수를 먹기 시작했을 때, 단정한 옷차림을 한 기상 캐스터가 한껏 미소를 머금은 채 속보를 전했다.

"오늘 새벽부터 경기도 남양주시 소이면 서정리 56번지에 집중호우가 있을 예정입니다. 해당 주소에 계신 분들은 단단히 준비해 주셔야겠습니다. 이번 비는 100~150mm가 넘는 강수량을 보이겠으며…."

순간 잘못 들었나 싶어 볼륨을 키웠다. 지금 생각해도 미스터리하지만 기상 캐스터가 말한 건 분명 우리 집 주소였다. 속보는 그걸로 끝이었다. 이미 다른 화면으로 넘어간 상태였다. 나는 메밀 면을 우물거리며 기상 캐스터의 목소리를 다시금 곱씹었다.

'뭐야. 환청인가?'

순간 거무스름한 거실과 크고 작은 무덤 같은 물건들 틈에서 소외된 기분이 들었다. 소리가 안 나게 가져온 음식을 정리하고 몸을 일으켰다. 주방 개수대에 설거짓거리를 담가 놓고 생수병을 열어 물을 들이켰다. 물이 목구멍을 타고 넘어가는 순간, 갑자기 구토가 밀려왔다. 나는 개수대에 바로 뱉어 버렸다. 며칠 전 엄마가 마트에서 사 온 거라 유통기한이 짧지도 않은데 물비린내가 진동했다. 민물고기 한 마리를 집어넣은 것처럼 물맛이 역했다. 그게 아니라면 계곡 일로 잔뜩 예민해진 내 후각과 미각이 필요 이상으로 반응했을 수도.

비린내는 입 안에 계속 남았다. 당장 입가심할 게 필요했다. 소리를 죽이고 식탁으로 이동했다. 젤리류가 든 유리병에서 사탕을 꺼내 입에 넣고 방으로 돌아가려고 몸을 돌렸다. 그런데 뭔가 이상하다는 걸 감지했다. 사실 아까 방에서 거실을 가로질러 걸어올 때부터 미세한 위화감을 느꼈는데 대체 그게 뭔지 알 길이 없었다. 소파에서는 번쩍번쩍 시퍼런 불빛이 점멸하고 있었다. 아까 분명 전원 버튼을 눌렀는데 다른 걸 누른 모양이었다. 그때부터 그곳에 있는 모든 게 거슬리기 시작했다. 내 귀엔 들리지 않고 헤드폰으로만 통하는 TV 소음, 태풍 때문에 갈피를 못 잡고 흐느적대는 빗소리, 음침하게 늘어선 가구의 그림자, 간헐적으로 삐거덕거리는 마룻바닥. 그때라도 내 방으로 단숨에 달려갈 수 있었지만 이 위화감의 정체를 확인하지 않고서는 잠을 잘 수 없을 것 같았다. 나는 등을 돌렸다.

어둡게 펼쳐진 거실. 천장이 높고 완벽한 대칭이 아니어서 더 넓어 보이는 구조였다. 중앙에는 벽돌 기둥이 하나 있는데 이름이 생소한 고전 화가의 모작이 걸려 있었다. 엄마의 습작품이었다.

근처에서 화실을 운영하는 이웃 아주머니에게 유화 그리는 법을 배운 뒤 한 달 만에 완성한 그림. 근데 내 눈에는 꼭 붉게 물든 인간들이 떼죽음을 당한 것 같은 형태라 썩 맘에 들지 않았다.

나는 그림을 기준으로 오른편을 순서대로 스캔했다. 소파와 내 방이 일직선상에 있고 그 옆엔 TV와 세 개의 화분이 놓인 낮은 장식장, 마당이 보이는 통창이 있다(외벽 너머엔 목제 덱과 테이블이 있다). 왼편으로는 동생 방이 현관을 마주 보고 있고, 안방과 잡화를 쌓아 둔 다용도실이 나란히 수직으로 붙어 있다. 내가 선 곳, 그러니까 주방에서 왼쪽으로 돌면 안방과 현관이 바로 보이는데 밖에서 중문을 열면 일자로 배치된 주방과 거실 전경이 한눈에 보인다. 쉽게 말해 직사각형 라인의 ㄱ공간엔 주거 공간인 침실과 기능실이, ㄴ공간엔 주방과 거실이 있는 셈이었다.

내 눈은 그 외의 주변을 죽 훑었다. 채광 때문에 벽돌 기둥을 기준으로 좌우가 달라 보였다. 오른편의 가구와 물건들은 불빛과 달빛이 뒤섞여 푸르스름해 보였고 왼편은 마룻바닥의 경계가 안 보일 정도로 암흑투성이였다. 원래 그 정도는 아니었는데 궂은 날씨라 유독 검게 보였다.

내 시선은 자연히 오른편이 아닌 왼편으로 이동했다. 어둠이 내린 흰 벽과 안방, 그리고 다용도실. 나는 그쯤에서 시선을 멈추었다. 위화감의 정체가 그곳에 있었다.

방…?

'왜 방이 하나가 더 있지?'

어두워서 잘못 본 게 아니었다. 방문이 몇 개 있는지는 충분히 육안으로 알 수 있었다. 안방 옆에는 원래 다용도실이 있어야 하는데, 지금은 똑같은 문고리의 똑같은 무늿결이 있는 낯선 방이 그 사이에 끼어 있었다.

나는 방으로 돌아가려던 생각을 완전히 잊고 그 방에 집착하기 시작했다. 이미 말도 안 되는 일을 겪었고 그런 일을 다시 겪는다 해도 처음처럼 놀랄 것 같지 않았다. 어차피 다시 잠이 들면 신기루처럼 사라지겠지. 몇 초 정도는 그렇게 생각했다. 그런데 자꾸만 저 방문을 열고 싶은 욕구가 치밀어 올랐다. 저 방이 정말 존재하는지 아닌지 손으로 만져 보고 싶다는 유혹이.

마룻바닥을 찌걱거리며 안방 앞을 지났을 때, 잠시 숨을 집어삼켰다. 어릴 때 외갓집 근처 숲에서 본 돌을 쌓아 만든 우물이 생각났다.

거기, 누구 있어요?

그 말을 꺼내는 동시에 안에서 누가 대답을 할 것 같아 쉽게 입이 떨어지지 않았다. 누가 있든 없든 저 방은 이곳에 있으면 안 되는 방이다. 원래 없었으니까.

피곤하기도 하고 무섭기도 해서 갑자기 방으로 돌아가고 싶어졌다. 아침에 깨면 모든 게 다 허상일지 모르는데 굳이 모험을 감행할 필요가 있을까. 그런데 또 다른 나는 문고리를 돌리고 싶어 안달이 나 있었다. 딱 한 번만 열어 볼까. 안에 뭐가 있는지. 잠겨 있을 수도 있고, 아무것도 없을 수도 있잖아….

만약 뭔가가 있다면? 뒷감당을 어떻게 하려고?

의식이 어떻게 흘러간 건지 어느새 내 손은 문고리를 잡고 있었다. 금속이 내 손아귀에서 돌아가는 감촉이 느껴졌고 내 팔

근육이 문을 뒤로 밀기 위해 움직이는 게 느껴졌다. 이상한 말이지만 완전한 내 의지라고는 볼 수 없었다.

문은 끼익, 하는 소리도 없이 열렸다. 갑자기 청력에 문제가 생겼거나, 아니면 긴장감에 소리가 들리지 않았거나 둘 중 하나였다.

방의 내부는 오싹할 만큼 어둡고 고요했다. 처음에는 물체를 인식할 수도 없었다. 그제야 도망가고 싶다는 생각이 심장을 내뚫고 올라왔다. 그때, 구석에서 등을 돌린 채 서 있는 뭔가가 보였다. 이런 공포감은 처음이어서 몸을 움직이려는 시도조차 할 수 없었다. 방 안엔 벽에 세워진 침대가 있었고 남자로 보이는 형체는 그 옆에 서 있었다. 그걸 확인한 순간, 그 형체가 갑자기 뒤를 돌아 나를 향해 빠르게 달려왔다. 내가 뒷걸음질 치다 넘어진 건 그때였다. 나는 주저앉아 눈을 질끈 감았다. 그사이 뭔가가 내 옆을 쓱 하고 지나가는 게 느껴졌다.

'…왜 공격을 안 하지?'

하지만 그런 걸 깊이 생각할 틈이 없었다. 남자가 지금 어디에 있는지가 더 중요했다. 나는 이리저리 몸을 돌려 남자를 찾았다. 거실, 주방, 현관, 그리고….

그 형상이 다시 포착된 건 안방 앞이었다. 남자는 엄마가 잠든 안방 앞에 우두커니 서 있었다. 그리고 손을 뻗어 문을 열더니 안으로 들어갔다. 재빨리 몸을 일으키려 했지만 다리 근육이 경직되어 움직여지지 않았다. 방금 무슨 일이 있었는지 체감도 되지 않았다.

일단 주방으로 가 부엌칼부터 빼냈다. 이상하게도 심장이 뛰는 게 느껴지지 않았다. 끊이지 않는 빗소리 때문이었을까.

다시 정신을 차리고 안방으로 한 발씩 내디뎠다. 살짝 문이 열려 있었지만 아무 소리도 들리지 않았고 아무것도 보이지 않았다. 화들거리는 손바닥에 힘을 주어 문을 최대한 밀어젖혔다. 여차하면 남자를 칼로 찌를 생각이었다. 그런데 눈앞에 보인 건 예상을 빗나가도 한참 빗나간 것이었다.

남자는 침대에 누워 조용히 눈을 감고 있었다. 원래부터 그래 왔던 듯 너무나도 자연스럽게 누워 있어 내가 남의 집 방문을 열어젖힌 것처럼 느껴졌다. 나는 한 발짝 더 다가가 남자를 보았다. 이제껏 한 번도 본 적 없는 생김새였다. 덩치는 왜소했지만 키가 크고 발가락이 길었다.

그때 누군가 내 입을 틀어막고 바닥에 끌어다 앉혔다. 깜짝 놀라 돌아보니 엄마였다. 남자가 들어왔을 때 잠에서 깬 모양이었다. 아니면 아예 잠들지 않았거나.

"저거 뭐야, 엄마?"

엄마는 내 눈을 똑바로 쳐다보며 조용히 하라는 듯 검지를 세웠다. 그리고 내가 들고 온 칼을 자신의 손에 쥐더니 내 손을 붙잡고 문밖으로 천천히 나갔다. 정신이 마비될 것 같은 끝없는 빗소리가 다시금 귀로, 머리로 쏟아져 내렸다. 엄마의 명암 짙은 얼굴이 눈앞에 있었고 얼굴에서도 비의 잔상이 내리고 있었다. 그 순간, 엄마의 얼굴이 따뜻하게 흐려지면서 내 눈에 타오르던 긴장이 사라지고 몽롱함이 감돌았다. 엄마와 눈을 마주친 순간이었을까. 아니면 아까 남자와 눈이 마주쳤던 순간이었을까. 정확히 기억이 나지 않는다. 너무 졸렸던 탓인지 갑자기 의식이 이상한 꿈으로 흐르는가 싶더니, 눈을 떴을 때는 내 방 침대였다.

2.

단순하고도 기나긴 꿈을 꿨다. 장소는 화장실이었고 나는 거울 앞에 서 있었다. 거울 속에 내 뒷모습이 보였다. 그 뒷모습은 계속 머리를 쓸어 넘겼는데 그건 엄마가 평소에 자주 하던 습관이었다. 내 뒷모습은 엄마의 습관을 그대로 따라 했고 몸엔 여동생 옷을 걸치고 있었으며, 흠흠, 거리며 목을 가다듬는 건 아빠의 습관이었다. 나라고 확신할 수 있는 건 내 몸뚱어리밖에 없었다. 나는 내가 네 개로 분리된 것 같은 찝찝한 공포를 느끼다 잠에서 깼다.

내가 아침잠을 떨치는 사이 산비둘기가 몇 번을 울어 댔다. 개구리도 끊임없이 울어 댔다. 이불 때문에 몸이 포근하단 생각이 들었고 밝은 빛을 보니 아침이구나 싶었다. 비는 여전히 내리고 있었지만 부슬비였다. 그러다 문득 새벽 일이 생각났고 침대를 기어 나와 헝클어진 머리 그대로 방문을 열었다. 정면에 보인 건 주방 식탁에 앉아 있는 엄마였다. 평소대로 안경을 쓰고 노트에 뭔가를 적고 있었다. 엄마는 전날 지출한 항목을 다음 날 아침에 가계부에 옮겨 적는 습관이 있었다. 이젠 아빠가 없으니 굳이 하지 않아도 되는데, 자신이 그러고 있다는 사실조차 망각하는 듯했다.

"엄마."

엄마가 고개를 들어 날 쳐다보더니 다시 들어가라고 손짓했다. 나는 여전히 거기에 서 있었다. 엄마가 그 방의 정체를 알고 있었다면 왜 지금까지 함구한 걸까. 말하면 안 되는 이유가 뭐지? 신변에 문제라도 생기는 건가. 이 세계를 움직이는 배후는 누구지.

별의별 잡생각에 빠져 있는데 안방에서 '그 남자'가 걸어 나왔다. 남자와 눈이 마주쳤다. 남자의 눈은 물고기 같았다. 살아 있건 죽어 있건 티가 나지 않는 물고기의 눈. 그래서일까. 남자의 몸이 나와 똑같은 메커니즘을 갖고 있다는 생각이 들지 않았다. 나는 자연스레 새로 생긴 방으로 눈을 돌렸다. 하지만 방은 사라지고 없었다. 애초에 나타나지 않은 것처럼.

난 다시 고개를 돌려 남자를 보았다. 남자는 냉장고에서 생수병을 꺼내 그 비릿한 물을 목구멍으로 꿀떡꿀떡 시원하게 넘기고 있었다. 꼭 아빠가 그랬던 것처럼. 그 모습이 슬로모션처럼 보여 멍하니 보는데 물을 다 마신 남자가 이번에는 자연스럽게 상부 장에서 커피포트를 꺼내 생수를 들이부었다. 그것 역시 아빠의 일상적인 습관이었다. 당황해서 엄마를 쳐다보았지만 표정을 읽을 수 없었다. 예전부터 그랬다. 무얼 하든 엄마는 표정을 바꾸는 법이 거의 없었다. 어제 일도 엄마가 포커페이스여서 가능했을지 몰랐다. 여자가 남자를 죽인다는 건 쉽지 않으니까. 어쩌면 그런 이유로 20년 넘게 같이 살았던 건지도.

두 사람은 그 후로 어떤 대화를 나누었다. 문지방에서 그 모습을 가만히 지켜보는데 서서히 뒷덜미로 소름이 번졌다. 나는 얼른 방문을 닫고 심호흡했다. 남자는 언제인지 모르게 금이 간 물컵 같았다. 깨지기 전까지는 누구도 그 위험성을 알 수 없는.

잠시 후 남자가 화장실로 들어가는 소리가 들렸다. 나는 기회다 싶어 다시 문을 벌컥 열었다. 하지만 문밖엔 이미 엄마가 기다리고 있었다. 엄마는 놀란 얼굴로 서 있는 나를 지나쳐 들어오더니, 흐트러진 이불을 정리하고 침대에 걸터앉았다. 그리고 내게 앉으라고 권했다. 도대체 무슨 해명을 하려나 궁금해진 나는 문을 닫고 걸어가 순순히 옆에 앉았다. 엄마는 한동안 입술을 감쳐물고 뭔가를 곱씹었다. 그리고 신중하게 입을 뗐다.

"엄마가 어릴 때… 할머니, 할아버지가 돌아가셨어."

엄마가 입을 떼자마자 나는 무슨 소리냐는 듯 쳐다보았다. 그도 그럴 것이 할머니, 할아버지는 멀쩡히 살아 계셨으니까.

"알아. 아니라고 생각하는 거."

"아니라고 생각하는 게 아니라 사실이잖아. 지금도 번호만 누르면 할머니 목소리를 들을 수 있는데."

"그걸 어떻게 믿어?"

"뭐?"

"그 사람들이 진짠지 아닌지 어떻게 믿느냐고."

"엄마가 그런 호칭을 쓰니까 믿는 거지. 거기에 내 의지가 있진 않아."

엄마는 입술을 묘하게 비틀며 웃었다.

"…네가 사는 세상의 표면을 한 꺼풀 벗기면, 전혀 다른 세상이 펼쳐져. 그건 아무도 볼 수 없어. 아니, 원래 그랬어야 해."

"뭔 소리야?"

엄마가 해 준 얘기는 내 상상을 훌쩍 뛰어넘었다. 하지만 현실성은 그만큼 떨어졌다. 할머니와 할아버지는 할아버지의 알코올중독 증세 때문에 평소에도 자주 다투었는데 돌아가시던 날도 몸싸움을 하던 중에 나란히 베란다 난간으로 떨어져 사망했다는 것이다. 엄마는 사건을 직접 목격했다. 그리고 할머니, 할아버지가 돌아가신 다음 날 새벽 3시, 엄마는 내가 어제 본 그런 '방'에서 새로 생긴 부모가 나오는 걸 봤다. 그 사람들은 다음 날 아침에 깨자마자 엄마를 자식으로 대하기 시작했다. 엄마의 말에 의하면 보통의 인간은 사람이 죽는 순간 시신과 함께 기억이 완전히 사라지고, 새로 생긴 방의 존재도 볼 수 없다고 했다(그러면서 아빠를 그냥 거기 두고 온 게 아니야. 두고 올 수가 없었지. 거기에 없었으니까, 라고 덧붙였다). 그러니까 자연히 새로 생긴 인간을 자신의 원래 가족으로 인식한다는 것이다. 하지만 엄마에겐 그 모든 게 통하지 않았다. 이유는 알 수 없었지만 엄마가 본 건 자신을 길러 준 부모가 아니었고 생전 처음 보는 사람들이었다. 심지어 막내 이모나 삼촌 정도로 젊어 보였다. 하지만 모두가 그렇다고 하니 어쩔 수 없이 그 상태로 낯선 이들을 가족이라 대하며 살아왔다(결국 내가 아는 할머니, 할아버지는 엄마의 친부모가 아니었던 셈이다). 엄마 스스로도 잘 알고 있는 부분이지만 다른 사람들에 비해 유독 남다른 엄마의 기질이 있다면 그건 바로 지독한 예민성이었는데, 나는 그런 엄마의 기질을 꼭 빼닮아 어제의 장면을 목격할 수 있었다는 것이다. 만약 이게 모계 유전이라면 동생도 아마 다르지 않을 거라고 했다.

"넌 그런 능력을 타고났어, 나처럼. 우린 이렇게 살아야 돼."

엄마는 그렇게 말하더니 빗방울이 그을음처럼 달라붙은 창문을 바라다보았다. 당연하게도 나는 그 말을 믿을 수 없었다.

"무슨 얘긴지 정말 하나도 모르겠어."

"결론만 말하면, 저 아저씨가 현재로선 네 아빠라는 거야."

"그러니까… 저 아저씨가 아빠의 재림이라고? 차라리 어릴 때 읽어 주던 동화가 실화였다고 해. 무슨 처음 보는 아저씨를 아빠로 생각하라니….”

“그럼 다른 대안 있어? 이건 우리 둘의 문제야. 우리만 각성하지 않으면 아무 일도 일어나지 않을 거라고.”

“잠깐만, 이게 정말 다 사실이라고?”

엄마는 말없이 내 얼굴을 보았다. 그리고 내 머리카락과 얼굴을 천천히 쓰다듬었다. 잠깐이지만 엄마에게 정신적인 문제가 생겼을지도 모른다고 생각했다. 나는 엄마의 손을 원래대로 내려놓고 말했다.

“내가 그 말을 다 믿는다 해도 이해가 안 가. 그냥 쫓아내면 되잖아. 왜 우리가 받아 줘야 돼? 침입자로 신고하면….”

“그건 불가능해. 저 사람을 새 쫓듯이 내보낼 순 없어. 우리 가족이 되도록, 우주 어딘가에서 부여받은 삶이니까. 아빠가 뭘 좋아하고 싫어하는지, 평소에 어떤 말투를 쓰는지, 아내와 자식에겐 어떻게 대했는지… 모든 정보가 뇌와 신체에 축적돼 있어. 쫓아낼 수도 없고 쫓아낸다 해도 항상 이곳으로 돌아올 거야.”

아내와 자식에겐 어떻게 대했는지, 라고 말할 때 엄마는 더 무기력해 보였다. 그 말은 곧, 엄마와 나는 또다시 아빠라는 사람을 견뎌 내야 한다는 얘기였다. 대화가 진행될수록 조금씩 난 엄마의 그 암울한 세계관 속으로 발끝을 밀어 넣는 기분이었다.

“…죽이는 건?”

엄마는 조금 격앙된 투로 그런 얘긴 하지 말라고 했다.

“왜? 엄마도 그렇게 했잖아.”

“소용없다는 거 모르겠어? 너네 아빠를 진짜 죽이고 싶었음 너희를 낳기 전에 시도했을 거야.”

"근데? 왜 안 죽였어? 어차피 다른 사람이 또 나올 테니까?"

엄마는 부정하지 않았다. 어릴 때부터 지금까지 누구도 알아차리지 못하지만 엄마 눈엔 달라 보이는 사람들을 간혹 마주쳤다고 했다. 가끔 헷갈려서 착각한 적도 있지만 그건 엄마와 아무 상관 없는 일이었고 그냥 그 사람인 것처럼 대하면 아무 일도 벌어지지 않았다. 하지만 그런 사람을 볼 때마다 섬찟하고 두려운 감정이 드는 건 어쩔 수 없었다. 언젠가 그들에게 넌지시 자신이 갑자기 달라 보인 적이 없었냐고 물어보면 엉뚱한 소리를 들은 듯 고개를 갸웃거렸다. 그 사람들은 연기를 하는 게 아니라 정말 자신의 과거를 전혀 기억하지 못하는 것이었다. 엄마의 부모에게도 똑같은 질문을 했는데 똑같은 반응이 돌아왔다. 누군가가 죽었다는 소식도 들은 적이 없었다. 지금까지 단 한 번도. 뉴스에서조차. 사람들은 죽음이 뭔지 기억하지 못한다고 했다. 새로 생긴 인간도 역시 자신이 죽었었다는 사실을 알지 못했다(아마 몇 번의 죽음이어도). 사건·사고, 범죄도 마찬가지였다. 아무리 다치고 병원 신세를 져도 사망까진 가지 않았다. 아니, 그 모든 걸 한 순간에 망각했다. 그리고 아무 일도 없었던 듯 새로 생긴 인간들을 받아들였다. 그런 일은 끝도 없이 반복되었다.

엄마는 이런 환각이 되풀이되는 세상에서 침묵과 고독을 떠안은 채 조용히 살아왔던 것이다. 자신과 같은 능력을 가진 딸이 두 눈으로 직접 그 방을 확인할 날을 기다리면서. 그건 자신의 가족이 죽었을 때만 처음 발현되는 능력이었으니까. 나 역시 아빠의 죽음 이후 '새로 생긴 방'을 목격했으니 엄마의 말이 틀렸다고 볼 수 없었다.

세수를 어떻게 한 건지 기억나지 않았다. 정신을 차려 보니 식탁 의자에 앉아 있었다. 수건으로 얼굴을 덜 닦았는지 식탁 위로 물방울이 뚝뚝 떨어졌다. 손바닥으로 얼굴을 훔치고 고개를 드니 맞은편에 앉은 엄마의 얼굴이 선명하게 부각되었다. 오랜 세월 터부시해 온 비밀을 털어놓은 뒤여서인지 어딘가 허탈하고 허무해 보였다. 남자는 엄마 옆에서 아빠의 셔츠를 훔쳐 입고 밥을 먹고 있었다. 그걸 보자 머리가 더 멍해졌다. 새벽부터 느꼈던 두통도 여전히 진행 중이었다. 나는 혼몽한 눈으로 앞에 놓인 된장찌개와 계란말이를 내려다보았다. 그사이 남자는 일 얘기를 꺼내며 대화를 시도했다. 엄마 말대로 아빠에 대해 정확히 알고 있었다. 언제 입사했고 주변 직원들과의 관계는 어떠하며 자신이 맡은 업무 내용은 무엇인지 전부 꿰뚫고 있었다. 낯선 남자가 우리 집에 나타나 아빠 행세를 하는 이 상황이 좀처럼 믿기지 않았다. 새로 생긴 방에서 나온 인간들도 과거를 기억하지 못하는 게 분명했다. 남자는 자신도 모르는 사이 아빠의 삶에 완전히 녹아들어 있었다.

이곳을 당장 벗어나고 싶다는 충동을 느꼈을 때, 맞은편 모서리 벽이 눈에 들어왔다. 현관에서 주방이 보이지 않게 가려 주는 벽인데 내 키보다 조금 높은 위치에 스튜디오에서 찍은 작은 가족사진 액자가 걸려 있었다. 나는 조용히 의자를 빼고 일어나 액자를 향해 걸어갔다. 걷는 동안 내 발소리만 들렸고 액자만이 보였다. 마침내 그걸 확인했을 때, 내 몸은 희뿌연 냉동 창고로 옮겨진 것처럼 급속히 싸늘해졌다.

엄마 옆에 서 있는 사람은 아빠가 아니었다. 그렇다고 합성처럼 보이지도 않았다. 나, 엄마, 동생은 그대로인데 아빠만 달랐다. 그건 내 뒤에 앉아 있는 남자의 얼굴이었다. 나는 동생을 돌아보았다. 동생은 평소와 다름없이 밥을 먹고 있었다. 남자의 눈치를 보며 주머니에 넣은 휴대폰을 몰래 한 번씩 확인하면서.

"와서 밥 먹어라. 예의 없게."

남자의 목소리가 뒤통수에 박혔다. 아빠는 늘 점잖은 척 협박조로 말했는데 그걸 그대로 복사한 듯했다. 그 음성을 듣자 심장이 불안정하게 뛰기 시작했다. 숨이 갑갑해진 나는 볼일이 급하다며 화장실로 뛰어 들어갔다. 구석 선반에 있는 향이 진한 샴푸를 꺼내 뚜껑을 열고 안에 산소라도 들어 있는 양 깊이 들이마셨다. 비닐을 뒤집어쓰고 몸부림치는 내게 누군가 구멍을 뚫어 준 것처럼 겨우 숨통이 트였다. 이게 정말 현실이라고? 나는 거울을 보며 물었다. 하지만 어깨까지 오는 검정 머리에 아치형 눈썹, 진한 쌍꺼풀, 광대에 옅게 난 주근깨, 얇고 작은 입술은 아무 대답 없이 멀뚱한 표정만 지었다.

학교 갈 준비를 끝낸 뒤 방문을 살짝 열어 남자의 위치를 확인했다. 남자는 무슨 생각을 하는지 알 수 없는 눈길로 아빠가 입던 블레이저를 몸에 걸치는 중이었다. 조용히 현관 쪽으로 움직이면서 휴대폰 카메라를 켜 사진을 찍었다. 사진엔 눈에 보이는 그대로가 찍혔다. 잠시나마 귀신일지도 모른다고 기대한 내 자신이 한심했다.

밖으로 나오니 여전히 비가 내리고 있었다. 손등으로 비를 막으며 마당에 주차된 차를 타려고 하는데 남자가 아빠의 출근복을 입고 계단을 걸어 내려왔다. 항상 이 시간에 같이 출근했던 건 아빠였는데, 남자는 그것마저 알고 있었다. 그때 동생이 하얀색 에코백을 손목에 걸치고 운동화를 구겨 신으며 걸어왔다.

나는 동생의 손을 잡아끌어 차 뒷좌석으로 빠르게 밀어 넣었다. 마당에 바람이 일자 판석과 흙, 잔디풀 냄새가 뒤섞여 진동했다. 모든 게 그대로인데, 모든 게 어제와 똑같은 형태인데, 하나만 달랐다. 나는 차에 올라타자마자 물었다.

"한 치의 거짓도 없이, 사실만 말해 줘."

"갑자기 뭐야?"

"너, 저 남자가 누구로 보여?"

"뭐?"

"우리 집에 있는 저 남자가 누구로 보이냐고."

동생은 뒤를 쓱 한번 돌아보더니 말했다.

"언니 너… 설마 아빠를 말하는 거야?"

동생은 한순간 낯선 사람 보듯 나를 쳐다보았다. 엄마의 말이 점점 더 현실에 근접해 가고 있었다.

"세인아. 정말 맹세코, 저 사람이 아빠로 보여?"

동생이 대체 왜 그러냐고 되묻는 와중에, 양쪽에서 차 문이 열리더니 엄마와 남자가 착석했다. 나는 하는 수 없이 앞을 보고 돌아앉았다. 동생도 창 쪽으로 몸을 완전히 돌린 채 자는 척했다. 동생의 코에서 가짜 숨소리가 들릴 때쯤, 엄마가 키박스에 차 키를 꽂고 출발했다. 찰나였지만 운전대를 잡는 엄마의 목빗근에 힘이 들어가는 게 보였다. 엄마는 긴장하고 있었다. 잠시 후 타이어가 지반 위를 구르는 게 온몸으로 전해졌다. 마치 차와 한 몸이 된 것처럼 매끄럽거나 울퉁불퉁한 형태와 촉감이 평소보다 실감 나게 느껴졌다. 나는 조수석 헤드에서 좌우로 움직이는 남자의 뒤통수를 조용히 응시했다.

3.

학교 수업에 집중이 될 리 없었다. 생물의 진화에 대해 설명하는 젊은 교수와 몇 번 눈을 마주쳤을 땐 강의가 끝나 있었다. 학생들이 강의실을 빠져나가는 동안 지도 앱을 열어 아빠 회사로 가는 노선을 확인했다. 한 번도 가 본 적이 없어서 택시를 타야 할지도 몰랐다. 남자가 지금 뭘 하고 있는지 내 눈으로 확인하기 전까진 아무것도 못 할 것 같았다. 안방에서 휴대폰을 훔쳐 실시간 위치 공유를 설정했더라면 좋았을 테지만 어쩔 수 없었다. 출근복을 입었다면 분명 회사에 갔을 것이고 근무 중이라면 엄마 말대로 다른 사람들도 남자를 아빠로 인식했다는 얘기일 테니까.

15층짜리 빌딩까지 가는 데는 30분가량이 걸렸다. 택시에서 내려 회사 건물로 들어섰다. 금장으로 보일 만큼 휘황한 색감이 인상적인 엘리베이터에 올라탔는데 속도가 너무 빨라 거울을 흘깃 보는 사이 13층에 도착했다. 복도를 몇 걸음 걷자 경영기획부라는 현판을 단 사무실이 보였다. 통유리 너머로 남자가 있는지 확인하려던 순간, 사원증을 목에 건 남자가 사무실 복도를 가로질러 유리문으로 걸어왔다. 나는 깜짝 놀라 여자 화장실로 몸을 숨겼다. 잠시 뒤 남자도 화장실에 들어온 듯 모자이크 타일을 밟는 구두 소리가 들렸다. 정말 여기서 근무 중이라고? 보고도 믿기 어려웠다. 나는 세면대에 기대어 심호흡을 했다. 발끝에서 정수리까지 저릿저릿한 기운이 퍼져 나갔다.

잠깐만. 근데 왜 아무 소리도 안 들리지?

나는 여자 화장실에서 빠져나와 남자 화장실과 가까운 벽에 붙어 슬쩍 안을 엿보았다. 소변을 본다든가 손을 씻는다면 발소리가 들렸을 텐데.

쪽창에서 들어오는 쨍한 빛과는 달리 화장실 내부의 공기는 무겁고 농밀하게 깔려 있었다. 특유의 소독제 냄새와 탁한 공기가 맡아졌고 세면대엔 라이터 불빛이 일렁이고 있었다. 남자는 거울 앞에서 무기물이 된 것처럼 아무것도 하지 않고 배슷이 서 있었다. 아니, 거울은 단지 거기 있을 뿐, 남자의 눈은 좀 더 고차원적인 거울 너머의 세계를 보고 있는 듯했다. 내 시선은 남자의 왼손에 들려 있는 스테이플러로 향했다. 저걸로 뭘 하려는 거지. 남자는 허공에다 스테이플러를 3초마다 한 번씩 찍었다. 철컥, 하는 소리가 화장실에 울릴 때마다 나도 모르게 눈을 깜빡거렸다. 남자는 20분 가까이 강박적인 행동을 반복했다. 마치 어떤 리듬을 찾으려는 것처럼.

남자가 복도 쪽으로 몸을 돌렸을 때, 나는 황급히 빠져나가 엘리베이터 안에 숨었다. 남자는 문이 열려 있는 엘리베이터 따윈 안중에도 없다는 듯 사무실로 들어갔다. 가끔 강박적인 행동을 하는 것과, 주변을 둘러보지 않는 자기중심적인 태도는 아빠와 꼭 빼닮아 있었다.

1층 버튼을 눌렀다. 심장 여러 개가 팔다리에도 달라붙어 박동하는 것 같았다. 어릴 때 100m 달리기를 했을 때 이후로 이런 긴장감은 처음이었다. 엘리베이터가 내려가기 시작하자 겨우 숨을 돌린 나는 뒷벽에 주저앉아 허무감을 삭였다.

엄마에게서 전화가 걸려 온 건 그때였다.

'나진아, 급한 일이니까 빨리 와.'

겨우 집에 도착했을 땐 저녁 7시였다. 현관문을 열었는데 집 안에 불이 하나도 켜 있지 않았다. 아니, 불을 켜도 켜지지 않았다. 장마가 아니어도 전기 공급 문제로 가끔 정전이 되긴 하지만 왜 하필 지금.

신발 벗는 소리가 거슬릴 정도로 집 안은 적요했다. 어슴푸레한 거실을 보자 그날 새벽이 다시금 떠올랐다. 오는 길에 전화를 몇 번이나 했지만 엄마는 받지 않았다. 대체 어디에 있는 거지.

"엄마?"

나는 거실을 가로질러 내 방으로 걸어갔다. 그때 식탁 밑에서 누군가 튀어나와 내 몸을 잡아당겼다. 기겁하며 돌아보니 엄마였다.

"뭐 하는 거야?"

"일단 숨어."

영문도 모르고 가방을 멘 채 식탁 아래 몸을 숨겼다. 엄마가 마당에서 작물을 심을 때 쓰는 중간 크기의 모종삽을 들고 있다는 걸 뒤늦게 알았다.

잠시 후, 집 앞에 택시 한 대가 섰다. 그리고 대문이 열리더니 남자가 마당 안으로 들어왔다. 조금 전 회사에서 봤던 모습 그대로였다. 나는 긴장한 채 현관문으로 걸어오는 남자를 주시했다.

"퇴근 시간에 데리러 오는 거 잊었어? 전화는 왜 안 받고…!"

씩씩거리며 들어온 남자가 신발을 아무렇게나 벗어 던지더니 마룻바닥으로 성큼성큼 걸어 들어왔다. 남자가 식탁을 막 지나쳤을 때, 엄마가 달려들어 삽으로 뒤통수를 후려쳤다. 남자는 무릎을 꿇고 비틀거리더니 앞으로 고꾸라졌다. 엄마는 미리 준비한 케이블타이로 남자의 손을 결박했다. 어느 날엔가 엄마를 겁박하던 아빠가 홧김에 철물점에서 사 온 것이었다.

"넌 저기 가서 다리 들어."

엄마는 내게 남자의 다리를 들라고 했다. 하지만 내가 들기엔 너무 무거워서 가까운 현관까지도 갈 수 없었다. 결국 창고에서 가져온 접이식 끌차에 남자를 앉혀야 했다. 엄마는 독서실에서 공부 중인 동생이 오기 전에 처리해야 한다면서 나를 계속 재촉했다.

잠시 후 창고 벽에 남자를 밀어 놓고 엄마와 나는 시선을 마주했다. 남자는 내가 중학생 때 썼던 매트리스 위에 새우잠 자세로 포박된 채였다. 온통 먼지투성이여서 나는 몇 번이나 재채기를 했다.

"이 아저씨가 뭔 짓 했어? 갑자기 왜 이러는 건데?"

"앞으로 뭔 짓 할 거니까."

엄마가 남자의 입을 테이프로 봉하고 손목에 끼운 케이블타이를 몇 번 당겨 보더니 자리에서 일어났다.

"아무리 그래도 이건 범죄잖아."

"엄만 이미 범죄자야. 목격자는 너뿐이고 증거도 없지만."

"정말 여기서 벗어날 방법이 없는 거야? 영원히 아빠를 닮은 사람들이 이 집으로 온다면 우리가 사라지면 되잖아."

엄마가 답답하다는 듯 쳐다보았다.

"내가 이제껏 도망친 적이 없을 것 같아? 집에서 벗어나려고 하면 갑자기 숨이 안 쉬어져. 꼭 물속에 있는 것처럼. 그러다 죽게 돼."

"…."

"나도 그렇게 죽었었어. 그래서 이 집으로 오게 된 거야."

그 말을 듣는데 머리가 약간 어질했다. 엄마도 저 남자처럼 그 방에서 나왔다는 얘기였으니까. 더군다나 엄마가 이 집에 처음 왔을 땐 아빠랑 결혼한 지 얼마 안 된 무렵이었고, 엄마가 살았던 옛집엔 이미 다른 사람이 나타나 엄마의 역할을 대신하고 있었다고 했다. 이 세계가 무작위로 로테이션되고 있다는 걸 엄마는 그때 처음 깨달은 것이다. 더 무서운 건 그 말이, 내가 앞으로 겪어야 할 모든 비극을 함축하고 있다는 것이었다.

결국 도망치듯 방으로 돌아와 침대에 쓰러졌다. 이 모든 게 전부 사흘도 안 되어 일어난 일들이라니 믿을 수가 없었다. 아빠가 죽고 시신은 온데간데없고 관련 전화를 받은 적도 없고 그날 밤 느닷없이 방 하나가 생겼고 그 안에서 아빠 행세를 하는 남자가 나왔고 엄마는 그 방의 존재를 원래부터 알고 있었다…. 그리고 그 능력은 이제 내게도 주어졌다. 이걸 나더러 어떻게 감당하라는 거지?

자정이 넘어서 창고 문이 열리는 소리가 들렸다. 몰래 지켜보니 엄마가 남자에게 늦은 저녁을 가져다주는 듯했다. 엄마는 창고 문을 두툼한 자물쇠로 잠가 놓았고 열쇠는 어딘가에 꼭꼭 숨겨 두었다.

그렇게 3주간 남자는 창고에 갇혀 있었다. 대문 밖에서 받는 택배 외에는 외부인이 올 일이 없었기 때문에 들킬 위험도 없었다. 엄마는 늘 혼자 창고에 들어가 볼일을 보았다. 회사에는 병가로 쉰다고 일러뒀고 동생에겐 말도 안 되는 출장 핑계를 대며 아빠의 부재를 설득시켰다. 물론 동생은 그 소식을 반겼다.

그러는 동안 내겐 강박이 생겼다. 다른 일을 하면서도 엄마와 동생이 어디에 있는지 확인하는 버릇이 생긴 것이다. 일주일쯤 지났을 때, 엄마는 조금은 안정돼 보였고 동생과 나도 전보다는 각자의 생활에 더 집중할 수 있었다.

2주가 막 지났을 땐 창고에서 다투는 소리가 들려왔다. 덜컥 겁이 나서 나가 보려 했는데, 엄마가 아무 일 없이 창고 문을 열고 나오더니 자물쇠를 잠갔다. 나는 겨우 안도하며 자리에 도로 앉았다. 그 틈에 옷장 위에 덩그러니 놓인 헤드폰이 눈에 들어왔다. 엄마는 내가 어릴 때부터 아빠와 다툴 조짐이 보이면 동생을 데리고 내 방부터 찾았고, 옷장 위에서 헤드폰 두 개를 꺼내 침대에 앉아 자신을 멀뚱하게 쳐다보는 딸들의 귀에 씌웠다. 헤드폰 안에서는 항상 귀가 간질거릴 정도로 신나는 음악이 흘러넘쳤고 우리는 그때마다 격렬하게 춤을 췄다. 물론 그걸 쓴다고 해서 아빠의 괴성이 차단되거나 하진 않았다. 차곡차곡 여러 개의 불협화음으로 뒤섞일 뿐이었다. 우리는 그러거나 말거나 정신없이 머리를 흔들어 댔고 그러다 보면 그들의 목소리가 잦아들어 발밑으로 푹 주저앉았다. 하지만 나는 그 죽은 목소리마저도 용납할 수 없다는 듯 계속 밟고 또 밟았다. 난 그게 일방적인 소란(아빠가 분에 못 이겨 화를 내면 엄마가 말리는 식의)이라는 걸 너무 잘 알고 있었다.

그런 생활이 4주째로 접어들었고, 나는 방에서 멍하니 빗소리를 듣고 있었다. 전날은 우중충한 태양이 공기를 짓눌러 하루 종일 숨쉬기가 버거웠는데, 오늘은 새벽부터 무거운 빗줄기가 한쪽으로 기운 지붕 위로 내려 집 안 곳곳에 물기가 흘러내리고 있었다. 어떤 길고 축축한 머리카락 속에 갇혀 있는 기분이었다.

나는 창틀에 걸터앉아 상체만 밖으로 내밀어 집 뒤편에 있는 뒷산을 우러러보았다. 바람이 불 때마다 자연의 소음이 이리저리 몰려다녔다. 뒷산 주변으로 각양각색으로 지어진 집들이 모여 있는 주택단지가 보였다. 고즈넉한 분위기였다. 다시 창틀에서 내려와 창문벽에 놓인 의자에 앉았다. 멀리 보이는 하늘은 선명하게 맑았고 내가 존재하지 않는 창밖 세상은 어쩐지 신나 보였다. 왠지 모를 위화감에 창밖으로 고개를 내밀어 머리 위 하늘을 올려다보았다. 금방이라도 얼굴에 먹물이 떨어질 것 같은 시커먼 구름 형상이 우리 집으로 몰려들고 있었다.

'뭐야. 기분 나쁘게.'

문득 그날 새벽, 환청이라고 생각했던 기상 캐스터의 말이 머리를 스쳤다. 내 눈은 다시 창틀 너머의 땅바닥으로 향했다. 엄마 전용 텃밭에 심어진 쌈 채소들이 비를 맞고 있었는데 새파란 상추 옆에 담배꽁초 하나가 떨어져 있었다.

이상하다. 옆집 아저씬가?

창문으로 나가서 치울까 하다가 바람도 쐴 겸 현관으로 가 고무 슬리퍼를 신고 우산을 들었다. 문을 열자 집 마당에 빗소리가 가득했다. 여느 때처럼 창고 문이 잠긴 걸 확인한 나는 현관 주변에 깔아 놓은 쇄석을 지나 잔디가 깔린 원목 덱 쪽으로 걸었다. 발 딛는

데마다 물방울이 튀어 올라 첨벙거렸다. 그 와중에 고무 슬리퍼는 물에 쉴 새 없이 잠겼다. 나는 텃밭에서 불경한 것을 제거하고 다시 방으로 돌아왔다.

그 뒤로 한참 컴퓨터를 하는데 어느 순간부터 빗소리가 들리지 않았다. 묘한 기시감에 나는 바깥으로 눈을 돌렸다. 비는 여전히 내리고 있었다. 엄마는 아까부터 마당에 세워 둔 차 뒷좌석에 들어가 물건을 정리하고 있었다. 펼쳐진 우산 하나가 땅 위에 놓여 있었다.

그때 갑자기 방문이 열리며 동생이 들어왔다.

"언니, 창고에서 이상한 소리 못 들었어? 며칠 전에도 들은 것 같은데."

동생이 말하는 중에 현관문이 열리는 소리가 들렸다. 우린 동시에 고개를 돌렸다. 방문에 최대한 달라붙어 문을 슬그머니 열었는데, 지저분한 몰골의 남자가 거실에 서 있었다. 남자는 곧 주방을 뒤지기 시작했다. 어떻게 나온 거지? 열쇠 여분이 창고에 있었나. 만약 있었다 해도 그건 창고를 관리했던 아빠가 아니면 누구도 알 수 없었다.

나와 동생은 손발이 묶인 것도 아닌데 아무것도 하지 못한 채 남자의 동선만 망연히 좇았다. 남자는 뭔가를 찾다가 식탁 위에 있던 유리병을 팔로 쳐 버렸고 유리는 큼지막한 세 조각으로 갈라져 바닥에 흩어졌다. 남자는 젤리와 사탕이 흩뿌려진 바닥을 유심히 보더니 가장 큰 유리 조각 하나를 들고 밖으로 나갔다. 아마 그때 남자를 저지했더라면 그런 일은 벌어지지 않았을 것이다. 남자가 마당에 모습을 드러냈을 때에야 심각한 상황인 걸 깨달았다.

당연하게도 남자의 손엔 유리 조각이 들려 있었다. 남자는 엄마가 있는 쪽으로 걸어가기 시작했다.

"넌 방에 있어."

동생에게 말한 뒤 바로 문을 열고 달려가 소리를 지르며 통창을 마구 두드렸다. 뒷좌석 시트를 물티슈로 닦고 있던 엄마가 고개를 돌려 이쪽을 보았고 나는 남자가 뒤에 있다고 소리쳤다. 엄마가 알아차렸을 땐 이미 남자가 바로 뒤에 있었다. 남자가 다가가 유리 조각으로 엄마의 배를 찔렀다. 나는 그제야 마당으로 달려 나갔다. 남자는 예의 그 물고기 눈으로 달려오는 나를 멀뚱히 쳐다보았다. 그 순간, 엄마에게 가면 동생과 내가 죽을 수도 있겠단 생각이 들었다. 나는 황급히 방향을 틀어 현관으로 되돌아갔다.

"세인아! 도망쳐!"

부리나케 방문을 열자 세인이 공포감에 덜덜 떨면서 돌아보았다. 나는 동생의 손을 낚아채 창문을 열고 동생을 밀어 넣었다. 창밖으로 몸을 던지다시피 해서 밖으로 탈출한 우리는 뒷산 쪽으로 난 도로를 향해 뛰었다. 그때 나는 왜 빨리 밖으로 나가서 남자를 막지 않았을까. 남자가 엄마를 해치기 전에 충분히 막을 수 있었을 텐데. 뛰면서도 그 점이 계속 마음에 걸렸다.

"언니, 잠깐만!"

빗물이 흐르는 도로를 첨벙거리며 뛰어가는데 동생이 갑자기 소리를 지르며 멈췄다. 동생은 숨이 쉬어지지 않는다며 땅바닥에 완전히 드러누웠다. 동생의 얼굴에 붙은 젖은 머리카락을 걷어 내 안색을 살피던 나도 상황은 마찬가지였다. 나는 목을 감싸며 땅으로 뒹굴었다. 공기가 삽시간에 사라진 것처럼 숨이 쉬어지지 않았다.

지나가는 차라도 잡아 보려 손을 뻗었지만 헛수고였다. 억지로 힘을 그러모아 기어가 보려 했지만 2m도 못 가서 의식이 희미해졌다. 마지막으로 뒤에 쓰러져 있던 동생을 한번 쳐다보았는데 언제 쫓아왔는지 남자가 동생을 끌고 가고 있었다.

'환자분. 환자분? 이거 보여요?'

'폐부종 같은데.'

'뭐 하고 있어! 빨리 옮겨!'

펜 라이트가 쉴 새 없이 깜박이고 여러 명의 목소리가 마구 뒤섞였다. 다시 눈을 떴을 때는 주변으로 뭔가가 분주하게 오가고 있었다. 희고 엷은 근무복을 입은 의사와 간호사가 얼굴 가까이에 와 있었다. 그리고 얼마 안 가 눈 부신 불빛이 동공을 어지럽혔고 수술대에 오르는 것이 느껴졌다. 하지만 내 심장이 점점 더 느리게 움직인다는 느낌이 들었고 내가 죽었다는 확신이 들었다. 숨을 쉬고 싶어도 심장이 움직이지 않았다. 긴박감 속에서 의사와 간호사가 서서히 회전하기 시작했고 나중엔 아예 천장에 붙어 버렸다. 세상은 완전히 뒤집혀 수술 도구들이 슬로를 건 것처럼 내 몸 위로 천천히 떨어져 내렸다. 나는 점점 더 무의식에 가까워졌다. 그리고 무의식은 천국처럼 나를 끌어안았다.

4.

잠과 죽음, 그 사이 어딘가에서 이상한 꿈을 꿨다. 나는 마당에서 있었는데 엄마의 유골이 허공으로 떠올랐다 바람결에 휘휘 흩어졌다. 엄마의 형체 없는 육신이 땅 위로 차분히 내려앉았다. 내 온 표피에 엄마의 서늘함이 닿았다. 가져온 모종삽으로 땅을 파서 유골이 뿌려진 자리에 꽃나무를 심었다. 흙을 편평하게 덮고 고개를 드니 하늘이 어느샌가 흐려져 있었다. 방금 전까지 여러 갈래로 휘어졌던 새털구름이 사라지고 두툼한 먹구름이 끼기 시작했다. 바람도 점점 거세졌다. 나는 얇은 셔츠만 입은 두 팔을 잔뜩 감싸 쥐고 집 안으로 피신했다.

현관문을 닫으려던 순간이었다. 어디선가 엄마의 유언 같은 목소리가 바람을 타고 내 입 속으로 훅, 하고 흘러 들어왔다.

'다 죽여.'

다시 깼을 땐 작은 방 안이었다. 느낌이 익숙했다. 시력은 흐릿해서 제대로 보기가 힘들었고 눈앞에 뭐가 잔뜩 끼어 있는 듯했다. 나는 눈을 만져 보았다. 점액질 같은 게 손에 계속 묻어 나왔다. 속눈썹 사이사이에도 끼어 있어서 완전히 제거하기가 어려웠다. 대충 눈을 훔친 다음 내 몸을 확인했다. 분명 누워 있다고 생각했는데 그게 아니라 벽에 기대어 있는 것이었다. 현기증 때문에 그렇게 느낀 모양이었다.

벽에 세워진 침대와 벽에 붙은 거울….

나는 눈을 뜨려고 애쓰며 천천히 문으로 걸어갔다. 걸어가는 동안 어떤 진실들이 실시간으로 진열되듯 머릿속에 펼쳐졌다. 그날 새벽 불현듯 나타났던 남자의 존재. 수술대에 올라 죽음을 감지한 순간부터 내 속에선 어떤 것이 무수히 떨어져 나가고 무수한 어떤 것들이 다시 입혀졌다는 것. 그리고 그 뒤로 엄청나게 피곤하다는 것.

방문이 바로 눈앞에 있었다. 나는 저 문을 열어야 한다. 그 생각이 전신을 통제했다. 문고리를 돌리자 처음 보는 아파트 내부가 보였다. 내가 살던 단층 주택과 구조적으로 큰 차이는 없었지만 조금 더 좁은 평수였다. 발을 뻗었다. 천천히 주변을 살피며 걸어 나갔다. 그리고 어떤 힘에 이끌려 침대가 있는 방으로 떠밀리듯 향했다. 당장이라도 온몸이 가루가 되어 흩어질 것 같았다. 단 한 번도 겪어 본 적 없는 수마가 불어닥쳤다. 나는 침잠하듯 침대 밑으로 사그라들었다. 그날 그 남자처럼. 천장에서는 액상형 수면제가 쉴 새 없이 쏟아져 내렸고 곧바로 시야가 잠겼다.

나중에 눈을 떴을 땐 이른 아침이었다. 침대 밖으로 나가려고 몸을 움직이는데 직감적으로 옆에 누가 있다는 게 느껴졌다. 나는 깜짝 놀라 몸을 일으켰다. 어떤 남자가 왜 벌써 깼냐며 돌돌 말린 이불을 안고 말했다. 불현듯 이 집엔 세 식구가 살고 있고 내겐 남편과 아이가 있다는 자각이 찾아왔다. 한순간 모든 게 떠밀려 왔다. 보통의 인간이라면 아무것도 기억하지 못할 그 모든 기억이, 내겐 그대로 남아 있었다.

다시 잠든 남자를 확인하고 조심스레 문을 열고 나갔다. 불이 꺼진 거실과 달리 주방에는 불이 켜져 있었고 창문을 시퍼렇게 칠한 것 같은 베란다가 보였다. 이제 막 동이 트는 무렵이었다. 거실 구석엔 안마 의자가 있었고 아이가 갖고 놀 만한 장난감들이 한쪽

구석에 몰려 있었다. 아이 물건으로 가득 찬 거실을 보니 여기 살던 여자에게 개인 시간이란 없었을 듯했다.

집 안을 다 둘러보고 멍하니 식탁에 앉아 있는데 냉장고에 붙어 있는 가족사진이 눈에 들어왔다. 놀이공원에서 찍은 사진인데 남편과 내가 아이의 양옆에 서서 손을 붙들고 있었다. 아이의 체크무늬 원피스가 예뻤다. 나는 베이직한 디자인의 크림색 카디건에 무릎 밑까지 오는 미디스커트를 입고 있었고 남자는 티셔츠에 검정 슬랙스를 입고 있었다. 그저 사진일 뿐인데 뜻밖의 장소에서 내 얼굴이 찍혀 있으니 기분이 묘했다. 놀이공원은 9살 때까지 몇 번 가 보았고 그 이후로는 발길을 끊었으니까.

나는 어릴 때 놀이공원을 유달리 싫어했다. 그곳엔 항상 기괴함이 흘러넘쳤다. 동물 탈을 쓴 인간들이 돌아다니고 한자리에서 하루 종일 어지럽게 돌기만 하는 놀이기구들에선 연신 비명이 터진다. 그 비명을 들은 사람들은 즐거워한다. 어린아이들이 총으로 인형을 쏴서 상품을 획득하고 친구의 권유로 억지로 놀이기구를 탄 사람은 내리자마자 먹은 걸 게워 낸다. 나는 엄마의 손을 잡고 그곳에 갈 때마다 도통 적응이 되지 않았다. 내게 그곳은 그저 두통을 유발하는 숨 막히는 공간이었다.

나도 모르게 사진을 떼어 냈다. 계속 보고 있으려니 압화 속의 꽃잎이 된 것처럼 가슴이 답답했다. 대체 뭐가 어떻게 된 거지. 앞으로 뭘 해야 하는 거야. 저 남자랑 살아야 된다고?

그때, 작은방 문이 열리더니 한 여자아이가 울면서 뛰어와 내 품에 안겼다. 믿기 어렵지만 내 손은 아이를 능숙하게 안아 올렸다. 잠옷이 축축한 걸 보니 자다가 오줌을 싼 듯했다. 나는 내 의지와는 상관없이 화장실로 아이를 데려가 씻기고 옷을 갈아입혔다. 굉장히 익숙한 느낌인데 그 익숙함은 괴리감도 같이 불러들였다. 아내와 엄마. 이 집에서의 내 역할이 뭔지 대충 알 것 같았다. 이해는 되지 않았지만 그래야만 할 것 같았다. 난 이런 걸 바란 적이 없는데 어째서 이렇게 된 것일까. 엄마는 그 이후로 어떻게 됐으며 동생은 어떻게 됐을까. 살면서 느껴 본 적 없는 절망과 공포감이었다. 내 몸이 고난도의 퍼즐이 된 것 같았다. 수백 개로 징그럽게 분리되어 원래의 모습을 찾으려면 절대 찾을 수 없는.

아이의 뒤치다꺼리를 하다 보니 벌써 8시가 다 되어 있었다. 나는 호밀빵에 햄과 야채를 넣어 만든 밍밍한 샌드위치를 먹으며 식탁에 앉은 아이를 쳐다보았다. 늦잠을 잔 남자는 인사를 하는 둥 마는 둥 하며 10분 전에 급하게 집을 나갔다.

"예서, 이제 가야지?"

"좀만 있다 갈래."

"시간 다 됐어. 일어나자."

내 귀엔 말투가 마냥 어색하게 들렸지만 아이는 나를 이상하게 보지 않았다. 단지 주도권이 자신한테 있다는 듯 거만한 표정으로 내 눈을 빤히 볼 뿐이었다. 그리고 내 말을 들어줄까 말까 고민하는 척 으스대더니 그러지 뭐, 하며 벌떡 일어섰다. 샌드위치 속 야채만 골라내느라 식탁 위는 엉망이 돼 있었다. 아이는 몸만 쏙 빠져나가더니 현관에 앉아 신발을 신었다. 나는 대충 수습하고 어린이집 가방에 학용품을 집어넣었다.

아이를 데리고 주차장에 나와서야 차 키를 챙겨 오지 않았단 걸 깨달았다. 운전면허를 딴 적은 없지만 내가 운전을 할 줄 안다는 걸 알았다. 어쩔 수 없이 다시 집으로 돌아가 차 키를 가져왔다. 운전석에 앉으니 당장이라도 원래 내가 살던 집으로 달려가고 싶었다. 엄마와 동생이 안전한지 걱정되었고 그들이 너무 보고 싶었다. 하지만 상황을 모르니 섣부른 행동은 위험했다. 일단은 아이를 어린이집에 보내고 하루 일과를 끝낸 뒤 집으로 가자고 마음먹었다.

인도에서 아이와 함께 차를 기다리는데 차 키를 든 손등 위로 빗방울이 톡톡 떨어졌다. 아이가 좋다고 방방 뛰는 동안 빗줄기는 금세 수억 개로 늘어났다. 앞이 보이지 않을 정도였다. 차에서 우산을 가져오려는데 다행히도 도로 끝에서 빗물을 뚫고 달려오는 차가 보였다.

"예서, 선생님한테 인사하고 들어가야지."

아이는 입술을 내밀며 뾰로통하게 서 있었다. 안 가겠다는 걸 겨우겨우 차에 밀어 넣고 교사에게 인사를 건넨 뒤 주차되어 있는 차로 뛰어갔다.

회사 주차장에 차를 넣고 사무실로 들어갔다. 내 자리는 직사각형으로 된 전화상담 센터 왼편의 중간 창문 쪽에 붙어 있었다. 그러니까 나는 시민들의 자살 예방을 돕는 상담원이었다. 모니터 시계가 오전 9시라는 걸 확인했을 때는 귀에 헤드폰이 씌워져 있었고, 키보드 소리와 딸깍거리는 마우스 소리가 몇 번 들렸다. 곧이어 내담자의 목소리가 들려왔다. 옆자리 동료 직원이 격려한답시고 어깨를 만지고 지나갔지만 나는 돌아보지 않았다.

머릿속엔 온통 상담 걱정뿐이었다. 하지만 대화가 시작되자 모든 매뉴얼이 입에서 술술 흘러나왔다. 난 경력 5년 차였으니까. 아마 평생 집에서 가족들과 얘기한 것보다 더 많은 시간을 본 적도 없는 사람들과 대화를 나누며 보냈을 것이다.

독거노인인 70대 내담자와 무난하게 첫 콜을 시작했지만 세 번째 콜에선 원초적이고 모욕적인 욕설을 들었다. 그다음 내담자는 초등학교 교사인 30대 여성이었다. 대답 외엔 자신의 얘기를 꺼내려 하지 않아 상대하기가 영 까다로웠다.

"편하게 말씀하셔도 돼요."

"…그래도 될까요."

여자는 계속 머뭇거렸다. 잠시 침묵의 시간이 이어졌다. 나는 일상적인 얘기로 대답을 유도하면서 열려 있는 창밖으로 시선을 돌렸다. 언제 비가 그쳤는지 하늘이 청청했다.

맞은편에 보이는, 이곳보다 두 층 정도 낮은 건물 옥상에서 맞춤 정장을 입은 어떤 남자가 담배 연기를 흩날리며 내 쪽을 올려다보고 있었다. 그 눈엔 아무것도 담겨 있지 않았다. 물고기의 눈. 남자는 가끔 바닥에 담뱃재를 뿌리기도 했다. 남자의 입에서 나온 연기가 내 얼굴에 흩뿌려지는 듯 불쾌감이 일었다. 이렇게 맑은 하늘 아래서 담뱃불을 짓이겨 끄는 기분은 어떤 건지 궁금했다. 남자는 통화를 하며 다시 나를 쳐다보았다. 나도 창문 속에서 남자를 쳐다보았다.

"…이상한 게 보여요."

그때 헤드폰이 지지직거리더니 내담자가 입을 뗐다.

"네? 다시 말씀해 주시겠어요?"

"…자꾸 제 눈에 이상한 게 보여요."

"어떤 걸 말씀하시는 건지."

"밖에 나갈 때마다 죽고 싶고 아무 이유 없이 통증도 생겨요. 신체화라고 했었나."

"아, 그러시군요. 의료적인 도움을 받고 싶으시다면 제가 연결을 해 드리…."

"그런 게 아니에요! 분명 오빠가 축구를 하다 쓰러져 죽는 걸 봤는데, 사라졌어요. 그리고 새벽에 다른 사람이 나타나서는 자신이 오빠라고… 생전 처음 보는 사람인데."

그 말을 듣자마자 나는 숨을 집어삼켰다. 내담자는 다름 아닌 그 방을 봤다고 말하고 있었다.

"그죠. 정신병 같죠?"

"아니, 그런 게 아니라…."

너무 당황해서 말을 얼버무리는데 전화가 툭 끊어졌다. 내담자는 오해를 한 것이었다. 나는 점심시간이 될 때까지 그 번호를 계속 외우려 애썼다.

회사 근처 맥도날드에 도착했을 땐 점심시간이 30분도 남아 있지 않았다. 치즈버거 세트를 시킨 뒤 감자튀김 하나를 케첩에 찍으면서 그 내담자에게 전화를 걸었다. 한참 통화 대기음만 들리기에 포기하고 끊으려는데, 낮고 힘없는 음성이 느지막이 새어 나왔다.

"…네."

"저 아까 그 상담원인데요. 혹시 한번 뵐 수 있을까요?"

"…왜요?"

"아, 드릴 말씀이 있어서요. 꼭 만나서 말씀드리고 싶어요."

여자는 고민 끝에 내 요청을 받아들였고 우린 다음 주로 약속을 잡았다. 얘기를 들어 주겠다는 나의 말에 여자는 내심 기대하는 듯했다. 나는 손도 안 댄 치즈버거를 가방에 넣은 뒤 다시 회사로 향했다.

5.

밤 8시쯤, 남자에게 아이를 맡기고 차에 올라타 내가 살던 단층 주택으로 향했다. 손발이 기억하는 조작법으로 능숙하게 차를 몰아 익숙한 시골길을 지났다. 들과 야산, 그리고 우리 집이 그 자리에 그대로 존재했다.

나는 대문 앞에 차를 세우고 실내조명이 켜진 집을 바라보았다. 그 집의 아름다운 풍광은 밤에 빛을 발했다. 담벼락 너머로 보니 통창으로 내부가 보였다. 식탁에 모여 식사 중이었는데 앉아 있는 사람은 당연히 네 명이었다. 그중에 한 명은 내가 익히 아는 얼굴이었다. 나는 동생의 옆모습을 확인했다. 살아 있었구나. 나는 겨우 안도했다. 그러나 내가 아는 동생의 모습은 사라지고 없었다. 동생은 고개를 푹 숙인 채 밥을 먹고 있었고 나머지 세 사람을 불편해하는 기색이 역력했다. 동생이 언니라는 호칭을 쓸 여자는 머리가 길고 샛노랗게 염색을 하고 있었다. 저 여자가 지금 우리 집에서 내 역할을 하는 건가. 하긴 저기서 내 가족은 동생밖에 없었다. 우리는 어쩌다 이렇게 된 걸까. 내가 병원에서 생사를 오갈 때 남자에게 다시 붙잡혀 간 동생에게는 무슨 일이 있었던 걸까. 동생의 얼굴에 생기라곤 찾아볼 수 없었다.

근데 어딘가 이상했다. 엄마를 죽인 남자가 어디에도 보이지 않았다. 남자의 자리는 이미 다른 사람이 차지하고 있었다. 그 사람도 아빠의 옷을 입고 있었다. 설마 동생이 죽인 걸까.

나는 좀 더 과감하게 마당으로 들어가 보기로 했다. 뒷문을 통해 마당으로 들어간 나는 엄마가 심은 꽃나무 뒤에 숨어 한층 가까이에서 그들을 지켜보았다.

몇 분 뒤 동생이 밥을 다 먹고 일어섰다. 빈 그릇을 드는가 싶었는데 문득 이쪽을 쳐다보았다. 동생은 지금 보이는 게 믿기지 않는다는 듯 내 얼굴을 재차 확인했다. 분명 나를 알아보는 표정이었다. 엄마의 죽음을 봤으니 나처럼 눈이 트인 것이리라.

동생이 어디론가 향한 건 그때였다. 잠시 시야에서 사라지는가 싶었는데 현관문이 열리면서 동생이 다시 나타났다. 동생은 넋이 나간 듯 맨발로 잔디 위를 걸어서 내 앞에 섰다.

"…언니? 언니 맞아?"

나는 대답 대신 동생을 안아주었다. 동생도 나를 꽉 껴안았다. 역시나 동생의 눈도 트인 게 맞았다. 고개를 들어 보니 동생의 등 뒤로 밥을 먹다 말고 뒤따라 나온 가족들이 보였다. 그들은 이상한 눈초리로 나를 쳐다보고 있었다. 거기엔 동생의 언니도 있었다.

"누군데 남의 집에 들어와서…?"

남자가 심기가 불편한 듯 말하자 동생이 내 몸에서 떨어지며 얼른 가라고 눈짓했다.

"아, 학교 선밴데 내가 깜빡한 게 있어서 주러 왔어. 뒷문이 열려 있었나 봐."

대충 둘러대자 동생의 가족은 마뜩잖은 얼굴로 동생을 데리고 안으로 들어갔다. 나는 잠시 서서 그들을 보았다. 그래, 남들이 보면 이런 기분이었겠구나. 아빠의 과잉보호와 무력한 엄마, 그리고 삶의 의지라곤 없어 보이는 두 딸. 하나의 구름 안에서만 내리는 빗줄기처럼 그들은 넷이 아닌 한 덩어리로 보였다.

"나진아."

씁쓸하게 뒷문으로 나와 차 쪽으로 걷고 있는데 뒤에서 익숙한 목소리가 들렸다. 돌아보니 어두컴컴한 풀숲에 차 한 대가 서 있었다. 조심스레 다가가 정체를 확인하니 엄마가 옅은 미소를 지으며 손을 흔들었다.

"엄마!"

나는 얼른 차에 올라타 엄마를 껴안았다. 안도감에 눈물이 왈칵 쏟아졌다.

"어디로 갔어? 여기서 멀어?"

엄마는 거두절미하고 핵심만 전했다.

"나진아, 미안한데 지금 해야 될 게 있어."

"지금? 당장?"

"잘 들어. 우린 이 세계를 점진적으로 파괴시킬 거야."

엄마는 알 수 없는 말을 했다.

"점진적으로 뭐?"

"이게 만약 하나의 거대한 기계 시스템이라면, 중요한 한 가지를 망가뜨렸을 때 어떻게 될까."

"중요한 한 가지가 뭔데? 새로 생긴 방?"

엄마는 고개를 끄덕였다.

"어떤 식으로 망가뜨린다는 건데?"

"일단 새로 생긴 방을 나타나게 해서 남자를 방에다 집어넣는 거야. 남자는 그 방과는 무관하기 때문에 시스템에 오류가 생길 거고 그다음엔… 아마 단계별로 파괴되겠지. 계속 그런 식으로 반복하다 보면 우리가 원하는 지점에 도착할지도 몰라. 죽으면 모든 게 끝나는, 우리가 아는 그 세계로."

가능하다면 엄마에게 희망적인 말을 건네고 싶었지만 나는 표정이 굳어졌다.

"…그게 잘될까? 제 스스로 나타났다 없어질 수도 있는 방인데? 전능한 신이 할 법한 일이잖아."

"그동안 생각하고 또 생각했어. 근데 아무리 생각해도 이게 최후의 방법 같아."

"…."

"너한테 강요하는 거 아니야. 네가 원하지 않으면 안 해도 돼. 이대로 가끔 만나는 것도 나쁘지 않다면."

"엄마, 그게 문제가 아니잖아. 그 말은 저 집에 있는 사람 중 한 명을…."

"응, 죽여야 돼. 근데 이건 살인이라고 생각하면 안 돼. 우린 인간으로서 그들과 공동 운명을 가지고 있는 거야."

나는 입을 다물었다. 모르는 사람들과 살 바엔 이편이 훨씬 더 좋을지 모르지만 우리가 편해지자고 사람을 죽인다는 건 영 내키지 않았다. 물론 지금 누군가 우리 집을 들여다보면 원래의 우리 가족이 살고 있는 걸로 보일 것이고 결국 내가 죽이는 건 엄마, 동생, 나, 이 셋 중에 하나가 될 테지만.

"생각할 시간이 필요하다면 한 시간 줄게. 새벽 3시가 되려면 아직 좀 남았으니까."

시동을 끈 엄마는 좌석을 뒤로 젖히고 잠시 눈을 붙였다. 나도 돌아앉아 헤드레스트에 머리를 기댔다. 고즈넉한 밤하늘과 시골길이 눈앞에 펼쳐져 있었다. 당장 동생을 데려와 이대로 떠나고 싶었다. 그게 가능하다면 몇 번이고 그러고 싶었다.

그 교사는 도망을 간 적이 있었을까. 엄마한테 이 사람 얘길 꺼내면 어떻게 반응할까. 같이 만나자고 할까, 아니면 신경 끄라고 할까. 역시 아직은 시기상조겠지. 그날 만난 뒤에 얘기해도 늦지 않을 것이다.

"시간 다 됐어."

한참 골몰해 있는데 엄마가 시계를 확인하며 물었다. 도중에 왜 이렇게 늦느냐고 전화를 걸어대는 아이의 아빠 때문에 시간이 훌쩍 지나가 버렸다. 나는 결심했다는 듯 엄마를 향해 고개를 끄덕였다. 엄마가 한 손으로 내 손을 꽉 붙잡았다. 그리고 다른 손으로 동생에게 전화를 걸었다.

"안 받아. 아마 뺏겼을 거야."

동생의 휴대폰이 꺼져 있었다. 엄마는 동생 방 창문으로 들어가자고 했다. 강제 취침 시간이라 아마 침대에 누운 척 다른 걸 하고 있을 게 뻔했다.

우린 뒷문으로 조용히 들어가 열린 창문으로 동생을 불렀다.

동생은 누운 채 시선만 한쪽으로 내리깔고 우리를 쳐다보았다. 그러고는 흠칫 놀라며 이불을 박차고 나왔다. 엄마와 나는 조심스레 발을 디뎌 방 안으로 들어갔다. 숨죽인 목소리로 자초지종을 설명하자 동생은 한참을 혼란스러워했다.

"이제 이해가 돼?"

"…난 내가 미친 줄 알았다고. 왜 진작 얘기 안 해 준 거야?"

"그 얘기는 나중에 하고 우선 네 도움이 필요해. 옆방에 있는 여자를 죽여야 하니까. 네가 이 방으로 오도록 유인하면 우리가 공격할 거야."

"뭐? 그때처럼 잘못되면 어떡하려고. 나 그때 거의 죽을 뻔했어."

"엄마를 봐. 네가 지금 힘들었단 얘기가 나와?"

"그러니까 그걸 왜 해야 되냐고?"

완강하게 거부하는 동생과 언쟁하느라 또 한 시간을 허비해야 했다. 계획을 실행하기도 전에 나는 벌써 지친 상태였다. 시간은 새벽 2시 30분이었다. 이제 정말 시간이 없었다.

"알겠어, 넌 하지 마. 엄마랑 둘이 어떻게든 해 볼 거니까."

내가 엄마에게 다가가려 하자 동생이 내 팔을 붙잡았다.

"들어 봐. 그냥 내가 죽으면 다 끝나는 거잖아. 그럼 이 집에 우리 가족은 아무도 없을 테니까. 안 그래?"

"뿔뿔이 흩어져 살겠다고? 할 수 있겠어? 생판 모르는 남들이랑? 보통의 인간처럼 기억이 없다면 모를까, 엄청 힘들 거야. 죽고 싶을 만큼. 네가 원하는 건 하나도 할 수 없을…."

"…알겠어! 할게! 다 알아들었으니까 이제 그만 얘기해."

동생은 못 이긴 척 전화해서 언니를 불렀다. 엄마는 동생을 한번 토닥여 준 뒤 남자를 방어하기 위해 안방으로 향했고, 나는 얼른 방문 뒤에 숨었다. 이쪽 일을 해결하고 엄마를 지원할 생각이었다.

잠시 뒤, 내 속가죽을 뒤집어쓴 여자가 조심스레 문을 열고 들어왔다. 나는 여자를 뒤에서 붙잡아 얇은 옷으로 목을 졸랐다. 갑자기 습격을 당한 여자가 나를 힘껏 밀어냈고 우린 같이 바닥으로 넘어졌다. 이때 동생이 여자의 얼굴을 베개로 누르기 시작했다.

"악!"

거실 쪽에서도 고통에 찬 엄마의 목소리가 들렸다. 뭔가 수상한 걸 느낀 남자가 방문을 열려 하고 있었고 엄마는 혼신을 바쳐 막아내고 있었다.

어느 순간엔가, 마구 팔을 휘두르던 여자의 힘이 점점 약해지는가 싶더니 이내 완전히 멎었다. 기진맥진한 얼굴로 아래를 보니 여자가 고개를 떨군 채 죽어 있었다. 동생과 나는 여자가 사라짐과 동시에 거실로 달려갔다. 엄마가 우리를 보자마자 방문 손잡이를 놓았고 그 반동에 남자는 뒤로 나자빠졌다. 우리 셋은 남자의 팔다리를 잡고 새로 생긴 방으로 끌고 갔다. 근데 한 가지 사실을 간과하고 있었다는 걸 뒤늦게 깨달았다. 새로 생긴 엄마의 존재. 그 여자는 남자를 끌고 가는 우리를 뒤에서 지켜보다 엄마를 공격했다. 엄마와 여자는 몸싸움을 벌였다. 대체 왜 남자를 돕는 건지 이해가 되지 않았지만 어쩔 수 없었다. 이제 어떻게든 동생과 둘이 해결해야 했다. 방이 나타나자마자 남자를 집어넣어야 한다. 머릿속엔 그 생각밖에 없었다.

새벽 3시가 되자 어김없이 그 방이 나타났다. 그와 동시에 남자가 힘으로 우리 둘을 뿌리쳤고 나는 바닥에 내쳐졌다. 그때 엄마가 여자를 뿌리치고 달려와 남자를 방으로 힘껏 밀었다. 하지만 남자는 엄마를 같이 끌고 들어가 버렸다. 둘은 한 발짝 딛자마자 그대로 밑으로 추락했다.

바닥이 없는 방…. 침대가 벽에 붙어 있는 이유를 나는 그제야 깨달았다. 침입자가 들어오면 추락하도록 설계된 것이었다. 새로 생긴 여자가 뒤늦게 걸어 나오자 방은 사라졌고 사위는 다시 고요해졌다. 동생과 나는 허무하게 주저앉았다.

6.

"…다시 나타났어."

일주일 전, 동생은 보고하듯 그 말을 전하고 전화를 끊었다. 그 말은 작전이 실패했단 얘기였다. 엄마는 어떻게 된 건지 그날 이후로 연락 한 통 없었다.

엄마의 연락을 기다리는 동안 나는 신체 내비게이션이 움직이는 대로만 생활했다. 생각 따위 하지 않고 체득된 일상을 보냈다. 아침에 일어나 무의미한 출근 준비를 하고 밥을 먹고 아이를 어린이집에 보내고 회사로 출근했다. 퇴근하면 아이를 데리고 집으로 향했다. 일찍 퇴근한 사람이 저녁을 준비하기로 했지만 야근과 회식으로 바쁜 남자 때문에 늦게 퇴근을 해도 결국 저녁은 내 차지가 되었다. 아이를 씻기고 돌보는 건 그다음 일이었다.

그렇게 지내다 보니 내담자와 약속한 날이 다가왔다. 그동안 핑계를 대고 거실에서 잤던 터라 남자가 뭔가를 의심하는 듯했지만 그래도 별수 없었다. 싫은 건 싫은 거니까.

아침에 씻으러 욕실에 들어오니 세면대에 물이 넘쳐흐를 정도로 가득 고여 있었다. 나는 얼굴 밑에서 음산함을 내뿜고 있는 물을 바라보았다. 그건 아이가 종종 하는 장난이었다. 물이 차오를 동안 아이는 얼마나 신나 했을까.

나도 모르게 세면대에 얼굴을 집어넣고 잠수를 하고 있는데 뒤에서 누군가 내 머리를 눌렀다. 손이 작은데도 꽤 악력이 있었다. 그래도 내게 생존 본능이 남아 있었는지 어릴 때 하던 것처럼 머리에 힘을 주며 고개를 치켜들었다. 돌아보니 아이가 장난감 플라스틱 의자에 올라가 까르르, 하고 웃었다. 개구리가 그려진 파자마. 잔뜩 엉켜 버린 머리카락. 누가 봐도 자다 깬 몰골이었다.

"이런 짓 하지 말랬지."

"또 속았어? 엄마? 빨리 해. 나 얼른 씻어야 돼."

나는 독촉하는 아이한테 금세 밀려났다. 아이는 작은 손으로 얼굴을 아무렇게나 비비기 시작했다.

"세수 어떻게 하는지 몰라?"

아이는 비누도 쓰지 않고 세수를 끝내더니 수건으로 얼굴을 대충 문지르고 돌아보았다.

"어린이집에 데려다줘."

"나도 씻어야지. 나가서 기다려."

"오늘도 지각하면 엄마 범죄자야."

아이는 그 말을 하더니 달려 나갔다. 뭔가 우당탕하는 소리가 들리더니 이내 방문이 쾅, 하고 닫히는 소리가 두개골을 흔들었다.

아이를 어린이집에 보낸 뒤 매일 지나는 철도 건널목에 차를 대고 서 있었다. 앉아서도 점멸등이 잘 보이는 위치였다. 나는 차단기 위로 깜박이는 적색 점멸등을 쳐다보았다.

'깜박. 깜박. 깜박.'

나도 모르게 머릿속으로 되뇌며 조수석에 놔둔 과자를 뜯어 입에 넣었다. 귓속엔 바삭거리는 과자 소리만이, 눈앞에는 점멸등의 시각적인 자극만이 남았다. 지금 이 삶에 적응하고 있는 게 맞나. 적응이 아니라 순응이겠지. 언제부터 이랬을까. 나는 여기서 왜 이러고 있을까. 이다음엔 또 뭐가 있는 거지. 그런 불안이 점멸등처럼 깜빡였다. 뇌엔 공백이 점점 더 많아졌다. 눅진하게 붙어 있던 해마 영역이 오프 상태가 된 듯 정신이 멍해졌다. 언젠가 화장실 거울 앞에서 스테이플러를 딸깍거리던 남자가 떠올랐다. 처음엔 아빠의 강박을 흉내 낸다고 생각했는데, 어쩌면 남자의 무의식이 가져온 행동이었는지도 몰랐다. 어떻게 보면 새로 생긴 인간들도 전부 이 세계의 피해자일 테니까.

그런 상념에 빠져 있는데 누군가가 운전석 차창을 두드렸다. 신호가 바뀐 모양이었다. 고개를 돌리니 근처 지구대 순경이 서 있었다. 전에도 몇 번 이곳에서 정신을 빼놓고 있다가 이런 식으로 맞닥뜨린 적이 있었다. 그땐 빨리 지나가라고 명령조로 말하거나 의심쩍은 눈초리로 캐물었는데 오늘은 그 무서운 순경이 아닌 중후한 외모의 순경이 서 있었다. 그는 손차양으로 아침 햇살을 가린 채 차 내부를 들여다보고 있었다. 창을 내리자 순경은 양팔부터 불쑥 내밀어 창문 위에 편하게 걸쳐 놓았다. 친밀감을 드러내려는 행위였지만 나는 한층 더 불편해졌다. 바깥 공기가 유입되면서 혼자만의 공간에 압력이 밀려 들어왔다.

"출발하셔야죠."

"죄송해요. 딴생각을 하느라."

"네, 빨리 가십쇼."

"저 근데… 맨날 보던 분은 다른 곳으로 가셨나 봐요."

"…예?"

차로 돌아가려던 순경이 내 말에 걸음을 멈추더니 황당한 표정을 지었다.

"저 모르세요? 맨날 보던 분인데."

자신의 얼굴을 손으로 가리키는 남자를 나는 유심히 들여다보았다. 하지만 어디에도 그 순경을 닮은 구석이란 없었다. 그 말은, 그 순경이 죽어서 옮겨졌단 의미였다.

"아, 제가 착각했나 보네요."

나는 입가에 힘을 주고 억지로 미소를 지어 보였다. 그때 다행히 무전기 신호음이 들렸고 순경은 빨리 지나가라고 손짓한 뒤 순찰차로 걸어갔다. 백미러로 슬쩍 보니 충분히 지나갈 수 있음에도 순찰차는 예상대로 움직이지 않았다. 나는 시동을 걸고 출발했다.

내가 도착한 곳은 호수가 있는 한적한 공원이었다. 여자는 조용한 곳에서 만나고 싶어 했다. 날이 너무 맑고 쨍해서 모자 없이는 걷기도 힘들었다. 차에서 진녹색 야구 모자를 꺼내 쓰고 공원 입구에 서 있었다. 10분쯤 기다리자 여자가 나타났다. 안경을 쓰고 평범한 플리츠스커트에 블라우스를 입고 있었는데 표정은 평범하지 못했다.

"저기 가서 얘기할까요?"

우린 조금 걸어가 그늘진 벤치에 앉았다. 여자는 주변을 의식하며 불안하다는 듯 입을 떼었다.

"비밀로 해 주시는 거 맞죠?"

"네."

"…."

"그때… 오빠가 죽었는데 사라졌다고 하셨죠. 다음 날 다른 사람이 나타났고요."

"…네."

"괜찮으면 더 자세한 얘기를 들을 수 있을까요? 그때가 처음인가요?"

여자는 고개를 끄덕였다.

"그 이후로 기분이 이상해요. 가끔 학교 애들도 낯설어 보이고. 아니, 아예 다른 애로 보인 적도 있어요. 그냥 잊어야 할 것 같아서 억지로 지워 버렸지만."

여자는 손에 땀이 나는지 말하면서 스커트를 움켜쥐었다.

"오빠가 죽어서도 나를 괴롭히는 건가, 그런 생각을 했어요. 엄마가 오빠를 너무 좋아해서 저한텐 신경을 거의 안 썼거든요."

여자는 지금도 다르지 않다는 듯 침울해졌다.

"근데… 저한테 왜 관심을 보이시는지… 혹시 뭔가를 알고 계신가요?"

의문이 담긴 여자의 시선에 나는 고개를 주억거렸다.

"…실은 저도 같은 걸 겪고 있어요."

네? 여자의 눈동자가 흔들렸다. 그 눈에는 불안과 두려움이 서려 있었다.

"…얘기를 더 듣고 싶다면 계속할게요. 제가 이제껏 겪은 일들에 대해."

여자는 내 말에 난색을 보이며 자리에서 일어났다.

"죄송해요. 괜히 나온 것 같아요. 이런 얘기를 아는 사람이 들으면 얼마나 오해하겠어요. 전 교사라 곤란해요. 그냥 모른 척하고 사는 게 맞아요. 그럼 이만 가 볼게요."

여자는 뒤도 보지 않고 서둘러 내 곁을 떠났다. 단순히 얘기를 들어 줄 사람이 필요했던 것뿐인데 내 얘기를 듣고 당황한 것일까. 나는 휘청휘청 걷는 여자가 위태로워 보여 공원 입구에 있는 횡단보도를 건널 때까지 뒤에서 지켜보았다. 여자는 한동안 저만치 먼 하늘을 바라보았다. 그리고 적색등이 바뀌기도 전에 갑자기 차도로 뛰어들었다. 순식간에 대형 버스 한 대가 여자를 덮쳤다. 나는 눈을 질끈 감아 버렸고 여기저기서 튀어 오르는 비명 소리를 들었다. 나중에 달려갔을 땐, 여자의 몸은 이미 뼛가루로 변해 사방으로 흩날리고 있었다. 나는 허망한 눈으로 주변을 돌아보았다. 사고를 낸 버스는 이미 지나간 듯 보이지 않았고 신호를 기다리던 수십 명의 사람들은 아무 일도 없었던 듯 횡단보도를 건너고 있었다. 보행자 중 하나가 나를 이상하다는 듯 쳐다보았다.

차를 몰고 황급히 집으로 향했다. 마지막으로 봤던 내담자의 처연한 모습이 도로 위를 내내 떠다녔다. 아파트에 도착할 때까지 불안정하게 흔들리는 운전대를 겨우겨우 붙들고 있었다. 그러는 동안 내 속에선 수상한 물고기 한 마리가 몸 구석구석을 계속 헤엄쳐 다녔다.

집에 온 기억도 없이 잠에서 깼을 땐 어둑한 거실 한가운데 모로 누워 있었다. 새벽 3시였다. 나는 주변을 둘러보았다. 안방과 작은방 문이 닫혀 있었다. 어째서 날 안 깨웠을까. 문을 열어 볼까 하다가 그냥 조용히 식탁에 앉았다.

눈앞에는 노트북 화면이 환한 빛을 발하고 있었다. 가까이 당겨 보니 검색창에 물고기가 입력돼 있었다. 화면은 물고기 사진으로 가득했다. 누가 검색한 걸까. 예서?

'물고기를 검색하면 죽은 얼굴밖에 안 나와.'

예전에 동생이 한 말이 떠올랐다. 그건 물론 사실이 아니었지만 동생의 눈엔 그 사진들이 죽은 얼굴로 보였다. 물고기는 표정도 없고 소리도 내지 못하니까 그렇게 생각했을지 모른다. 물고기에게 그런 게 존재했다면 아무런 죄의식 없이 낚싯대에 꿰진 않았을 테니까.

사람들은 언제부터 물고기의 사체를 아무렇지 않게 보게 된 걸까. 인간 세계에서는 일찌감치 살아도 죽은 것처럼 취급받아 왔다. 그렇다고 흰 천을 덮어 보호해 주지도 않는다. 죽기 직전에 괴이하게 몸을 뒤틀며 절박한 춤을 추는 생선의 모습은 인간이 물속에서 죽어 갈 때의 모습과 별반 다르지 않을 텐데. 인간도 진화적인 관점에서 보면 오래전에 물속에서 호흡이 가능한 생물이었으니까. 아마도 그렇게 계속 진화했다면 '익사'라는 용어는 없었을 것이다. 그리고 땅 위에서 처참히 죽어 갔겠지.

문득 어릴 때 위험천만한 잠수 놀이에 빠졌던 내 모습이 댕강 떠올랐다. 그때 나는 이런 미래를 상상이나 해 봤을까.

정신을 차리고 보니 거실 한쪽에 있는 프린터기에서 인쇄물이 떨어지고 있었다. 몇 장을 인쇄한 건지 커다랗게 찍힌 물고기 사진이 우수수 바닥으로 떨어졌다. 그걸 뚫어져라 쳐다보던 나는 지금 당장 집으로 가야겠다고 생각했다. 그곳엔 여전히 내 동생이 살고 있고 그곳이 바로 내 집이었다. 그리고 지금 당장 없애 버려야 하는 집이기도 했다.

바깥으로 나오니 또 지긋지긋한 비가 내리고 있었다. 그동안 자각은 못 했지만 기상 캐스터가 조심하라고 했던 그날부터 비가 내리지 않았던 날이 거의 없었던 듯했다. 나는 우산도 없이 차에 올라탔다. 조수석에 종이 물고기를 놔두고 차를 출발시켰다. 연달아 적색 신호가 나타났다. 앞 유리에 빗물이 번져 횡단보도의 흰 선이 나를 인도하는 천사처럼 여겨졌다. 차는 멈추지 않고 계속 달렸다. 차창 밖으로 동네에 있는 주택들이 스쳐 지나갔다. 간간이 말다툼 소리가 들려왔다. 누군가는 도망을 갔다. 차를 몰고 가던 어떤 여자는 나무를 들이박고 멈췄고, 바닥을 기어가다 쓰러졌다. 어디선가 또 쾅, 하는 소리가 들렸다. 가는 곳마다 땅을 기어가는 사람이 보였다. 차가 멀어지면 그 소란도 사라졌다. 누군가의 몸에서 나온 뿌연 뼛가루가 차창 밖으로 흩날렸다.

쉬지 않고 달려 내가 살던 집에 도착하니 사위가 한없이 조용해졌다. 나는 차에서 내려 집 안으로 몰래 들어갔다. 젖은 잔디가 발목에 닿았다. 정면을 보니 집 안 불빛이 통창을 투과해 마당을 환하게 비추고 있었다. 그런데 그 중앙에 동생이 우두커니 서 있었다. 어디선가 뉴에이지 음악이 흐르고 있었고 빗줄기는 동생의 머리 위로 선명하게 떨어졌다. 나는 덱 위를 쳐다보았다. 음악은 거기에 놓인 동생의 휴대폰에서 흘러나오고 있었다.

이 새벽에 뭐 하는 거지?

나는 동생에게 조심스레 다가갔다. 그리고 옆에 나란히 서서 동생이 넋 놓고 바라보는 우리 집 거실을 쳐다보았다. 아무도 없는 식탁 위엔 네 명이 저녁을 먹은 흔적만 있었다. 나는 동생에게 아무것도 묻지 않았다.

"이 시간에 여긴 왜 왔어?"

동생이 물었다. 나는 대답하는 대신 오른손에 쥔 종이 물고기를 내려다보았다. 물고기가 젖어 아가미 부분에 가로로 구멍이 나 있었다. 내가 여기서 숨을 쉴 방법은 하나뿐이었다. 집을 없애는 것. 가능하다면 세상의 모든 집을 없애고 싶었다. 죽어서도 아무 데도 갈 수 없도록.

나는 곧바로 차에서 라이터와 기름통을 꺼내 들고 집 안으로 들어갔다. 동생이 마당에서 의아한 얼굴로 쳐다보고 있었다. 지금 뭐 하려는 건데?

계획대로 집 안 곳곳에 기름을 흩뿌리기 시작했다. 내가 쓰던 방과 동생이 쓰던 방, 거실, 주방, 화장실, 창고까지. 마지막으로 안방에 들어갔을 땐, 옷장 구석에서 엄마가 매일 쓰던 노트를 발견했다. 나는 잠시 서서 노트를 넘겨 보았다. 거기에 쓰인 건 지출 내역이 아니었다.

…태어나자마자 한 가족에 종속되어야 하고 어떤 역할을 강요받아야 하는 삶… 바로 거기서부터 지옥이 시작된다…

…항상 힘들 때마다 신이 내 그늘이 돼 준다고 생각했는데… 알고 보니 내가 있는 곳은 신의 발밑이었다…

엄마가 아빠 몰래 교회를 다녔다는 사실을 그때 처음 알았다. 페이지를 넘길 때마다 억울하다고 울부짖는 엄마의 목소리가 들리는 듯했다. 나는 떨리는 손으로 노트를 빠짐없이 읽은 뒤 그 위에 기름을 부었다. 동생이 나를 말리러 들어왔을 땐 이미 내 손에 들린 라이터가 바닥에 떨어졌을 때였다. 동생은 소리를 질렀고 나는 동생을 붙잡아 밖으로 빠져나왔다. 불길이 한순간에 번지며 집 안 곳곳에서 활활 타올랐다. 하지만 몇 초도 흐르지 않아 내 얼굴은 굳어졌다.

천장에서 물방울이 뚝뚝 떨어지는가 싶더니 엄청난 기세로 비가 쏟아지기 시작했다. 나는 동생을 쳐다보았다. 동생은 자신이 입을 벌리고 있는 것도 모르는 듯했다.

지금 우리 집 거실에 비가 내리고 있는 건가?

일이 잘못되어 가고 있다는 자각이 들었지만 이대로 포기할 수 없었다. 거실에 타올랐던 불은 흔적도 없이 사라졌지만 비는 멈추지 않고 계속 내렸다. 자잘한 물건들이 떠오를 만큼 수위가 점점 높아졌다. 나는 불현듯 어떤 생각이 떠올라 차로 뛰어갔다. 세상이 이런 무차별 원칙으로 방어한다면 나도 똑같이 해 줘야 했다.

차를 몰고 마당으로 진입했을 때 동생이 갑자기 조수석 문을 열고 올라탔다.

"뭐 하는 거야?"

"나도 같이 가."

"이게 얼마나 위험한 짓인지 알아?"

"어차피 죽기밖에 더 하겠어."

"너 죽어 본 적 없잖아."

"지금 이럴 시간 있어?"

나는 잠시 고민하다 차를 출발시켰다.

"…어떤 결과가 나오든 나 원망하지 마."

마당 진입로에서부터 속도를 최대한으로 끌어 올려 유리창으로 돌진했다. 분명 엄청난 굉음이 들렸고 우리 몸도 심하게 들썩였다. 근데 뭔가 이상했다. 지금쯤이면 물이 바깥으로 콸콸 쏟아져 나왔어야 했는데, 아무 소리도 들리지 않았다. 고막에 문제가 생긴 것처럼.

주변을 둘러보니 차가 물속에 잠긴 채 둥둥 떠 있었다. 그리고 차와 충돌했던 유리창은 깨지지 않은 상태 그대로 눈앞에 있었다.

이게 대체 뭐지….

"…엄마가 다 알려 준 게 아니었어."

"지금 그게 중요해? 차 문 좀 열어 봐. 안 열려."

집을 없애려고 해도 죽는다.

나는 속으로 몇 번이나 그 말을 되뇌었다. 엄마는 그 말을 깜박한 걸까. 발밑으로 물이 차올랐다. 동생은 차창을 두드리며 밖으로 나가려고 했다. 그러다 뒷좌석으로 자리를 옮겨 비상용 망치를 꺼냈고 결국 유리창을 깨고 나갔다. 나도 그 문을 통해 밖으로 나갔다. 하지만 수중으로 빠져들자마자 머리가 터질 듯 아프고 귀가

먹먹해졌다. 나는 얼른 정신을 부여잡고 동생과 함께 내 방으로 향했다. 열려 있는 내 방 창문으로 나가기 위해서였다. 하지만 아무리 시도해도 방문이 열리지 않았다. 현관도 마찬가지였다. 우린 다시 거실로 돌아와 유리창을 두들겼다. 유리를 깰 만한 게 필요했지만 더 이상은 이동도 힘들 정도로 숨이 가빴다. 아니, 거기서 뭘 했든 유리를 깰 수 없었을 것이다. 동생과 나는 격한 몸부림을 치며 유리를 두드렸다. 집 안에서 이런 꼴로 죽는다는 건 상상해 본 적이 없었다. 머릿속에선 계속 마당에서 흐르는 잔잔한 뉴에이지 음악이 웅웅거렸다. 동생은 대체 언제부터 뉴에이지를 듣기 시작한 거지?

어느 순간, 마당에 수상한 게 보였다. 물고기 한 마리가 잔디 위를 헤엄쳐 다니고 있었다. 바깥에서 내리던 비는 어느새 그쳤고 아주 맑은 태양이 물웅덩이에 비치고 있었다. 죽기 전에 보는 환상 같았다. 물웅덩이에 갇힌 태양은 고민 많은 인간처럼 애처로워 보였다.

물속에도 빛이 들어와 우리를 비추었다. 나는 살려고 발버둥 치는 동생의 얼굴을 쳐다보았다. 나와 동생의 세계는 아주 조용하고 끔찍하게 무너졌다. 어쩌면 영원히 이곳을 벗어날 수 없을지 모른다. 지옥은 멸망하지 않으니까.

바로 그때였다. 동생이 입에서 물거품을 뿜어내며 통창을 마구 두드렸다. 나는 아득해진 시선으로 그곳을 바라보았다. 햇볕이 싸늘하게 내리비치는 마당에 엄마가 서 있었다. 잔디 위를 헤엄치던 물고기는 온데간데없이 엄마가 그곳에 서서 망연히 우리를 바라보고 있었다. 엄마의 눈동자는 수족관에 있는 신비로운 물고기들을 보듯 반짝거렸다.

엄마는 우리 곁으로 다가왔다. 그리고 우리를 만지려는 듯 창에다 손가락을 대었다. 그 손끝이 서서히 아래로 향하자, 수면의 높이가 손끝을 따라 낮아지기 시작했다. 휘둥그레진 내 눈이 엄마의 놀란 눈과 맞닿았다.

그 순간, 나는 어떤 확신에 사로잡혔다. 이 벗어날 수 없는, 정체된 세계는 엄마의 무의식이 만들어 낸 지옥의 형상이라는 것을. 신을 잃어버린 자는 신이 된다. 고통을 창조하는 신. 만약 인간의 인생이 신기루에서 부는 한순간의 바람이라면, 그 한순간 불어닥친 바람은 엄마의 마음을 다치게 했고 그 마음은 아무리 해도 나아지지 않았다. 신기루가 나타나고 사라질 때마다 그 마음은 어김없이 작용했다. 엄마의 손끝이 물을 움직일 때 나는 그렇게 생각했다. 이 세계가 영원히 끝나지 않을 거라는 것도.

작가의 말

죽일 생각은 없었어

서미애

작가는 하나의 섬처럼 혼자만의 세계에 살고 있습니다.

글을 쓰는 일도 혼자 하고 출판사와 만나 계약을 하거나, 영상화 판권을 계약할 때도 혼자 계약서를 검토하고 결정을 내립니다. 주변에 조언을 해 줄 동료나 선배가 있다면 좋겠지만 대개의 경우 계약서를 내민 상대를 믿고 그냥 도장을 찍습니다.

꼼꼼히 계약서를 읽고 의문이 들 경우 문의를 하거나 설득이 안 되는 조항은 협의해서 바꾸면 좋으련만, 제 주변에는 이런 일로 머리를 쓰고 싶지 않다거나 혹시 문제가 생기더라도 대화로 잘 해결될 것이라는 순진무구하다 해야 할지 어수룩하다 해야 할지 모를 작가들이 대부분입니다.

친분 있는 작가들이 모인다고 해도 작업과 관련된 대화는 겉돌기 십상입니다. 요즘 어떤 소재로 글을 쓰고 있다거나 언제 책이 나올 것이라는 정도의 깊이를 넘어서기가 힘듭니다. 이를테면 '그 책 얼마나 팔렸어요?', '2차 판권 지분은 어떻게 나누기로 했어요?', '영상화 판권은 얼마나 받았어요?' 같은 질문들은 웬만한 친분이 아니고서는 꺼내기 힘든 내용입니다.

네, 작가들이 참 돈 이야기 꺼내는 것을 불편하게 생각합니다.

그러다 보니 내가 가진 경험이 유일한 판단기준이 되기 일쑤라 남들도 다 나와 같은 경험을 할 것이라 생각합니다.

제 경우를 예로 든다면 1994년 데뷔를 한 뒤로 출판, 연극 공연, 영화, 드라마 등 다양한 분야에서 작업을 하다 보니 정말 여러 유형의 계약서를 작성하게 되었는데 그때마다 궁금한 것이 있으면 바로 질문을 하고 불합리하다 싶으면 제 의견을 피력했습니다.

대개의 경우는 작가의 의견을 존중해서 조항을 수정해 주었지만 간혹 '관행'이라는 말로 기존의 계약서를 고수하는 경우도 있었습니다. 이럴 때는 어쩔 수 없이 사인을 하지만 계약서의 불합리한 면에 대해 불만이 있다는 의사표시를 분명히 했습니다. 덕분에 까다로운 작가라는 얘기를 듣기도 했습니다. 세월이 변하니 그렇게 계약서를 살피는 일이 까다로운 게 아니라 꼼꼼하다는 평가로 바뀌더군요.

몇 년 전 후배 작가들과 만나 이야기를 나누다가 여전히 계약을 할 때마다 고민을 한다는 것을 알게 되었습니다. 그래서 같은 뜻을 가진 작가들이 모여 서로의 경험을 공유하고, 적어도 계약서 때문에 고민하지 않고 오로지 집필에만 집중하도록 모임을 만들어 보자고 했습니다.

그렇게 '미스 마플 클럽'이라는 모임이 만들어졌습니다. 비단 계약서 때문만은 아니었습니다. 처음에 쓴 것처럼 다들 하나의 섬처럼 홀로 외롭게 책상 앞에 앉아 글을 쓰고 있습니다. 가끔은 그 외로움의 무게가 작가의 삶을 짓누르기도 합니다. 이럴 때 조금은 그 무게를 나누고 서로의 작업을 격려하고 응원하자는 의미도 있습니다.

작가의 말을 쓰고 있는 지금도 불합리한 계약서 때문에 또 한 명의 작가가 안타깝게 세상을 떠났습니다. 계약부터 주변의 조언을 듣고 어려움이 있을 때 힘이 되어 줄 사람이, 동료가 곁에 있었더라면 조금은 달라졌을까 하는 생각을 합니다.

'미스 마플 클럽'은 미스터리, 스릴러를 쓰는 여성 작가들의 모임입니다. 작가들이 모이다 보니 아이디어가 넘쳐 납니다. 서로 의기투합하여 좋은 작품으로 독자님들을 만나고자 합니다. 앞으로 든든한 응원군이 되어 주시면 고맙겠습니다.

'미스 마플 클럽'의 첫 아이디어를 흔쾌히 받아 주시고 책이 나올 수 있도록 적극 지원해 주신 안전가옥의 김홍익 대표님, 이지향 스토리 PD님을 비롯한 안전가옥의 모든 분들께 감사드립니다.

알렉산드리아의 겨울

송시우

친하게 지내는 미스터리 해설가님이 물었다.

“송시우 씨는 성악설을 믿나요, 성선설을 믿나요?”

독자 리뷰에는 이런 글도 달렸다.

“송시우 작가에게는 인간 혐오가 있는 것 같다.”

분명한 답은 못 하겠다. 다만 내가 인간의 악의에 보다 집중하는 건 맞다. 미스터리에는 범죄가 등장하고, 범죄에는 악의가 깔려 있다. 뿐만 아니라 살아갈수록 선의로 둔갑한 악의, 더 이상 선의인지 알 수 없는 질식할 것 같은 선의의 압박을 자주 느낀다.

나는 교도소에 많이 가 봤다. 물론 형을 살지는 않았다. 그곳에 들어가 그곳에 사는 사람들이 국가로부터 인권침해를 당했다는 호소를 들어주고 조사하는 일을 아주 예전에 했다. 나는 20대였고 사명감에 가득 차 있었다. 억울하게 피해를 입은 선량한 피해자를 상정했고 내가 도움이 될 수 있을 것이라 기대했다. 어설픈 사명감은 와자작 깨졌고 나는 좋든 싫든 그 문제에 대해 성찰해야 했다. 나는 인간이 그렇게 단순하지 않다는 것을 직업 덕분에 일찍 알았다.

교도소 밖에 있는 사람들이라고 크게 위안이 되진 않았다. 어떨 때는 밖에 있는 사람들이 더했다.

악의의 핵심은 타인의 고통에 전혀 공감하지 못한다는 거였다. 타인의 어마어마한 고통을 희생해서 얻고자 하는 것이 작고 하찮고 그 자체로 비윤리적인 것일수록 악의는 소름 끼치게 느껴졌다. 빌런의 캐릭터는 그런 것이다.

가장 최근에 한 인터뷰에서 나는 이렇게 답하긴 했다.

"나는 인간에게 선의가 있다는 걸 알기에, 악의에 대해 쓸 수 있다."

혹시나, 너무 절망하지 않기를 바라며 덧붙인다.

좋아서가 아냐

정해연

뉴스만 보아도 수십 명의 사람이 스토킹을 당하다 죽어 갔다. 작가의 말을 쓰는 오늘 아침에도 같은 아파트에 사는 선배 남성 의사가 후배의 집 앞에 몰래카메라를 설치하고, 새벽에는 집 앞을 서성거리다 안에서 들리는 소리를 듣는 등 스토킹을 하다 붙잡혔다는 뉴스가 보도되었다. 그런데도 아직 스토킹 범죄 구속 비율은 고작 4.8%에 그치고, 가해자가 아닌 피해자에게 조심해서 행동할 것을 강요한다. 피해자에게 스마트 워치를 지급할 때도 가해자에게는 아무런 조치가 취해지지 않는다.(물론 접근 금지를 시킬 수도 있지만, 그것 역시 피해자가 직접 접근 금지 가처분 신청을 하여야만 이루어진다.)

'열 번 찍어 안 넘어가는 사람 없다.'

'좋아하는 사람의 집 앞을 밤새워 거닐며.'

위와 같은 이야기는 더 이상 로맨스 이야기 속 지문이 될 수 없다. 저런 말들을 되새기며 누군가의 집 앞을 서성이는 스토커들은 결국 넘지 말아야 할 선을 넘어 살인까지 저지르기도 한다. 그 가슴 아픈 참상을 우리는 많은 뉴스를 통해 실제로 접해 왔다.

'만나주지 않아서.'

'헤어지자는 통보 때문에.'

그런 말도 안 되는 변명들을 보면서 '그건 사랑이 아니다'라는 생각을 하게 되었고, 지금의 〈좋아서가 아냐〉라는 제목을 떠올리게 되었다.

물론 스토킹 범죄는 남자와 여자 할 것 없이 피해자가 된다는 것을 알고 있다. 또한 사적인 복수 역시 범죄라는 것도 알고 있다.

그러나 이 답답한 현실 속에서 아주 잠깐이라도 시원한 마음을 느끼게끔 하고 싶어 이 글을 썼다.

나는 운이 좋은 편이다. 덕분에 쟁쟁한 작가님들로 구성된《파괴자들의 밤》에 이름 석 자를 올리게 되었다. 또한 안전가옥이라는 좋은 출판사를 만나 여성 빌런 앤솔로지라는 재미있는 작업을 함께하게 되었다. 작품을 준비하면서 귀중한 조언을 많이 들어 집필에 반영할 수 있었다. 또한 꼼꼼한 편집에 감탄하던 순간도 있었다. 안전가옥 편집팀에 감사드린다. 앞으로도 '미스 마플 클럽'이 하게 될 프로젝트들이 독자님들께 재미를 선사해 드릴 수 있었으면 좋겠다.

또한 이 글을 읽는 동안 당신이 즐거웠기를.

나뭇가지가 있었어

홍선주

추리작가로 등단하기 전, 저는 마케팅 영역에서 20년 가까이 일했습니다. 처음 10년은 IT 기반의 회사 몇 곳을 다녔고, 이후 10년은 국제구호개발NGO에서 온오프라인 마케팅과 캠페인을 담당했습니다. 기간이 길었던 만큼 복잡다단한 업무도 많았지만, 사실 가장 어려웠던 일은 업무 자체보다 그것을 진행하기 위해 내부의 상사나 이해관계자를 설득하는 것이었습니다.

어릴 땐 그 이유가 제게 타인을 설득할 수 있는 지식이 부족해서라고 생각했어요. 그래서 대학원에 진학했습니다. 머리에 든 게 많아지면 원하는 바를 더 잘 설명하고 상대를 이해시킬 수 있어서, 결국엔 제가 옳다고 생각하는 방향으로 일을 추진할 수 있으리라 기대했거든요. 하지만 대학원을 졸업하고 논문을 만족스럽게 마무리했어도 저의 상황은 나아지지 않았습니다. 그 후로도 한참 동안 그게 무엇 때문인지 깨닫지 못했어요.

그렇게 시간이 흐른 어느 날, 모 프랜차이즈 패스트푸드점의 환골탈태에 관한 기사를 보게 됩니다. 매장 직원으로 시작해 한국 지사장 자리에 오르게 된 사람이 그간의 경험과 통찰력으로 과감히 재료를 개선하면서 맛이 월등히 좋아졌고, 그게 대중들의 호평으로 이어졌다는 내용이었습니다.

머리를 한 대 맞은 것 같았습니다. 매장 직원이 사장이 되기 위해서는 업무에서 성과를 내는 것은 물론, 상사의 비위도 맞춰 가면서 최소 십수 년 동안 한 단계 한 단계 천천히 승진했을 게 분명했습니다. 그리고 사장이 되자마자 과감한 결단을 내렸을 정도라면, 이전에도 개선이 필요하다고 생각했을 테고, 당시에 이미 의견을 냈을지도 모릅니다. 하지만 회사 차원에서, 혹은 상사의 판단에 따라 비용 효율성 등을 이유로 무시되었을 테고요.

그러자 그는 기다렸을 겁니다. 자기 생각을 반영할 수 있는 업무 권한을 가지게 될 날을. (물론 이 모든 건 저의 뇌피셜 가정입니다.)

저 사례에서 문구 하나를 떠올렸습니다.

'원하는 것을 얻기 위해 기다린다. 그 시일이 비록 한없이 오래 걸리더라도.'

그것이 복수가 된다면 더욱 짜릿하고 멋지겠다고 생각했습니다.

그래서 처음 이 프로젝트(여성 빌런)를 제안받았을 때 이 이야기를 녹여 내고 싶었습니다.

그리고 부당함을 타파하는 과정을 조건이 갖춰진 남성이 공정을 내세우며 해결하는 전형적인 방식보다, 처절한 인내심을 가진 여성이 철저하고 진득한 계획 끝에 뒤집어엎는 모습으로 그리는 게 마땅하다고 보았습니다. 진정으로 사람이 간절해지는 순간은 대의보다는 개인적인 열망이 발현되었을 때라고 생각하거든요.

더불어 그 열망이 비록 정의에서는 조금 벗어나더라도 결과적으로는 영웅까지 납득하고 도울 수밖에 없는 행보를 만들고 싶었습니다.

그게 성공적으로 잘 표현되었을지는 모르겠습니다. 제가 쓰면서 저릿하게 통쾌했던 만큼, 독자분들께도 그 카타르시스가 전해지길 바랄 뿐입니다.

제목인 〈나뭇가지가 있었어〉는 토니 모리슨의 《빌러비드》 속 내용의 일부를 오마주한 것임을 밝힙니다. 등단 후 심도 있는 인물 설정이나 문장 표현을 고민할 때 읽었던 작품으로, 흑인 노예의 등에 남은 채찍질의 흔적을 백인 아이가 '나무가 자란다'라고 표현한 게 마음이 아리면서 인상적이었습니다. 그래서 그 감정을 제 작업에도 반영하고 싶었습니다.

쟁쟁한 선배님들과 '미스 마플 클럽'의 일원으로서 앤솔로지에 참가하게 되어 영광스럽고 감사합니다. 작업의 경험도 적고 부족한 부분이 많아 누가 되지 않을까 걱정스럽지만, 일단은 성덕으로서 이 상황을 즐기겠습니다.

스토리 PD님들과 작업하는 것 또한 처음이라 여러모로 수고를 끼치지 않았나 염려됩니다. 지난한 과정을 통해 이야기를 더 내실 있게 내놓을 수 있도록 도와주셔서 고맙습니다.

등단 소감 이후로 감사를 표한 적 없는 가족과 지인들에게도 언제나 응원해 주어서 고맙다는 말 전하고 싶습니다. 덕분입니다.

마지막으로 읽어 주시는 독자님들, 최고로 감사드립니다.

사일런트 디스코
이은영

작년 9월 말쯤 작품을 완성했는데 어느덧 반년이 흘러 따스한 나날이 이어지고 있다. 미세먼지와 기후변화로 환절의 개념이 모호해지고 있지만 소설 속 날씨나 계절, 색감은 내가 고정한 대로 영원히 흘러간다. 그것이 소설의 영원성이자 매력이라고 생각한다. 이 작품도 서늘하면서 축축하고 낯선, 검푸른 색채를 영원토록 간직할 것이다.

'사일런트 디스코'라는 제목은 중의적인 의미로 쓰였다. 하나는 헤드폰을 낀 채 혼자만의 세계에서 춤을 추는 행위, 다른 하나는 적막한 춤이라는 뜻으로 물에 빠져 발버둥 치는 인간의 모습을 비유한다. 처음에 전반적인 콘셉트를 들었을 때 처음 써 보는 장르라 설레기도 했지만 '미스터리 스릴러'라는 장르에 '여성 빌런'이라는 키워드를 어떻게 녹여 낼 것인지에 대한 적지 않은 고충이 있었다. 거기다 내 소설의 근간을 이루는 '환상'을 개입하려면 더더욱 고심해야 했다.

내가 추구한 방향은 정형화된 여성 빌런의 이미지를 탈피하는 것과 환상이 주를 이루는 미스터리 스릴러를 쓰는 것이었다. 그래서 소재 자체에서부터 '스릴'을 불러일으킬 만한 스토리를 구상해야 했다. 그 과정에서 여러 얼개가 떠올랐고 최종적으로 하나의 줄거리가 완성되었다. 어떻게 해도 벗어날 수 없는 인간과 가족의 굴레를, 조용하게 밀려드는 절망의 포말처럼 그려 보기로. 그래서 1부는 나진이 자신의 운명을 알게 되는 과정에서 벌어지는 이야기, 2부는 나진이 직접 그것을 체험하는 이야기로 진행되었다.

거의 대부분은 머릿속에서, 그 외엔 노트북 앞에 앉아 작업이 이루어졌다. 집필 시간은 하루 두세 시간 남짓이었지만 대신 종일 내가 만든 세계관 속에 빠져 살아야 했다. 나와 주변인, 가족이란 굴레에 빠진 인간의 삶, 그리고 이런 세상을 살아가는 여성들의 고통과 인내를 줄곧 생각했다.

결말은 좀처럼 구원할 수 없는 절망적인 형태로 보이지만, 그 저변에는 언젠가는 모두가 그곳에서 빠져나올 수 있으리란 밝은 암시가 존재한다. 두려운 현실에 맞서 끊임없이 변화를 꾀하는 자신과, 곁에서 힘을 실어 주는 누군가가 있다면 말이다.

작품이 나오기까지 많은 도움을 준 안전가옥 피디님들과 편집부, 경험 없는 신인 작가를 넓은 아량으로 품어 준 '미스 마플 클럽' 작가님들께 감사드린다.